U0115216

文學研究叢書・現代文學叢刊

女子今有行
——現代女性文學新論

羅秀美　著

目次

卷二　女性的自我敘述與認同──與自己的對話

致謝

　　學術人生行走至今，如果還能稱得上有點成績的話，最需要感謝幾位老師，碩士班指導教授張夢機老師及顏崑陽老師、博士班指導教授李瑞騰老師。病中復健的張夢機老師，猶然談笑風生地授課，深厚的學養與豁達的人格，令人如沐春風。而顏崑陽老師嚴謹的教研成就與行俠仗義（代中風的張夢機老師指導研究生）的義舉令人敬佩，承蒙「嚴（顏）師」嚴格的指導、用心的批閱，畢生受用。而永遠忙而不亂的李瑞騰老師，以其溫厚的風範，風靡不少學子；而當年投入李老師門下的我，以專任講師身分利用課餘進修，並非十分專心做研究的博士生，又常以職場瑣事叨擾老師，幸而老師寬厚以對，慷慨地容許我四年半取得博士學位。此外，對我多所肯定的岑溢成老師，也是學術上必須感謝的恩師。於本書行將問世之際，思及當年諸位恩師的指導，絕對是需要感恩的。

　　此外，本書各章之誕生，有賴諸位學界人士給予發揮潛力的機會，或者提供寶貴的學術意見及資料，茲依各章先後為序致謝。

　　第一章的誕生，要感謝博士班指導教授李瑞騰博士總是不吝給予激發潛力的機會，本章即應邀為李老師主辦的紀念五四一百周年而舉辦的「羅家倫與五四研討會」（中央大學人文研究中心主辦）而撰寫的，並收錄拙文於會議論文集中。感謝北京大學中文系韓籍薛熹禎教授，熱誠提供可靠的朋友陪同前往參訪北京新文化運動紀念館（原北京大學紅樓），親臨當年羅家倫就學時發起五四運動及《新潮》雜誌社的現場，十足珍貴的參訪經驗。此外，也安排造訪中國現代文學

館，其中介紹的五四運動亦圖文並茂；魯迅故居博物館亦可見五四運動相關人物介紹，收穫良多。

第二章要感謝香港浸會大學林幸謙教授的邀請，榮幸地參與「張愛玲九十誕辰紀念研討會」，並將拙文收錄於聯經出版社出版的會議論文集中。感謝美國哈佛大學燕京圖書館編目組退休館員張鳳女士，盛情接待參訪哈佛大學（教堂、威德納總圖書館、燕京圖書館等）及張愛玲在哈佛大學的故居，即當年張愛玲向哈佛大學雷德克里夫女子學院申請英譯《海上花列傳》計畫時的住所，為第二章增添可貴的踏查資料。

第三章要感謝李瑞騰老師主持的中央大學「現代文學教研室／琦君研究中心」主辦的研討會，得以發表琦君、孟瑤及齊邦媛的論文。感謝北京大學中文系韓籍薛熹禎教授，提供韓國女作家孫素姬〈柿子紅了〉的原文版本，充實第三章琦君撰寫《橘子紅了》及翻譯〈柿子紅了〉的第一手文獻。

第四章要感謝本系已故江乾益教授（1957-2016）特別舉辦孟瑤研討會，讓拙文有發表的機會；也感謝吉廣輿教授在他主編之《孟瑤研究資料彙編》（臺灣文學館）收錄這篇研究孟瑤的論文。

第五章要感謝臺北大學中文系邀請，得以發表本書第五章女作家的自傳散文之研究，幾經修改，終於收錄於此。

第六章要感謝東海大學中文系邀請，發表本書第六章；也有幸與論文討論的對象張讓女士會面，乃莫大榮幸。也是幾經修改，終於收錄於此。

最後，也要感謝多位歷年擔任研究助理的同學們：〔泰〕陸佩玲、簡千芮、李翊萍、江宥築、李佳論、溫婷、李珮筠、何姿儀等諸位碩博士班研究生，許多寶貴的文獻與資料之借閱、搜尋與複印，都是你們的功勞。

末了，更感謝許多曾經為本書各章提供專業審查意見的匿名學者，您們的細心與耐心正是提升論述品質的最佳助力，受益良多。此外，感謝許多默默支持的學界友人，恕不一一指名，諸位的提點與鼓勵，銘刻五內。

緒論
女性的出走與出路、自我敘述與認同

一　研究緣起

　　此書六章的撰寫，前後歷時約十年之久。各在不同的因緣際會之下，成就了這六個篇章。然而，無論因何而作，主題都圍繞在筆者近十餘年來關注的「女性」文學課題，尤其是處於新舊時代轉型的女性個案，或現當代具有獨特文學表現的女性。

　　晚近以來，學界對於近現代女性文學的研究迭有創見，令人欣喜。在個人的閱讀中，對於若干漢學家的重要著作深有所感，如孫康宜《古典與現代的女性闡釋》（1998）與《文學的聲音》（2000）都有精闢的見解，尤其是書中展示了對於自己（女性）的文學聲音的自信，對於筆者建構古今女性文學觀念甚有啟發性。而高彥頤（Dorothy Ko）《閨塾師：明末清初江南的才女文化》（2005）與曼素恩（Susan Mann）《蘭閨寶錄：晚明至盛清時的中國婦女》（2005）這兩部討論明清女性文學的專著，都有意識地與「五四」婦女史觀對話或改寫，提供筆者思考明清與現代女性文學連結或斷裂的問題，而她們對於女性的文學生命歷程與空間的研究也極具啟發性，若干面相置諸今日，仍有可供聯想的空間。此外，如游鑑明、胡纓、季家珍主編《重讀中國女性的生命故事》（2011）雖也偏重古代女性的生命故事，但也可借鑑以之研究現代女性文學。

　　是以，本書不特別強調西方女性主義，然若干專著仍值得參看，如托莉‧莫（Toril Moi）《性／文本政治：女性主義文學理論》（2005）、琳達‧麥道威爾（Linda McDowell）《性別、認同與地方：女性主義地理學概說》等。而范銘如《眾裡尋她──台灣女性小說縱論》（2002）與《空間／文本／政治》（2015）對於現當代女性文學的研究甚具啟發性，尤其是女性的文學空間。而陳芳明一系列對於現代女性散文的研究，如〈女性自傳文學的重建與再現〉（《後殖民臺灣：文學史論及其周邊》，2002）、〈在母性與女性之間──五○年代以降台灣女性散文的流變〉（《五十年來台灣女性散文‧選文篇》序，2006）等，對於現當代女性散文有精深的研究，尤其是女性自傳文學與散文中的女性，都是擲地有聲的論著。而王鈺婷《女聲合唱──戰後台灣女性作家群的崛起》（2012）則是一部聚焦戰後臺灣女作家群的女性文學史，允為當代女性散文研究的佼佼者。上述這些論著對於本書的研究具有一定的啟發，也是本書寫作的重要緣起。

　　是以，本書每一章的誕生，都有各自的因緣際會。首先，羅家倫的婦女解放，乃因應李瑞騰老師策畫五四運動百年研討會而寫就，身為羅家倫曾擔任校長的中央大學校友，似有非寫不可的因緣。又為配合個人近年來的研究旨趣，乃特別擇取羅家倫較少被學界研究的婦女解放文本為主題。進而在寫作中驚喜地發現羅夫人張維楨由傳統閨閣邁入現代社會的形象，與筆者一向深研的近代女性文學的個案，實有頗多相似之處。原來她也是晚清民初一位轉型期中典型的知識女性，其天足、女學堂、女教師、出洋留學、婦女運動等經歷，幾乎就是羅家倫的婦女解放文本中最理想的進步女子之形象。因此論文中特別放大書寫張維楨的生命故事，如今也成為《女子今有行》的首篇，具有展示近代女性由舊時代邁向新時代女性的典範意義，並非要以羅家倫的婦女解放言說作為帶領現代女子解放的先導人物，此處張維楨才是主角。

　　其次，張愛玲的翻譯文學也是因應研討會而作，發表於十年前張愛玲九十周年誕辰當年。當時學界研究張愛玲翻譯文學的尚屬少數，而筆者嘗試研究此題，乃因平素尋思研究課題習於「另闢蹊徑」，在舊材料上開發新題材或新方向，乃膽敢以非深研翻譯的專家而撰寫此文，而以文學／文化史角度探討張愛玲的翻譯文學。撰寫過程中的艱辛與快樂兼而有之，仍頗得研究之趣。

　　第三，琦君、孟瑤與齊邦媛三位「中興文學家」的多元文本，也是個人一直關注的課題，一方面可將本校歷史上的重要文學家作為研究課題，自己這一研究主體彷彿也與中興校園、現代文學史形成有機的聯結。在研究過程中發現三位女作家的多元文本有其共通點，乃擇定女性、啟蒙與翻譯這三個晚清以來即有的主題，以探討她們在這三個面向上的表現，如何溫故又怎樣知新？乃能成就她們三位女作家不凡的文學人生。

　　第四章則因應中興大學中文系舉辦孟瑤研討會而作，選題時刻意將孟瑤知名的小說成就置於一旁，改而研究她較少為人注意的文類，尤其是她曾經暢銷數十年的經典散文集《給女孩子的信》以及相對較生硬的「孟瑤三史」，便成為研究孟瑤的主題，試圖以此說明她的文學史定位之多元化的可能性，孟瑤不只是小說家，也是散文家，更是有學術著作的教授，由其多元著作反推其多元身分，不失為可行方案。

　　第五章以當代六位女作家的自傳散文為主題，也是因應研討會而作的。原稿與本書中所呈現的樣貌已歷經較大改動，目前的架構是擇取張愛玲、齊邦媛、龍應台、簡媜、鍾怡雯與鍾文音等六位的自傳散文為討論對象，以探賾女性自我與家國歷史、空間詩學與影像敘事的互涉，女作家由此自我敘述中重組記憶，也藉此更新自己，以建構／重構女性自我的身分認同，並突顯女作家自傳散文的豐美面貌。是以，在研究女作家的自傳散文的同時，彷彿自己也重新梳理一次生命的歷程。

第六章以張讓的旅行與飲食散文為題，也是應研討會之邀所作。作家由主辦單位決定，主題則是發表人自行發揮。由於平素即關注旅行與飲食文學，也在相關教學中教授張讓〈旅人的眼睛〉，頗折服於其見解之獨到，乃立即決定以其旅行及飲食散文為研究對象。果不其然，既是愉悅的閱讀過程，也是難得越寫越歡喜的一篇學術論文。

綜言之，六章各自在不同的因緣和合下成就了它的樣貌，研究與撰寫論文的同時，彷彿也是與自己的成長對話。

二　題目釋義與研究範圍說明

書名「女子今有行」借用唐代詩人韋應物〈送楊氏女〉：「永日方戚戚，出行復悠悠。女子今有行，大江溯輕舟。」其意指女子今天遠行要出嫁，此「出嫁」用法與《詩經·鄘風·蝃蝀》：「女子有行」相同。而本書借用「女子今有行」五字，欲彰顯「今」與「行」，前者借指現代，後者的義涵則擴充為女子的行走或行動。是以，本書聚焦於民國初年以來「女性的出走與出路——與文化他者的相遇」與「女性的自我敘述與認同——與自己的對話」，兩個課題都與女性的行走與行動有關。

是以，卷一「女性的出走與出路——與文化他者的相遇」包含三章，討論羅家倫及五位女性文人：張維楨、張愛玲、琦君、孟瑤、齊邦媛；卷二「女性的自我敘述與認同——與自己的對話」包含三章，八位女性文人：孟瑤、張愛玲、齊邦媛、龍應台、簡媜、鍾文音、鍾怡雯、張讓。扣除羅家倫及重複者，本書計討論十位女性個案。綜言之，這六章所討論的女性文人，以作家活躍的年代及其作品出版的年代而言，她們十位跨越二十世紀初到二十世紀末，除張維楨（1898年出生）外，自最年長的琦君（1917年出生）到最年少的鍾怡雯（1969

年出生），生年差距五十餘年。然而她們活動的空間則大多聚焦於戰後臺灣。她們的生卒年代儘管不同，但身為傑出女性的特質是一致的，都有走出自己出路的強烈意願，也都能夠自我對話、敘述與認同。因此，就取材範圍的廣度言之，並不限於晚清民初中國文學或戰後當代臺灣文學這樣的分野，而是串連為一體，具有一定的開創意義。而文類方面，則大多以她們的散文為主，但旁及其他文類，包括翻譯文學、兒童文學、文學史論等多元面相，可見她們豐沛的創作能量。因此，上述這些現代文學女性，都是值得研究的個案。

以卷一「女性的出走與出路──與文化他者的相遇」而言，本卷所稱「文化他者」指的是晚清民初之後，女性開始有更多機會與「其他文化」相遇，有意識地出走或尋找出路。她們所遭逢的文化他者，不只是被動地接受迎面而來的西學，也有主動出擊所接觸的西學，如主動留學異國、主動翻譯外國文學等都是與文化他者相遇的經驗。是以，女性、啟蒙與翻譯正是晚清以來的重要課題，這三個課題也正好涵蓋文學、文化與教育諸方面。

以卷一所論三個主題而言，其中「五四娜拉的『出走』與『出路』──羅家倫的婦女解放話語與張維楨的婦女解放實踐」。羅家倫與婦女解放有關的譯作、小說與論文是本文主要討論的對象。其譯作〈娜拉〉女主角的出走相當知名，然而其出路為何，文中並未交待；但羅家倫的創作小說〈是愛情還是苦痛？〉卻已安排未登場的女主角先出國留學，學習新知，等待男主角前來會合，而男主角卻陷入婚姻無法自主的苦痛中。顯然羅家倫已然為娜拉的出走作出解答了。而羅家倫後來兩篇與女子出路有關的論文〈大學應當為女子開放〉與〈婦女解放〉，更是包羅了女子教育、職業、婚姻與育兒等各方面出路的正面建言，因此本書認為羅家倫可說是「男性的女性主義者」。然而過往對羅家倫的研究殊少觸及他對於婦女解放的正面看法。更有意義

的是，羅家倫夫人張維楨的婦女解放實踐，幾乎可說吻合了羅家倫在小說及論文中為女性所安排的出路，張維楨自小天足，曾就讀數所新式女學堂、當過中學教師，也出洋留學念碩士，與羅家倫婚後也曾從事大學教職、參與國際女性相關會議，張維楨的出走與出路可說親身實踐了羅家倫的婦女解放理念，且為十分正面的典範。

其次，「翻譯、改寫與再創作作他者／自己的小說──張愛玲的『翻譯』文學與雙語作家夢」。張愛玲的翻譯與其一生的出走與出路都有關。出走是指走出原生父母的家，也是指走出她自己人生的路徑，成為知名小說家。而成為小說家也是外文系出身的她不錯的出路。然而，時代與環境的劇變，張愛玲再度出走，走出婚姻，也走出中國，遠赴美國尋找更好的出路。但出走到美國之後的張愛玲，其出路並不順遂，尤其是英語寫作夢的坎坷。張愛玲投入新的出路，不只英譯晚清韓邦慶《海上花列傳》，也英譯同時代陳紀瀅的《荻村傳》；她也以英文寫小說《秧歌》，再自己翻為中文版；《赤地之戀》則是先有中文版而後自翻為英文版。張愛玲也自譯〈金鎖記〉為英文版。同時，她也將自己的中篇小說〈金鎖記〉改寫為英文長篇小說 *Pink Tears*（粉淚），再改寫為英文版的 *The Rouge of the North*（北地胭脂），再自譯為中文版《怨女》，又自譯為英文版。然而，在美致力於以英文寫作或翻譯為出路的張愛玲，卻未能再次迎來文學生命中的輝煌，最後孤寂以終。

第三章「女性、啟蒙與翻譯──『中興文學家』琦君、孟瑤與齊邦媛的『女性文學』、『兒童文學』與『翻譯文學』」。琦君、孟瑤與齊邦媛三位與中興大學有著或多或少因緣的女作家，她們的文學表現皆曾觸及與女性、啟蒙與翻譯有關的文本，即「女性文學」、「兒童文學」與「翻譯文學」之作。以「女性文學」而言，琦君曾經寫過小說〈橘子紅了〉呈現傳統社會不孕女性的命運，也曾以散論形式評論過

古代與韓國女性文人，包括〈女性與詞〉、〈中國歷代婦女與文學〉、〈介紹韓國作家孫素姬女士──兼談韓國文壇〉。孟瑤以一系列女性主題小說知名，如《女人・女人》；而她在臺發表的第一篇散文〈弱者，你的名字是女人？〉即寫出傑出女性想兼顧家庭與自我的兩難，一鳴驚人；她的散文集《給女孩子的信》更是風行之作。齊邦媛策畫過《潘人木精選集》，也為孟瑤的小說成就之定位而發聲過。就「兒童文學」而言，琦君創作不少給小讀者的作品，如《琦君說童年》、《琦君寄小讀者》等，其散文也被改編為兒童繪本，如《桂花雨》、《玳瑁髮夾》、《寶松師傅》等。孟瑤曾為臺灣省政府教育廳編寫過兒童版的歷史故事，如《荊軻》、《楚漢相爭》等。齊邦媛曾翻譯過林海音的《城南舊事》。就「翻譯文學」而言，琦君曾翻譯過外國兒童文學，如《涼風山莊》、《李波的心聲》等，而她自己的作品也被翻為英文版，如《橘子紅了》即有英譯本。孟瑤有數篇小說被譯為英文版，如〈細雨中〉、〈歸途〉等。齊邦媛則是翻譯之作最多者，早年曾出國任教，有感於海外的臺灣文學教材難尋，乃積極翻譯或主持臺灣文學的英譯，如 An Anthology of Contemporary Chinese Literature（Taiwan: 1949-1974, Volume 1: Poems and Essays）、《源流：臺灣短篇小說選》（Derewige Fluß）德文版、《中英對照讀臺灣小說》（Taiwan literature in Chinese and English）等，成果斐然；她自己的傳記《巨流河》也被譯為多國語文；不只如此，她還有翻譯論述，如〈臺灣文學作品的外譯〉、〈文學翻譯──浮雲與山若〉等。可見她們都曾有與文化他者相遇的經驗，也都有走出屬於自己的文學生命及多元化的文學出路。

再以卷二「女性的自我敘述與認同──與自己的對話」而言，女性以文學進行自我敘述與認同，往往是認識女性自我主體的最佳途徑；而與自己的對話，便是自我敘述與認同最重要的功課。就此言

之,「女子今有行」可解說為現代女子總有屬於自己的行走方式,能夠藉由書寫走出自己的樣子。

第四章「小說家之外的文學史定位——孟瑤的『女性散文』與『孟瑤三史』」論述的是孟瑤藉由知性的女性主題散文《給女孩子的信》與學生對話,其實也是與她自己對話、認識自己。而她的代表作「孟瑤三史」(《中國文學史》、《中國戲曲史》、《中國小說史》)作於她下南洋講學時期,可見她以厚重的學術著作呈現自己的雄心,可說是她間接自我敘述的文本,藉此以認識自己,也為自己迎來生涯的另一高峰。

而第五章「家國歷史、空間詩學與影像敘事的交織——張愛玲、齊邦媛、龍應台、簡媜、鍾文音與鍾怡雯自傳散文的女性自我」,討論的是現當代女作家的自傳散文,包括張愛玲《對照記》、齊邦媛《巨流河》、龍應台《大江大海一九四九》、簡媜《海角天涯——福爾摩沙抒情誌》、鍾文音《昨日重現》與鍾怡雯《野半島》及《陽光如此明媚》,以探勘她們如何在追索記憶的自我敘述中,「重新」認識自己並建構「全新」的自己,由此「新生」以鋪展一己獨特的生命史。現當代「女子」這樣的敘述「行動」,即飽含積極更新或建構自我的意味。本章探討張愛玲、齊邦媛、龍應台、簡媜、鍾文音與鍾怡雯如何與自己對話,都是典型的自我敘述與認同之作,其中所呈現的女性自我生命史丰姿多采。

第六章「身體記憶的召喚與女性主體的建構——張讓旅行／飲食散文中的感官書寫」,以張讓的《旅人的眼睛》與《裝一瓶鼠尾草香》為主,前者為旅行文學,後者為飲食文學。兩書以自己獨特的旅行及飲食為主題,前者特色為重遊舊地、在地方公園走路、不強調知名景點的定點居家式旅行為主題。後者集中描寫三種食物:巧克力、蘑菇、白米飯,以及實務的道德辯證等。兩書皆著重書寫感官經驗,

以召喚身體曾經歷過的旅行與飲食記憶，同時突顯張讓自己這一女性主體對感官的敏銳覺受，是以其文字也正是與她自己的對話，彷彿有股神秘的力量，可以藉此觀照自己的真實存在。

綜言之，本書以「女子今有行」突顯現當代女性文學已然能夠走出自己的出路，勇於與文化他者相遇而碰撞出美麗的成果，也能清楚地自我敘述與認同。是以，本書所研究的個案，都是卓然有成的女性文人，特別具有代表性。若干篇章以一位個案為主，如獨傳，有些則是合論幾位，如合傳；看似參差，實則自有其脈絡，也算是女性或陰性書寫的特色，在曲折路徑中也能開闢自己的荒野，築成一座自己的園地。是以，本書藉由這些個案，說明今日女性的行走可以到達多遠的範圍，甚至飛翔至任何她們可以去的極致所在。

三　議題的展開與論述的次第

本書分為兩卷，「卷一　女性的出走與出路：與文化他者的相遇」包含三章，五位女性文人：張維楨、張愛玲、孟瑤、琦君、齊邦媛；「卷二　女性的自我敘述與認同：與自己的對話」包含三章，八位女性文人：孟瑤、張愛玲、齊邦媛、龍應台、簡媜、鍾文音、鍾怡雯、張讓。綜言之，這六章所討論的課題皆為現代女性文學的重要課題，前者強調女性與文化他者的相遇，後者強調與自己的對話。

卷一「女性的出走與出路──與文化他者的相遇」有三章，包含「五四娜拉的『出走』與『出路』──羅家倫的婦女解放話語與張維楨的婦女解放實踐」、「翻譯、改寫與再創作作他者／自己的小說─張愛玲的『翻譯』文學與雙語作家夢」、「女性、啟蒙與翻譯──『中興文學家』琦君、孟瑤與齊邦媛的『女性文學』、『兒童文學』與『翻譯文學』」。

　　第一章「五四娜拉的『出走』與『出路』──羅家倫的婦女解放話語與張維楨的婦女解放實踐」。本章欲發掘羅家倫在五四運動期間於婦女解放議題上所扮演的角色與重要性，尤其是他在婦女的「出走」及「出路」議題上皆有一定的貢獻，值得探賾。首先，重讀羅家倫於五四前的翻譯劇作〈娜拉〉及其人其作在文學史上應有的貢獻及意義。而因應劇作〈娜拉〉所做的問題小說〈是愛情還是苦痛？〉可視為〈娜拉〉的延伸之作，其中探討的是新青年個人主義的自由戀愛與傳統家庭、婚姻之間的矛盾與衝突問題。其次，羅家倫於五四後所發表的一系列婦女權利與人格獨立相關的論述，包括主張大學應為女性開放，以及婦女解放應自提高婦女教育、職業與公共育兒等三方面著手，方可得到圓滿的解決。由此可見羅家倫對於「娜拉」在「出走」後的「出路」，提供許多具體可行的建議作法。第三，進一步考察羅家倫真實人生中的「婦女解放成果」，即他的良配張維楨（薇貞）。這位新女性一生的表現，符合新女性自傳統「出走」的形象，並且能積極地求取高等教育並擔任教育與黨政要職，從事女權及兒童保育等公領域的活動，「出路」可謂寬廣。是以，本章就羅家倫文本中與女性人格的獨立自主、男女兩性的戀愛與婚姻自由等相關文本，探討羅家倫在五四時期較少為學界所關注的若干婦女解放相關文本之內涵，兼論他的翻譯文學（戲劇）成績，以及現實生活中的良配張維楨如何實踐了他所主張的婦女解放實踐？藉此以闡明羅家倫在婦女解放議題與民初翻譯文學領域應有的位置，開展羅家倫與五四相關研究中較有新意的面相，以供學界參考。

　　第二章「翻譯、改寫與再創作作他者／自己的小說──張愛玲的『翻譯』文學與雙語作家夢」。做為「小說家」、「散文家」或「劇作家」的張愛玲，早為眾人熟知，惟有「譯作家張愛玲」的身分較少被學界關注。本章即以張愛玲的「翻譯」文學之表現──華文小說──

為論述重點，以此說明她如何以「翻譯」傳播與接受他者／自我的文學作品。首先必需說明的是，本文所謂「翻譯」並非只是一般意義下的中翻英或英翻中而已，而是包括「將方言翻譯為國語」在內的翻譯行為；同時，此處所指涉的「翻譯」行為也包含藉由翻譯而進行的改寫／重寫／批注等相關寫作表現。由如此複雜的「翻譯」定義出發，庶幾可稍窺張愛玲「翻譯」文學的豐富性。由於張愛玲的「翻譯」成果稍顯龐雜，除若干英美文學的中譯，如《老人與海》、《愛默生選集》之外，其為數可觀的華文文學（散文、小說、劇本、評論）之翻譯與改寫／重寫的成績亦不容小覷，這也是本文的論述重心。因此，以有限的篇幅勢必無法完整討論張愛玲的所有譯作，乃將討論範圍界定在「華文小說」上。這部分包括張愛玲「譯他」之作──翻譯別人的小說，以及「自譯」──翻譯自己的小說兩大部分。前者以翻譯晚清吳語小說《海上花列傳》的國語與英語版以及陳紀瀅《荻村傳》的英譯為主，兩書的共同點皆為運用方言／鄉土語言做為對話以彰顯人物的特色。後者則是指張愛玲自譯／改寫自己的小說，包括先英文後中文版的《秧歌》、《怨女》，以及先有中文後譯為英文版的《赤地之戀》、〈金鎖記〉等作品。職是，本文著眼於張愛玲的翻譯／改寫他者／自我的「華文小說」為主要的討論範圍，並由此觀察張愛玲為何熱衷於「翻譯」文學？與其年少時的雙語作家夢之間的關聯為何？接著，做為一名華文小說翻譯者的張愛玲，其譯作所呈現的接受效果如何，更是本章所關注的焦點。最後由此驗證張愛玲一生的文學事業，不只小說、散文與劇本這三塊版圖，其譯作之大有可觀，實足以與其他三項成就並駕齊驅。至此，則張愛玲的文學版圖應是「小說、散文、劇作、譯作」四個區塊並列，如此方能完整探勘張愛玲文學的全貌。

　　第三章「女性、啟蒙與翻譯──『中興文學家』琦君、孟瑤與齊

邦媛的『女性文學』、『兒童文學』與『翻譯文學』」。本章所稱三位
「中興文學家」琦君、孟瑤與齊邦媛，皆與中興大學有或深或淺的關
聯，她們皆曾任中興大學中文系與外文系的教職，乃統稱之為「中興
文學家」。三位戰後來臺的女作家們，其文學成就有目共睹，早有定
評。然而，關於她們如何書寫女性／自己（女性文學）、如何參與兒
少讀物的編寫（兒童文學）、（被）翻譯臺灣文學（翻譯文學），亦值
得重視。女性、啟蒙與翻譯是晚清開展的重要課題，三個議題正好跨
越文學、文化與教育等方面。三位五四人出身的「中興文學家」很巧
妙地承繼了這道晚清以降的重要課題。是以，藉由探索「中興文學
家」琦君、孟瑤與齊邦媛的「女性文學」、「兒童文學」與「翻譯文
學」，可以理解她們如何以這些書寫呈現女性／自己以及如何介入社
會，以發掘她們在現代文學史上的意義及價值，藉此擴大相關學界對
於三位「中興文學家」的深刻瞭解。

　　卷二「女性的自我敘述與認同──與自己的對話」有三章，包含
「小說家之外的文學史定位──孟瑤的『女性散文』與『孟瑤三
史』」、「家國歷史、空間詩學與影像敘事的交織──張愛玲、齊邦媛、
龍應台、簡媜、鍾文音與鍾怡雯自傳散文的女性自我」、「身體記憶的
召喚與女性主體的建構──張讓旅行／飲食散文中的感官書寫」。

　　第四章「小說家之外的文學史定位──孟瑤的「女性散文」與
「孟瑤三史」」。孟瑤（本名揚宗珍）以小說知名於世，然而孟瑤仍有
其他令人注目的文學表現值得討論。尤其是「女性散文」（〈弱者，妳
的名字是女人？〉、《給女孩子的信》）與「孟瑤三史」（《中國戲曲
史》、《中國小說史》、《中國文學史》等三部史論／教科書）。這兩類
文學表現的預期讀者都是學生與一般讀者，顯示孟瑤的自我認同是女
作家，但顯然更偏向女教師／學者的形象；較諸其大量小說所建立的
「小說家」身分，似有不同。是以，本章透過這兩類文本，以理解是

否可在其小說成就外，藉此以證成孟瑤另一面較偏向女教師／學者的形象，進而建構孟瑤「知識女性」的形象。首先論及「女性散文」系列，既為自己、也為廣大女性的生命發聲；文本的知性風格與「教育」讀者的意味頗為明確。其次論及「孟瑤三史」，既確立了孟瑤的學術自我的向度，但其通俗化的教科書形式，也有啟迪更廣大學子與一般讀者之意。最後綜論孟瑤由此兩大類文本所呈現的女性／學術自我的敘述／認同，明顯地較偏向女教師／學者。由此並兼論一般現代文學史（論）的孟瑤多為「小說家」，似暗示她的自我認同較偏向文學／女作家一面，多數未見提及此兩類文本之偏向「教育」讀者的女教師／學者的形象。此外，孟瑤及其作品之被閱讀及研究，時至今日已然沒落的現實，似與其寫作意識較偏向女教師／學者的自我形象之認同有關。總言之，孟瑤在五十至七十年代文壇／作家與杏壇／教師（學者）雙棲的系譜中，是一位形象鮮明的知識女性。

　　第五章「家國歷史、空間詩學與影像敘事的交織──張愛玲、齊邦媛、龍應台、簡媜、鍾文音與鍾怡雯自傳散文的女性自我」。「自傳散文」往往並不能完全等同於真實的「自傳」，它們往往兼具「紀實」與「虛構」特質，自成一副虛實交錯的迷人樣貌，尤其現當代女作家書寫自傳散文時，她們如何藉此呈現自己獨特的生命史，更值得探賾。是以，本章探討現當代女作家的自傳散文的三種類型，一是自我與家國歷史、地裡空間與影像相互定義的自傳散文，二是偏向以自我與地理空間相互定義的自傳散文，三是偏向自我與家族之影像敘事的自傳散文，然個別作家所表現的自傳散文往往同時兼具上述二或三種特色。主要討論的作家以晚近二十餘年來在自傳散文表現較突出的女作家為主，包括張愛玲《對照記──看老照相簿》（1994）、齊邦媛《巨流河》（2009）、龍應台《大江大海一九四九》（2009）、簡媜《天涯海角──福爾摩沙抒情誌》（2002）、鍾文音《昨日重現──物件和

影像的家族史》(2001)、鍾怡雯《野半島》(2007)與《陽光如此明媚》(2008)。是以,本章探討的重心乃是藉此闡釋她們如何呈現女性自我的生命史,以及此類自傳散文對於建構/重構她們的女性身分認同的意義何在,藉此以呈露現當代女作家的自傳散文的豐美面貌。

第六章「身體記憶的召喚與女性主體的建構──張讓旅行/飲食散文中的感官書寫」。張讓的散文一向以時空書寫為主題,並以冷冽的知性風格著稱。然而,她有兩部獨特的作品《旅人的眼睛》與《裝一瓶鼠尾草香》,分別觸及旅行與飲食主題,皆著重書寫感官經驗對於身體記憶的召喚與女性主體的建構,而非僅止於風物之美與食物之妙的表層體驗。簡言之,這兩部以旅行與飲食為主題的散文集,處處閃現知性紋理與感性內蘊的結合。相較張讓前期較抽象的時空書寫,正是一次新變與深化的表現。因此,首先論及張讓的旅行文學,其感官經驗以視覺與身體移動(走路)為主。次則論及張讓的飲食文學,結合味覺與嗅覺的書寫,特別迥異於一般偏重味覺描寫的飲食散文。最後,綜論張讓旅行/飲食文學的特色以及其中所透顯的女性主題的建構,進而彰顯張讓旅行/飲食散文在當代文學史之價值與意義。

綜言之,經由這二卷主題六個章節的開展,十位現代女性文人個案的面貌更加豐富而立體,首先是絕少被現代文學界所研究的張維楨,其正面的人生典範正好是羅家倫婦女解放話語的最佳實證,由此解讀羅家倫的五四角色,特別有意義。其次,張愛玲的翻譯文學與雙語作家夢,可見她對於自己跨越語言文化藩籬的自信,雖然並不容易收到絕佳的成效。再者,琦君、孟瑤與齊邦媛在女性、兒童與翻譯文學方面的表現,也是她們勇於跨越自己而能與文化他者碰撞的美好成果。第四,孟瑤在小說之外的文學表現,無論是女性散文或孟瑤三史,也都是她(間接的)自我敘述與認同。第五,張愛玲、齊邦媛、龍應台、簡媜、鍾文音、鍾怡雯的自傳散文各具特色,彰顯了女性特

質的彈性與變化，可微觀可巨視、可文字可影像，總之可以小女子也可以大女人。最後，張讓的飲食與旅行書寫，突顯了感官的感受，也都具有張讓典型的既「冷」又「熱」的特質。上述這些研究，大抵都關注到了過去較少被研究者注意的面相，也正好符合本書的主旨：「女子今有行——現代女性文學新論」的新意。

卷一
女性的出走與出路
──與文化他者的相遇

第一章
五四娜拉的「出走」與「出路」
——羅家倫的婦女解放話語與張維楨的婦女解放實踐

一　前言

　　在二〇一九年談五四，其重要性不只是一百周年紀念，誠如張愛玲在〈憶胡適之〉所說的：「我屢次發現外國人不了解現代中國的時候，往往是因為不知道五四運動的影響。因為五四運動是對內的，對外只限於輸入。……，我想只要有心理學家榮（Jung）所謂民族回憶這樣東西，像五四這樣的經驗是忘不了的，無論湮沒多久也還是在思想背景裡。」[1]誠然，在整個當代華人的「民族回憶」裡，「五四」經驗絕對是一個共同話語，無論是否親身參與過，它早已浸潤於百年來所有人的思想背景中了。

　　職是，在今日重讀並探討五四運動的意義與價值，實有不凡的意義；其中又以確立「五四運動」名稱[2]的羅家倫（1897-1969）最值得注意。羅家倫一生最為人矚目的事蹟就是早年在北京大學求學期間參與五四運動，不只是躬逢其盛的重要人物，更是「五四運動」主要的

1　張愛玲：〈憶胡適之〉，《張看》（臺北：皇冠文化出版公司，1976年5月；1991年7月典藏版初版），頁147-148。

2　「五四運動」的名稱，出自羅家倫〈五四運動宣言〉（民國八年五月四日）與〈「五四運動」的精神〉（民國八年五月二十六日），兩文皆收錄於《羅家倫先生文存》第一冊：政法與黨務、教育與文化（臺北：國史館、中國國民黨中央委員會黨史委員會，1976年12月）。

學生代表，可謂舉足輕重。是以，時值五四運動一百周年的當今，回顧這位曾任中央大學十年校長的羅家倫，特別有意義。而五四畢竟稍微遙遠些，「羅家倫」乃台灣人成長的共同記憶，其〈運動家的風度〉曾長期收錄於國中國文課本而深植人心。此文出自羅家倫擔任中央大學校長期間（1932年8月至1941年7月）所寫的《新人生觀》（1942年1月重慶初版），可說是羅家倫最重要的代表作，它不只是當年的暢銷書，也長期影響臺灣學子。是以，其人其作之重要性無法被忽視。

目前為止，關於羅家倫與五四運動的相關史料、文獻與研究論著，已有相當豐厚而成熟的研究與定評，茲不贅述。本文擬著重討論羅家倫著作中與婦女解放相關的話語，以闡發他參與五四新文化運動的另一項顯著的成效，即促進婦女解放；然而學界於此的相關研究仍屬匱乏。綜觀其一生豐厚的著述，包含十三巨冊的《羅家倫先生文存》及《羅家倫先生文存補編》、《羅家倫先生文存補遺》各一冊，[3]合計十五冊的龐大份量，可見其人著述之勤，內容亦十分多元而豐富，包含文學、歷史、政治、教育、文化、藝術等。僅就文學而言，即包羅萬端，新舊體詩、散文、小說、譯作、論述等皆有一定的表現，可見羅家倫著述之博大。其中，譯作最知名的便是與胡適合譯的問題劇〈娜拉〉（1918年6月15日），其餘譯作多為政治、史學、時事、函文等主題；而小說僅有一個短篇問題小說〈是愛情還是苦痛？〉（1919年3月），這兩篇發表於五四運動前的文本，皆強調婦女

3　羅家倫全集計十五冊，首先是由國史館與中國國民黨中央委員會黨史委員會編輯《羅家倫先生文存》（臺北：國史館、中國國民黨中央委員會黨史委員會，1976年12月）十三冊；其次是中國國民黨中央委員會黨史委員會《羅家倫先生文存補編》（臺北：近代中國出版社，1999年12月）一冊；最後則是女兒羅久芳及姪女羅久蓉編輯的《羅家倫先生文存補遺》（臺北：中研院近代史研究所，2009年12月）一冊。

「做為一個人」的獨立自主以及新式愛情與舊式婚姻的衝突。而五四運動後，羅家倫又發表兩篇與婦女主體權利及職業出路有關的婦女解放話語，一是〈大學應當為女子開放〉（1919年5月11日），一是〈婦女解放〉（1919年10月），兩文強調女子應接受大學以上的高等教育，必須拓展婦女的職業範圍，兒童應當公育以解決職業婦女的育兒負擔等。上述四篇文本對於五四時期的婦女解放風潮具有一定的影響力，也正是本文主要討論的對象。

　　考察目前所見的現代文學史論專書，凡論及民國早期的女權運動與女性文學創作，必定無法忽略羅家倫與恩師胡適在五四前一年（1918）刊登於《新青年》的譯作〈娜拉〉，[4]這篇師生合譯的傑作正是五四時期最具有影響力的婦女解放文獻，對於五四之後的女權運動與女性文學創作亦有十分深遠的影響。然而，大部分與五四運動相關的文學史論著中，往往多只提及胡適翻譯〈娜拉〉，而較少正面提及羅家倫的貢獻，[5]即使胡適自己撰著的《中國新文學運動小史》提及翻譯〈娜拉〉，也是一語帶過羅家倫的名字。[6]至於羅家倫其他幾篇與婦女解放話相關的文本更是極少被討論。是以，重讀羅家倫的譯作〈娜拉〉及其他婦女解放相關文本，以正視這些文本之於五四婦女解放運動的意義，正是本章最初的寫作動機與背景所在。

　　職是，本章欲由此以發掘羅家倫在五四運動之婦女解放議題上所

4　〔挪威〕易卜生著；胡適、羅家倫譯：〈娜拉〉（A Doll's House），《新青年》第4卷第6號，1918年6月15日；今收錄於《羅家倫先生文存》第三冊：譯著（臺北：國史館、中國國民黨中央委員會黨史委員會，1976年12月）。

5　如錢理群、溫儒敏、吳福輝：《中國現代文學三十年》（北京：北京大學出版社，1998年7月）第八章「戲劇（一）」僅提及〈娜拉〉由胡適和羅家倫合譯，未深入討論過羅家倫翻譯此作的意義，這是諸種現代文學史普遍的敘述模式。

6　胡適：《中國新文學運動小史》第五節（臺北：中央研究院胡適紀念館，1958年6月），頁36。

扮演的角色與重要性。首先，重讀羅家倫於五四前的翻譯劇作〈娜拉〉及其人其作在文學史上應有的貢獻及意義，並以娜拉勇於「出走」的形象做為討論以下幾個相關文本的共同概念；而因應劇作〈娜拉〉所做的問題小說〈是愛情還是苦痛？〉亦值得探討，其中女主角勇於「出走」（留學），而男主角則陷於自由戀愛與傳統家庭、婚姻間進退兩難而無法勇敢「出走」（留學或離婚），顯示個人主義仍舊屈服於傳統價值或框架，猶有值得探究的空間。其次，展讀羅家倫於五四後所發表的一系列以婦女權利與人格獨立為主題的論述，包括主張大學應為婦女開放以及透過婦女接受高等教育、擴充職業類別與兒童公育等，方得以達成真正的婦女解放，可展現羅家倫對於「娜拉」出走後的「出路」提供了明確而正面的建議。第三，由此出發以觀看羅家倫真實人生所實踐的「婦女解放」成果，即他的良配張維楨（薇貞）這位新女性一生的「出走」及「出路」表現，包括接受高等教育、出國留學，擔任教育與黨政要職，並積極參與戰爭前後的女權及兒童保育等活動。

是以，本章擬就上述三個面相，以探討羅家倫文本中與婦女人格獨立、男女兩性的戀愛與婚姻自由等相關的婦女解放話語，以闡明羅家倫不止於五四運動有特出的貢獻，羅家倫在五四時期的婦女解放議題上亦應佔有一定的位置，尤其是〈娜拉〉以外的三個較少為學界注意的婦女解放文本，特別值得探賾。

二　「娜拉」的「出走」召喚五四青年「做為一個人」──翻譯劇作〈娜拉〉與創作小說〈是愛情還是苦痛？〉

羅家倫於一九一七年考取北京大學文科本科，主修外文。蔡元培

於同一年就任北大校長，年輕的胡適也剛回國任教北大。羅家倫曾於五四運動前發表兩篇與婦女解放相關的文本，一是與老師胡適合作翻譯的問題劇〈娜拉〉（1918年6月15日），一是創作問題小說〈是愛情還是苦痛？〉（1919年3月），兩者皆觸及當時最重要的社會議題——婦女解放；同時也與文學改革有關，即戲劇改良（「問題劇」）與寫實主義小說（「問題小說」）的提倡，皆以揭櫫社會問題為創作宗旨。而羅家倫這兩個文本所指出的重要社會問題，便是婦女應有做為一個人的獨立人格以及新青年徘徊於新式自由戀愛與舊式家庭、婚姻間的矛盾與苦痛，這兩大問題正是民國初年的時代課題。

（一）娜拉「出走」之自由與必要——翻譯劇作〈娜拉〉及羅家倫對於西方戲劇中的婦女議題之關注

在五四運動正式登場前，一九一八年六月刊登於《新青年》第四卷第六號的譯作〈娜拉〉，無疑是非常受到矚目的一篇文章。一般現代文學史論及五四運動前後的文學發展，必然提及這篇由胡適與羅家倫師生共同翻譯的劇作〈娜拉〉及其對於往後新文學創作與女權運動的影響。然而大多數文學史亦往往略而不提合譯者羅家倫的名字或重要性。是以，由此出發以重讀這一則被現代文學史忽略的羅家倫身影便有其必要。

近代挪威籍劇作家易卜生（Henrik Ibsen, 1828-1906）所創作的劇作〈娜拉〉（A Doll's House），如同其他所有十九世紀的歐洲文學作品一樣，它們在中國引起注意前，大多已先為日本讀者所熱烈接受，再經由翻譯輾轉傳回中國，〈娜拉〉亦然。[7]因此，晚清之際，人在日

7　〈娜拉〉傳播至日本再傳至中國的歷程，參考張春田：《思想史視野中的「娜拉」——五四前後的女性解放話語》（臺北：秀威資訊公司，2013年4月）第一章「『娜拉』進入中國：跨語際的文化偶像」，頁11-26。

本的魯迅、陸鏡若、李叔同等人多已接觸過易卜生劇作〈娜拉〉。是以，到了五四時期，此劇能夠迅速地被更年輕的一代知識青年所接受，其來有自。因此這部傳達「做為一個人的覺悟」的劇作，也深受當時身為北京大學的年輕教師胡適及其學生羅家倫的注意，進而譯成中文，刊登於當時最受進步青年與知識分子歡迎的《新青年》第四卷第六號上，此期即定名為「易卜生號」，其中尚有陶履恭翻譯〈國民之敵（An Enemy of the People）〉、吳弱男翻譯〈小愛友夫（Little Eyoff）〉兩個劇作、胡適〈易卜生主義〉和袁振英〈易卜生傳〉。此期正文前，以一整頁刊登兩張易卜生的照片（第一張「壯年之易卜生造像」（約攝於一八六五年）；第二張似為雕像之照片）以及手稿（「易卜生之手蹟〔1899〕」），可見此刊對於易卜生的重視。而刊登外國作家的照片及相關實物圖像，也正是當時先進報刊的流行作法，亦可見急於建立新典範與新價值的五四知識界對於易卜生的熱烈接受情形。

至於〈娜拉〉的譯作者，《新青年》第四卷第六號〈娜拉〉此文的標題旁有幾行小字，說明了中文譯者的情形：「〈娜拉〉三幕，首二幕為羅家倫君所譯，略經編輯者修正。第三幕經胡適君重為迻譯，胡君並允於暑假內再將第一二幕重譯，印成單行本，以慰海內讀者。編輯者識。」[8]可見此譯作原本實為羅家倫所翻譯，僅第三幕已由老師胡適重新翻譯而歸胡適作，胡適本來亦有重譯第一、二幕的打算，並出版單行本。可見就翻譯此作的份量而言，譯作者的排序應當先羅家倫、後胡適，較符合實情。然而很可能是基於胡適在當時已為知名學者且顧及師生倫理，一般多以「胡適與羅家倫合譯」呈現譯作者之名，進而使得諸文學史往往習焉而不察，多以胡適為主要譯者，羅家

---

8 〔挪威〕易卜生著；胡適、羅家倫譯：〈娜拉〉（A Doll's House），《新青年》第4卷第6號，1918年6月15日，頁508。案：此師生合譯的版本，後來似乎並未出版。

倫之名便略而不提了。[9]

　　劇作〈娜拉〉（A Doll's House）的內容與主旨已為人熟知，茲不贅述。在此僅引述羅家倫翻譯的第一、二幕文本，以觀其譯筆。就第一幕而言，明顯可看出女主角娜拉（Nora）和丈夫滔佛·郝爾茂（Torvald Helmer）的相處情形是典型的男尊女卑。如第一幕，滔佛·郝爾茂稱呼娜拉為「鴉雀兒」、「松鼠兒」這類詞彙：

> 郝爾茂：你能抵賴嗎？娜拉，我的愛呀！（拿他的手腕抱著夫人的頸兒）我這鴉雀兒真好啊！但是太會花錢了。別人卻不知道我養你這小鴉雀花費多少錢呢。
>
> 娜拉：羞唷，你能講這話麼？哼，我能省的，我卻都省下了。
>
> 郝爾茂：（笑出來了）不錯，不錯……你能省的，你都省下了……但是實際上何曾有一點東西。[10]

由這段對話，可見這個家庭的男主人對於女主人的態度明顯較為傳統，偏向男尊女卑，男主人居於相對崇高的位置發言，娜拉似乎是接受供養的角色。無怪乎一旦覺醒後，娜拉會憤然推門而出一去不回，其來有自。而羅家倫的譯筆以白話文為之，稱得上清楚明白，頗能抓得住劇中人物的精神。這種明白如話的白話文風格，和他同時期發表

9　即使專論五四時期「娜拉現象」的專書也未必提及羅家倫，如張春田：《思想史視野中的「娜拉」——五四前後的女性解放話語》第一章「『娜拉』進入中國：跨語際的文化偶像」在頁17-20專論「娜拉」中譯情形亦未提及；宋建華《「娜拉」現象的中國言說》（北京：人民文學出版社，2016年10月）緒論之第二節「西方『娜拉』的東施效顰」，遑論一般現代文學史專書。

10　〔挪威〕易卜生著；胡適、羅家倫譯：〈娜拉〉（A Doll's House），《新青年》第4卷第6號，1918年6月15日，頁511；收錄於《羅家倫先生文存》第三冊：譯著（臺北：國史館、中國國民黨中央委員會黨史委員會，1976年12月），頁478。

於《新青年》中的若干白話詩作一樣，很能展現新時代新青年對於舊傳統舊詩文的態度，儘管羅家倫本身也寫舊體詩。

　　然而，〈娜拉〉這個劇本在中國早期所彰顯的意義絕非僅止於為婦女發聲而已，反而較著重於此劇所吶喊的「做為一個人」的覺醒上。如此推崇的方向，乍看似乎無視此劇女主角娜拉做為一個女人的轉變與覺醒，然而正是因為如此無性別或中性地看待娜拉「出走」的價值，反而賦予此劇作個更超越的意涵，即「娜拉是女人，也是人」這個意義顯然更有價值。此因五四階段翻譯及傳播此劇作的知識分子皆為羅家倫、胡適一類男性主流菁英，儘管他們以男性的角度觀看娜拉的故事及婦女解放議題，乍看似乎無法完全貼近女性的內心，頗有為女性「代言」的意味。但弔詭之處也正在於此，正因為如此不脫男性中心的觀點，反而擴大並提升了娜拉的形象。許慧琦的研究即指出這點：

> 五四時代的新女性形象原型，並非因應社會自然變遷、或女性自身覺醒所誕生，而是由反傳統主義者，且主要是男性，率先呼籲重構個人與家庭、社會的關係，進而運用文字塑造出的現代人理想典型。……換句話說，在近代中國，以娜拉為典範所建立起的新女性形象，帶有某種「去性別」的原始本質。娜拉的新「人」性，首先為中國知識男性所發現、吸收並消融；幾乎於同時，這群男性以「（新女性）形象塑造者」自居，並配合著由他們首倡且隨之風行的女子解放氛圍，將娜拉引導、定位為新女性形象，從此關鍵性地決定了該形象日後在中國的發展走向。[11]

---

11 許慧琦：〈去性化的「娜拉」：五四新女性形象的論述策略〉，《近代中國婦女史研究》第10期（2002年12月），頁65-66。

是以，五四知識青年藉由娜拉的形象，塑造了他們心目中想要的新
「人性」，而非僅只是「女性」，以符合他們對於個人主義的追求、婚
戀自由的嚮往。因此，無論娜拉、羅家倫、胡適或其他五四青年，皆
展現集體自傳統文化「出走」的決心。易言之，五四知識分子藉娜拉
「出走」夫家的形象一澆自己胸中的塊壘——必須在行動與精神上自
傳統家庭或文化「出走」，才能建構真正全新的價值。因此，「出走」
不只是婦女解放自我的必要，也是全人類自傳統文化中解放出來的必
然發展。是以，娜拉「出走」的夫家被擴充解釋為所有傳統家庭或文
化價值；而「出走」的形象既是實際上的行動，也具有象徵意義。[12]

　　無論如何，羅家倫自此對於西方戲劇確實有了一定的認識，尤其
是與婦女、婚姻、家庭等社會議題相關的主題。緊接於此之後，一九
一九年三月，羅家倫在《新潮》（The Renaissance）雜誌上發表了問題
小說〈是愛情還是苦痛？〉，開場即以第一人稱自述「去年看了一本
比國近代文豪梅德林所做的劇本，叫做《內幕》。」[13]此位比利時劇作
家梅德林（Maurice PolyDore Marie Bernard Maeterlinck, 1862-1949）
也是詩人、散文家，一九一一年諾貝爾文學獎得主，其作品主題主要
關於死亡及生命的意義，最為人熟知的是《青鳥》（L'oiseau Bleu,
1908），一九二三年開始，他的作品即有相當多中譯本。接著，羅家
倫以這位知名劇作家的生平為例，引出小說的主旨：

　　　　今年一月間有天夜晚，我在新潮社預備稿件方完，身子已經疲
　　　倦了，胡亂拏起一本《西洋近代戲劇史》來看。看見其中有一

---

12 亦可參考以下專著，李歐梵：〈現代中國文學中的浪漫個人主義〉，《現代性的追求》
　　（臺北：麥田出版社，1996年9月），頁95；許慧琦：〈去性化的「娜拉」：五四新女
　　性形象的論述策略〉，《近代中國婦女史研究》第10期（2002年12月），頁77-86。
13 羅家倫：〈是愛情還是苦痛？〉，《新潮》第1卷第3號（1919年3月1日），頁455；收
　　錄於《羅家倫先生文存》第八冊：日記與回憶、藝文，頁465。

段說:『梅德林雖是神祕主義的巨子,象徵主義的先鋒,但是
他現在陡然變了。因為他新近娶了一位夫人叫盧白蘭,……,
一會兒又聯想道:「婚姻真能轉移人的一生呵!」』[14]

此文雖為小說,然此類寫實小說的內容多與作者的實際經驗雷同。由
此可知羅家倫當時對於西方戲劇史確實有所接觸,並且也注意到其與
婦女、婚姻、家庭等社會問題相關的部分。

多年後,羅家倫曾於一九三一年出版一冊西方戲劇譯作集《近代
英文獨幕名劇選》,[15]此書緣起於一九二一年他在美國求學時期,因研
讀哲學與史料之困乏,以閱讀獨幕劇本為樂而隨手翻譯的成果。其
後,一九四六年羅家倫在南京《中央日報》「婦女週刊」第四期發表
〈不同時代的婦女共鳴〉(1946)。此文記敘前一年(1945)在巴黎參
觀「國際婦女會」開會,會中遇到中國代表婦女前來寒暄。會後則應
駐法大使錢階平之邀,赴國家歌劇院聽歌劇〈雅麗央和藍鬍子〉
(Ariane et Barbe-Bleue)。巧合的是,這個詩劇的作者正是二十七年
前出現於問題小說〈是愛情還是苦痛?〉的比利時文豪梅德林(此文
譯為「梅特林克」)。[16]該詩劇改編自中世紀的故事,劇中的五個女子
最後有段合唱,形象非常美麗。是以,羅家倫便將這前後一小時內所

---

14 羅家倫:〈是愛情還是苦痛?〉,《新潮》第1卷第3號(1919年3月1日),頁455;收
　　錄於《羅家倫先生文存》第八冊:日記與回憶、藝文,頁465。

15 羅家倫:《近代英文獨幕名劇選》(上海:商務印書館,1931年10月)。此書共收錄
　　十位西方戲劇名家之作,包括梅斯斐德(John Masefield)、梅德敦(George
　　Middleton)、葛賴戈蕾夫人(Lady Gregory)、高士華胥(John Galsworthy)、段香萊
　　爵主(Lord Dunsany)、巴克斯特(Winthrop Parkhurst)、狄鏗生(Thomas H.
　　Dickinson)、何騰(Stanley Houghton)、白納德(Arnord Bennett)、瓊斯(Henry
　　Arthur Jones)等。

16 羅家倫:〈不同時代的婦女共鳴〉,南京《中央日報》婦女週刊第4期,1946年6月27
　　日;收錄於《羅家倫先生文存》第十一冊:評論,頁493。

接觸到的兩個不同時代的婦女共鳴，合寫於一篇文章中，題目因稱之〈不同時代的婦女共鳴〉。

同年，他也曾寫過一篇與戲劇中的婦女議題相關的散文〈四齣名劇三個時代——英國舞台上的婦女問題〉，述及他在英國倫敦觀看四齣話劇（舞台劇）的心得，包括王爾德（Oscar Wilde）〈溫德美夫人的扇子〉（Lady Windermere's Fan）、蕭伯納（Bernard Shaw）〈人與超人〉（Man and Superman）、莫恩（W. Somerset Maugham；今譯毛姆）[17]〈聖火〉（The Sacred Flame）、麥克辣鏗（Esther McCracken；今譯埃絲特・麥克拉肯）[18]〈沒有勛章〉（No Medals）等。其中，羅家倫特別提及多年前即已看過王爾德〈溫德美夫人的扇子〉的劇本：「我讀這劇本在二十七年以前，這次我一定要看，是為了欣賞劇中許多最聰明最俏皮的對話。」[19]文中所稱二十七年前即指一九一九年五四前後這一年，當時羅家倫已陸續發表若干與婦女解放相關的文本，其中一部分即與西方戲劇中展現的婦女議題有關。

簡言之，西方戲劇史中的重要劇作家，包括挪威易卜生、比利時梅德林（梅特林克），以及英國的王爾德、蕭伯納、莫恩（毛姆）與麥克辣鏗（埃絲特・麥克拉肯）等人，都是羅家倫學習並理解西方婦女、戀愛、家庭等相關性別話語的重要啟蒙來源。

---

17 莫恩即威廉・薩默塞特・毛姆（William Somerset Maugham. 1874-1965），今譯毛姆，英國現代小說家、劇作家。

18 麥克辣鏗（Esther McCracken, 1902-1971），今譯埃絲特・麥克拉肯，她是英國女演員、劇作家，知名劇作Quiet Weekend。

19 羅家倫：〈四齣名劇三個時代——英國舞台上的婦女問題〉，南京《中央日報》第五版，1946年6月6日；收錄於《羅家倫先生文存》第十一冊：評論，頁488。

（二）勇於「出走」（留學）的「娜拉」與不敢「出走」（離婚）的新青年──問題小說〈是愛情還是苦痛？〉

羅家倫在翻譯〈娜拉〉後翌年，即一九一九年三月於北大學生自辦的《新潮》（*The Renaissance*）雜誌發表問題小說〈是愛情還是苦痛？〉，以創作小說實踐他自己對於娜拉「出走」的認同以及對於傳統家庭與婚姻的批判。

羅家倫此一問題小說發表於五四運動發生前，可說開啟往後問題小說的創作熱潮：

> 問題小說最早出現於1919年，羅家倫的〈是愛情還是苦痛？〉、
> 俞平伯的〈花匠〉、葉聖陶的〈這也是一個人？〉等可謂問題小
> 說的開端。到1919年下半年，冰心發表在《晨報・副刊》上的
> 〈斯人獨憔悴〉等作品則將問題小說創作引向了高潮。其實問
> 題小說的概念非常寬泛，只要有社會價值和社會反響的作品都
> 或多或少會提出一些社會問題，因而廣義上的「問題小說」包
> 括一切思想性強和有社會針對性的小說。但五四時期的「問題
> 小說」有著獨特的內涵，他是現代知識分子在「易卜生主義」
> 的激盪下，個人開始維護他們獨立思考與行動的權力的產物。[20]

是以，羅家倫這篇問題小說〈是愛情還是苦痛？〉可說是胡適「易卜生主義」[21]的產物，藉此以訴說他個人對於新青年徘徊於新與舊兩種

---

20 羅曉靜：《「個人」視野中的晚清至五四小說──論現代個人觀念與中國文學的現代
  轉型》（北京：中國社會科學出版社，2012年8月）第三章「個人的生成與多樣性：
  五四小說的個性書寫」，頁173。

21 胡適〈易卜生主義〉所謂的易卜生主義即指健全的個人主義，此文與譯作〈娜拉〉
  同刊於《新青年》第4卷第6號。

價值觀的矛盾與衝突。此作也開啟往後同類型作品的產出。簡言之，此後因劇作〈娜拉〉所造成的「娜拉熱」，亦全面地反映在問題小說與問題劇的展演上。

　　〈是愛情還是苦痛？〉書寫一位進步青年程叔平與一位「娜拉」式的新女性吳素瑛自由戀愛，卻因不敵家庭所安排的傳統婚姻而屈服的痛苦。小說雖以男主角的自述為主（敘事者僅做為聆聽男主角談話的配角），但幾乎未曾正式出場的「娜拉」式女主角吳素瑛亦值得討論。素瑛父親是改革時代的志士，已過世，只與母親同住上海。程叔平與素瑛意氣相投，很能談一些智識上的話題。然而，在嘗到愛情的甜美後，傳統父權家庭給予的壓力，是要程叔平接受已被安排好的無愛婚姻，這使他陷入痛苦的境地。就在程叔平試圖隱瞞素瑛的同時，素瑛正好發出短簡要求和程叔平會面，告知他自己即將前往美國留學，希望叔平可以一同前往或稍晚前去會合。叔平雖有心籌辦赴美留學一事，然而卻必須無奈地屈服於家庭的壓力，因此他吶喊道：

　　　　並且以為我受了輕薄的風氣，目無尊長；又說我們生在「詩禮
　　　　之家」，連這點場面都不顧嗎？唉！我不知道我的家庭是為了
　　　　「詩禮」而有了，還是為「人性」而有的？我的終身幸福要
　　　　緊？還是場面要緊？[22]

程叔平在現代與傳統中掙扎的吶喊，正是那個時代青年的典型聲音。婚後仍有赴美留學念頭的程叔平，收到素瑛由美國寄來的信，稱已知道程叔平目前的情形，並附了一張照片，「又說他現在對於人生，有根本覺悟，定了一種超於賢妻良母的人生觀，此後終身從事美術同社

---

22 羅家倫：〈是愛情還是苦痛？〉，《新潮》第1卷第3號，1919年3月；收錄於《羅家倫先生文存》第八冊：日記與回憶、藝文，頁471。

會教育。」[23]此言令程叔平痛苦不堪。而這位「出走」到美國留學的素瑛，雖如「娜拉」般毅然出走，但她的出走並非反抗傳統家庭的壓力，而是因為她生在開明的家庭而擁有出國留學的機會。是以，小說中的新女性素瑛的出走顯然已經超出當時許多女性的局限，而能以自己的學識及能力做好往後獨立自主生存下去的知識準備。

反觀程叔平，雖勉強自己和無愛的妻子相處，卻因無法產生愛情而造成又一重痛苦，因此程叔平認為「有愛情，而不得愛」並非世間最痛苦的，而是「強不愛以為愛」。[24]小說中的敘事者乃鼓勵程叔平離婚以脫離這種痛苦。然而程叔平卻在「人道主義」的前提下，不忍和無愛的妻子離婚，以免陷對方於無路可走的死地。小說最後，程叔平自認：「我一生的幸福，前半是把家庭送掉的，後半是把『人道主義』送掉的。」[25]簡言之，程叔平深陷新舊兩種家庭／婚姻中的進退兩難，開啟五四之後許多同類型問題小說（與問題劇）經常處理此類個人與家庭的衝突課題。這與羅家倫的老師胡適的〈易卜生主義〉[26]並不完全強調絕對的個人主義有關。李歐梵的研究即曾指出這一點：

> 胡適本身並不是完全贊同自我本位的個人主義。……，即使胡適贊成易卜生拯救自我的主張，但他卻不願進一步認同易卜生所言「社會是由個體所組合；故多拯救一個個體，便是為重建一個新社會灑下一顆種子。」……在他另一篇宣揚他自己的人

---

23 羅家倫：〈是愛情還是苦痛？〉，《新潮》第1卷第3號，1919年3月；收錄於《羅家倫先生文存》第八冊：日記與回憶、藝文，頁475。

24 羅家倫：〈是愛情還是苦痛？〉，《新潮》第1卷第3號，1919年3月；收錄於《羅家倫先生文存》第八冊：日記與回憶、藝文，頁476。

25 羅家倫：〈是愛情還是苦痛？〉，《新潮》第1卷第3號，1919年3月；收錄於《羅家倫先生文存》第八冊：日記與回憶、藝文，頁476。案：「把」有「被」之意。

26 胡適：〈易卜生主義〉，《新青年》第4卷第6號，1918年6月15日。

生哲學文章〈不朽〉中，他跨越了傳統所謂的建立「三不朽」，即德性、行為與言語，並加入了另一個新的「不朽」——建造胡適所稱的「大我」，意即社會，因為沒有了社會，個人便無法生存。[27]

由此可知，儘管羅家倫已指出男主角叔平的兩難處境，但終究沒有安排他如同易卜生的娜拉那樣絕然的離家「出走」，而是服膺他的老師胡適對於個人主義的看法，即個人主義應當考量社會大我這個論點。相較之下，往後許多五四時期強調發揚個人主義的小說（或其他作品），往往讓主角自傳統家庭與婚姻的雙重束縛中掙脫成功，以示絕對個人主義的成功，誠如李歐梵的研究所指出的：

很明顯地，追隨胡適的五四人士只掌握了一部分他的易卜生主義，即娜拉的例子。他們將此例放在一個自我解放的架構之中，以為此例將可引導他們將個人之人格從傳統社會的鐐銬及價值觀中解放出來。在早期泛濫的自傳文學中，一個不斷出現的主題便是，具有新潮思想的年輕主角自兩個象徵傳統的主要封建制度——傳統的家庭（如巴金有名的小說《家》中永恆不滅的家庭／族）以及安排式的婚姻制度中掙脫出來。「離家出走」便因此成為走向解放的第一步，也同時成為一種意識形態上的信條及行為上的模式。[28]

然而，羅家倫這篇小說的情節卻讓男主角陷入兩難的痛苦中，讓個人

---

27 李歐梵：〈現代中國文學中的浪漫個人主義〉，《現代性的追求》（臺北：麥田出版社，1996年9月），頁94。
28 李歐梵：〈現代中國文學中的浪漫個人主義〉，《現代性的追求》，頁95。

的自由戀愛屈服於家庭／族的束縛，乃至於人道主義的壓力之下。雖然成就了大我，但個人也因此處於痛苦中。簡言之，羅家倫這篇小說的個人主義並不徹底，一旦面臨家庭／族及人道主義的壓迫，個人只能退卻。

而羅家倫理想中的愛情與婚姻應當何種面貌，或可以他在小說裡引用的嚴復譯作《群己權界論》之言可得知一二：「以伉儷而兼師友，於真理要有高識遐情，足以激發吾之志氣。」[29]嚴復當年翻譯穆勒（John Stuart Mill, 1806-1873）的《論自由》（On Liberty）時，將書名譯作《群己權界論》；以「自繇」（自由）二字表達穆勒對個人尊嚴與自由的想法。此書相當重視群與己之間的互動與平衡，對於自由的內涵、個人與群體、公領域與私領域之間的權界，析論分明。這對於近代中國知識分子建構自由的人格具有相當重大的影響，而這應該就是羅家倫當時對於理想感情與婚姻的看法。

幾乎同一時間，羅家倫的老師胡適也在《新青年》（一九一九年三月）刊登了一篇模仿劇作〈娜拉〉的劇本〈終身大事〉，女主角田亞梅為了爭取個人的終身大事的自由，膽敢反抗父母之命而與陳先生「出走」，這在五四之前仍是驚世駭俗的舉動，亦可見劇作〈娜拉〉的絕大影響力。

簡言之，羅家倫早年身為北大學生時期，透過翻譯劇作及撰寫問題小說，傳達他對於新時代的婦女、愛情、婚姻、家庭等議題的看法，羅家倫這些婦女解放話語，對於五四階段的婦女解放有直接的影響。

---

29 羅家倫：〈是愛情還是苦痛？〉，《新潮》第1卷第3號，1919年3月；收錄於《羅家倫先生文存》第八冊：日記與回憶、藝文，頁467。

三 娜拉「出走」後的高等教育與職業「出路」：論文〈大學應當為女子開放〉與〈婦女解放〉

　　五四運動的重要意義遍及諸多方面，其中一個重要的影響便是婦女解放，許多相關論文出現於《新青年》上，逐漸形成廣泛的輿論。五四運動後，婦女開始參與各種學生運動以及隨之而來的各種政治社會運動，如開始男女合校，大學招收女學生；隨之而來的變化是女學生一旦接受高等教育後，必須開展其職業生涯以及如何兼顧育兒等問題。這些發展與變化，都曾經見諸羅家倫的論文中。

　　是以，本節將討論羅家倫於一九一九年五四之後所發表的婦女解放話語，一是〈大學應當為女子開放〉（一九一九年五月十一日），一是〈婦女解放〉（一九一九年十月），兩篇論文可說為娜拉的「出走」提供了具體可行的「出路」。前者以婦女應接受高等教育為主要訴求；後者篇幅超過前者甚多，主張婦女解放必須自女性接受高等教育、謀求職業與兒童公育等三管齊下，方有成效。簡言之，羅家倫為「出走」婦女的「出路」，提出頗具建設性的良方。其後，一九二三年十二月二十六日魯迅在北京女子高等師範學校（今北京師範大學前身之一）文藝會的演講〈娜拉走後怎樣？〉[30]對於娜拉摔門「出走」後的「出路」便顯得較為悲觀。他指出娜拉一旦脫離父權（夫家），「出路」只有二種，「不是墮落，就是回來」。魯迅這場演說及其較偏向負面的看法，早已為現代文學史所熟知。而魯迅於一九二五年完成的小說〈傷逝〉，女主角子君原本如娜拉般為自由戀愛而「出走」，最終卻落得無奈回娘家與死亡的悲凄下場。相較於羅家倫早已在此四至六年前即正面而積極地為娜拉謀求「出路」，可見魯迅較為悲觀，但也算是

---

30 魯迅：〈娜拉走後怎樣？〉，北京女子高等師範學校《文藝會刊》第6期，1924年；上海《婦女雜志》第10卷第8號轉載，1924年8月1日。

指明了當時婦女「出走」後的「出路」確實並不容易這一社會現實。

（一）女子的高等教育與婚姻自由──論文〈大學應當為女子開放〉

　　羅家倫於一九一九年五月十一日在北京《晨報》發表〈大學應當為女子開放〉一文，呼籲大學應廣招女學生。此文發表時，五四運動剛剛發生不久，呼應時局變革的意涵十分明確。

　　晚清以來，各地已開始設立許多女子學堂，讓女子與男子一樣有接受學堂教育的機會，雖已達到啟蒙女子的目的，但幾乎皆為大學以下的教育機構。是以，羅家倫特別提出女子應當再接受大學階段的高等教育：

> 在這解放時代，女子問題實在最重要的問題。世界的女權，在這個時代，正有蓬蓬勃勃的氣象。……可憐我們中國的女子，不但參政種種的夢沒有做，就是連一個求高等學問的機關都沒有，祇是被男子愚弄，受男子壓制。……女子解放是中國刻不容緩的事。……目前急於補救的辦法，就是先由大學開放。[31]

是以，羅家倫的主張十分明確，女子應當接受高等教育，才能享有更高的女權。為此，他提出三點主張的理由：「第一、為增高女子知識起見」、「第二、為增高女子地位起見」、「第三、為增高自由結婚的程度起見」[32]前兩點主張，多已見諸晚清推動女學的言論中，而第三點

31　羅家倫：〈大學應當為女子開放〉，《晨報》，1919年5月11日；收錄於《羅家倫先生文存補編》，頁15。

32　羅家倫：〈大學應當為女子開放〉，《晨報》，1919年5月11日；收錄於《羅家倫先生文存補編》，頁15-16。

為加強自由結婚的可能性,則是五四時期較為強調的重點。羅家倫認為傳統婚姻觀念錯誤,而且:

> 現在雖然有一種時髦的「自由結婚」,也不過多請兩個證婚人,多有幾度風琴唱歌,充其量而言之,也不過是「照片愛情」!他們對於兩方面的知識、性情、人格,何曾有一分了解呢?[33]

基於這種改革不夠徹底的「照片愛情」,羅家倫乃進一步主張男女應當有更好的了解才是:

> 男女間最高尚的結婚,完靠兩方面知識上、性情上、人格上的「互相了解」Mutual Understanding。使兩方面有互相了解的機會,尤非男女同校不可;實行男女同校,又非先實行開放大學不可。這纔真是人道主義的第一聲![34]

是以,只有讓女子接受高等教育,且必須實施男女同校學習,方得使男女兩性互相了解,才能積極有效的反應在更文明的自由結婚上,女權也將由此增強。關於羅家倫這點主張,周策縱《五四運動:現代中國的思想革命》亦提及五四後女子入大學的機會變多了,女子的就業機會也增加了,自由婚配更加常見:

> 五四事件後開始了男女合校,到1922年有28所大專學校招生了

---

33 羅家倫:〈大學應當為女子開放〉,《晨報》,1919年5月11日;收錄於《羅家倫先生文存補編》,頁17。

34 羅家倫:〈大學應當為女子開放〉,《晨報》,1919年5月11日;收錄於《羅家倫先生文存補編》,頁17。

女學生，而以前是很少有女子高等學校的。她們開始作為獨立
的公民而不是家庭的附屬物。五四事件後，婦女還被允許在為
男子設立的學校中教書，婦女的就業機會也增加了。自由婚配
更為常見。關於性的道德開始轉變，引進了計劃生育的概念。[35]

因此，後來許多大學皆陸續對女子開放，這股大學招生女學生的風潮
也確實促進了往後五四一代新女性的誕生，對女權運動有一定的影響。
　　羅家倫這種主張與當時歐美先進國家的大學招生政策相較，確實
有他超前的一面。翌年（1920年）羅家倫赴美就讀普林斯頓大學
（Princeton University）「治文學、哲學，兼及教育。」[36]在十二月十
三日寄給未來夫人張維楨（薇貞）的信函提及普林斯頓的狀況：「此
校係英國牛津大學式，無女學生。」[37]而一九二一年三月八日寄給張
維楨（薇貞）的信函中亦提及：「同學僅一百三十人（現在我幾乎都
能認得），多深造之士（無女學生）。」[38]由此可知當時美東名校如普
林斯頓者尚無女學生，然未指明大學部或研究所。時至一九二八年八
月二十一日，年甫三旬的羅家倫受命擔任清華大學校長，他在九月十
八日的就職誓詞中提及：「在清華畢業的學生，同時開始招收女
生。」[39]其後，十一月二十九日羅家倫在南京出席清華大學董事會第
一次會議，會前即寫好建議報告書，於會中報告他對學校諸項興革的

---

35 周策縱；周子平等譯：《五四運動：現代中國的思想革命》（南京：江蘇人民出版
　　社，1999年6月）第十章「社會政治後果（1920-1922）」，頁263。

36 劉維開編著：《羅家倫先生年譜》（臺北：中國國民黨中央委員會黨史委員會，1996
　　年12月），頁32。

37 羅家倫：〈留美情書15封──1920年12月13日〉，收錄於羅久芳：《羅家倫與張維
　　楨──我的父親母親》（天津：百花文藝出版社，2006年1月），頁75。

38 羅家倫：〈留美情書15封──1921年3月8日〉，收錄於羅久芳：《羅家倫與張維楨──
　　我的父親母親》，頁76。

39 劉維開編著：《羅家倫先生年譜》，頁72。

考察所得，其中第四項即提及「辦理第二次招生，增收女生。」[40]凡此種種，可見羅家倫對於大學應招收女學生的宣言並非空言，一旦他有機會擔任大學校長時便付諸實行。

　　而女子接受大學教育的好處，周策縱《五四運動：現代中國的思想革命》認為新時代婦女的生活可以得到改善：

> 同時，新的家庭生活和婦女社會地位的理想，吸引了大部分中國知識分子的注意。婦女們打算通過合作安排、公共保育和社會保險，從繁重的家庭和育兒負擔下解放出來。西方作者提出的婦女生活改革的思想也在中國進行了討論。公眾對女權運動的同情增強了。女孩子反對家庭和婚姻束縛、爭取受教育的鬥爭常常得到公眾的支持。[41]

這種願景應當也就是羅家倫主張大學應對女子開放後的社會發展，其中「婦女們打算通過合作安排、公共保育和社會保險，從繁重的家庭和育兒負擔下解放出來」，在後來發表的〈婦女解放〉中，羅家倫即明確提出他的主張──兒童公育的重要性，而這些也主張也真實地一一發生在五四後的社會裡。

（二）婦女的教育、職業與兒童公育──論文〈婦女解放〉

　　由北大學生羅家倫等人創刊的《新潮》於一九一九年一月出刊；同年十月，第二卷第一號刊出羅家倫的長文〈婦女解放〉，篇首即說明「婦女解放」是為了打開束縛，「使他們從『附屬品』的地位，變

---

40 劉維開編著：《羅家倫先生年譜》，頁76。

41 周策縱；周子平等譯：《五四運動：現代中國的思想革命》，頁263。

成『人』的地位；使他們做人，做他們自己的人。」[42]進而言之，羅家倫認為「婦女解放」的內涵及定義，既是被動的，也是自動的：

> 解放的意思就是打開束縛，人家可以為他打開束縛，他自己也可以為他自己打開束縛。換一句話說，解放不僅是被動的，也是自動的，因為自己解放自己，也是解放。就是女子地位較高的歐美各國，也都用Women Emacipation這個名詞⋯⋯。[43]

由此可知，羅家倫對於「婦女解放」的意義並非專指男性解放女性這樣單向而狹隘的概念，而是雙向的，婦女也可以自己解放自己。可見，他已然具有自己獨特的見解，對於歐美國家的婦女解放思潮也有所理解。

接著，羅家倫列舉英、德、美、俄、法、瑞典等六個西方國家女權發達的現況。簡言之，第一次世界大戰後世界各國的婦女幾乎完全解放。相較之下，中國的女權表現還有很大的努力空間。因此，羅家倫分由六個面相說明中國必須興女權的理由：

> 一、從倫理方面說起來，婦女不解放同人道主義相衝突。既然男女都是人，便應當都去做人；履行人的條件——就是都有自己的人格，自己的意志，自己的權利，自己的職務。⋯⋯所以人道主義覺醒後的第一聲；就應當是婦女解放。
> 二、從心理方面說起來，男子也不能壓制錮蔽女子。據近代心

---

42 羅家倫：〈婦女解放〉，《新潮》第2卷第1號，1919年10月；收錄於《羅家倫先生文存》第一冊：政法與黨務、教育與文化，頁4。
43 羅家倫：〈婦女解放〉，《新潮》第2卷第1號，1919年10月；收錄於《羅家倫先生文存》第一冊：政法與黨務、教育與文化，頁4。

理實驗的結果，知道人類的智慧本體Intelligence並沒有什麼差別；其所以差別的緣故，乃是因為境遇的Environment的不同。經Prof. Jastrow及Prof. Harper等再三的實驗，知道男女的智慧，大致無異，雖有互相優劣的地方，而女子有幾點還勝於男子，……。

三、從生物方面說起來，男女實在沒有不平等的理由。……可見兩性之間，本互有長短，是不可掩的事實。人類正好利用這種現象，作天然的互動；和至於將女子強壓下去，造成一種不平等的階級呢？

四、從社會方面說起來，婦女不解放是社會最大的障礙。……然則婦女不算是社會的個人嗎？為什麼不給她們平等的教育，平等的職業，及種種平等的待遇，讓它們去自由發展成一個社會的健全分子呢？……。

五、從近代政治說起來，婦女解放實在是世界政治上不可遏的潮流。……現在女子參政權在各國都已經成為事實，這個問題，早已離開討論時代了！大戰以後，許多主張和平的人，以為女子參政，對於世界和平有絕大的關係。這雖是一種學說，然而俄國閣員中已加入女子，國際聯盟已用女秘書。也可見得女子不但參與地方政治，並且參與國際政治的新趨向。

六、從近代經濟的情形說起來，婦女解放是經濟上不可免的事實。……至於「工業革命」以後，……，女子既然有自己生產的能力，復有社會的生活，自然發生徹底覺悟，這是經濟上發生的第一種原因。社會文明，……於是大家想過安穩日子的，不能不各自獨立勞動，甚至於求互助於他人，於是男子不能再把女子關在家裡，而且須求助於女

子，女子的地位，當然因此增高，這是經濟上發生的第二
種原因。生活程度日高，支持家庭和扶養子女都是不容易
的事，所以在女子方面不嫁的日多一日，他們雖然不結
婚，而自有社會的地位，自有獨立的生活，於是他們漸漸
覺悟到他們的生活，不是非有男子不可的，所以他們獨立
的精神，也就一天發展一天了，這是經濟上發生的第三種
原因了。[44]

是以，羅家倫分別由倫理、心理、生物、社會、政治、經濟等六個面
相說明婦女解放的必要性。而中國的婦女解放不但無成績，而且「中
國婦女早已變成——現在還是——奴隸！原來中國男子對待女子，實
在有兩種極高妙的政策：（1）壓制主義、（2）引誘主義」，[45]接著羅家
倫回顧中國歷史上諸多女性被壓迫的事實，說明中國女權之不彰，多
由於過去女性被男性壓迫的事實。然而，羅家倫的論點有兩點可再思
考，一是五四時期進步知識分子常見將中國女權不彰的原因歸咎於男
性單方面對女性的壓迫以及男性對於女性只有壓迫而無扶持的一面，
如此立論確實容易推翻舊傳統，方便建立新文化的典範。以歷史的後
見之明而言，確實已達到目的。二，承上述概念而來，此論點多無視
晚清文學與文化豐富而多元的表現，徒然以單一觀點與價值，視晚清
的文學文化不足觀，一併歸入應被打倒或推翻的行列中。職是，就晚
清至五四時期的女權發展而言，五四菁英大多認為晚清女權並無發
展，而是至五四階段才開始發展。因此，羅家倫此處的論點正是當時

---

44 羅家倫：〈婦女解放〉，《新潮》第2卷第1號，1919年10月；收錄於《羅家倫先生文
存》第一冊：政法與黨務、教育與文化，頁6-10。

45 羅家倫：〈婦女解放〉，《新潮》第2卷第1號，1919年10月；收錄於《羅家倫先生文
存》第一冊：政法與黨務、教育與文化，頁10。

五四菁英的普遍論點。然而，晚近以來許多文學與文化論述學者，多已重新展開與五四的對話，咸以五四的相關論點多採取較絕對的二元分判容易落入單一觀點而抹煞多元聲音為對話的方向，企圖重新閱讀被五四所忽視的舊傳統文學與文化議題。[46]質言之，五四菁英當時正站在時代洪流面前，實有其不得不如此的大背景；若非大破大立，無從建立全新的典範與話語，羅家倫此處論述亦應如是觀。

　　職是，羅家倫認為中國要進化，要文明，必須解放婦女。而根本的辦法有三點，一是教育，二是職業，三是兒童公育。就第一點教育而言，羅家倫認同的婦女教育並非當時所推行的以賢妻良母為主的教育，「因為這種教育的原素裡，並不是教女子獨立做人的。我所主張的女子教育，乃是（1）超於賢妻良母的教育、（2）男女共同的教育。」[47]接著，羅家倫闡述他所謂「超於賢妻良母的教育」的概念：

> 賢妻良母不過是有夫有子的婦女一部分當然的責任，而決不是女子人生的目的。胡適之先生借「美國的婦人」口裡說得對：「做一個賢妻良母何嘗不好。但我是堂堂的一個人，有許多該盡的責任，有許多可做的事業，何必定須做人家的良妻賢母，纔算盡我的天職，纔算做我的事業呢？」……中國辦女學的人到現在卻開口還祇是談良妻賢母主義，並不願意女子做獨立的

---

46 如王德威《被壓抑的現代性：晚清小說新論》（臺北：麥田出版社，2003年8月）緒論即以〈沒有晚清，何來五四？〉立論；高彥頤（Dorothy Ko）《閨塾師：明末清初江南的才女文化》（南京：江蘇人民出版社，2005年1月）緒論〈從「五四」婦女史觀再出發〉強調此書的切入角度。而孫康宜《古典與現代的女性闡釋》（臺北：聯合文學出版社，1998年4月）、《文學的聲音》（臺北：三民書局，2000年10月）雖未直接宣告與五四對話，然文中大部分明清女性文學研究的論文皆顯示男性對於女性才學的正面扶持或是兩性的合作，未必皆如五四論述所稱女性皆為男性所壓迫。

47 羅家倫：〈婦女解放〉，《新潮》第2卷第1號，1919年10月；收錄於《羅家倫先生文存》第一冊：政法與黨務、教育與文化，頁12。

人;這種奴隸教育有什麼用處呢?所以現在中國女子精神上最重要的解放,就是打破良妻賢母的教育,而換以一種「人」的教育。[48]

羅家倫此段內容受到老師胡適〈美國的婦人〉[49]的影響,將賢妻良母主義與奴隸教育畫上等號,認為賢妻良母主義無法展現「人」的教育,因此必需推動超越於賢妻良母主義的女學教育。而「男女共同的教育」則是指男女同校:

至於說道男女共同教育,實行男女同校,實在是婦女解放的一個極重要的問題。……我所主張有五層理由:(一)要謀人類的平均發展,就有實行男女共同教育的必要。……(二)男女共同教育,可以增高女子的地位。……(三)為謀男女間正當的交際起見,不能不實行男女共同教育。……(四)要謀成立真正良好的婚姻,也非實行男女共同教育不可。……(五)按照中國的情形,謀中婦女的解放,更非實行男女共同教育不可。[50]

其實此論點在前述〈大學應當為女子開放〉已然闡述過。可見羅家倫念茲在茲,認為只有男女同校學習,才能促進良好的兩性關係、提高女性的地位、人類社會平均發展等。簡言之,上述言論大多係針對晚清以來的女學堂教育而發。晚清以來至民初的女學堂確實僅招收女性

---

48 羅家倫:〈婦女解放〉,《新潮》第2卷第1號,1919年10月;收錄於《羅家倫先生文存》第一冊:政法與黨務、教育與文化,頁13。

49 胡適,〈美國的婦人〉,《新青年》,第5卷第3號,1918年9月15日。

50 羅家倫:〈婦女解放〉,《新潮》第2卷第1號,1919年10月;收錄於《羅家倫先生文存》第一冊:政法與黨務、教育與文化,頁13-15。

入學，且多受當時東亞盛行的賢妻良母主義影響，主要由日本女學對西方女學的吸收，在賢妻良母教育中加入科學思想，以期培養具有新時代科學思維的賢妻良母，是以晚清女學堂的賢妻良母教育未必完全等同於傳統的賢妻良母概念。[51]羅家倫此言雖不脫五四知識分子對於晚清社會的批判性看法，然而他指出男女同校的必要性，確實仍有其見地。

接著，羅家倫提出他心目中婦女解放的第二步作法，即婦女的職業「出路」。他認為婦女既然接受教育了，便應有相當的職業以供其發展才能。所謂職業，他引用胡適的話，「專指得酬報的工作」[52]，並舉出美國與德國婦女多有職業，且職業種類多元。而中國婦女之職業不發達，要如何發展，羅家倫認為極可研究，他得出三個觀念：

一、要謀中國的婦女的職業的發展，首先就要打破是貞操的迷信。……所以我有兩件事要請大家明白的：（一）貞操不過是異性戀愛的純一。……（二）人類的道德觀念，不能不與社會生活相適應；我們對於貞操的觀念，也何嘗不當如此。……，「男女授受不清」的習慣，不適應於生活複雜的社會了！大家有這種基旨的覺悟，纔可以有婦女職業可言。

二、婦女嘗要求政府及社會將婦女所能做的職業，一律公開。現在世界上職業，大都是男女公開的。從前女子的職業，

---

51 參考陳姃湲：《從東亞看近代中國婦女教育：知識分子對賢妻良母的改造》（臺北：稻鄉出版社，2005年11月）；拙著：〈翻譯賢妻良母、建構女性文化空間與訴說女性生命故事——單士釐的「女性文學」〉，《漢學研究》第32卷第2期（2014年6月），頁197-230。

52 羅家倫：〈婦女解放〉，《新潮》第2卷第1號，1919年10月；收錄於《羅家倫先生文存》第一冊：政法與黨務、教育與文化，頁16。

大都是限於小學教員、書記、看護婦種種，而尤以作小學
教員的最多。……其後慢慢的開拓，凡是女子體力所能勝
任的職業裡，都有婦女的蹤跡了。

三、就算把各種職業都開放了；但是以初次解放的女子，遽來
求職業，實在有無從著手之慨。……，其結果必致發生三
種危險：（一）女子流而作苦工；（二）群趨一二途，人浮
於事，無從安插；（三）所學非所用。……要免除這種危
險，請介紹美國女子大學畢業同學會的事業。……「這個
會最初的辦法，就是調查美國全國受過高等教育女子的姓
名、住址，和所學的科目種種，以為代他們介紹職業的預
備；……。再進一步就是將美國所有的女子職業，或女子
所能做的職業，調查清楚；……再進一步就是設立一種女
子職業介紹所Bureau of Occupation，一方面仍詳細考察各
曾受高等教育女子的成績和家庭生活種種情形，一方面極
力為他們介紹相當的職業。……」這是美國白林毛女子大
學Bryn Mawr College教授司密士夫人Mrs. Smith介紹給我
們的話，聽過之後，胡適之先生同我談起，也認為極要緊
而極不可少的事。[53]

綜上所述，羅家倫提出清楚的觀念，打破男女授受不清的觀念，
鼓勵男女同校或任職；同時也指出必需擴大婦女的職業類別。而具體
可操作的辦法則參考美國女子大學Bryn Mawr College[54]司密士夫人

---

53 羅家倫：〈婦女解放〉，《新潮》第2卷第1號，1919年10月；收錄於《羅家倫先生文
存》第一冊：政法與黨務、教育與文化，頁19-20。

54 Bryn Mawr College（1885-，今譯布林莫爾學院），位於美國賓州布林莫爾的私立女
子文理學院，距離費城不遠。它是美國東北部七姐妹學院之一，是美國最早開始為

（Mrs. Smith）所告知的做法，主動為受過高等教育女子畢業後謀求出路，積極地設立職業介紹所，以免學非所用或誤入歧途。此文中提及的Bryn Mawr College司密士夫人（Mrs. Smith）於是年（1919）春夏造訪中國，同行者尚有前往北京講學的哥倫比亞大學哲學教授杜威（John Dewey, 1859-1952）及夫人Alice Dewey（女權運動者）、次女Lucy Dewey（歷史學家）等。杜威夫人及次女、司密士夫人每人也各有一場公開演說，皆由胡適口譯，羅家倫記錄後發表於北京《晨報》（一九一九年八月二十一日、九月五日）上。擔任演講記錄的羅家倫顯然認同她們所介紹的美國教育概況，尤其是女子教育部分，乃融入此文論點中，成為中國推行婦女解放的良方之一。

　　接著，羅家倫提到婦女解放的第三個要點──兒童公育。其基本觀念是：

> 一、兒童不公育，婦女的職業問題，就不能解決。……所以歐美各國都有保護母權的運動，而以德國母權保障會Bund für Mutterschutz的成效和勢力為最大。……，其實將來文明的國家，那一國不應當定「產母優待條例」呢！而兒童生出來之後，該會復有許多兒童公育院Crecnes可以供這班有職業的女子送兒童進去撫育，免得同自己的職務相衝突。後來這種公育院愈推愈廣，成效極佳。……。

> 二、為改革婚制，謀男女間真正圓滿的幸福起見，兒童不能不公育。婚姻制度的不良，令男女雙方都感受痛苦；這種現象，在中國當然尤甚，而在西洋也是不能免的。所以在西洋現在掊擊婚制也很多。如德國大教育家愛倫凱Ellen Key

---

女性提供研究生及博士學位的高等教育機構。雖為女子學院，但也會招收男性研究生。

則認為現在法律上的婚姻制度，不但是使人群退化，並且是絕對的不道德。……，所以他們都主張「兩性道德的改造」；主張婚姻是男女雙方絕對自由的結合，不受形式的限制，纔有真正的愛情，纔有真正良好的人類。……這都是由於各處的婚姻，都是不脫宗法社會的遺傳，多半還有家族的血統觀念，而以兒童的關係為最深。……

三、婦女職業既然發達無礙了；而因為職業的關係，如工廠工作等類，終日營營擾擾，一身的精力，總難各方面都能應付，所以往往他做母親的能力發不出來。……女子苟欲多有一個健全的兒童，為社會多添一個健全的分子，為什麼不把所生的兒童，給有研究有興趣的人去撫養呢！所以兒童公育，也可以說是女子職業發達後當然的結果。

……要謀真正的婦女解放，兒童必須公育！[55]

可見羅家倫對於兒童公育的看法，也吸收了二十世紀初西方重要的女權思想，充分為女性的母職尋求解脫之道。其中所提及的「德國母權保障會（Bund für Mutterschutz）」是一個以生育控制、爭取墮胎權及婦女性解放為奮鬥目標的婦女組織，他們認為婦女有比生兒育女更重要的任務──活出自己，所以兒童只有公育才能解決此一問題，尤其是職業婦女無法兼顧育兒時。[56]但相對地，瑞典籍（羅家倫誤作「德

---

55 羅家倫：〈婦女解放〉，《新潮》第2卷第1號，1919年10月；收錄於《羅家倫先生文存》第一冊：政法與黨務、教育與文化，頁21-22。

56 「德國母權保障會（Bund für Mutterschutz）」，又譯作「保護母權聯合會」，由德國愛蓮娜・許朵珂（Helene Stöcker, 1869-1943）於一九○四年和一些志同道合的友人共同成立。這個婦女組織以生育控制、爭取墮胎權及婦女性解放為奮鬥的目標。許朵珂並不相信為了讓現代婦女成為好媽媽，所以必須刻意引導她們發揮潛藏的母性本能。她在婦女教育方面所付出的努力，不是以女性擁有比較優質的養兒育女先天條件做為出發點，而是要讓女性活出更完美的生命。

國」）教育家愛倫凱Ellen Key雖也提倡婦女解放，以戀愛為結婚的要素；但她反對一般女權論者所提倡的男女平等，而以母職為女子的天職。[57]無論如何，羅家倫認為要謀求真正的婦女解放，兒童必須公共保育。然而，就後見之明證諸史實，兒童由全民公育並不容易推行，二十世紀曾有若干共產主義國家曾經實行但終告失敗，至今能夠做得比較完善的，大多以高賦稅的北歐國家為主。

綜合前述，羅家倫認為婦女解放後的「出路」有三個重點，就是教育、職業及兒童公育。然而，羅家倫如此剴切的剖析之後，忽然心生一感想，即為何婦女解放議題由男子來談，而非女性自己？因此他說：

> 非常希望女界中趕快有人出來作種種組織，切實研究一切關係重要的問題；以女子研究女子問題，當然有比男子真切的地方，因為惟自己能知道自己的要求。……，婦女固然應當解放，而婦女解放尤賴婦女自己解放起！[58]

是以，羅家倫以男子身分撰寫如此長篇的論文以說明婦女解放的實際做法，最終仍是希望引起婦女界的注意，由婦女擔負起真正解放的責任，才能切中問題之所在。

簡言之，羅家倫發表婦女解放的看法時，還是一名年輕的大學

---

57 愛倫凱Ellen Key（1849-1926），瑞典籍，二十世紀初期歐洲著名的女性主義理論家、社會問題研究與兒童教育家，提倡言論自由、婦女解放，以戀愛為結婚的要素。反對一般婦女論者的男女平等要求，而以母職為女子的天職。著有《戀愛與結婚》（Love and Marriage）、《戀愛與道德》（Love and Ethics）、《女性的道德》（The Morality of Women）、《婦女運動》（Women's Movement）、《兒童的世紀》（The Century of the Child）。

58 羅家倫：〈婦女解放〉，《新潮》第2卷第1號，1919年10月；收錄於《羅家倫先生文存》第一冊：政法與黨務、教育與文化，頁24。

生，但已經吸收不少國外的新思潮與新觀念，並且也能直接運用在論
述婦女解放上，可見其人之表現有其可觀之處。

其後，到了一九三八年，羅家倫發表〈新女性的誕生〉[59]一文，
轉述抗戰時期江蘇南通一位奮勇殺敵的女性故事；一九四五年他又發
表〈「吉普女郎」〉[60]，對於男女共乘一車，保持開放的態度，認為不
必大驚小怪。前曾論及發表於一九四六年的〈不同時代的婦女共鳴〉
裡記載他在巴黎參觀國際婦女會開會的情形。凡此種種，皆可見羅家
倫做為五四運動宣言的撰稿人這一身分及其在婦女解放話語上的表
現，實不能被忽視。

四　真實生活中自傳統出走的「娜拉」：自己的良配張維楨（薇貞）

張維楨（1898-1997），原名薇貞，一位自舊社會「出走」的新女
性，終其一生近百年歲月所實踐的女性生命史，便是近代婦女解放最
有力的個案。就羅家倫對於婦女解放的論點而言，女性接受高等教育
並擁有自己的事業，無疑是一位新女性之得以獨立自主的最重要條
件。而羅家倫何其有幸，張維楨的新女性形象，正好符合他對於五四
後新世代女性的期望。

（一）從「薇貞」到「維楨」──自傳統「出走」的新女性

張維楨大學時期自主改名，將「薇貞」改成「維楨」，完全去除

---

59 羅家倫：〈新女性的誕生〉，《新民族》第1卷第11期，1938年5月9日；收錄於《羅家
　倫先生文存》第十一冊：評論。

60 羅家倫：〈「吉普女郎」〉，《女青年月刊》第2卷第1期，1945年7月31日；收錄於《羅
　家倫先生文存》第十一冊：評論。

女性化的名字／符號，而以中性化的名字行世。命名是一種對世界的創造，可見張維楨確實有她作為新女性的主見。而幸運的是，自幼天足，未承受身體改造之苦，也使她順利成為體育科女學生及體育科女教師，這使得她的人生一開始即展現不同於她者的特別面貌。自此一路進入當時極少數女性有機會就讀的大學及研究所，開創了全然自傳統「出走」的人生。

1 以天足自傳統「出走」

張薇貞自小生長於上海縣城內一個三代同堂的家庭，父親是位仁慈而公正的知識分子，對於家中女性不存偏見；母親來自浦東。張薇貞是他們的第一個孩子，大排行四，前面三位都是堂姊，成長在這樣的環境中，她並沒有受到強烈男女不平等的待遇，卻產生了對家庭以外事務的興趣。

出生在一八七五年後的反纏足運動風潮下，許多女孩仍舊無法完全逃開被纏足的命運。然而早年喪母的張薇貞，由外婆及祖母扶養長大，老人家無力為她堅持纏足，因此逃過一劫。張薇貞便以她「未曾被改造的女性身體」，向外面的世界邁開步伐，勇敢自傳統女子的命運出走。

張薇貞的啟蒙由家塾開始，後來讀過幾個初級女子學校，教材都是《女孝經》之類的古書，無新式教材與師資。所幸後來有機會接受新式教育，也進入大學與研究所求取高等教育，乃能突破一般晚清民初女子受限的人生而有所成就。

2 成為女學生／女教師：就讀女校體育科、擔任體育教師

晚清以後，尤其是一八九五年甲午戰敗後，由於「強國保種」的需要，特別重視女子體育。各地紛設的女學堂幾乎都負有「改造女性

身體」的責任與義務，學校必定設立「體操課」，[61]大力鼓吹女性上女
學堂讀書、放足和做運動。[62]

　　當時蔡元培等人在上海興辦的「愛國女學」[63]也不例外，能夠進
入這所新式學校接受教育的女子必須是天足。[64]民國後張薇貞即考進
愛國女校國文科，由於不懂老師的揚州口音，乃轉入體育科；這是當
時知名的女子體育科系之一。[65]幸運的是，張薇貞身為天足，學習無
礙。這使得她擁有健康的身體，能夠在學校接受體操、球類、田徑等
技能與知識。[66]兩年後畢業便找到體育教師的工作，這使張薇貞初嘗

61　游鑑明：《近代中國女子的運動圖像：1937年前的歷史照片和漫畫》（臺北：博雅書
　　屋，2008年8月）收錄許多近代學校的女子體操活動照片，值得參考。

62　參考游鑑明：〈第一章導言〉，《近代中國女子的運動圖像：1937年前的歷史照片和
　　漫畫》，頁12-14。

63　上海「愛國女校」開辦於光緒二十八年（1902），倡議者包括經元善、蔡元培、蔣
　　智由等人；初舉蔣智由任經理（即校長），後由蔡元培繼之。光緒三十年，因張竹
　　君女士抵滬力倡婦女經濟獨立之必要，附設女子手工傳習所。三十三年以後，學校
　　因經營不善，在次年被查封。宣統元年（1909）復經蔣維喬等人之努力，始勉力復
　　校，由蔣維喬出任校長，重新釐定課程，使能適宜於中小學教育。宣統二年新校舍
　　落成，並附寄宿舍樓十六間及操場。所開設的班別，除初、高等小學及國文專修科
　　外，又添設英文、美術、手工等專修科以及專教年長婦女國文和珠算的婦女補習
　　科。民國三年（1914）上海愛國女學校改名愛國女子中學，設初中部、高中部、高
　　中師範科、體育師範科及附屬小學。

64　根據光緒三十年〔愛國女學校補訂章程〕所見，其宗旨乃在「增進女子之智、德、
　　體力，使有以副其愛國心」。修業分預科、本科：預科又分初級、二級，前者以未
　　讀書及讀而未明之女子入之，二年畢業，後者以曾讀書略知文義者入之，一年畢
　　業；本科分文、質二部，須預科畢業方可入之，二年畢業。至於學額僅定二十名，
　　年齡限於十二歲至二十歲間，須納學費及膳宿費。特別要注意的是學生規約，其中
　　規定學生不得纏足、塗抹脂粉等，亦禁止以女權自由之說而徑情直行；同時，除非
　　有學校監督率領，否則不得參加集會演說等場所。

65　游鑑明：《近代中國女子的運動圖像：1937年前的歷史照片和漫畫》，頁50。

66　游鑑明：《近代中國女子的運動圖像：1937年前的歷史照片和漫畫》頁41的圖二十九
　　「一九〇九年上海愛國女學校的運動會」，可見當時女學生皆穿著長裙參加運動會。

獨立的滋味，並得以為未來升大學而準備。[67]

　　一九一九年是她生命中的重要轉捩點。當時張薇貞身為上海「私立勤業女子師範學校」[68]體育教員，開始接觸五四新文化運動，曾經帶領學生上街遊行，也親眼目睹罷工與罷市的社會力量。而上海學生會發行的日報，編輯與撰稿四位人員中，薇貞便是其中兩位女性之一。這些經歷似乎都成為她日後對於婦女解放的信念。同年，世界女童軍運動發展到中國，上海「明智女校」[69]被選為中國第一個女童軍團的所在地。當時也同時在明智女校擔任體育教師的張薇貞便負責訓練與領導女童軍活動，她也因此成為中華民國女童軍總會[70]的創始人

67　生平資料參考羅久芳：〈懷念我的母親〉，《羅家倫與張維楨——我的父親母親》（天津：百花文藝出版社，2006年1月），頁172-173。羅久芳此書《羅家倫與張維楨——我的父親母親》（天津：百花文藝出版社，2006年1月）絕版後，刪除若干篇章、重新編排後改名再出版，即《我的父親羅家倫》（天津：百花文藝出版社，2013年9月）。其中，父親作品中的師友原有九篇，僅留二篇，即錢鍾書與張元濟。本文引用以《羅家倫與張維楨——我的父親母親》（天津：百花文藝出版社，2006年1月）為準。

68　上海「勤業女子師範學校」由朱劍霞（1882-1941，女詩人）於民國六年（1917年）創立。次年朱劍霞在上海組織女子救國會，以後又與上海各界婦女組織成立了上海女界聯合會，宣傳愛國，抵制舊貨。為聲援北京學生的鬥爭，上海組織了遊行示威和罷工、罷課、罷教鬥爭，朱劍霞組織學生成立糾察隊，給遊行的學生送飯，維持秩序，散發傳單和宣傳演講。

69　上海「明智女校」應指由英籍猶太商人哈同（Silas Aaron Hardoon, 1851-1931）創辦的「倉聖明智大學附設女子學校」。一九一五年，哈同在愛儷園（哈同花園）內設立了倉聖明智大學（倉聖指傳說中創造漢字的聖人倉頡），學生從膳食、住宿到學雜費全部由學校提供，先設小學、中學，後來又增設了大學和女校。一九一六年，園內成立廣倉學會。學校與學會，均以研究中國古代文字、古董和典章制度為宗旨。康有為、陳三立、王國維、章一山、費恕皆、鄒景叔等學者都曾在這裡作教書、編撰和研究工作。而倉聖明智大學在一九二二年即因學潮而停辦，女校在一九二三年又重新招生續辦。

70　「中華民國台灣女童軍總會」網站的「歷史沿革」載明「中華民國女童軍運動的起源與發展」，第一條即指出：「1919年（民國8年）上海市明智女校成立第一個女童軍團，由張維楨女士負責訓練與領導。」參考「中華民國台灣女童軍總會」網站

之一。此組織日後廣泛推行於各中等學校，對於女學生的身心鍛鍊有很大的影響。[71]

而一九一九年底至一九二〇年初，羅家倫代表北京學生出席全國學生聯合會在上海的會議，結識上海的體育教師張薇貞。一九二〇年底，羅家倫出國留學後，與張薇貞時有魚雁往返。一九二一年春天，張薇貞正就讀浙江嘉興的「湖郡女校」[72]，正在普林斯頓大學就學的羅家倫去信張薇貞，信中鼓勵她多讀外國書，告知她清華招收女學生赴美讀書的消息，也開始寄書給她。

簡言之，生於晚清的張薇貞幸未纏足，得以就讀蔡元培等人創辦

---

https://gstaiwan.org/about_8.php（2019年4月1日查詢）。

此外，該網站「女童軍簡介」中，提及「女童軍成立宗旨」：「中華民國女童軍以發展女孩及青年婦女潛能，增進其工作能力，培養優良習慣，使其品格高尚、知能豐富、身心健全成為智仁勇兼備之女青年，闡揚女性美德，切實服務社會人群為宗旨。」而「女童軍任務」則是：「充分激發女童及青年婦女潛能成為負責任的世界公民；推展全國女童軍教育及活動；推廣青少年正當休閒活動；辦理各類女童軍訓練與活動；培養優質女童軍青年領袖；參與社區發展活動與服務；促進國際間女童軍之友誼與合作」，最後是「女童軍願景」：「女童軍運動的教育價值是給予青少年完整的品格教育，在世界女童軍共同的基本原則及精神的基礎上，建立共識、促進團結，致力國際友誼，促進世界和平。」參考「中華民國台灣女童軍總會」網站 https://gstaiwan.org/about_1.php?Key=1（2019年4月1日查詢）。

71 生平資料參考羅久芳：〈懷念我的母親〉，《羅家倫與張維楨——我的父親母親》，頁173。

72 湖郡女校（Virginia School）是美南監理會差會在中國湖州設立的一所女子學校。歷史可追溯到清光緒四年（1878），在江蘇省嘉定縣南翔鎮創立的悅來書塾，後分男塾華英學堂和女塾文潔女塾（英文Virginia諧音）。一九〇一年兩校部分師生遷至湖州城內馬軍巷，一九〇五年在海島堂附近（今湖州市第一醫院和湖州市第十二中學所在地域）建立新校舍，女塾位於西側，中文校名改稱湖郡女塾。一九〇七年增設蒙養園（後改為幼稚園）和中學部，一九二七年更名為湖郡女子中學。一九五二年十二月，湖郡女中與東吳大學吳興附屬中學合併，成立湖州初級中學，後發展為今湖州市第二中學（高中部）和湖州市第十二中學（初中部），原湖郡女中校址於一九五六年劃入湖州師範學校（今湖州師範學院），一九九七年學校遷址，又轉讓與湖州市第一人民醫院。

的愛國女校體育科，並在女子體育學校擔任體育教師，指導訓練女童軍活動；日後又再進入教會創辦的湖郡女校就讀。總之，她有機會接受女學堂教育，使她得以展開與同時代大部分女子很不一樣的人生。

3 就讀政治系的女大學生（並兼任體育教師）：由「薇貞」改名「維楨」

一九二二年張薇貞自湖郡女校畢業後，考入上海的滬江大學[73]政治系，逐漸對於西方的民主制度產生興趣。她是滬江大學第二屆招收的四名女學生之一，以後女學生漸多。由於張薇貞具有體育教師的身分，學校亦聘任她為女性體育教員，並得到免除四年學雜費的優待，這使她更添獨立的自信。

一九二三年，羅家倫正在德國遊學。一九二四年底，羅家倫開始一月一信，鼓勵張薇貞翻譯，也買書與筆墨送她，彼此志趣逐漸相投。一九二六年三月十九日，羅家倫的信裡已將「薇貞吾友」變成「薇貞」。其實大學期間，她更將名字由「薇貞」改為「維楨」，表示她對於傳統女子貞節觀念的反抗。起初仍使用「薇貞」做為字號，後

---

73 滬江大學（University of Shanghai, 1906-1952）一所位於上海的浸會背景的教會大學，鼎盛時期以文理商著稱於世。創辦於一九〇六年，原名上海浸會大學，最初的校長為美國人柏高德博士。另設浸會神學院，由美國人萬應遠博士任院長。滬江大學首任華人校長劉湛恩（任期1928-1938）對學校進行了一系列旨在「中國化」的整頓和改革，使滬江在當時私立大學中以學風純樸聞名，較少教會氣，更多中國化著名。大陸易幟後，滬江大學隸屬的中國十三所基督教大學聯合董事會決定在香港合併十三家基督教高等教育大學為一所基督教大學。最終於一九五一年由聯合董事會，在上海聖約翰大學校董會主席歐偉國、廣州嶺南大學校長李應林和香港教會團體帶領下合作創立香港崇基學院，即現香港中文大學的一部分。滬江大學人員轉移到香港。而經全國高等學校進行院系調整，滬江大學各科系硬體分別併入復旦大學、華東師範大學等相關院校，校址則轉移給上海機械學院（今上海理工大學）。

來則幾乎不用它。[74]

　　此外，由於滬江大學為教會所設立的學校，採用英語教學；在她就讀期間（1922-1926），校長仍由外國人擔任，當時校長為美籍傳教士魏馥蘭教授（Francis John White, 1870-1959）。這使得張維楨的英文進步更快，一九二六年一月她用英文撰寫的論文〈現代中國學生的一些家庭問題〉，參與「私立滬江大學基督家庭俱樂部英文論文競賽」即獲得首獎。[75]該文共有八小節，依序為「新思想的影響」、「小家庭與大家庭之爭」、「離婚與解約」、「自主的婚姻」、「納妾的陋習」、「寡婦和離婚女子的再婚」、「已婚婦女與經濟問題」、「家庭中的男人」，文中所論，可見張維楨深受五四新文化運動後的婦女解放及男女平權議題的薰染，而此時張維楨已與羅家倫結識六、七年，想必也受其影響。其中第一小節「新思想的影響」提及：

> 女子教育是十年以前才在中國起步的。在那以前，女子教育主要著重的是家政學。後來社會輿論逐漸地認識到，只有受了教育的女子才能提高做母親的能力與資格。新文化運動開始後，男女平等的原則得以建立。……，終於，新文化運動提出了「婦女解放」的口號。[76]

可見，張維楨對於時代的脈動掌握得十分清楚，也可知她對於自己自

74　生平資料參考羅久芳：〈懷念我的母親〉，《羅家倫與張維楨──我的父親母親》，頁174-175。案：其滬江大學畢業證書上的姓名即為「張維楨，字薇貞」。

75　張維楨：〈現代中國學生的一些家庭問題〉，原刊《滬江大學學生月刊》，1926年1月1日；後由女兒羅久芳翻譯為中文，收錄於羅久芳：《羅家倫與張維楨──我的父親母親》，頁183-187。

76　張維楨著；羅久芳譯：〈現代中國學生的一些家庭問題〉，原刊《滬江大學學生月刊》，1926年1月1日；收錄於羅久芳：《羅家倫與張維楨──我的父親母親》，頁183。

傳統「出走」而做為一名新時代女性的堅定態度，她自己正好就是女子接受新式高等教育的良好典範。

4 出國深造的女留學生：政治學碩士

　　一九二六年張維楨自上海私立滬江大學畢業，申請到美國密西根大學（University of Michigan）專為亞洲傑出女性設置的獎學金「Levi Barbour Scholarship for Oriental Women」[77]，這項獎學金之於她這樣一位獨立自信的女性而言，具有非凡的意義。張維楨於一九二六年九月順利進入密西根大學研究所深造，次年獲政治學碩士學位後返國。總計自一九二〇至一九二七年的六、七年間，羅家倫與張維楨多次魚雁往返以維繫感情，羅家倫寄給張維楨的情書約一百封左右，其中由美國寄出的十五封，自歐洲寄出的四十六封，另有約四十張明信片。[78]一九二七年十一月十三日羅家倫與張維楨在蔡元培福證下，於上海締結姻緣。[79]

　　綜覽張維楨的大半生，可知她有幸生長於開明的家庭，雖有早年失怙之痛，但也由此免去纏足之苦。其後，自主要求進入新式學堂求學，完成女子師範學校學業並擔任教師，再完成滬江大學學士學位，並順利獲得獎學金出國赴美深造；取得碩士學位後，隨即與羅家倫結

77　「Levi Barbour Scholarship for Oriental Women」由密西根大學的Levi Barbour創辦，專門提供獎學金給東方女性就讀密西根大學。在此之前，密西根大學曾有兩位知名的中國女性留學生石美玉與康愛德醫生，詳參：＂Levi Barbour and the Scholarship for Oriental Women＂，「A Dangerous Experiement: Women at the University of Michigan」（michiganintheworld.history.lsa.umich.edu/dangerousexperiment/exhibits/show/beyondcampus/levi-barbour-and-the-scholarsh，2019年3月15日查詢）。

78　羅久芳：《羅家倫與張維楨──我的父親母親》收錄羅家倫留美情書十五封、留歐情書四十六封，頁74-118。

79　以上經歷，參考劉維開編著：《羅家倫先生年譜》，頁67-68；羅久芳：《羅家倫與張維楨──我的父親母親》的〈父親母親的戀愛〉，頁62-65。

婚。其中，大學時期自主更名，由「薇貞」改名為「維楨」，更可見其人對於女性自我的獨立思想，已然不同於當時一般女子。

（二）戰爭與婦女、兒童：抗戰前後參與婦女與難童的保護活動

其次，張維楨婚後，曾在抗日戰爭前後參與若干與婦女、保護兒童有關的社會活動，並曾寫過兩篇與此相關的文章，一是〈愛護民族生命的萌芽〉，一是〈中國婦女在戰時和戰後的地位〉，由此可見她做為一名現代女子的積極作為。

1 促進婦女權益及福祉

婚後的張維楨擔任南京新政府國際宣傳處主任，主管向外國通訊社及外人在國內辦的英文報刊提供諮詢，然次年因羅家倫擔任北京清華大學校長而異動。在暫時沒有任職的時候，張維楨仍努力進修，閱讀英美兩國出版的新書，撰寫書評，也進行翻譯。總之她對於國際外交情勢、近代政治思想等，十分有興趣。一九三一年他們又回到南京，張維楨曾在金陵女子文理學院政治系兼課一年。

一九三四年，張維楨產後不久，便與三位婦女代表隨團赴美國夏威夷州檀香山參加為期兩周的第三屆「泛太平洋婦女會議」，[80] 會中宣

---

80 第一次世界大戰後，女性主義逐漸覺醒，一九二五年美國芝加哥地區法學專家Jane
Addams女士（1937年獲得諾貝爾和平獎）發起號召太平洋地區婦女組織協會，彼此
為區域間建立友誼、相互了解、合作，為兒童的教育、健康、婦女的權益、福祉及
和平而努力。一九二八年八月第一夫人蔣宋美齡女士率先響應接受邀約，參與創
會，當時共有澳洲、中華民國、加拿大、斐濟、日本、韓國、墨西哥、紐西蘭、菲
律賓、美屬薩摩亞、美國、夏威夷、新幾內亞等十三個國家地區一八三位代表響
應，參加創會。在夏威夷成立「泛太平洋婦女協會」（Pan-Pacific Women's
Association），中華民國為創始國之一。一九三〇年制定規約，規定每三年由各國主
辦一次國際年會，其中一九三七至一九四九年因二次世界大戰關係，停辦了十二

讀三千字的論文〈1927年來中國經濟的重建〉，以女性的立場表達對於近七年來中國經濟重建的觀察與看法，顯見張維楨做為一名現代知識女性對於國家發展的關懷，不局限於女性或小我的議題。[81]

　　一九四四年三月八日國際婦女節，也是中國對日抗戰的戰爭末期，張維楨發表〈中國婦女在戰時和戰後的地位〉一文，表達她對於女性同胞的關懷。文中提及抗戰中除了保家衛國的軍士們，受苦最深的便是婦女同胞了，尤其是淪陷區的女同胞與為抗戰傷亡的戰士家屬，前者往往是戰爭時最容易被犧牲的一群，後者往往在男子上戰場之後主動擔負起謀生、照顧家庭及教養幼兒的責任，既為家，也為國。其次就是勞動婦女，不只是平時職業的勞動婦女，也指應命從事戰時勞動的婦女。此外，尚有許多知識婦女因有感於戰時生活的壓迫而出來工作，同時料理家事和撫養子女。簡言之，大多數戰爭時的勞苦婦女的貢獻應該被認識。[82]文章後半部，張維楨提出她對於婦女在戰爭時應有的作為：

　　　　當今勝利雖已在望，我們婦女同胞自應更再接再厲，為國家民族，把最後的勝利奪過來，因此本身的知識和訓練必須積極的加強和充實。我們要為抗戰工作而努力，並且要為建國工作而奮鬥。憲政實施的時候，我們必須密切注意，不可忽略了我們

年。一九五五年大會改名為「泛太平洋暨東南亞婦女協會」（Pan-Pacific & South East Asia Women's Association）簡稱「PPSEAWA」，迄今大會仍在運作中。資料來源：「泛太平洋暨東南亞婦女協會」——中華民國分會」https://www.ppseawa.org.tw/aboutus02.php（2019年3月20日查詢）。

81　生平資料參考羅久芳：〈懷念我的母親〉，《羅家倫與張維楨——我的父親母親》，頁176。

82　張維楨：〈中國婦女在戰時和戰後的地位〉，1944年3月8日；收錄於羅久芳：《羅家倫與張維楨——我的父親母親》，頁191-192。

> 應有參與問政的義務和權利，以解除我們兩萬萬二千五百萬女
> 同胞的痛苦，並謀增進全民族的幸福。
>
> 同時，我們要請國家對於女子的教育和訓練從速推廣和提高，
> 對於女子的參政義務和權利，也應當扶植和重視。我們大家都
> 要趕上時代，萬不可開反時代的倒車。[83]

張維楨認為婦女應當積極的加強和充實知識和訓練，為國家服務。同時，又能懂得參與問政的義務和權利，以積極地為婦女同胞謀求幸福。同時，她認為國家也應當有所作為，以回應婦女充分參與國事的義務與權利。因為婦女是國家的一分子，當然也有應付的責任，並且責無旁貸：

> 半身不遂的民族，是不會進步的。男女在同一國家中，當為車
> 之雙輪，鳥之兩翼，扶著整個的民族和國家，以達到富強康樂
> 的理想境界。[84]

由此可見，張維楨對於婦女做為國民的責任之看重，尤其是戰爭時期，救國的責任必須男女雙方一同承擔，才能促進國家社會的進步。

2 保育戰爭時期的難童

在對日抗戰期間，張維楨也曾在《新民族》雜誌上發表〈愛護民

---

83 張維楨：〈中國婦女在戰時和戰後的地位〉，1944年3月8日；收錄於羅久芳：《羅家倫與張維楨——我的父親母親》，頁192。

84 張維楨：〈中國婦女在戰時和戰後的地位〉，1944年3月8日；收錄於羅久芳：《羅家倫與張維楨——我的父親母親》，頁192。

族生命的萌芽〉（1938年5月），文中論及戰爭時期許多家庭流離失
所，而兒童便是其中最容易受到摧殘的一群人，此因兒童是國家未來
的棟樑。因此張維楨以世界大戰時英美如何救援其他國家的難童為
例，說明救治難童的重要性。同時，中國也成立相關組織：

> 這項保育戰時被難兒童的組織已於三月十日由於宋美齡女士主
> 持，在漢口正式成立，其名稱為『中國婦女慰勞自衛抗戰將士
> 戰時兒童保育會』。各地分會正在次第成立。暫定收容兒童二
> 萬名。總會成立後即派人分赴各戰區，收羅被難兒童。[85]

這個成立於戰時的兒童保育會是國共兩黨合作的產物，既顯示抗日戰
爭時期中國婦女運動的成果，也首創了歷史上沒有先例的戰時教育事
業。[86]張維楨此文中也提及募款之事全賴有餘力人士，「本其愛國家，
愛同胞，愛孩子的熱忱，設法捐助。」[87]是以，她呼籲大後方中產階
級以上家庭多多捐助：

---

85 張維楨：〈愛護民族生命的萌芽〉，原刊《新民族》第1卷第11期，1938年5月9日；
　　收錄於羅久芳：《羅家倫與張維楨——我的父親母親》，頁189。

86 「中國婦女慰勞自衛抗戰將士戰時兒童保育會」簡稱「中國戰時兒童保育會」、「保
　　育會」，為拯救在日寇鐵蹄下親人被害、無家可歸的受難兒童，為保護中華民族未
　　來人才，於一九三八年三月十日在漢口創立。保育會理事長是宋美齡，副理事長是
　　李德全（馮玉祥夫人），常務理事有鄧穎超、孟慶樹、史良、曹孟君、沈茲九、安
　　娥、張藹真、陳紀彝、郭秀儀、唐國楨、陳逸雲、劉清揚、黃卓群等人。八年間，
　　保育會在十分艱苦的條件下，先後成立了二十多個分會，六十多個保育院，拯救、
　　培養、教育近三萬名難童，為抗戰建國做出貢獻。抗戰勝利後，保育會完成其歷史
　　使命，於一九四六年九月十五日宣布結束。詳參林佳樺：《「戰時兒童保育會」之研
　　究（1938-1946）》（中央大學歷史所94學年度碩士論文，2006年1月）。

87 張維楨：〈愛護民族生命的萌芽〉，原刊《新民族》第1卷第11期，1938年5月9日；
　　收錄於羅久芳：《羅家倫與張維楨——我的父親母親》，頁190。

> 在後方中產階級以上的家庭，以及逃難到後方而還有一些餘力
> 可以幫助被難同胞的家庭，都應當節衣縮食，多多捐助，有子
> 女的人們，看到自己孩子們的可愛而有幸福，應當想到那些不
> 幸的孩子，何等可憐。[88]

並鼓勵大後方家境優渥者考慮收養難童：

> 後方優裕的家境和沒有孩子的家庭，能普遍的各自收養這些被
> 敵人所害的難童，作為自己的兒女。這種想法是值得提倡的。[89]

是以，這個戰時的教育機構的宗旨及目標，「不只是慈善事業，是為
國家的前途，是培養愛護我民族新的萌芽。」[90]其目標為的是保護並
延續戰爭時期受到摧殘的兒童，特設社會救助機構，以全民的力量及
國母宋美齡的高度，給予積極的保育。而張維楨對於這樣的活動，自
然也不曾置身事外。

　　綜合以上，可見張維楨的一生所為，確實為新女性「出走」的典
範。一九九六年，羅家倫身故後多年，夫人張維楨代為捐贈其生前收
藏的藝術珍品，故宮博物院特為編輯捐贈目錄《羅家倫夫人張維楨女
史捐贈書畫目錄》，秦孝儀的序文中特別介紹張維楨：

> 德配張維楨夫人，上海張鈞丞先生之女公子，出身滬江大學政

---

88 張維楨：〈愛護民族生命的萌芽〉，原刊《新民族》第1卷第11期，1938年5月9日；
　　收錄於羅久芳：《羅家倫與張維楨──我的父親母親》，頁190。

89 張維楨：〈愛護民族生命的萌芽〉，原刊《新民族》第1卷第11期，1938年5月9日；
　　收錄於羅久芳：《羅家倫與張維楨──我的父親母親》，頁190。

90 張維楨：〈愛護民族生命的萌芽〉，原刊《新民族》第1卷第11期，1938年5月9日；
　　收錄於羅久芳：《羅家倫與張維楨──我的父親母親》，頁190。

治系，並得美國密西根大學碩士學位。歷任中央宣傳部國際宣
傳科總幹事，三民主義青年團中央團部女青年處長，國民參政
員，立法委員。夫人既勤勞職事，課女義方，又盡心弼成先生
功德，此殆可謂繼志如曹大家、同心如孟德曜矣。[91]

　　這段簡單的文字，道盡張維楨獨立自主而明朗大方的一生。對照羅家
倫對於婦女解放的主張，他的良配張維楨這一生的表現及成就，幾乎
可說就是典型的新女性自傳統「出走」的範型，包括未纏足及成為體
育教師、接受高等教育、出國留學、擔任大學教職、從事與黨政相關
的職業、參與婦女與兒童保育的相關活動，乃至於育女有方，張維楨
這一生所為，可說不愧是二十世紀新女性的典範。

五　結語

　　本文重讀羅家倫之於五四運動的意義，並以他較少為研究者所關
注的婦女解放話語做為研究對象。經由前述研究，已然展現了羅家倫
於五四運動時期的另一項重大貢獻，即羅家倫促進婦女解放這一面
相，有待予以正視，並應給予一定的評價。

　　首先，討論羅家倫發表於五四運動前的兩篇婦女解放文本，包含
知名劇作〈娜拉〉（和恩師胡適合譯）與其鮮為人知的問題小說〈是
愛情還是苦痛？〉，前者在現代文學史上已佔有非常重要的篇幅與地
位，討論重心幾乎聚焦於翻譯篇幅較少的胡適，因此本論文重新調整
目光，著重了解這部以羅家倫為主的翻譯劇作，以肯定羅家倫在此劇
作上的表現。接著並以「娜拉」做為本論文的核心概念及象徵，以說

---

91 秦孝儀：〈序〉，國立故宮博物院編輯委員會編輯：《羅家倫夫人張維楨女史捐贈書
　　畫目錄》（臺北：國立故宮博物院，1996年12月），無頁數。

明羅家倫的婦女解放文本所展現的女性勇於「出走」的形象。是以羅
家倫的問題小說〈是愛情還是苦痛？〉中也有一位勇於出走（出國留
學）的「娜拉」式女性；相較之下，男主角卻無法勇敢自傳統家庭中
出走，自陷於痛苦狀態而無法自拔，在個人愛情與封建家庭間苦苦掙
扎。男主角既想要保有個人在婚戀上的自由，又不忍心違背封建家庭
的安排，傷害與自己結婚的無辜女子，可見男主角不夠絕對的個人主
義正是他痛苦的主因。反觀小說中早已先行出國留學等待男主角會合
的女主角，其表現則更加勇敢而俐落。因此，就這兩個文本中的女性
角色而言，顯然羅家倫對於婦女應有的形象與地位已有較為先進的想
法了。

　　其次則是羅家倫發表於五四運動後的兩篇論文，一是〈大學應當
為女子開放〉，一是〈婦女解放〉，這兩篇論文合而觀之，可看到羅家
倫對於勇於「出走」的「娜拉」式女性的期待，即他為女性自傳統
「出走」後提供了正面的「出路」：接受高等教育、謀求相當的職業
與兒童公育。羅家倫這兩篇論文提出十分具體的觀點與作法，目標明
確地說明婦女解放必須自高等教育入手，而這也正是女性可以勇於
「出走」的最佳「出路」。相較於晚清以來女學堂教育仍舊不夠新潮
而無法滿足新世代女子教育的需求，羅家倫認為現代女性應接受大學
以上的高等教育，以達到真正的婦女解放。後文則是長篇闊論於婦女
解放的外國現況與思潮、應思考的觀念與方向、具體的作法；簡言
之，婦女解放必須做到讓婦女與男性共同接受高等教育、提高教育程
度、擴大職業類別、以兒童公育政策讓婦女兼顧職業與育兒。綜言
之，婦女解放必自教育入手，如此才有真正的婦女解放可言。

　　第三部分則以羅家倫真實生命中的「娜拉」式女性為討論對象，
即以夫人張維楨女士的「出走」人生做為被研究的文本，對照並印證
羅家倫一系列婦女解放話語的主張及內涵。研究發現，張維楨的人生

頗為符合「出走」的形象，順利地自傳統「出走」，她未曾纏足、進入女校體育科就學、擔任體育教師、帶領學生上街遊行、就讀大學、出國留學、擔任大學教職與各項黨政要職、參與婦女與兒童各項社會組織。簡言之，羅家倫之良配張維楨的「出走」人生，幾乎可說是他這一系列婦女解放話語的最佳註腳。

綜言之，羅家倫的婦女解放話語，無論是翻譯劇作、撰寫問題小說或者是論文，他以不同文類表現了對於婦女解放議題的看法。可見羅家倫的五四表現並不只限於目前學界所見的單一面相，應當將他的婦女解放話語及成績一併檢視，方能比較全面地觀看羅家倫在五四新文化運動中的表現及價值，並為他的文學史地位增添一個新的維度。謹以此文提供學界關於羅家倫與五四運動相關研究之參考。

第二章
翻譯、改寫與再創作他者／自己的小說
——張愛玲的「翻譯文學」與雙語作家夢

一　前言

　　做為「小說家」、「散文家」或「劇作家」的張愛玲，早為眾人熟知。惟有「譯作家張愛玲」的身分較少被學界關注。本章即以張愛玲「翻譯」的華文小說為論述重點，以此說明她如何以「翻譯」傳播與接受他者／自我的華文小說。

　　首先必需說明的是，本文所謂「翻譯」並非只是一般意義下的中翻英或英翻中而已，而是包括「將方言翻譯為國語」在內的翻譯行為；同時，此處所指涉的「翻譯」行為也包含藉由翻譯而進行的改寫／重寫／批注等相關寫作表現。由如此複雜的「翻譯」定義出發，庶幾可稍窺張愛玲「翻譯」文學的豐富性。此外「他者的小說」指的是「他人的華文小說」，包含韓邦慶的《海上花列傳》（吳語對白）和陳紀瀅的《荻村傳》（含北方鄉土語言）兩部。一般使用「他者」容易聯想到「文化他者」；在本文的脈絡裡，「他者」指的是區別於以正統國語書寫的華文小說的「異己者」，而且專指包含方言書寫的前述兩本小說。同時，張愛玲「翻譯」《海上花列傳》，不只將其中的吳語對白「註譯」為「國語版」，其後也英譯整部書；而翻譯《荻村傳》時直接將內含的方言譯為英文，以上這些「註譯」的作法也是一種對於

「異己」的「他者」的翻譯。是以，本章以此概念使用「他者」以界定張愛玲翻譯別人的小說，以便與她翻譯「自己」的小說有所區分。

張愛玲與「翻譯」的結緣，應為一九三八年刊登於英文《大華晚報》的散文 "What a life! What a girl's life"，後重寫為〈私語〉，刊登於一九四四年七月《天地》月刊，並收錄於一九四四年十二月《流言》散文集中；[1]然此文為散文文本，不在本文討論之列。[2]另據陳子善所述，張愛玲最早的「英譯中」之譯作，應為一九四一年香港大學時期為西風月刊社出版的《西書精華》第六期所翻譯的〈謔而虐〉，此文係翻譯自美國哈兒賽女士 *With Malice toward Some* 一書。[3]然此書原始文本為英文，與本論文之論述方向「華文小說」亦不相侔，暫不討論。

張愛玲真正開始認真而大量地從事文學翻譯工作，應自一九五二年離開大陸，重回香港大學復學之際。三十二歲的張愛玲遠離了哺育她成名的上海大都會，重回當年因炮火而輟學的香港殖民地。亟思找尋另一新的創作局面的張愛玲，首先接觸到的是美國新聞處的翻譯工作。而她真正的「華文小說」的翻譯／改寫，應自《秧歌》開始，一

---

1 資料來源，據單德興：〈含英吐華：譯者張愛玲──析論張愛玲的美國文學中譯〉之附錄二「張愛玲譯作一覽表（英文原作、英譯與自譯）」，《翻譯與脈絡》（臺北：書林出版社，2009年9月），頁190。

2 張愛玲另有若干自譯／改寫（英譯中與中譯英）的散文亦不列入討論，如原為英文後譯為中文的〈更衣記〉（Chinese Life and Fashions）與〈洋人看京戲及其他〉（Still Alive）等收入散文集《流言》中的諸篇文字；以及同時收錄於《重訪邊城》的中英文版〈重訪邊城〉（"*A Return To The Frontier*"），《重訪邊城》（臺北：皇冠出版社，2008年9月）。

3 參考陳子善：〈翻譯英文作品的最初嘗試──新發現的張愛玲譯作《謔而虐》淺說〉，《說不盡的張愛玲》（臺北：遠景出版公司，2001年7月）所述。單德興：〈含英吐華：譯者張愛玲──析論張愛玲的美國文學中譯〉亦有相關陳述，《翻譯與脈絡》，頁190。

九五四年首先出版了英文版，接著才有中文版（1954年7月，香港：今日世界出版社；1968年7月，臺北：皇冠出版社）。由一九五二至一九五五年，張愛玲重回大英治下的殖民都會香港，並以中英雙語互譯或並行的模式，展開了文學譯介的工作。

　　由於，張愛玲的「翻譯」成果稍顯龐雜，除若干英美文學的中譯，如《老人與海》、《愛默生選集》[4]之外，其為數可觀的華文文學（散文、小說、劇本、評論）之翻譯與改寫／重寫的成績，亦不容小覷，這也是本文的論述重心。[5]因此，以本文有限的篇幅勢必無法完整討論張愛玲的所有譯作，乃將討論範圍界定在「華文小說」上。這部分包括張愛玲「譯他」之作──翻譯別人的小說，以及「自譯」──翻譯自己的小說兩大部分。前者以翻譯晚清吳語小說《海上花列傳》的國語與英語版以及英譯陳紀瀅《荻村傳》為主，兩者的共同點皆為運用方言／鄉土語言做為對話以彰顯人物的特色。後者則是指張愛玲自譯／改寫自己的小說，包括先英文後中文版的《秧歌》、《怨女》，以及先有中文後譯為英文版的《赤地之戀》、〈金鎖記〉等作品。[6]

4　目前臺灣「皇冠出版社」的「張愛玲全集」中，僅見的美國文學中譯本為《愛默生選集》、《同學少年都不賤》所收錄的〈無頭騎士〉；「張愛玲典藏」則為《張愛玲・譯作選》（含〈無頭騎士──華盛頓・歐文〉與〈愛默生選集〉）二部。

5　張愛玲為數可觀的譯作表現，可參見單德興：〈含英吐華：譯者張愛玲──析論張愛玲的美國文學中譯〉之附錄一「張愛玲譯作一覽表（中譯）」、附錄二「張愛玲譯作一覽表（英文原作、英譯與自譯）」，《翻譯與脈絡》，頁180-201。

6　至於"STALE MATES"（五四遺事）、"The Spyring"（色戒）、英文版自傳體小說《雷峰塔》、《易經》與中文版《小團圓》之間的中英互譯關係，限於篇幅，暫不討論。書目如下：張愛玲〈五四遺事（英譯）〉（STALE MATES: A Short Story Set in the Time When Love Came to China），《續集》（臺北：皇冠出版社，1988年2月）；張愛玲：〈五四遺事──羅文濤三美團圓〉，《續集》（臺北：皇冠出版社，1988年2月）。張愛玲："The Spyring"（色戒）〉，MUSE《瞄》，2008年三月號；張愛玲〈色・戒〉，《惘然記》（臺北：皇冠出版社，1983年6月），另有單行本《色・戒》（臺北：

　　職是，本章著眼於張愛玲的翻譯／改寫他者／自我的「華文小說」為主要的討論範圍，並由此觀察張愛玲為何熱衷於「翻譯」文學？與其年少時的雙語作家夢之間的關聯為何？接著，做為一名華文小說翻譯者的張愛玲，其譯作所呈現的接受效果如何，更是本章所關注的焦點。最後由此驗證張愛玲一生的文學事業，不只小說、散文與劇本這三塊版圖，其譯作之大有可觀，實足以與其他三項成就並駕齊驅。至此，則張愛玲的文學版圖應是「小說、散文、劇作、譯作」四個區塊並列之貌，如此方能完整探勘張愛玲文學的全貌。

二　以林語堂為師
──張愛玲的「翻譯文學」與雙語作家夢

　　張愛玲何以從事「翻譯」文學，應可遠溯自她那奇異的中西合璧的身家背景與生命空間，以及由此而衍生的相關經歷，如：張愛玲奇妙的中英文姓名，以及年少時期因接觸林語堂而發展的雙語作家夢。

　　眾所周知，張愛玲父親張志沂（廷眾）為前清遺老，擁有極佳的古文底子，張愛玲許多傳統小說的閱讀皆由父親所指引；而鴉片癮極重的父親，也曾任天津津浦鐵路局之英文秘書（雖為閒差）。母親黃素瓊（逸梵）與姑母張茂淵雖為前清之大家閨秀，卻在張愛玲幼時攜手赴歐遊學。再者，張愛玲幼時於私塾就學，中學卻就讀於美國聖公會創辦的聖瑪利亞女子中學，大學更遠赴時為英國殖民地的香港就讀香港大學英文系（原打算赴英國就讀），乃至其後二度赴港復學就

　　皇冠出版社，2007年9月）。張愛玲：*The Fall of the Pagoda*（《雷峰塔》（香港大學出版社，2010年4月）。張愛玲：*The Book of Change*（《易經》）（臺北：皇冠出版社，2010年9月）；張愛玲：《小團圓》（臺北：皇冠出版社，2009年2月）（由《易經》之一段改寫而成）。

業，並由此前往美國定居四十載，皆可見西洋「摩登」（mordern）的因子隱隱然牽引了她的一生。這種遊走於傳統與現代、中國與西洋的生命背景，可能正是造就她後來從事中英翻譯工作的遠因，即便以國語翻譯吳語版《海上花列傳》，也是在異鄉美國所進行的一項「翻譯」寫作計畫。

　　其中，張愛玲的生命足跡中最重要的幾個空間，無論是成長之地的天津、上海或後來二度就學／就業的香港，皆為「洋味」濃重的中國城市。在這幾個深受西洋文化洗禮的大城裡，張愛玲所居住的空間亦多為西式洋樓或公寓，在在顯見其生命空間與西洋文化之情調甚為接近。

　　由此奇妙的生命經歷看來，張愛玲的中英文姓名似乎更能預言她後來從事「翻譯文學」的遠因，這點在單德興的相關研究中已有呈現。[7]單德興引張愛玲《流言》的〈必也正名乎〉[8]一文說明他的「後見之明」。原來張愛玲的名字為「張煐」，英文名字為「Eileen Chang」，「張愛玲」則是十歲時母親送她進正式學校時胡亂翻譯的中文名字。此一「臨時起意」所起的名字自此跟隨了她一生，未曾再改過，亦巧妙地預示了她往後從事中英互譯的緣起。

　　而張愛玲年少時期由閱讀林語堂而發展的「雙語作家夢」，更是一大關鍵。〈私語〉中一段提及中學時代的宏願：

> 在前進的一方面，我有海闊天空的計劃，中學畢業後到英國去
> 讀大學，有一個時期我想學畫卡通影片，儘量把中國畫的作風

7　單德興在兩篇文章中提及此概念，一是〈含英吐華：譯者張愛玲——析論張愛玲的美國文學中譯〉，《翻譯與脈絡》（臺北：書林出版社，2009年9月），一是〈勾沉與出新——《張愛玲譯作選》導讀〉，《張愛玲‧譯作選》（臺北：皇冠出版社，2010年2月）。兩文皆於前言部分述及張愛玲姓名之中英互譯的巧妙預言寓言。

8　可參看張愛玲：〈必也正名乎〉，《流言》（臺北：皇冠出版社，1996年4月），頁40。

　　　　介紹到美國去。我要比林語堂還出鋒頭，我要穿最別緻的衣
　　　　服，周遊世界，在上海有自己的房子，過一種乾脆俐落的生
　　　　活。[9]

由此可見，「我要比林語堂還出鋒頭」是她中學時即已發下的宏願。
林語堂分別在一九三五和一九三七兩年出版了以英文寫作的 *My
Country and My People*（《吾國吾民》）和 *The Importance of Living*（《生
活的藝術》）」等兩本暢銷於英語世界的著作，使林語堂具備了國際性
的名聲。當時還在教會中學就讀的張愛玲，顯然對林語堂產生了有為
者亦若是——以英文寫作——的孺慕之情。其後在香港大學英文系讀
書時，更發憤研讀英文，三年裡完全不用中文寫作。後因戰火輟學回
到上海的張愛玲，開始以英文為報刊寫稿，如後來翻譯／改寫為中文
的〈更衣記〉（*"Chinese Life and Fashions"*）[10]一文，便是刊登於英文
《二十世紀》月刊的一篇專門寫給以英語為母語的西方讀者閱讀的文
章，她走的路線就是林語堂式的向外國讀者介紹中國文化的風趣文
字。[11]
　　曾翻譯張愛玲〈封鎖〉（Sealed off）的金凱筠（Karen Kings-
bury）[12]即曾為文提及張愛玲此段經歷：

　　　　我們從她早期的文章中可以看出來，她曾經如何狂熱地閱讀上

9　張愛玲：〈私語〉，《流言》，頁162。

10　中文版〈更衣記〉收錄於《流言》。

11　可參看蔡登山：〈完不了的「林語堂夢」〉，《傳奇未完——張愛玲》（臺北：天下遠
　　見文化公司，2003年2月），頁133-148。此書以專章處理張愛玲的「林語堂夢」。

12　張愛玲著；金凱筠（Karen Kingsbury）譯：〈封鎖〉（Sealed off）（1943），收錄於
　　Joseph S.M. Lau（劉紹銘）、Howard Goldblatt（葛浩文）編：*Columbia Anthology of
　　Modern Chinese Literature*, New York: Columbia Univeristy Press, 1995. p.188-197.

海小報和巴黎時裝的廣告，而她對富麗、感性的語言的熱愛，亦在中文和英文文字中得到紓解。當她在香港讀英國文學、返回上海之後，最早出版的作品都是以英文書寫。這些評論中國文化議題的短文和影評，是專為居留海外的西方人所寫的。張愛玲很高興知道她早期的作品被認為受到《紅樓夢》及毛姆（W. Somerset Maugham）的影響。後來，張愛玲也曾經做過中英、英中的雙向翻譯。[13]

文中指出張愛玲中學至大學時期由於對西方摩登事物的熱愛，對於她後來以英文寫作明顯有直接的影響。此外，陳傳興也提及除了仿效林語堂之外的另一個深層的心理因素：

張愛玲在逃出父親的家之後不久，用英文寫出被監禁的經過發表在《大美晚報》（Evening Post, 1938），多年後又用中文方式改寫成〈私語〉（1944）。這是張愛玲公開發表在大眾刊物上的第一篇文章，張愛玲用這篇文章總結了她和父親的關係，不是報復性的指控，文章的意向毋寧是治療，自我診治的。創傷太過強烈，不願也不能停留在體內太久，但要如何說，「母語」它是父親的語言，面對這個語言，她有兩種態度，她一方面自我抗拒去使用，另一方面她矛盾地告訴自己這個語言早已和父親的家一齊被摧毀，目前她處在等待新的語言。在這種困境下，英語，陳述創傷的唯一可能的他種語言；她的父親非常熟悉這個語言，文字和意義仍然可以傳遞過去，但是父親卻聽不

---

13 金凱筠（Karen Kingsbury）著；蔡淑惠、張逸帆譯：〈張愛玲的「參差的對照」與歐亞文化的呈現〉，《閱讀張愛玲——張愛玲國際研討會論文集》（臺北：麥田出版社，1999年10月），頁310-311。

到她的聲音，她沒有聲音，也沒辦法擁有這個語言的主宰。英
語，矛盾雙重性地，不是父親的語言。新的書寫語言要能孕
生，必然地要先能克服這層創傷性的「抗拒」機制，「抗拒」
父親的書寫，讓母語重新在家庭羅曼史的廢墟上出現。[14]

陳傳興此論點別樹一幟。她指出張愛玲正式向報刊投稿發表的第一篇
作品（散文）便是以英文寫成的〈私語〉，此文大致描述了她被父親
囚禁的心路歷程與個人的成長故事。由於創傷太過強烈，張愛玲乃刻
意不使用父親的「母語」——中文寫作這件個人切身的故事，而使用
英語這項她和父親都熟習的外語，做為「溝通」的語言。因此，陳傳
興認為張愛玲後來使用非母語——英語寫作，與她自原生家庭／父親
那兒所得到的創傷有關：

綜觀張愛玲一生寫作經驗，她使用雙語的書寫並不是「同時」
性的多種語言能力表現，介於「英語」和中文母語之間存在
「非——同時性」的創傷意義，每當她面臨生命巨大轉變時，
她總會跑向他種語言尋求庇護，抗拒徘徊在母語後面的父親陰
影。[15]

一旦張愛玲面臨生命中的巨大變化時，「她總會跑向他種語言尋求庇
護」，衡諸張愛玲的生命歷程，或許有幾分道理。如離開戰火下的香
港回到上海之際，張愛玲首先便以英文在英文刊物上發表寫給外國人
看的文章（如：〈更衣記〉）；又如張愛玲在新中國建立後，重回香港
大學復學，卻以英文寫作小說或翻譯美國文學為中文等維生；再者，

---

14 陳傳興：〈子夜私語〉，《閱讀張愛玲——張愛玲國際研討會論文集》，頁399-400。
15 陳傳興：〈子夜私語〉，《閱讀張愛玲——張愛玲國際研討會論文集》，頁400。

如張愛玲再度離開香港前往美國後的起初十餘年，亦致力於以英文寫作／翻譯，或中英互譯自己的作品。由此看來，隱藏在中英互譯這樣優秀的語文才華之下，張愛玲難以言喻的心靈創傷，正以如是隱晦的姿態潛伏在她的內心裡。

　　無論如何，現實畢竟不如理想。多年後，張愛玲的雙語作家夢顯然事與願違。劉紹銘曾為文提及張愛玲雙語作家夢之落空：

> 張愛玲輾轉從上海經香港抵達美國後，換了生活和寫作環境，大概想過今後以英文寫作為生。誰料事與願違，終生未能成為林語堂那樣的暢銷作家。林語堂先聲奪人，分別在一九三五和一九三七兩年出版了 *My Country and My People*（《吾國吾民》）和 *The Importance of Living*（《生活的藝術》）這兩本暢銷書。張愛玲在美國賣文的運氣，真不可跟林語堂同日而語。[16]

由此可知，懷抱著向林語堂看齊的寫作宏願，固然催迫了張愛玲以英文寫作的動力，但畢竟同樣的模式，在不同的時空背景之下以及接受群體的審美視野之變化下，也產生了迥異的接受效果。自一九五二年重回香港開始正式以英語寫作，至一九六七年《怨女》英文版出師不利為止，張愛玲的雙語作家夢終究未能使她步上林語堂的成功之路。

　　儘管如此，人們卻也無法忽視張愛玲的英文功力。最早提及張愛玲譯作事業的宋淇（林以亮）於一九七六年所寫的〈私語張愛玲〉中，便提及夏濟安與夏志清兄弟對她的中英互譯能力大為佩服：

> 夏濟安和夏志清……，愛玲的中英文也真拿得出去，可以先寫

---

16 劉紹銘：〈張愛玲的中英互譯〉，《張愛玲的文字世界》（臺北：九歌出版社，2007年8月），頁136。

中文，然後自譯成英文，例如《赤地之戀》和〈金鎖記〉等；
也可以先寫英文，然後自譯為中文，例如《秧歌》和〈五四遺
事〉等。兩者同樣的自然，看不出翻譯的痕跡。……他們兩人
對愛玲這種隨心所欲中英文互譯的本領很是欽佩。[17]

可見張愛玲的英文能力應無可置疑，然而一件作品的接受結果往往牽
繫著諸多因素，際遇使然亦是其中之一。因此，接著就要問一個問
題：張愛玲的「翻譯」文學，究竟有何特色？關於這一點，陳傳興指
出極為關鍵的一點：

對她而言沒有所謂的純粹翻譯與創作的分別。所有的書寫都是
翻譯，所有翻譯就是改寫；她強烈的表現出吞食語言的食文欲
望，但不是要據有語言而是相反的由此去顯現後巴別塔的語言
虛無，無政府狀態，它們不屬於任何人、任何種族、國家——
民族或地域。[18]

此說中提出張愛玲「翻譯」文學的重點特色，即「對她而言沒有所謂
的純粹翻譯與創作的分別。所有的書寫都是翻譯，所有翻譯就是改
寫」，衡諸張的譯作，確實有脈絡可循。之所以如此悠遊迴轉於中、
英文之間，不斷地互譯／改寫，正可說張愛玲「強烈的表現出吞食語
言的食文欲望，但不是要據有語言而是相反的由此去顯現後巴別塔的
語言虛無，無政府狀態，它們不屬於任何人、任何種族、國家——民
族或地域。」張愛玲的創作「自由」／「自由」創作，於此可見一

---

17 宋淇（林以亮）：〈私語張愛玲〉，《華麗與蒼涼——張愛玲紀念文集》（臺北：皇冠
　出版社，1996年7月），頁121-122。
18 陳傳興：〈子夜私語〉，《閱讀張愛玲——張愛玲國際研討會論文集》，頁408-409。

斑，她不要迎合任何別人，別人要迎合她更休想，這似乎是她一貫的
姿態。

以下二節，即由此脈絡說明張愛玲這種「書寫即是翻譯，翻譯就
是改寫」的翻譯文學表現（以華文小說為限）。

三 翻譯／改寫——張愛玲以「國語」和「英語」翻譯方言小說

首先論及張愛玲對他者文學的翻譯／改寫（以下簡稱「譯他」），
主要集中於為數可觀的英美文學，如《老人與海》、《鹿苑長春》、《愛
默生選集》等名著，以及較少量的華文小說。本節所討論的範圍為後
者「譯他」部分，一是《海上花列傳》，一是《荻村傳》。

《海上花列傳》與《荻村傳》看似不大相干的兩部作品，一是晚
清中國的吳語方言小說，誼屬狹邪小說的範疇；一是五十年代臺灣的
反共小說，其中帶有北方鄉土語言。其實兩部華文小說之對話語言的
表現方式倒有相侔之處，前者以吳語做為人物對話的語言，後者則於
對話中突顯中國北方鄉土語言的運用，兩者皆以地域性的語言彰顯人
物的身分與特質。就此而言，此二者有它精神相通之處。

此外，這兩部作品亦與張愛玲的文學／創作背景有關。以《海上
花列傳》的翻譯而言，它說明了張愛玲對古典／傳統說部的喜愛，以
及（或許）她身為上海人的親切感。而翻譯《荻村傳》，筆者推論或
與張愛玲自身恰好曾創作《秧歌》與《赤地之戀》這樣標舉「反共」
精神的創作經驗直接相關。

基於上述兩點，將張愛玲對《海上花列傳》與《荻村傳》的翻譯
置於同一節加以討論，其實大有文章可做。以下試分論之。

（一）三語《海上花列傳》：以「國語」註譯「吳語」對白、以「英語」翻譯《海上花列傳》

張愛玲究竟是先譯《海上花列傳》國語版或英語版，據目前所見史料，殊難定論。如陳永健《初揲海上花》所言：「她花了十年的時間前後翻譯了國語及英語，是將蘇白《海上花》來一次再創作。」[19] 以及「張愛玲的國譯本出版超過十年，加上她本人又花了十年功夫動筆翻譯國語及英語，前後二十年的時間可真謂再創作的一次『豪賭』。」[20] 但仍舊無法確知國語與英語版的翻譯先後問題，或許張愛玲乃同步進行國語、英語版的翻譯亦未定。

但可確知的是，張愛玲有翻譯《海上花列傳》的念頭始於一九五五年，真正動手翻譯英文版《海上花》始於一九六七年賴雅逝世同年；而國語版先出版於一九八三年，而據聞完成於一九七五年的英語版則遲至二〇〇五年始正式出版。

1 由吳語《海上花列傳》到國語版

張愛玲翻譯國語版《海上花》的原因，可能與她年少時期的閱讀經驗有關。胡適曾為韓邦慶《海上花列傳》亞東版寫過〈序〉[21]，張愛玲於其註譯的《海上花開──國語海上花列傳I》的〈譯者識〉亦提及此事：「半世紀前，胡適先生為《海上花》作序，稱為『吳語文學的第一部傑作』。」[22] 由此，張愛玲因吳語版《海上花列傳》而閱讀

---

19 陳永健：〈第九章「方言文學第一本傑作」〉，《初揲海上花》（臺北：大地出版社，1997年3月），頁133。

20 陳永健：〈第十章「結語」〉，《初揲海上花》，頁152。

21 如今，胡適〈《海上花列傳》序〉也收錄於張愛玲註譯的《海上花開──國語海上花列傳I》（臺北：皇冠出版社，1996年5月）之〈譯者識〉之前；似也成了張愛玲此國語註譯本的前言。

22 張愛玲：〈譯者識〉，《海上花開──國語海上花列傳I》，頁18。

胡適之〈序〉，日後二人乃結下不解之緣，並直接／間接地促成了張愛玲先後註譯國語／英語版的契機。

《海上花列傳》原為晚清韓邦慶以蘇州方言／吳語寫成的狹邪小說，描述當時上海青樓女子的生活。此書幾乎是前無古人、後無來者的吳語方言之作。一八九二年首度在上海以單張印行，一八九四年出版成冊，同年韓邦慶逝世。

一九二六年，亞東書局邀請推動白話文運動有成的胡適、劉半農為此書寫序，再加上新式標點符號後再版。正值少女時期的張愛玲，在父親書桌上看到了它，從此結下不解之緣。張愛玲如是說道：

> 我十三四歲第一次看這書，看完了沒的看了，才又倒過來看前面的序。……此後二十年，直到出國，每隔幾年再看一遍《紅樓夢》、《金瓶梅》，只有《海上花》就我們家從前那一部亞東本，看了《胡適文存》上的《海上花·序》去買來的，別處從來沒有。[23]

由此可見，張愛玲早於少女時期，即經由閱讀《胡適文存》之《海上花·序》，進而閱讀《海上花列傳》，自此，以《海上花列傳》與胡適結下往後的一段書緣。

半個多世紀以後，張愛玲認為韓邦慶以吳語出版近百年的《海上花列傳》雖為奇書，卻被讀者遺棄了二次，[24]所以決定將其吳語對白

23　張愛玲：〈國語本《海上花》譯後記〉，《海上花落——國語海上花列傳II》（臺北：皇冠出版社，1996年5月），頁713。

24　《海上花列傳》被讀者遺棄兩次，一是指它十九世紀末出版，到民初便已經湮滅；二是指一九二六年，亞東書局版，請胡適、劉半農為之寫序，仍舊是一部失落的傑作。見張愛玲：〈譯者識〉，《海上花開——國語海上花列傳I》，頁18-19。另，張愛玲也在〈國語本《海上花》譯後記〉提及，由於《紅樓夢》的影響極大，等到十九

譯為國語，以利書籍的傳播。一九八三年十一月，張愛玲註譯的國語版《海上花列傳》（出版時改名為《海上花開——國語海上花列傳Ⅰ》與《海上花落——國語海上花列傳Ⅱ》），正式由皇冠出版社印行。這也是張愛玲自言的《海上花列傳》「第三次出版」[25]。

張愛玲對《海上花列傳》所下的苦功是「註譯」，此二字說明此書不僅是「翻譯」——吳語翻為國語，也是「註解」之作。

就前者「翻譯」之功——吳語翻為國語部分而言，原著採用方言書寫對白，為的是彰顯書中人物的鮮活神態；一旦翻為國語，自然有失韻味。如胡適曾大加讚賞的一段文字，即第二十三回「甥女聽來背後言，老婆出盡當場醜」，姚奶奶要衛霞仙交出她的姚季蓴一段，霞仙向姚奶奶朗朗說道：

> 你的丈夫嚜，應該到你府上去找嚜。你什麼時候交待給我們，這時候到此地來找你丈夫？我們堂子裡倒沒到你府上來請客人，你倒先到我們堂子裡來找你丈夫，可不是笑話！我們開了堂子做生意，走了進來總是客人，可管他是誰的丈夫！……[26]

以上是張愛玲國語版的譯文。對照其原文：

世紀末《海上花》出版時，閱讀趣味早已形成了，微妙的平淡的無奇的《海上花》自然使人嘴裡淡出鳥來。這是它的第一次被讀者遺棄。它第二次出現，是正當五四運動進入高潮時，拿它和西方名著相比，南轅北轍；與古典小說相比，更散漫更簡略；與當時的妓院小說《九尾龜》相比，更有受騙之感。因此，高不成低不就。更重要的是，許多人看不懂它的吳語對白。張愛玲自言道，《海上花》歷經兩次自生自滅後，還是決定把它譯為國語版，這是第三次出版，就怕此書是讀者對它的第三次遺棄。詳見《海上花開——國語海上花列傳Ⅱ》，頁723-724。

25 張愛玲：〈國語本《海上花》譯後記〉，《海上花落——國語海上花列傳Ⅱ》，頁724。

26 張愛玲：〈第二十三回「甥女聽來背後言，老婆出盡當場醜」〉，《海上花開——國語海上花列傳Ⅰ》，頁271。

耐個家主公末，該應到耐府浪裡去尋唦。耐啥辰光交代撥倪，
故歇到該搭來尋耐家主公？倪堂子裡倒勿曾到耐府浪來請客
人，耐倒先到倪堂子裡來尋耐家主公，阿要笑話！倪開仔堂子
做生意，走得進來，總是客人，阿管啥人個家主公！……[27]

以上所引鮮活潑辣的文字，胡適曾為文評論：「這種輕鬆痛快的口齒，
無論翻成那一種方言，都不能不失掉原來的神氣。這真是方言文學獨
有的長處。」[28]眾所周知，胡適曾於〈吳歌甲集序〉中提及國語這一
「最優勝的一種方言，……，國語的文學從方言的文學裡出來，仍需
要向方言的文學裡去尋他的新材料，新血液，新生命。」[29]關於此
點，張愛玲也自認為：「把書中語翻譯出來，像譯外文一樣，難免有
些地方失去語氣的神韻，但是希望至少替大眾保存了這本書。」[30]可
見她雖明知此舉將失去方言／吳語該有的韻味，仍抱持著傳承此書的
用意而從事註譯工作。

　　其次，她在「註解」方面所下的功夫，包含註譯者有意識的進行
名詞註解、對部分「不合時宜」的內容進行增刪，以及對既有回目所
進行的調整等。進而言之，首先張愛玲例必於每回末明列內文中所有
難懂字辭的註解，大致與一般箋注本之作法雷同。其次，如刪除書中
「四書酒令」這類會「卡住現代讀者的一個瓶頸」[31]。最後，則是將
原著六十四回刪併、改寫為六十回本，張愛玲自言道「但是資料我都

27 韓邦慶：《海上花列傳》（臺北：桂冠圖書公司，1985年7月），頁183。
28 胡適：〈《海上花列傳》序〉，《海上花開──國語海上花列傳I》，頁13。
29 胡適：〈吳歌甲集序〉，引自〈《海上花列傳》序〉，《海上花開──國語海上花列傳
　　I》，頁10。胡適〈《海上花列傳》序〉此文中對於吳語方言文學的優缺點進行了詳盡
　　的論述，可參看。
30 張愛玲：〈譯者識〉，《海上花開──國語海上花列傳I》，頁19。
31 張愛玲：〈譯者識〉，《海上花開──國語海上花列傳I》，頁19。

保留著，萬一這六十回本能成為普及本，甚至於引起研究的興趣，會
再出完整的六十四回本，就還可以加註。」[32]由此可見，張愛玲的用
心良苦，只可惜至今未能見到完整的六十四回之註譯本。

2 由吳語或國語版《海上花列傳》到英譯本

張愛玲是根據吳語版或是自己翻譯的國語版《海上花列傳》，進
行英譯的？若是同時以中（國語）／英文翻譯吳語《海上花列傳》，
則兩個譯本之間的互文性如何？這都是本章不解且尚待解決的問題。

張愛玲之所以翻譯《海上花列傳》英文版，也與胡適有關。由於
一九五四年張愛玲曾寫信並寄《秧歌》給胡適，胡適覆信時將《秧
歌》細讀和批注，使張愛玲非常感動。後來《秧歌》英文版問世，胡
適並購買多冊推薦給好友，並到張愛玲的紐約寓所探望她。[33]很可能
便由於張愛玲和胡適兩人皆同嗜《海上花列傳》之故，而牽引出這樣
一段緣份。

而想將《海上花列傳》譯成英文，是張愛玲自一九五五年萌生的
念頭。那年二月二十二日，張愛玲在寫給胡適的信中提及此事：

> 《醒世姻緣》和《海上花》一個寫得濃，一個寫得淡，但是同
> 樣是最好的寫實的作品。我常常替它們不平，總覺得它們應當
> 是世界名著。……我一直有一個志願，希望將來能把《海上
> 花》和《醒世姻緣傳》譯成英文。裡面對白的語氣非常難譯，
> 但是也不是絕對不能譯的。[34]

---

32 張愛玲：〈譯者識〉，《海上花開──國語海上花列傳I》，頁20。

33 張愛玲：〈憶胡適之〉，《張看》，頁142-150。宋淇（林以亮）〈私語張愛玲〉也提及
此事，見《華麗與蒼涼──張愛玲紀念文集》，頁120-121。

34 張愛玲：〈憶胡適之〉，《張看》，頁146。

由此可知，張愛玲英譯《海上花列傳》的志願始於一九五五年。

　　至於張愛玲真正動手英譯《海上花列傳》，據宋淇所述，張愛玲赴美後曾在女校萊克莉夫學院[35]從事寫作，當時主要的工作便是翻譯蘇白（吳語）小說《海上花》。夏志清也提及一九六七年，在他的推薦之下，張愛玲抵達麻州劍橋賴氏女子學院（Radcliffe Institute for Independent Study）（與前述學院為同一所）專心翻譯晚清小說《海上花列傳》。[36]此學院與前述學院為同一所，僅中譯名稱不同。張愛玲此時的翻譯計劃應指《海上花列傳》的「英譯本」。自一九六七年九月起，張愛玲在賴氏女子學院全心翻譯《海上花列傳》。

　　一九七○年代《海上花列傳》的英譯本完成，[37]一直未有機會出版。後來由於張愛玲不斷的搬遷之故，[38]不幸遺失了二十五萬言的英譯稿。[39]因此，一直到一九八二年，讀者所能讀到的僅有刊載於林以亮主持的「香港中文大學翻譯研究中心」出版的《譯叢》（Renditions）

---

35 「萊克莉夫學院」即下文「賴氏女子學院」，今譯雷德克里夫學院（Radcliffe College）。

36 夏志清：〈超人才華，絕世淒涼——悼張愛玲〉，《華麗與蒼涼——張愛玲紀念文集》，頁131。

37 夏志清曾將張愛玲自一九六三至一九八三年寄給他的書信，公開發表在《聯合文學》發表一百零三封，其中竟有高達卅二封提及英譯《海上花列傳》一事，並在一九六九年六月的一封信裡，張愛玲說她僅餘「十四回沒譯完」，表示此時已譯成全書四分之三強。至一九六九年十一月，她在信上說：「海上花恐怕要明春譯完」。她所指的「明春」應為一九七○年，推算當時已差不多譯好了。

38 張愛玲曾於一九八三年十二月寫信給友人麥卡錫（Richard M. McCarthy, 1919-2008），敘述無法將《海上花列傳》英譯本定稿，是因住家遭受嚴重蟲害，被迫搬了幾次家，連帶影響《海上花列傳》翻譯事宜。見高全之：〈為何不能完成英譯本《海上花》——張愛玲給麥卡錫的一封信〉，《張愛玲學》（臺北：麥田出版社，2008年10月二版），頁445-446。案：此麥田版《張愛玲學》為高全之《張愛玲學：批評·考證·鉤沉》（臺北：一方出版社，2003年3月）的增訂版。本章皆使用麥田版。

39 據聞一九八五年她曾向警方報案，宣稱她翻譯了近十八年的《海上花》英譯稿遭竊失。

上的前二回。[40]夏志清曾提及這段因緣：

> 那兩年在賴氏研究所，愛玲差不多已把《海上花》譯好了。隔幾年信上不時討論到譯稿的問題。她想找經紀人把它交大書局審閱。我勸她把書當做學術性的讀物看待，加一篇她自己寫的導論、我的前言，交哥大出版所處理較妥，她不接受我的建議，後來信上也不提這部《海上花》了。有一天莊信正對我言，這部譯稿搬家時丟了，我聽了好不心痛。除了首兩章已發表過外，張愛玲三四年的心血全付之流水。全書譯稿早該「全錄」一份副本，交信正或我保管的。[41]

由此可證，直到一九九五年張愛玲辭世，英譯本《海上花列傳》始終不曾出版面世。

然而，遺失多年的譯稿，竟戲劇性地「出土」了。一九九五年張愛玲逝世後二年，即一九九七年，在宋淇遺孀鄺文美贈送給南加大圖書館（張錯主持的「張愛玲特藏」）兩箱張愛玲的文稿中，其中便有《海上花列傳》的英譯稿。[42]後經該館中文圖書部門主任浦麗琳仔細比對、整理，按章回次序排列出三個版本，包括：一部完整的六十四章版本；一部可能是部分修改稿，共四十餘章；以及一部可能是副本存稿的複寫紙打印稿。浦麗琳認為張愛玲這批遺稿塗改甚多，很可能是一九六〇年代或更早期的初譯稿，而最後完成的版本，或許真如張

---

40 此段因緣參考陳永健：〈再掣海上花──紀念張愛玲先生逝世一周年〉，《初掣海上花》「附錄」，頁159。

41 夏志清：〈超人才華，絕世淒涼──悼張愛玲〉，《華麗與蒼涼──張愛玲紀念文集》，頁133。

42 可參考高全之：〈鬧劇與秩序──誰最先發現張愛玲英譯《海上花》遺稿？〉，《張愛玲學》，頁438-441。

愛玲所說的永久遺失了。其後則經由夏志清與當時任教於哥倫比亞大學的王德威奔走，以及香港知名翻譯家孔慧怡歷經三年的修訂、整理，終於由哥倫比亞大學出版社於二〇〇五年正式推出《海上花列傳》的英譯本。[43]

但有趣的是，英譯本雖遲至二〇〇五年方才出版，但張愛玲所寫的〈《海上花》的幾個問題——英譯本序〉卻早已收錄於一九八八年出版的散文集《續集》中。文中，張愛玲對於《海上花列傳》的英譯，一樣說明了抱持著保存它延續它生命的念頭：

> 這部不大有人知道的傑作一八九四年出版，一九二〇年中葉又被胡適與其他的五四運動健將發掘出來，而又第二次絕版。我不免關心它在海外是否受歡迎，終於斗膽刪去開首幾頁。[44]

可見張愛玲對此已被讀者棄絕二次的吳語小說，一方面想保存它，一方面也擔心英語讀者的反應，乃處處考量到它在海外讀者中的接受問題。她在〈憶胡適之〉文中也顯露這種擔憂：「中國讀者已經摒棄過兩次的東西，他們能接受？這件工作我一面做著，不免面對著這些問題。」[45]因此，她不只刪除一些開首幾頁，連「跋」也刪去了。如她

---

43 關於《海上花列傳》英譯本的「出土」始末，可參考張錯：〈初識張愛玲「海上花」英譯稿——兼談南加大「張愛玲特藏」始末〉(《明報月刊》第39卷第6期〔總462期，2004年6月〕，頁62-69)、浦麗琳：〈張愛玲、夏志清、「海上花」〉(《明報月刊》第39卷第8期〔總464期，2004年8月〕，頁77-79)、浦麗琳：〈遲圓的夢——張愛玲英譯《海上花》的出版〉(《明報月刊》第41卷第3期〔總483期，2006年3月〕，頁78-79)等。

44 張愛玲：〈《海上花》的幾個問題——英譯本序〉，《續集》(臺北：皇冠出版社，1998年2月)，頁78。

45 張愛玲：〈憶胡適之〉，《張看》(臺北：皇冠出版社，1995年10月)，頁154。

自言道:「我加的註解較近批註,甘冒介入之譏。」[46]因此,她甚至為海外讀者的可能接受,自言道:「他們又沒看慣夾縫文章,有時候簡直需要個金聖嘆逐句夾評夾註。」[47]可見英譯《海上花列傳》之艱難。

至於,張愛玲何以英譯《海上花列傳》,她曾自言道:

> 譯《海上花》最明顯的理由似是跳掉吳語的障礙,其實吳語對白也許並不是它不為讀者接受最大的原因。亞東版附有幾頁字典,我最初看這部書的時候完全不懂上海話,並不費力。[48]

由此可知,英譯《海上花列傳》的初衷是為了「跳掉吳語的障礙」。仍以前引第二十三回「甥女聽來背後言,老婆出盡當場醜」為例,以見張愛玲的英譯之功。文中,姚奶奶要衛霞仙交出她的丈夫姚二爺季蓴一段,霞仙向姚奶奶朗朗說道:

> "If you want to find your husband, you should look for him in your house. Did you ever entrust him to our care, so as to give you the right to and look for him here? This sing-song house has never sent someone to your residence to invite our client over, yet you're here now in search of your husband; isn't that a joke? We're a house open for business; anybody who walks in is a client. What do we care whose husband he is?……[49]

---

46 張愛玲:〈《海上花》的幾個問題──英譯本序〉,《續集》,頁80。

47 張愛玲:〈憶胡適之〉,《張看》,頁154。

48 張愛玲:〈憶胡適之〉,《張看》,頁151。

49 Bangqing, Han/ Chang, Eileen (TRN)/ Hung, Eva: *The Sing-Song Girls of Shanghai* (NewYork: Columbia University Press, 2005.9.) Chapter 23, P.187.

由此可見張愛玲英譯之功，簡潔明瞭。誠如張愛玲自言英譯能夠「跳掉吳語的障礙」，這點確實可見她的功夫所在。

但真正投入文本之翻譯後，張愛玲發現吳語方言與否，似乎並非此作受到冷遇的真正原因，主要還是在於《海上花列傳》本身的藝術問題。此部分留待第五節討論。

綜觀張愛玲一生為《海上花列傳》所下的苦心，絕非只是翻譯而已，檢視張愛玲為一本書同時註譯了國語與英語本，即可看出她對《海上花列傳》的特殊情感。這可說是她對《海上花列傳》的再一次創作。

（二）雙語《荻村傳》——以「英語」翻譯《荻村傳》之「北方鄉土語言」

張愛玲的「譯他」文學，除了上述晚清吳語小說《海上花列傳》之外，她也曾經英譯陳紀瀅長篇小說《荻村傳》，讓這部臺灣五十年代的反共小說，也有機會傳播給英語世界的讀者共賞。

《荻村傳》以傻常順兒做為主角，描述荻村由義和團至共軍佔領荻村（1900-1948）約近五十年間的農村故事，頗受好評（第五節將討論）。這大概是張愛玲所翻譯的唯一一部臺灣的中文小說，這與她當時大量翻譯美國文學的境況相較，顯得極為特殊。據陳紀瀅回憶，《荻村傳》英文譯本其實有兩個，一是英千里先譯的，因故未能出版。[50]其後，因緣際會地，張愛玲受美國新聞處處長麥卡錫（Richard M. McCarthy, 1919-2008）所託而重譯一個更為使美國人所能瞭解的譯本。[51]一九五九年由美新處支持的霓虹（Rainbow Press）出版社印

---

50 參見陳紀瀅：〈「荻村傳」英日文本出版經過〉，《文壇》第175期（1975年1月），頁10-13所述。

51 陳紀瀅：〈「荻村傳」英日法文譯印紀詳〉，《傳記文學》第45卷第1期（總266期，

行英譯本：*Fool In The Reeds*（荻村傳）。英語版之反應與其中文版一樣迭獲好評（第五節亦將討論）。

　　然而，相較於少數探討張愛玲註譯《海上花列傳》的研究成果而言，探討其翻譯《荻村傳》的相關研究更是稀少。[52]就筆者目前所見，即連張愛玲自己的文章裡也幾乎都找不到相關記載，無從得知她英譯此作的心路歷程。僅由原作者陳紀瀅的文章中略知一二，他曾經好奇探詢過推薦他這部小說英譯的人：「我曾寫信問過張愛玲女士，她說，她很欣賞這部小說，但原始推薦人不是她。」[53]、「張愛玲說，她喜歡《荻村傳》才翻譯的，不是為了錢。」[54]因此，剛在香港寫完兩部反共意味濃厚的《秧歌》與《赤地之戀》的張愛玲，便接下麥卡錫之邀，重譯了《荻村傳》，許是題材與她的作品精神有相通之處。且陳紀瀅除了在一九五○年發表《荻村傳》之外，一九五五年還有一部名為《赤地》的小說，正好與張愛玲於一九五四於香港出版的《赤地之戀》中文版之題名有重合之處。因此，筆者以為張愛玲雖經由美新處安排翻譯陳紀瀅《荻村傳》，但她或許也並無反對之理由。其次則是張愛玲為河北豐潤人，陳紀瀅為河北省中部安國齊村人，兩人可能還有這層人不親土親的關聯。

　　1984年7月），頁99-100。詳述張愛玲譯本的始末，其中提及，香港美新處麥卡錫與司馬笑，將英千里的譯文調至香港，經人評閱後的結論是：「典雅有餘，通俗不足」，乃另找人重譯。

52 如梅家玲：〈五○年代國家論述、文藝創作中的家國想像——以陳紀瀅反共小說為例的探討〉，是目前討論陳紀瀅作品之重要論著，以陳紀瀅的反共小說做為論述五十年代家國想像的焦點，但並未多加著墨於英譯版《荻村傳》與中文版的互文狀況與接受情形。此文收錄於《性別，還是家國？——五○與八、九○年代臺灣小說論》（臺北：麥田出版社，2004年9月），頁33-62。

53 陳紀瀅：〈「荻村傳」英日文本出版經過〉，《文壇》第175期（1975年1月），頁17。

54 陳紀瀅：〈「荻村傳」翻譯始末——兼記張愛玲〉，《聯合文學》第3卷第5期（總29期，1987年3月），頁94。

　　值得注意的是，《荻村傳》之敘事與《海上花列傳》一般，對白皆以地方鄉土語言突出人物之特色，由於陳紀瀅所寫乃是河北省的農村故事，藉由傻常順兒這樣的鄉土人物做為主角，以刻畫大時代下的鄉土故事與紀念自己的父輩，採用鄉土語言更顯出十分貼切的韻味。難得的是，張愛玲既能翻譯吳語小說，也能翻譯以北方鄉土語言為對白的小說，著實不易，顯現她在英語與中國方言方面的雙語造詣，確有過人之處。如原著第一章裡大粗腿招呼扣兒磨菇的話，便使用北方鄉土語言表達：

　　　　大粗腿⋯⋯他招呼扣兒磨菇說：「你看出來了沒有？他剛才是裝死，我看他是王八炮蹶兒有前勁沒後勁，瞎子磨刀快啦。」[55]

張愛玲英譯本是這樣翻譯這段生動的北方鄉土語言的：

　　　　"Button Mushroom!" called Thick Leg. "See his legs quivering? He can hardly stand. Just now he was stretched out there pretending to be dead. Now he's also shamming! He's the tortoise turning somersaults, who starts with a bang but can't keep it up."[56]

其中「炮（ㄅㄧㄠˋ）蹶兒」指的是騾馬等跳起來用後腿向後踢或連跑帶跳之意，張愛玲英譯為「turning somersaults（翻筋斗）」。「瞎子磨刀快」是歇後語，意指「瞎子磨刀，當然是快出事了」。這兩句方言俚語自然不易為英語世界讀者理解，張愛玲之譯筆亦簡潔明瞭，由

55　陳紀瀅：《荻村傳》第一章（臺北：皇冠出版社，1988年），頁15。

56　Chen Chi-Ying（陳紀瀅）; translated & adapted from the Chinese by Eileen Chang（張愛玲）: *"Fol In The Reeds（荻村傳）"*（臺北：美亞出版公司，1976年4月），頁10。

此可見張愛玲英譯中國方言之功力。

但筆者比對中英文版《荻村傳》後發現，張愛玲的英譯並非逐字逐句逐章的忠實翻譯，而是藉英譯進行了某種程度的改寫，其後閱讀陳紀瀅的文章，發現他也如是說道這點：「這個譯本不是按照原文逐字逐句所譯，祇求其不失大意、通順而已」[57]、「張愛玲不是逐字逐句的翻譯，大部分是意譯，但是並沒有離開文字的基本骨幹，整個文字就美國人而言，讀起來是比英先生譯的容易多了。」[58]由此可證張愛玲以意譯為主，與英千里的忠實翻譯有別。其意譯的表現當中自然也包含章節或敘事之異動，如原著第一章，張愛玲將之分為第一、二兩章。第一章裡張舉人登場後與他問傻常順兒的出身背景那一段，[59]張愛玲的英譯本將之移至第二章裡呈現。[60]這種藉翻譯而進行的改寫，與張愛玲一貫的作風雷同。

最特別的是，張愛玲英譯本之篇首扉頁，加上了原著沒有的《詩經・國風・蒹葭》第一章的英譯詩句：

> *The reeds dre dark*
> *White dew has turned to frost*
> *The one I spoke of*
> *Is on the other side of the water*

57　陳紀瀅：〈「荻村傳」英日法文譯印紀詳〉，《傳記文學》第45卷第1期（總266期，1984年7月），頁100。

58　陳紀瀅：〈「荻村傳」翻譯始末──兼記張愛玲〉（《聯合文學》第3卷第5期〔總29期〕，1987年3月），頁94。

59　陳紀瀅：《荻村傳》第一章，頁18-20。

60　Chen Chi-Ying（陳紀瀅）；translated & adapted from the Chinese by Eileen Chang（張愛玲）：*Fol In The Reeds*（荻村傳），頁19-21。

I follow the stream, a bend,

The way is long and blocked.

I go upstream to her

And she seems to be in the middle of the water.

The Book of Poetry

6th Century B.C.

這段譯自《詩經·國風·蒹葭》的原文是這樣的：「蒹葭蒼蒼，白露為霜。所謂伊人，在水一方。遡洄從之，道阻且長。遡游從之，宛在水中央。」經考察「荻村」之「荻」即近似蘆葦或蒹葭一類植物，《荻村傳》第二章篇首也說道荻村之名的由來：

> 荻村以村北一塊廣闊的葦濠著名，這塊濠坑產葦子，村人通常把收成好了的葦子叫做荻子，它的用處是建築房屋或織成席，鄉下人用它曬晾菜蔬食物。[61]

由此看來，陳紀瀅《荻村傳》這一書寫河北家鄉的農村故事，恰與先秦時期北方文學的代表作《詩經》具有一定之地域關係，而出身河北豐潤的張愛玲也是北方人，諸種巧妙的聯結，或許便是促成張愛玲採用《詩經·國風·蒹葭》做為英譯《荻村傳》的開首之因，由此可見張愛玲確實有她獨到不凡的見解。

　　綜觀張愛玲翻譯《荻村傳》，亦曾為顧及便利英語世界讀者的閱讀，而曾於英譯本之內容上做了部分調整，其初衷應與翻譯《海上花列傳》類似。

---

61 陳紀瀅：《荻村傳》，頁22。

綜合以上，張愛玲之「譯他」文學，主要集中於晚清吳語小說
《海上花列傳》與臺灣五十年代的反共小說《荻村傳》兩部華文小
說。兩者之方言譯為國語及英譯，皆與張愛玲的文學生命有相互重疊
之處，由這兩部華文小說所衍生的三部張愛玲譯作，也都應該在張愛
玲的文學版圖上佔有一定的位置與份量才是。

四　重複自譯／再創作：張愛玲對自己小說的來回轉譯

接著論及張愛玲對自己的文學的翻譯／改寫（以下簡稱「自
譯」），這方面的研究已逐漸受到海峽兩岸學界的注目。[62]其中，較重
要的有劉紹銘發表於二〇〇五年的〈張愛玲的中英互譯〉[63]一文，以
及陳吉榮《基於自譯語料的翻譯理論研究：以張愛玲自譯為個案》[64]
一書。前者以張愛玲的「自譯代表作」〈金鎖記〉為討論重心；後者
作者陳吉榮乃外語背景出身，[65]以其翻譯學養較全面的論述張愛玲的
自譯文學，堪稱獨步。然而，陳吉榮討論之文本限於張愛玲之散文
（本文暫不討論）、短篇小說（〈等〉、〈桂花蒸　阿小悲秋〉、〈五四遺

62　中央研究院歐美所研究員兼所長單德興對張愛玲的譯作研究具有一定的份量，但多
　　集中於以張愛玲的美國文學英譯為主要討論對象。詳參單德興：〈勾沉與出新──
　　《張愛玲譯作選》導讀〉，《張愛玲・譯作選》；單德興：〈含英吐華：譯者張愛
　　玲──析論張愛玲的美國文學中譯〉，《翻譯與脈絡》。

63　劉紹銘：〈張愛玲的中英互譯〉，《張愛玲的文字世界》。此文原為劉紹銘於香港科技
　　大學包玉剛傑出講座公開演講之講稿，曾於二〇〇五年十一月十三日於香港中央圖
　　書館演講廳宣讀。

64　陳吉榮：《基於自譯語料的翻譯理論研究：以張愛玲自譯為個案》（北京：中國社會
　　科學出版社，2009年6月）。

65　值得注意的是，目前學界對張愛玲「翻譯」文學較具建樹的研究者，皆為外語背景
　　出身者，如香港嶺南大學榮休教授劉紹銘、臺灣中央研究院歐美所的單德興教授，
　　以及擔任遼寧師大外國語學院教職的陳吉榮皆是。

事〉）與中篇小說（〈金鎖記〉），所論精闢，具有一定的學術參考價值。然而，該作並未全面論文張愛玲所有的自譯之作，尤其《秧歌》、《赤地之戀》等兩部具有反共意味的小說並未列入討論。

張愛玲的自譯之作甚有研究價值，正如前述第二小節裡所提及的，對張愛玲而言，以英文寫作大有安身立命之意。更精確地說，張愛玲以英文自譯或中英互譯的本事，更能見出張愛玲離開她的創作天地——上海之後流離的心境。研究張愛玲國語版《海上花列傳》的陳永健即曾經指出：

> 另一方面，我們不能不就張愛玲當年移居美國後的客觀處境和個人意願加以瞭解。她的遠走他鄉，除了是對赤化後的大陸表示失望和不滿外，同時亦希望在美國可以做出一點英語創作的成績，如同林語堂一樣。她的邂逅賴雅，可能令她在這方面的願望變得更實際和強烈。十年的婚姻生活，賴雅肯定在英語的指導上幫助她不少，進一步激起她翻譯前作和面向英語出版界的決心。[66]

在英語國度定居，並選擇以英語寫作／翻譯以安身立命，誠屬理所當然之事。而林語堂更是當時所有有志揚名於英語世界的中文寫作者的標竿人物，想要效法林語堂寫出一點成績的念頭，想必在赴美定居後更加強烈。

然而，張愛玲的英語寫作，其最大特色在於她往往喜歡自譯，而非委由他人翻譯己作。如陳永健所言：

---

66 陳永健：〈再掣海上花——紀念張愛玲先生逝世一周年〉，《初掣海上花》「附錄」，頁169-170。

> 張愛玲喜歡翻譯自己的作品,不假手於人。同時也看出她對自
> 己作品的一份「執著」和「自戀」。倘若她認為還有翻譯的價
> 值。[67]

喜歡自譯,並非表示不信任他人的譯筆,而是出自一份對自己作品的
執著與自戀,尤其是按照張愛玲一貫翻譯兼改寫之作風而言,惟有自
譯方能享有改寫的特權。另外,劉紹銘提及曾委由研究張愛玲的金凱
筠(Karen Kingsbury)寫信給張愛玲,說明擬請張愛玲自譯〈封鎖〉
一事,由張愛玲的覆信看來,劉紹銘認為張愛玲極習於自譯作品:

> 我們從張愛玲的這封信看到兩個要點,一是她有作品自譯的習
> 慣。二是她相當在乎英語讀者對她英文作品的評價。我得在這
> 裡先補充說一句,作者翻譯自己的作品時,如果把翻譯當作創
> 作的延續,隨意作即興體的增刪,那麼「翻譯」出來的文本應
> 該視為一個新的藝術成品。[68]

可見自譯對於張愛玲的創作自由而言,是相當重要的。因此,所有張
愛玲的自譯之作亦不妨視之為文本的再一次創作。

　　進而言之,張愛玲的自譯之作,其型態約有三種,一是先寫英文
版再譯為中文的,如《秧歌》;二是先寫中文版再譯為英文的,如
《赤地之戀》;三是中英互譯的,如〈金鎖記〉到《怨女》的改寫與
互譯。總計張愛玲的自譯大約表現為上述三種類型,若深入探究,可
說極為豐富。

---

67 陳永健:〈再掣海上花──紀念張愛玲先生逝世一周年〉,《初掣海上花》「附錄」,
　　頁169。
68 劉紹銘:〈張愛玲的中英互譯〉,《張愛玲的文字世界》,頁127-130。

（一）先寫英文版，再翻譯／改寫為中文版：《秧歌》

首先，張愛玲《秧歌》是先寫英文版再寫中文版的，其中、英文版創作之先後，高全之曾有論述：

> 我們確知英文版完成於中文版之前。林以亮說張愛玲「可以先寫英文，然後自譯為中文，例如《秧歌》」。張愛玲提到英文版「最後一章也補寫過，譯成中文的時候沒來得及加進去」。這兩則第一手資料都把中英兩版的過程說成「譯」，自然是翻譯的意思。然而翻譯一詞未能道盡它們的關係。上引作者自己的話，已點明兩版最後一章有別。就字數而言，最後一章是兩版最大的差異，然而兩版之間的變動並不限於最後一章。所以自英文版到中文版，除了翻譯以外，還有改寫。[69]

確知英文版完成於中文版之前，可由林以亮（宋淇）與張愛玲自己的文章中得到驗證。更重要的是，誠如前述與第三節所言，張愛玲的翻譯絕對不能僅以翻譯視之，而是她對文本的另一次創作，即改寫之功。

張愛玲創作的《秧歌》，一九五五年由美國Charles Scribner's Sons出版了英文版*The Rice-Sprout Song*（《秧歌》）；[70]一九六三年六月，香港Dragonfly Books重印英文版，一九六六年十月二版。中文版則遲至一九六八年，由臺灣的皇冠出版社出版。直至張愛玲辭世後的一九九八年五月，美國加州大學出版社（Univ of California Press）則重新出版了《秧歌》英文版：*The Rice-Sprout Song: A Novel of Modern China*。由《秧歌》英文版曾經再版，可見應有一定的好評，這是截至目前為止

---

69 高全之：〈盡在不言中——《秧歌》的神格與生機〉，《張愛玲學》，頁157-158。
70 一九五五年由美國Charles Scribner's Sons出版，作者即Eileen Chang（張愛玲）。

《秧歌》的中英文版的出版情形。

《秧歌》英文版大約也是張愛玲諸多自譯之作較為人知者。

（二）先寫中文版，再翻譯／改寫為英文版：《赤地之戀》

《赤地之戀》則是先寫出中文版再翻譯／改寫為英文版的，其中文版完成於一九五四年，當年十月由香港天風出版社印行；但臺灣的中文版卻因緣際會先由慧龍出版社於一九七八年出版中文版，直至一九九一年六月方才由皇冠出版社正式列入「張愛玲全集」出版（此兩項中文版皆為政治淨化版），不若《秧歌》於一九六八年即有皇冠出版的中文版，可見此書之命運。

張愛玲大約於一九五六年間完成英文版，當年於香港友聯出版社（Union Press）出版《赤地之戀）英文版 *Naked earth*。據筆者訪查此版本所見，除正文前有一篇署名「Maria Yen」（燕歸來）的「Introduction」（導論）外，在書封的內頁裡，還特別刊載了幾篇對張愛玲前作《秧歌》英文版的簡短書評，包括 *The New York Times*、*Library* 與 *Time Magazine* 等三家媒體。[71]此舉顯然有藉以拉抬《赤地之戀》英文版之用意。

此外，友聯版的版權頁載明「不得在英國、加拿大、或美國銷售」（原文為英文），言明出版的預設對象僅限亞洲的英語讀者，高全之指出張愛玲顯然有意在以上三地另尋出版公司，但「很可惜，英文版一直未能如願另行出版，該是張愛玲終身憾事之一。一九八八年美國加州大學重新印行《秧歌》與《怨女》英文版，誠為張學盛事，偏偏

---

71 筆者所據之版本，為一九五六年香港友聯出版社贈予臺灣大學圖書館的贈書，此書因年代久遠，書頁已有些許脫落，尤其是書前與書後未標注頁數的幾頁，故難以確認是否尚有其他的書評已脫頁遺失？

漏掉《赤地之戀》英文版。原因待查。」[72]然而，筆者訪查所見，早於一九六二年《赤地之戀》即已另有一個英語版是於美國紐約印行的（*The Naked earth*, New York: Berkley Publishing Corporation），高全之在〈開窗放入大江來——辨認《赤地之戀》的善本〉一文開首提及《赤地之戀》四個中英文版，亦未提及此一九六二年的美國英文版。[73]不知高全之何以如此陳述，抑或筆者資料有限，原因待查。

　　高全之認為張愛玲英譯《赤地之戀》是「英譯與改寫兩種雄圖大志齊頭並進。」[74]的表現，而她藉由中翻英之機進行改寫的目的有三：一是減少尖銳評論，講求情緒表達的緩和；二是情節的合理化；三是情節與小說題旨相關性的強調。增刪之間，處處可見這個版本演進的嚴肅態度。[75]高全之認為《赤地之戀》之「中英兩版境界有別」[76]，關於它的接受情形待第五節討論之。

　　一般言之，《赤地之戀》之先天不良遠較《秧歌》為甚，不僅不合於國共兩黨的政治理念或態度，在英語世界亦備受冷遇。

（三）短篇改寫為長篇／中文譯為英文：〈金鎖記〉、《粉淚》、《北地胭脂》與《怨女》

　　至於〈金鎖記〉與《怨女》的衍義關係，則較前二者更為複雜，不只是短篇擴展至長篇的規模變大而已，還有中譯英、由英文譯回中文等諸種回環往復的中英互譯情形。以下試分列述之。

72　高全之：〈開窗放入大江來——辨認《赤地之戀》的善本〉，《張愛玲學》，頁234。

73　高全之：〈開窗放入大江來——辨認《赤地之戀》的善本〉，《張愛玲學》，頁233。

74　高全之：〈開窗放入大江來——辨認《赤地之戀》的善本〉，《張愛玲學》，頁237。

75　參考高全之：〈開窗放入大江來——辨認《赤地之戀》的善本〉，《張愛玲學》，頁238-242。

76　高全之：〈開窗放入大江來——辨認《赤地之戀》的善本〉，《張愛玲學》，頁210。

1 中文中篇小說〈金鎖記〉改寫為英文長篇小說 *Pink Tears*（粉淚）

一九五六年，初至美國的張愛玲將其知名中篇小說〈金鎖記〉（1943年）擴展成為英文長篇 *Pink Tears*（粉淚），原本打算交由出版 *The Rice-Sprout Song*（秧歌）的原始出版者Charles Scribner's Sons公司出版，卻不被接受。推論是張愛玲於一九五五、一九五六連續兩年出版的《秧歌》與《赤地之戀》的銷售問題，影響了其後緊接著出版的自譯英文小說的被接受度。

事隔多年，張愛玲自譯中篇小說〈金鎖記〉為 "The Golden Cangue"，並收入一九七一年由夏志清主編、劉紹銘編輯的 *Twentieth-Century Chinese Stories*（《二十世紀中國小說選》，美國哥倫比亞大學出版社）[77]中。該書亦收入郁達夫、沈從文等中國二、三十年代作家作品，也有部分臺灣現代作家的。其後，一九八一年此篇張愛玲自譯小說，又收入劉紹銘、夏志清、李歐梵等人主編的 *Modern Chinese stories and novellas, 1919-1949*（《現代中國小說選──1919-1949》）中。[78]

這篇張愛玲自譯的〈金鎖記〉，多半即由上述選集，進入了多位在美的華人學者服務之美國大學的課堂中成為教材。如劉紹銘即曾自述教授此篇英譯〈金鎖記〉的心得，英語讀者／學生大多難以透過英

---

[77] Eileen Chang: "The Golden Cangue", Edited by C. T. Hsia, with the assistance of Joseph S. M. Lau.:*Twentieth-century Chinese stories.*, New York: Columbia University Press, 1971.（夏志清主編，劉紹銘編輯：《二十世紀中國小說選》）。其後，臺北雙葉書店亦於一九七六年出版此書。

[78] Eileen Chang, "The Golden Cangue", by Joseph S. M. Lau, Chih-tsing Hsia, Leo Ou-fan Lee, *Modern Chinese stories and novellas, 1919-1949*, New York: Columbia University Press, 1981.（劉紹銘、夏志清、李歐梵編：《現代中國小說選1919-1949》）。

譯認識張愛玲的中文魅力，只看到曹七巧的惡形惡狀而已。[79]由此亦可想見它的接受情形。

　　然而，由〈金鎖記〉改寫為英文的長篇小說 *Pink Tears*（粉淚）至今未見出版，無由得知其與〈金鎖記〉之間的差異何在？乃令人遺憾之處。

2 英文長篇 *Pink Tears*（粉淚）改寫為 *The Rouge of the North*（北地胭脂）

　　一九六五年，張愛玲在給夏志清的信中提及，已將"*Pink Tears*"（粉淚）改寫成"*The Rouge of the North*"（北地胭脂）；幾經波折，終於在一九六七年由倫敦的Cassell & Company印行了英文版的"*The Rouge of the North*"。[80]

　　由於英文長篇小說"*Pink Tears*"（粉淚）至今未見出版，它與後來改寫的"*The Rouge of the North*"（北地胭脂）之間，究竟異同之處何在，仍待更多史料「出土」以補足之。

　　而《北地胭脂》這個知者寥落的小說題名，向來不為讀者熟識。一九八八年，但漢章導演的電影《怨女》，其英文片名即使用"*The Rouge of the North*"這個題名。然而，這被電影版所留下的英文題名，仍舊被冷遇。

3 英文長篇 *The Rouge of the North*（北地胭脂）自譯為中文版《怨女》

　　正在改寫英文版"*The Rouge of the North*"（北地胭脂）的張愛玲，又將此書自譯／改寫成為中文版《怨女》，可見其中英兩版幾乎

79　參考劉紹銘：〈英譯《傾城之戀》〉，《張愛玲的文字世界》，頁117-119。

80　Eileen Chang: *The Rough of the North*, London: Cassell & Company, 1967.

是同時進行著。張愛玲改寫的中文版《怨女》,於一九六六年分別在
香港《星島日報》與臺灣《皇冠》雜誌同時連載。據聞當時張愛玲以
為稿件寄失了,另完成「改正本」,交由皇冠出版社於一九六六年四
月出版了臺灣的單行本。這就是《怨女》中文版在臺灣的真正面世。

是以,則中文版《怨女》於一九六六年出版,應早於一九六五年
由 Pink Tears（粉淚）改寫且因故遲於一九六七年才出版的 The Rouge
of the North（北地胭脂）。據此,則《怨女》與 The Rouge of the North
（北地胭脂）之關係究竟為何?是否中英文版同時一起寫的?或是先
有中文版《怨女》才有英文版 The Rouge of the North?值得商榷。

4 中文版《怨女》又自譯為英文版

最後,張愛玲又根據《怨女》中文版,將之再譯回英文。然而,
此再譯回英文的版本,詳情究竟如何,亦有待更多史料之「出土」以
佐證之。

據此,則由〈金鎖記〉到《怨女》所衍生的中英諸本,究竟有多
少,值得研究。王德威在英文版 The Fall of the Pagoda（雷峰塔)序
裡即指出,由〈金鎖記〉到《怨女》的中英諸版本,張愛玲至少寫過
六次:

Thus, over a span of twenty-four years, in two languages, Chang
wrote *The Story of the Golden Cangue* at least six times.[81]

由此可知,「金鎖記」系列在二十餘年間,曾被張愛玲親自重寫／翻
譯過諸種中英文版本,竟達六次之多,應該也是她所有作品之中英互

---

81 David Der-wei Wang（王德威）: "Introduction", Eileen Chang, *The Fall of the Pagoda*
（《雷峰塔》英文原著)（香港:香港大學出版社,2010年),頁2。

譯裡最為複雜而豐富的一部，亦由此可見張愛玲對〈金鎖記〉的喜愛。李黎亦曾提及此點：

> 張愛玲喜歡不斷重複書寫，用中文寫譯成英文、用英文寫譯回中文，這也不是唯一的例子了。王德威在《雷峰塔》的序文裏就替她的"金鎖記╱怨女"的中英諸本算了一筆賬，總共有六個版本——當然，都是她自己執筆的。但特別的是每個版本都並非逐字逐句地翻譯——她太知道兩種文字和文字後面截然不同的文化，也知道直譯硬譯的不可行。[82]

其中也特別指出「張愛玲喜歡不斷重複書寫，用中文寫譯成英文、用英文寫譯回中文」，究竟張愛玲「重複」的意義何在，僅只是單純的為練好英文？或是刻意針對不同語言文化背景的讀者，以提供他們適合的語文版本？或是另有隱情？猶待持續探究。

　　而目前筆者手邊所見的《怨女》英文版 The Rouge of the North，係一九九八年由美國加州大學出版社重新出版者，[83] 書前版權頁註明它的版本來歷：

University of California Press

Berkeley and Los Angeles, California

---

82 李黎：〈敗給胡蘭成的那個英文張愛玲〉，《東方早報》，2010年7月2日（http://webcache.googleusercontent.com/search?q=cache:XjaUo3hs-fcJ:big5.xinhuanet.com/gate/big5/www.sh.xinhuanet.com/2010-07/02，2010年9月3日確認）

83 Eileen Chang: The Rouge of the North, Berkeley and Los Angeles (London): University of California Press, 1998.5.

University of California Press, Ltd.

LonDon, England

© Eileen Chang, 1967

Renewed 1995©Stephen Soong

First published 1967 by Cassell & Company, Ltd., LonDon

First California Paperback Edition 1998

Introduction©1998 by David Der-wei Wang

據此,則此英文版應即為前述一九六七年張愛玲翻譯、英國倫敦
Cassell & Company印行的第一版英譯本,但曾於一九九五年由張愛玲
好友宋淇(Stephen Soong)重新／恢復過(Renewed)。因此,前述
筆者所提問之「是否先有中文版《怨女》,才有英文版 *The Rouge of
the North*?」之問題,或許即可迎刃而解。而目前所見的這部一九九
八年的版本,還多了王德威(David Der-wei Wang)的導論,對於此
書之再度問世,具有一定的推廣意義。[84]

　　而郭強生〈張愛玲真有「創作」英文小說嗎?〉,頗有吾道不孤
之感。文中提及張愛玲於短時間內如此旺盛而驚人的「創作」力,尤
其是香港時期短短三年內,竟有多達四部《秧歌》和《赤地之戀》的
中英創作／翻譯出現,若非其為多產快手(與張愛玲日後予人惜字如
金之印象不大相合),是否另有隱情?由於張愛玲後四十年的生平資
料至今猶未完全被公開,其留白之處甚多,宜作此合理質疑。此外,
該文亦以《秧歌》與《北地胭脂》之中英版本做為抽樣範例,以檢視
張愛玲的作品是先有中文稿或英文稿?是翻譯、原創或改寫?以解決
這個張愛玲創作上值得研究的議題。其論點與拋出的問題約有以下數

---

84 其有意思的是,加州大學出版社亦同時於倫敦出版此新版《怨女》,對於打開張愛
　玲自譯之作的知名度應有一定的助益。

端：一是《秧歌》部分：「中、英文《秧歌》對照，……兩者出自同
一人之手，或是照實翻譯，或是改寫，少見像這樣用英文時修辭表達
完整，用中文時卻前後不連貫的例子。」，二是「《秧歌》中文版讀來
像是仍可商榷的譯本而非創作，《北地胭脂》跟《怨女》的情況則恰
好相反。」，三是「如果事實上《北地胭脂》完成在《怨女》之後，
這便只是一本譯作，那麼我們是否可說，張愛玲人在美國其實沒有出
版過任何一本英文『創作』？反之，如果英文的《粉淚》與《北地胭
脂》才是《怨女》的原文，為何《秧歌》的英文老辣，而《北地胭
脂》的英文卻顯生硬？」，四是「又為何《北地胭脂》的英文能被譯
寫成《怨女》中譏誚靈活的文字，而《秧歌》的中文竟常拘泥於原來
的英文語句結構出現西式譯句，……難道英文作者與中譯者不是同一
人？」[85]等以上諸端，猶待張學研究者持續關注之。

　　綜合以上，張愛玲對自譯文學的熱衷，集中於其兩部反共與農村
題材的小說《秧歌》與《赤地之戀》上。而她在〈金鎖記〉與《怨
女》之中英轉譯兼改寫一事上，更是表現得淋漓盡至。且同時間裡，
即香港時期與她初赴美國的前十年裡幾乎年年都有一兩部（或以上）
譯作誕生，亦可見其「再創作」力極其旺盛。張愛玲如此不厭其煩地
翻譯兼改寫自己的作品，也確實做到了藉由自譯擁有改寫自己作品的
特權。由此可見，張愛玲的自譯文學成就不可小覷。

五　張愛玲翻譯他者小說／自譯小說，又是如何（不）被接受？

　　至於張愛玲的譯他／自譯作品，其誕生後的命運又是如何？而什

---

85 郭強生：〈張愛玲真有「創作」英文小說嗎？〉，《中國時報‧人間副刊》，2010年9
　月1-3日。

麼樣的接受情形與效果,使得張愛玲一系列「再創作」的譯作長期未受到學界應有的注目?意即她這一系列譯作究竟是如何(不)被接受,正是本節擬處理的問題。

(一)翻譯他者的小說:冷遇的《海上花》與好評的《荻村傳》譯本

就譯他部分言之,其實張愛玲自己對《海上花列傳》英語版的接受情形早有定見:

> 在美國有些人一聽見《海上花》是一八九四年出版的,都一怔,說:「這麼晚……差不多是新文藝了嘛!」,也像買古董一樣講究年份。《海上花》其實是舊小說發展到極端,最典型的一部。作者最自負的結構,倒是與西方小說共同的。特點是極度經濟,讀著像劇本,只有對白與少量動作。暗寫、白描,又都輕描淡寫不落痕迹,織成一般人的生活的質地,粗疏、灰撲撲的,許多事「當時渾不覺。」所以題材雖然是八十年前的上海妓家,並無豔異之感,在我所有看過的書裡最有日常生活的況味。[86]

> 但是就連自古以來崇尚簡略的中國,也還沒有像他這樣簡無可簡,跟西方小說的傳統剛巧背道而馳。他們向來是解釋不厭其詳的。《海上花》許多人整天蕩來蕩去,面目模糊,名字譯成英文後,連性別都看不出。才摸熟了倒又換了一批人。我們「三字經」式的名字他們連看幾個立刻頭暈眼花起來,不比我

們自己看著，文字本身在視覺上有色彩。他們又沒看慣夾縫文章，有時候簡直需要個金聖歎逐句夾評夾注。[87]

以上兩段出自張愛玲散文〈憶胡適之〉裡的文字，很明顯的可以看出英譯者張愛玲自身對此部英譯本命運的「瞭解」與「擔憂」，主要是讀者的審美接受，可能無法接受如此平淡的妓院小說；以及中國傳統小說特有的批註模式對英語讀者可能的閱讀障礙。

　　果不其然，此書的「第三、四次」出版（張愛玲的國語版與英語版《海上花》），又是一次被冷遇的結果。雖然，後來侯孝賢於一九九八年根據張愛玲的國譯本拍起了電影版，但對白卻是還原為原汁原味的吳語，以求人物表現之傳神。而《海上花》雖藉由電影版之誕生，進行了「第五次」的再生，但似乎仍舊有氣無力。

　　至於陳紀瀅《荻村傳》部分的接受情形，其中文版自一九五○年出版後，即迭獲好評。如中文版《荻村傳》後附錄的包括牟宗三、鍾梅音、楊念慈等十一篇評論文字，即為部分好評的見證文章。

　　至於其英文版的命運，似也與中文版的好評若相符合。陳紀瀅即曾於一九七五年自陳道：

其實這本書的英文譯本，早於十五年前，一九五九年（民國四十八年）九月在香港發行初版，截止一九七○年（五十九年）已刊行六版，共銷售六萬冊，國人甚少知道。[88]

「荻村傳」英文譯本（*Fool In The Reeds*）出版達十五年之久，現在遍存世界各重要圖書館，為當代自由中國作家唯一的

87　張愛玲：〈憶胡適之〉，《張看》，頁154。
88　陳紀瀅：〈「荻村傳」英日文本出版經過〉，《文壇》第175期（1975年1月），頁8。

一本長篇小說譯為外文的。[89]

陳紀瀅也在一九六七年〈《荻村傳》四版記〉裡提及英譯版的接受情形：

> 《荻村傳》的英譯本（*Fool In The Reeds*）已印行了五版，迄
> 今仍被多數英語讀者所歡迎。好萊塢的劇作家艾德蒙‧哈特曼
> （Edmund Hartman），為使這個故事能搬上銀幕的努力，仍未
> 稍懈。[90]

一九八四年陳紀瀅在紀念法文本譯本邵可侶[91]逝世的紀念文章中，再次提及英譯本《荻村傳》的市場反應情形：

> 後來三年之內，霓虹出版社印行了七版，共約五萬冊，分贈、
> 分售世界各國各大圖書館。可能是中國小說印得最多、散佈最
> 廣的一本小說。一九七〇年以後，臺北專經營西書的「新豐文
> 化公司」又印了一版，由三十二開本改為二十四開本，銷售至
> 今。[92]

---

89 陳紀瀅：〈「荻村傳」英日文本出版經過〉，《文壇》第175期（1975年1月），頁9。

90 引自陳紀瀅：〈《荻村傳》四版序」〉，《荻村傳》，頁219。

91 邵可侶（Jacques Reclus, 1894-1984），法籍翻譯家。一九二八年五月到中國，一九三〇年到昆明中法大學執教，一九四五至一九五二到北平中法大學執教，葉汝璉為其弟子。邵可侶長期從事創作和翻譯，著有《太平天國運動》（1972），並翻譯中國古典文學作品《浮生六記》和《九命奇冤》。

92 陳紀瀅：〈「荻村傳」英日法文譯印紀詳〉，《傳記文學》第45卷第1期（總266期，1984年7月），頁100。

一九八七年，在《聯合文學》的「張愛玲專卷」中，陳紀瀅發表了他與張愛玲因英譯本而結緣的始末中，也提及了英譯本的銷售情形：

> 前前後後一共印了七版，每版三千冊。美新處把這些書分送東南亞各國及世界上其他國家做為反共宣傳。……民國五十五年，臺北美亞出版社又重印張譯「荻村傳」發行國際版。[93]

由上述引文可知，由張愛玲英譯的《荻村傳》在英語世界讀者之間顯然至為風行，這與當時張愛玲出版自譯之作並不很順利的狀況相比，實有天壤之別。這大概也是張愛玲的譯作當中最為暢銷的一部，若改寫的譯作也算是譯者的「再創作」的話；雖然這並非她的原作。

（二）中英來回自譯的小說：難以被翻譯的「張腔」與未遂的雙語作家夢

至於自譯小說的接受情形，張愛玲的小說成就（包含正式進入文學史）幾乎可說是全賴胡適與夏志清等大學者的推介而建立的。

如胡適曾對於《秧歌》頗有好評，此段文字真跡，如今置於《秧歌》中文版的正文之前的扉頁：

> 寫得真細緻、忠厚，可以說是寫到了『平淡而近自然』的境界。近年來讀的中國文藝作品，此書當然是最好的了。適1955.1.25.[94]

這是胡適對《秧歌》最真誠的評論。而夏志清也經由《秧歌》與《赤

---

93 陳紀瀅：〈「荻村傳」翻譯始末——兼記張愛玲〉，《聯合文學》第3卷第5期（總29期，1987年3月），頁94。

94 胡適評語（手稿影印），張愛玲《秧歌》正文前。

地之戀》的閱讀，特別在《中國現代小說史》中特闢專章以討論並推崇張愛玲小說的文學成就：

> 對於一個研究現代中國文學的人來說，張愛玲該是今日中國最優秀最重要的作家。……《秧歌》在中國小說史上已經是本不朽之作。[95]

同時，他也曾經大力讚賞過張愛玲的〈金鎖記〉：

> 〈金鎖記〉長達五十頁；據我看來，這是中國從古以來最偉大的中篇小說。[96]

其實早在《中國現代小說史》正式發表單行本之前，夏志清已將張愛玲這一章發表於夏濟安主編的《文學雜誌》上，因而成為後來「張愛玲熱」的立論基礎。由此可見，夏志清對於張愛玲的知遇之恩。

即使如此，夏志清在一九九五年張愛玲辭世當年所寫的紀念文章中，修正了他對張愛玲文學成就的看法：

> 「古物出土」愈多，我們對四五十年代的張愛玲愈加敬佩，但同時也不得不承認近三十年來她創作力之衰退。為此，到了今天，我們公認她為名列前三四名的現代中國小說家就夠了，不必堅持她為「最優秀最重要的作家」。[97]

---

95 夏志清：《中國現代小說史》「第十五章　張愛玲」，頁397-398。
96 夏志清：《中國現代小說史》「第十五章　張愛玲」，頁406。
97 夏志清：〈超人才華，絕世淒涼——悼張愛玲〉，《華麗與蒼涼——張愛玲紀念文集》，頁129。

夏志清此言，大約並不認真把張愛玲大批「再創作」的譯作，視為張愛玲文學成就的重要部分。無論如何，夏志清此言確有他的立論基準，亦稱平實公允。

簡言之，張愛玲自譯小說的接受情形，可由三個面相加以立論，一是由於英語非母語，英譯本無法順利傳達中文的獨特魅力；二是英譯本不夠完足，讀者僅限學院裡的學生與學者；三是推介／出版的媒體在知識界的地位等。以下分述之。

1 英語非母語，英譯本無法順利傳達中文的獨特魅力

宋淇（林以亮）曾在一九七六年所寫的〈私語張愛玲〉提及張愛玲出版第一部自譯的英翻中之作《秧歌》時，十分擔憂它在英語讀者市場的反應，剛好宋淇夫妻帶來一本牙牌籤書，為她求卦，自此張愛玲每回出書、出門、求吉凶都靠它。[98]由此可見，張愛玲擔憂自譯之作的出路，莫此為甚。

然而，研究張愛玲的金凱筠（Karen Kingsbury）認為更深層的原因，應該還可以從語言、翻譯這個影響張愛玲作品在美國市場發展最大的問題談起：

> 張愛玲的英文作品雖然證明了她在英文寫作上的實力，但卻無法與其中文作品的篇幅、彈性及極盡巧妙安排的語氣、押韻相比。她在上海開始出版事業時所發表的英文散文（刊載在通俗的英文期刊《二十世紀》中）文筆十分出色，不論是在標題或是在文章處理方面都很貼切，因此，文章很快地博得讀者的喜愛並一再閱讀，也因此使得她的作品不斷地被刊登。除此之

---

98 宋淇（林以亮）〈私語張愛玲〉，《華麗與蒼涼──張愛玲紀念文集》，頁110-112。

外，由張愛玲所翻譯（刊在*Renditions*中）的《海上花》英譯
本第一章更是引人入勝。但是張愛玲作品的英譯本卻無法將其
作品的創造力及其運用語言的才能表現出來，所以儘管她曾幾
度在英文市場中發表她的英文作品，諸如小說：《秧歌》（*The
Rice-Sprout Song*）、《赤地之戀》（*Naked Earth*）和《怨女》
（*Rough of the North*）及英文版的〈金鎖記〉和〈五四遺事〉
等，但其結果並不樂觀。基本上這並不令人感到訝異，因為任
何臺灣人應該都可以了解主流派的英語文化本身是由單一語言
所建構的，因此對文法或俚語正確性的要求也是絕對的。[99]

金凱筠（Karen Kingsbury）此文除提出《海上花》英譯本的引人入勝
之外，其他自譯作品之結果多半不大樂觀；主要原因自然是因為英譯
之作，無法準確傳達張愛玲中文作品的真正魅力。金凱筠（Karen
Kingsbury）也舉出她自己的閱讀經驗做為參照，她指出「早期閱讀
張愛玲的作品英譯本時，一直認為夏教授對張愛玲的寫作能力似乎過
度推崇了，但是直到接觸她的中文作品時，我對她的印象才頓時改
觀。」[100]。所以，金凱筠（Karen Kingsbury）認為「尤其張愛玲本身
已發展出一套獨特的寫作風格，又擅於運用語言中的音、義等變化，
不過，這正是所有偉大的作家在使用一種豐富的語言創作時會發生的
現象。」[101]因此，高品質的譯本正是其中重要的因素。

---

99 金凱筠（Karen Kingsbury）著；蔡淑惠、張逸帆譯：〈張愛玲的「參差的對照」與
歐亞文化的呈現〉，《閱讀張愛玲──張愛玲國際研討會論文集》，頁304-305。

100 金凱筠（Karen Kingsbury）著；蔡淑惠、張逸帆譯：〈張愛玲的「參差的對照」與
歐亞文化的呈現〉，《閱讀張愛玲──張愛玲國際研討會論文集》，頁305。

101 金凱筠（Karen Kingsbury）著；蔡淑惠、張逸帆譯：〈張愛玲的「參差的對照」與
歐亞文化的呈現〉，《閱讀張愛玲──張愛玲國際研討會論文集》，頁305。

關於這點，劉紹銘也曾經指出類似的看法：「張愛玲的小說，除非讀原文，否則難以體味她別具一格的文字魅力。」[102]他還指出：

> 讀文學作品，特別是詩詞，一定得讀原文。這是老生常談了。這應補充一點：與自己文化差異極大的文學作品，更非讀原文不可。Karen Kingsbury如果不在哥倫比亞大學修讀博士，從張愛玲原作認識她的本來面目，不會變成為她的知音，更不會想到要翻譯她的作品。[103]

可見，張愛玲獨特的中文表現能力，確實難以透過英譯本傳達出來，可見以英譯本推廣自譯小說的英語讀者並不容易，尤其是對張愛玲這樣特別的作家而言，其「張腔」早已自格一格，難以被「翻譯」。

　　相較於《秧歌》猶有第一版售罄的結果，《赤地之戀》相對地乏人問津。據宋淇所述，書成後，美國出版商果然沒有興趣，僅找到本港的出版商分印了中文與英文本。中文本還有銷路，英文本則因為印刷不夠水準，宣傳也不充分，難得有人問津。[104]其原因或許正如《赤地之戀》一九五六年於香港友聯出版社出版時，燕歸來（Maria Yen）所寫的〈導論〉所言：

> 當今中國情勢發展風馳電掣，相關的報導很多。《赤地之戀》乃虛構小說。它的心情與筆墨與當代大部分中國報導步調不同。然而，它的優質風格與情節戲劇感或能抓住那些不信本書

---

102 劉紹銘：〈英譯《傾城之戀》〉，《張愛玲的文字世界》，頁118。
103 劉紹銘：〈英譯《傾城之戀》〉，《張愛玲的文字世界》，頁118。
104 以上資料據宋淇（林以亮）〈私語張愛玲〉，《華麗與蒼涼──張愛玲紀念文集》，頁115。

所陳列中國面貌的讀者的注意。[105]

此外，張愛玲簡介自我的英文短文裡也曾提及此事：

> 我自己因受中國舊小說的影響較深，直至作品在國外受到與語
> 言隔閡同樣嚴重的跨國理解障礙，受迫去理論化與解釋自己，
> 才發覺中國新文學施植於我的心理背景。[106]

可見其先天不良之因素早已存在。

劉紹銘亦曾提及《秧歌》與《赤地之戀》之銷路不理想，或許與
政治因素有關：

> 英語版的《秧歌》(*The Rice-Sprout Song,* 1955) 和《赤地之
> 戀》(*Naked Earth,* 1956)，得不到英美讀者重視，可能與政治
> 因素有關。照理說，夏志清推許為「中國從古以來最偉大的中
> 篇小說」的〈金鎖記〉，理應受到英美行家賞識的。傳統中國
> 小說人物描寫，一般而論，病在扁平。〈金鎖記〉的敘事模式
> 雖然因襲舊小說，但道德層次的經營和角色性格的描繪，更明
> 顯是受了西洋文學的影響。[107]

由此可見，雖然《秧歌》與《赤地之戀》之銷路不理想與政治因素有

---

105 原文為英文，MariaYen: "Introduction"（*Naked Earth,* Hong Kong, 1956）；此中文譯
　　文引自高全之為香港友聯版《赤地之戀‧導論》所「暫譯」者，見〈開窗放入大
　　江來——辨認《赤地之戀》的善本〉，《張愛玲學》，頁234。

106 轉引高全之據陳耀成〈美麗而蒼涼的手勢〉重譯之中文，見〈那人正在燈火闌珊
　　處——張愛玲如何三思「五四」〉，《張愛玲學》，頁429。

107 劉紹銘：〈英譯《傾城之戀》〉，《張愛玲的文字世界》，頁116-117。

關，但相較之下，〈金鎖記〉應該算是張愛玲自譯小說中的「代表作」了。但劉紹銘仍提出自譯〈金鎖記〉的「不夠自然」：

> 張愛玲上海出生，從小就讀教會學校，英文修養非常到家。但英語始終不是她的母語。她的英文是bookish English。自譯的〈金鎖記〉，敘事起落有致，極見功夫，但人物的對白，也許因為語法太中規中矩，聽來反而覺得不自然。[108]

此文指出，究竟英語並非張愛玲的母語，即使其英語修養再好，可掌握敘事部分，但人物對白所需要的功夫，則往往因語法太中規中矩而呈現不夠自然的狀況。

如同前述劉紹銘所言，金凱筠（Karen Kingsbury）也指出「〈金鎖記〉為張愛玲的英譯作品中最為廣泛傳閱者」[109]，或許與此文被先後收入夏志清、劉紹銘與李歐梵等編輯的現代中文小說選教材中有關，雖然它的讀者大多限於學院中的學生與學者。因此，誠如劉紹銘所言：

> 張愛玲和哈金，任他們怎樣能言善道，欠的就是用英文罵街撒野的能耐。就張愛玲的作品而言，讀〈金鎖記〉的原文，總比讀英譯本舒服。故事儘管蒼涼，但中文讀者讀中文，在語言上總感到一種「母語的溫暖」。[110]

---

108 劉紹銘：〈英譯《傾城之戀》〉，《張愛玲的文字世界》，頁120。

109 金凱筠（Karen Kingsbury）著；蔡淑惠、張逸帆譯：〈張愛玲的「參差的對照」與歐亞文化的呈現〉「註1」所述，《閱讀張愛玲——張愛玲國際研討會論文集》，頁318。

110 劉紹銘：〈張愛玲的中英互譯〉，《張愛玲的文字世界》，頁155-156。

如同當代知名的大陸旅美作家哈金自譯己作一般，張愛玲的文字功
力，必需透過她的中文母語所表達出來的溫度，方能熨貼的體會到她
的文字魅力，尤其是「用英文罵街撒野的能耐」，關於此點，誠屬無
可奈何。

因此，劉紹銘總結說道：「可惜張愛玲離開母語，知音寥落。」[111]
誠哉斯言。

2 英譯本不夠完足，讀者僅限學院裡的學生與學者

如前所述，可見張愛玲的自譯之作並不在少數（部分因篇幅所
限，未列入討論），但仍有不夠齊全之失。這點在研究張愛玲的金凱
筠（Karen Kingsbury）而言，感受十分深刻。她認為僅管諸多知名華
人學者努力推介張愛玲的作品，其影響力仍僅限於大學講堂裡：

> 長達四十年的時間張愛玲在美國生活、工作，期間許多傑出的
> 中國學者如：胡適博士、夏志清教授、劉紹銘教授等人，曾經
> 嘗試將她的作品推廣到美國市場，可惜儘管他們不斷地努力，
> 張愛玲的名望仍局限於美國大學中文系所的門堂。[112]

因此，金凱筠（Karen Kingsbury）分析張愛玲英文自譯之作，為何難
以同她的中文著作般熱銷，並成為美國的顯學。她首先提出一點是：

> 現在欠缺一份完整的英文譯本。目前張愛玲的作品中，僅有一
> 小部分被翻譯成英文，多半刊載於文學選集或雜誌裡，閱讀的

---

111 劉紹銘：〈英譯《傾城之戀》〉，《張愛玲的文字世界》，頁117。
112 金凱筠（Karen Kingsbury）著；蔡淑惠、張逸帆譯：〈張愛玲的「參差的對照」與
歐亞文化的呈現〉，《閱讀張愛玲——張愛玲國際研討會論文集》，頁303。

對象集中於對中國文化已有接觸或研究的學生及學者,而非廣泛的一般大眾。[113]

關於此點,劉紹銘也曾經指出類似的觀點:

夏志清的評語,只見於大學出版社的專書,巍巍殿堂,讀者有限。再說,當年即使有不懂中文的讀者要看張愛玲的小說,也沒有堪稱她代表作的英文譯本可以求證。她「終身成就」的作品〈金鎖記〉英譯本,要到一九七一年才出現。譯文是作者手筆,收在夏志清編譯的 *Twentieth-century Chinese stories*,哥倫比亞大學出版。[114]

由此可見,即使有名家推薦,但由於譯本不足,讀者仍屬有限。即如前述,張愛玲曾寫信給胡適,胡適覆信時並將《秧歌》細讀和批注。後來《秧歌》英文版問世,胡適買了多冊推薦給好友。胡適此舉對於《秧歌》之命運的幫助似仍屬有限。

而劉紹銘即曾以張愛玲〈金鎖記〉做為其大學課堂的教材。在上世紀一九七〇年代起,劉紹銘在美國教英譯現代中國文學,例必用張愛玲自己翻譯的〈金鎖記〉作教材,但一談到張愛玲的作品,大多數同學皆有「看不懂」的反應。這個經驗,可作為張愛玲在英語世界被接受的例證之一。[115]

同樣地,旅美作家於梨華也曾於教學時使用張愛玲的英文譯作:

---

113 金凱筠(Karen Kingsbury)著;蔡淑惠、張逸帆譯:〈張愛玲的「參差的對照」與歐亞文化的呈現〉,《閱讀張愛玲──張愛玲國際研討會論文集》,頁303。

114 劉紹銘:〈英譯《傾城之戀》〉,《張愛玲的文字世界》,頁116。

115 劉紹銘:〈英譯《傾城之戀》〉,《張愛玲的文字世界》,頁117-118。

我在州大開的課是英譯中國現代小說，材料中必有她的《秧
歌》、《北地胭脂》（〈金鎖記〉改寫而有英文版的）。七〇年代
英譯本很難找，十幾本《秧歌》，是她的私藏，全部捐給了
我。《北地胭脂》則是通過她到英國去購買的。[116]

其中即指出張愛玲的英譯本很難找。由此可見，張愛玲之自譯作品不
夠完足，確實也影響了她在英語讀者之間的接受情形。

但歸根究底，金凱筠（Karen Kingsbury）認為好譯本還在其次：

目前我們所面臨的真正問題不是在於我們是否有好的譯本，而
在於所存在的市場壓力強度是否足以支持譯本的產生。在我看
來，張愛玲之所以停止在美國市場衝刺的真正原因，是因為她
看出來讀者並沒有興趣花錢購買她的小說。[117]

此文指出張愛玲面臨的現實困境，英譯本出版不易所導致的作品流通
問題，儘管十餘年間她不斷地努力自譯，但終究逐漸停止她在自譯方
面的衝刺，原因即在於「讀者接受」與「市場反應」問題上。

3 推介／出版的媒體在知識界的地位

至於推介張愛玲作品的媒體之強勢或主流與否，或許也是一大
關鍵。

《秧歌》的市場反應與銷路，據宋淇所述，出版後許多大報雜誌
都有佳評，尤其是《紐約時報》本身和書評專刊連評兩次，《星期六

---

116 於梨華：〈來也匆匆——憶張愛玲〉，《華麗與蒼涼——張愛玲紀念文集》，頁151。

117 金凱筠（Karen Kingsbury）著；蔡淑惠、張逸帆譯：〈張愛玲的「參差的對照」與
歐亞文化的呈現〉，《閱讀張愛玲——張愛玲國際研討會論文集》，頁306。

文學評論》和紐約另一張大報 *Herald Tribune*[118]先後刊出極有利的評介文章，大可以借用「好評如潮」之類的濫調來形容各方的反應。而張愛玲倒不十分在意，她耿耿於懷的是《時代》週刊遲遲未有評論，後來《時代》果真登出了《秧歌》的書評，雖對張愛玲這一新作家的第一部英文小說極為讚許，但也沒起甚麼大作用。然而，《秧歌》第一版很快售完，但似乎未名列暢銷書之列，似未有第二版之印行，目前亦只能於舊書店搜求之。據聞後來香港有人取得再版權，印數極少。此外，《秧歌》的外語版權賣出了二十三版，還改編為電視劇，「國民廣播電台」第一映室播映，張愛玲親自於螢光幕上看過，謂：「慘不忍睹」云云。[119]由此可見，僅管有許多報刊之推薦，[120]似仍未有明顯的市場反應。

　　夏志清《中國現代小說史》在張愛玲專章開首，亦曾提及《秧歌》曾為當時一般報紙給予好評：

　　　　張愛玲的《秧歌》英文版（據聞作者先用英文創作，以後再譯成中文）於一九五五年春季在美國出版，一般報紙都予以好評。《秧歌》作風嚴肅，銷路當然比不上同時期的以中國為背景可是更迎合大眾趣味的兩本小說：韓素瑛的《生死戀》（*A Many-Splendored Thing*）以及賽珍珠的《慈禧太后》（*Imperial*

118　*Herald Tribune*中譯為《紐約先驅論壇報》。其「書評周刊」，一般稱《紐約先驅論壇報書評周刊》。

119　以上資料據宋淇（林以亮）：〈私語張愛玲〉，《華麗與蒼涼——張愛玲紀念文集》，頁112-113。

120　《秧歌》英文版之美國各大報刊的書評，可參看*Naked Earth*（赤地之戀，Hong Kong: The Union Press友聯，1956）書封後所羅列者。亦可參考高全之：〈林以亮〈私語張愛玲〉補遺〉與〈雪中送炭——再為〈私語張愛玲〉補遺〉兩文所引述的美國各大報刊之書評（已翻為中文），見《張愛玲學》，頁415-424。

Woman）。[121]

由此可見，此報紙好評亦未嘗使《秧歌》的銷路超過韓素瑛[122]和賽珍珠的作品。但夏志清又繼續分析道：

> 美國報界每季都要挑出十幾本新出的小說，亂捧一陣；因此，報界的捧場，也不足以使大眾注意到這本書的價值。除了報界的好評以外，美國文壇對這本書似乎不加注意。《秧歌》真正的價值，迄今無人討論；作者的生平和她的文學生涯，美國也無人研究。[123]

由於美國報界的「亂捧一陣」，不見得真正能與作品的市場反應畫上等號。因此，夏志清才有「《秧歌》真正的價值，迄今無人討論；作者的生平和她的文學生涯，美國也無人研究」這樣的說明。其時間點應該就是《中國現代小說史》的前身──英文版（*A History of Modern Chinese Fiction*）於一九六一年（耶魯大學出版社）出版之際或之前所言。

無論如何，夏志清將其對張愛玲的推崇文字，委由夏濟安《文學雜誌》發表所引發的「張愛玲熱」，並未在西方英語世界同樣發展起來。劉紹銘指出發表刊物為關鍵之一：

---

121 夏志清：《中國現代小說史》「第十五章　張愛玲」，頁397。

122 韓素瑛，應為韓素音（1916-2012），本名周光瑚（Rosalie Matilda Chou），後改名 Rosalie Elisabeth Kuanghu Chow，客家人，祖籍廣東五華，生於河南信陽，英國籍亞歐混血作家，也是醫生。主要作品取材於二十世紀中國生活和歷史，體裁有小說和自傳；用英語和法語寫作。《生死戀》（A Many-Splendored Thing）是她的成名作。

123 夏志清：《中國現代小說史》「第十五章　張愛玲」，頁397。

> 要是當年發表他論文的媒體是 *The New Yorker* 這樣擁有大量知
> 識分子讀者而又流傳極廣的高檔刊物，說不定有人因夏志清的
> 話觸動好奇心，要找張愛玲的作品看看。[124]

言下之意，張愛玲的作品並未因夏志清的推介而大為暢銷，或與刊登
之媒體有關。其中所指「The New Yorker」雜誌，中文譯名《紐約
客》或《紐約人》，是一份知名的美國刊物，為一知識與文藝的綜合
雜誌，內容涵蓋新聞報導、文藝評論、散文、漫畫、詩歌、小說，以
及紐約人的文化生活動向等。《紐約客》的特色是對美國和國際政治
社會之重大事件進行深度報導而知名的，由於其高質量的寫作團隊和
嚴謹的編輯作風，使得《紐約客》一向享有極高評價。[125]因此，劉紹
銘乃指出刊登之媒體的重要性。

　　此外，劉紹銘也以金凱筠（Karen Kingsbury）翻譯的《傾城之
戀》所刊行的媒體做為對照：

> 單以翻譯出版社的聲譽來說，Kingsbury翻譯的《傾城之戀》
> 能由 *The New York Review of Books* 出版發行，可說是張愛玲作
> 品「出口」一盛事。《紐約書評》一年出二十期，發行量大，
> 影響深遠，撰稿人多是學界、知識界一時之選。[126]

此處以《紐約書評》之「發行量大，影響深遠，撰稿人多是學界、知
識界一時之選」做為作品刊登其上是否會受到矚目的評斷標準。確實
如此，文中所指之「*The New York Review of Books*」（縮寫NYRB），

---

124 劉紹銘：〈英譯《傾城之戀》〉，《張愛玲的文字世界》，頁116。
125 可參看 *The New Yorker* 官網http://www.newYorker.com/（2010年8月20日確認）。
126 劉紹銘：〈英譯《傾城之戀》〉，《張愛玲的文字世界》，頁118-119。

中譯為《紐約書評》，是一本在美國紐約市發行的涉及文學、文化以及時事的刊物。該雜誌認為，對重要書籍的討論本身就是不可或缺的文學活動，如今是美國高級知識分子中地位最高的刊物。這份一九六二年創刊的《紐約書評》（當時已有三大書評周刊：《紐約時報書評周刊》、《星期六文學評論》和《紐約先驅論壇報書評周刊》，即前述宋淇所稱之 *Herald Tribune*），其訂戶幾乎全為高級知識分子，銷路雖不如《紐約時報書評周刊》，但因讀者水準較高，影響力反而更大，甚至帶有一絲高級知識分子的高傲意味。一般言之，前述曾刊載張愛玲英文版《秧歌》書評的《紐約時報書評周刊》，其商業性較濃，登載的書評無所不包，是以每篇文章並不長，每期便可多登載幾篇（與廣告收益有關）。《紐約書評》則全由美國東部文學圈人士包辦，所刊載之文章著重分析，不作一般簡介，有時非常冗長，以致由書評變成了討論某一問題的專論。此外，它也強調時代趨向，書評偏重與當前時局有關者，甚至能因此而帶動某一文化議題的討論風潮。[127]

　　由此可知，難怪前述夏志清要說道「美國報界每季都要挑出十幾本新出的小說，亂捧一陣；因此，報界的捧場，也不足以使大眾注意到這本書的價值。」由於當時登載《秧歌》英文書評的媒體《紐約時報書評周刊》、《星期六文學評論》與《紐約先驅論壇報書評周刊》，似乎較《紐約書評》來得商業化一些，是以並未真正使得《秧歌》受到美國知識界及文壇的真正注意。相較之下，後來金凱筠（Karen Kingsbury）翻譯〈傾城之戀〉能由 *The New York Review of Books*（紐約書評）出版發行並予以推介，誠可謂張愛玲作品攀上高峰的盛事。

　　綜合上述，張愛玲的自譯小說，明顯地呈現了張愛玲「跌跌撞撞的雙語作家夢」，其接受效果可見一斑。將張愛玲與早於她的林語堂相

---

127 可參看「The New York Review of Books」官網http://www.nybooks.com/（2010年8月20日確認）。

較、或與晚於她的哈金相比，一樣是中文作家的英譯之路，張愛玲何
其不幸，未曾遇著一充分接受她的譯作的時代審美觀，從而以稍顯蒼
涼的面貌，為她的中英互譯文學悄悄地畫下句點。究竟晚年的她如何
看待自己的譯作成就，尚需更多史料方能論斷。

六　結語：「譯作家張愛玲」填補了張愛玲的文學版圖

　　綜合上述，本論文特別以張愛玲的「翻譯文學」切入，試圖藉此
正視並補足張愛玲的文學版圖，試圖建構張愛玲為一全方面的多才華
作家：小說、散文、劇作、譯作等四個方面的文學表現，宜為張愛玲
較完整的文學面貌。

　　一般論者多以張愛玲離開上海、並經香港轉赴美國後即無甚創作
成就可言，因此略而不論。但若將張愛玲「翻譯兼改寫」的「翻譯文
學」視為她的再一次創作（也包含「再創作」他人的作品），則其後
半生的創作生命，其實應是十分豐富而極有可觀之處的。因此，宜將
張愛玲的翻譯文學納入她的文學版圖中正視之。

　　是以，張愛玲中年以後以譯作為主要文學表現，可追溯自她少女
時期閱讀林語堂而發展出來的雙語作家夢。再者，分別由她的「譯
他」與「自譯」小說的表現，觀察她的文學才華如何透顯於此，無論
譯他／自譯，張愛玲無與倫比的文學／語言才華表露無遺，但由於諸
種內外緣因素，其譯作仍舊未能再次締造當年在上海灘暴起的聲名，
其中較知名的可能是英譯本《秧歌》。而其中最為讀者歡迎的張愛玲
譯他／自譯小說，應該便是她為陳紀瀅翻譯的《荻村傳》，而非任何
一部她自己創作的中英文作品，如此結果，不免令人嘆息。此外，由
陸續披露的書信史料看來，中晚年的張愛玲，其實十分在意自譯的
《海上花列傳》英文版的面世問題，無奈時代與環境似乎已不再眷顧

她的譯作小說,想來這部未能於生前順利出版的譯作,該是她極大的
遺憾。

　　然而,走筆至此,不免想問:在一九六〇至七〇年代間,當張愛
玲在美國從事「翻譯」文學之際,不斷地面臨殘酷的現實考驗,她早
年《傳奇》時代的作品正在臺灣的皇冠出版社出版並且大受歡迎,何
以她未曾想過赴臺長期旅居或定居?畢竟她在臺灣的「再出版」,得
到讀者不小的迴響,並從而使得她與她的著作其後竟以「非臺灣人身
分」名列「臺灣文學經典」之列,並形成至今為止一幅清晰可見的
「張學」/「張派」的文學風景。令人好奇的是,一九六七年,大約
正是她的「英語作家夢」面臨破滅的關鍵年,而她亦於同年喪偶,在
此困難之際,是否曾想過赴臺定居,享受讀者對她的萬般榮寵?如今
應是無法得知,或有其他筆者未見之史料可驗證亦未可定。

　　總言之,是否由於遷居美國之後的「英語作家夢」如夢幻泡影,
方才促使她在一九七〇年代後至一九九〇年代辭世為止,益發孤僻,
此後並創作大減(或隱而不發)?期諸來者更多的探賾。

第三章

女性、啟蒙與翻譯

——「中興文學家」琦君、孟瑤與齊邦媛的「女性文學」、「兒童文學」與「翻譯文學」

一　前言：女性、啟蒙與翻譯是晚清以降的重要文學課題

　　晚清以來，文學發展多有重大變化，其中以白話書寫運動及文學改良運動（詩界、文界、小說界革命）最為醒目。這些運動所關注的焦點皆指向知識的普及化，其欲啟蒙／改良的對象是一般大眾或邊緣群體，尤其是女性與兒童。而此時的傳統才女也逐漸轉型為新式知識分子與女作家，值得重視。小說界革命尤其成功地提升了小說的地位，大量翻譯小說成為中外文學交流的中介，也是普受歡迎的讀物。簡言之，「女性」、「啟蒙」與「翻譯」可謂晚清三大重要文學課題，相關論著亦所在多有。

　　百年後的今日，重讀臺灣當代三位重要的女作家琦君（本名潘希珍，1917-2006）、孟瑤（本名揚宗珍，1919-2000）與齊邦媛（1924-）的文學表現，仍依稀可見它們與晚清三個重要議題：「女性」、「啟蒙」與「翻譯」遙相呼應。易言之，「女性」、「啟蒙」與「翻譯」等三個面相的文學表現，也是三位當代女作家重要的文學表現。然而，長期以來與此相關的研究多零星成篇，較缺乏整體性的研究。是以，本文擬借用並轉化這三個關鍵字，以梳理三位女作家較少為學界關注的文學表現。首先，「女性」專指三位女作家書寫自己與其他女性的「女性文學」，包括傳記（自傳、他傳）、散文、小說與研究；其次，

「啟蒙」指向較窄義的對兒童與青少年的啟蒙，在此指稱的是三位女作家曾經參與兒童讀物與中學教科書的編寫，也有以兒童為預設讀者的作品，暫以「兒童文學」統稱之；最後，「翻譯」指的是三位女作家，或曾翻譯並推廣臺灣現代文學，或知名作品曾被翻譯為外文，姑以「翻譯文學」[1]名之。簡言之，與三位當代女作家相關的「女性」、「啟蒙」與「翻譯」等三個關鍵字，其定義與範疇雖未必與晚清以來的概念完全相合，但以此試圖梳理一條百年來的女性文學脈絡，或許是個可行的嘗試。

此外，以「中興文學家」定義琦君、孟瑤與齊邦媛這三位女作家，指的是她們皆曾任教於中興大學的緣份。首先，琦君曾在孟瑤擔

---

1 自晚清以降，近現代女作家從不乏翻譯文學方面的表現。以拙著及研究計畫言之，可列舉如下：

  (1)「近代知識女性的跨界歷程／多元書寫：以女詩人薛紹徽（1866-1911）的「女性文學」與「翻譯文學」為中心」，科技部104學年度一般型研究計畫（編號：MOST 104-2410-H-005-049 -，執行期間：2015年8月1日-2016年7月31日）。其後以〈晚清女詩人薛紹徽的「域外」想像與書寫：以其翻譯「科幻遊記」與「女性文學」為主要範圍〉為名，於「世界史中的中華婦女國際學術研討會」（7/11-7/14）發表，2017年7月12日，中央研究院近代史研究所主辦。後經修訂，以〈晚清女詩人的「域外」想像與書寫──薛紹徽「翻譯」與「編撰」的外國文本〉為名，收錄於《彤管文心──近代女性文學的賡續與新變》第二章（臺北：臺灣學生書局，2021年1月）。

  (2)「自我、空間與他者的相互表述──以晚清單士釐（1856-1943）為中心」，國科會99學年度一般型研究計畫（編號：NSC 99-2410-H-005-048-，執行期間：2010年8月1日-2011年7月31日）；經修改並審查通過後，以〈翻譯賢妻良母、建構女性文化空間與訴說女性生命故事──單士釐的「女性文學」〉為名，刊登於《漢學研究》第32卷第2期（2014年6月），頁197-230。

  (3)〈張愛玲的「翻譯」文學──試論她如何以「翻譯」傳播並接受他者／自我的華文小說〉，林幸謙編，《張愛玲：傳奇‧性別‧系譜》（張愛玲誕辰九十周年國際學術研討會論文集）（ISBN：9789570840162），臺北：聯經出版公司，2012年6月，頁413-458。精修訂後，更名為〈翻譯、改寫與再創作他者/自己的小說──張愛玲的「翻譯文學」與雙語作家夢〉，收錄於本書第二章。

任系主任期間（1974-1977?），應邀擔任新文藝課程兼任教授（1975?-1977?）；[2] 其次，孟瑤為中興大學中文系專任教授（1966-1979），並曾擔任中文系主任（1975-1979）。最後，最年輕的齊邦媛則是最早進入中興大學專任（1958-1972），並曾任外文系創系主任（1969-1972）。簡言之，由於她們皆曾駐足於中興大學，以「中興文學家」稱之應無疑義。[3]

是以，本文擬就「女性」、「啟蒙」與「翻譯」三個關鍵字做為出發點，以爬梳三位當代女作家在這三個面相上精彩而多元的文學表現，藉此以豐富相關研究領域的面貌。

二　女性／自己：女性傳記、散文、小說與評論

三位中興文學家的「女性文學」，指的是她們書寫的與女性／自己相關的傳記（自傳／他傳）、散文、小說與評論等四類文本。

首先探究「女性文學」，乃彰顯三位女作家身為創作者的主體性及其女性自覺的文本。

（一）傳記：書寫自己與她者的故事

能夠鋪展女性／自己生命史的傳記，包括自傳與「她傳」。自傳是自我呈現的文本，「她傳」則是書寫典範女性的生命史。無論自傳或她傳，對三位女作家而言皆有相當重要的意義。

2　孟瑤擔任系主任的起訖時間（1974-1977?）與琦君應邀擔任新文藝課程兼任教授（1975?-1977?）的時間，均有不確定之處，特以？標示。

3　其實，她們三位與中央大學也有深淺不一的緣份，琦君（1917-2006）來臺後曾任教於中央大學中文系，孟瑤（1919-2000）畢業於重慶沙坪壩中央大學歷史系，齊邦媛（1924-）抗戰時期的重慶沙坪壩住家即位於中央大學附近。

1 自傳：書寫自己的生命故事

琦君與孟瑤均未見完整的長篇自傳，僅見簡短的琦君〈小傳〉（1978）[4]及孟瑤〈自傳〉（1979）[5]。兩文皆為出版自選集而撰寫，作者介紹的意味較濃厚，並非全然為呈現女性自我而撰述。

琦君〈小傳〉精簡短小，必需配合後文〈寫作回顧（代序）〉，才能完整地呈現琦君的寫作人生。孟瑤〈自傳〉相對較長，除生平概述外，內含寫作史暨著作目錄，較能完整地呈現其寫作人生。兩文皆偏向基本背景的交待、外在事功的描述，感性地呈現內在心象世界之處較少。其中，著作等身的孟瑤，對於自己的寫作十分謙抑，多以「粗製濫造」、「寫匠」、「胡亂塗鴉」等字眼自評。整體言之，兩篇自傳偏向實用性質，而離自傳文學稍遠。

相對地，齊邦媛的自傳散文值得稱述。先有散文集《一生中的一天》（2004），「輯一」十篇自傳意味濃厚的散文，可視為自傳性質的文本；後有八十五歲高齡推出的《巨流河》（2009），豐厚地鋪陳齊邦媛精彩的人生長河，引發極大的迴響。

齊邦媛《一生中的一天》[6]「輯一」十篇散文雖非正式自傳，但自我呈現的意味濃厚，如追記臺大歲月的〈一生中的一天〉與〈初見

4　琦君：〈小傳〉，《琦君自選集》（臺北：黎明文化公司，1978年4月初版；2012年8月POD）。

5　孟瑤：〈自傳〉，《孟瑤自選集》（臺北：黎明文化公司，1979年4月初版；2011年8月POD）。另有同型之作，包含孟瑤：〈自傳〉，《左中青年》第68期（1984年12月，頁79-82）；孟瑤：〈孟瑤自傳〉，《孟瑤讀本》（臺北：幼獅文化公司，1994年7月）。案：收錄於《孟瑤讀本》的〈孟瑤自傳〉（1994），與收錄於《孟瑤自選集》（1979）的〈自傳〉幾乎雷同，但省略了1979年〈自傳〉裡介紹寫作史暨著作目錄的部分。因此1979年版的〈自傳〉較為完整，本文亦以此文為準。齊邦媛《一生中的一天》曾榮獲《聯合報》「讀書人最佳書獎」，2004年。

6　齊邦媛《一生中的一天》曾榮獲《聯合報》「讀書人最佳書獎」，2004年。

臺大〉即是。〈一生中的一天〉聚焦於退休前最後一天上課的畫面；一場暴雨來襲又驟然停止，齊邦媛與幾位學生一同前往咖啡店小坐：

> 在笑語簇擁中，我們踩過了大大小小的水窪，似乎聽得見沙土急渴吸水的聲音。陽光由雲縫閃射下來，闊葉樹上金光閃耀，積水上映出漸漸擴大的藍天和飛馳的白雲……在這樣的天象中，我又建新緣。[7]

全文以暴雨後的天晴作結，齊邦媛自道：「雷電雨雪會隨著你，陽光也會隨著你。」[8]以此體會壯麗的天啟，既無能為力於暴雨之來襲，且歡笑前行。而一系列記人敘事的追憶篇章，更是齊邦媛最真摯動人的告白，如〈故鄉——父親齊世英逝世十年祭〉、〈七月流火記魯芹〉、〈失散——送海音〉、〈照亮了暮色的何凡〉與〈蘭熙〉等，言有盡而意無窮。

　　而齊邦媛《巨流河》則是一部厚實的女性自傳散文。厚達五八八頁，可想見齊邦媛八十五年如江河巨流般綿長浩蕩的生命史，有說不盡的故事。在這部長篇自傳散文裡呈現的是一位誕生於一九二四年、過渡於新舊時代的知識女性一生的奮鬥史。《巨流河》是一條專屬於齊邦媛的生命長河，也是自己與父輩兩代人的家族遷移史。齊邦媛所書寫的不僅是她個人的「自傳」，更是她與父母那一代的家族故事。父親齊世英是一位民初的留德青年，一生懷抱維新思想，畢生最大的遺憾正是「巨流河」一役功敗垂成，是父親一生理想所面臨的嚴寒現實，也是整個近代中國苦難的形容。[9]《巨流河》的書寫策略是「以

7　齊邦媛：《一生中的一天》（臺北：爾雅出版社，2004年5月），頁13。
8　齊邦媛：《一生中的一天》，頁13。
9　參看齊邦媛：《巨流河》第一章「歌聲中的故鄉」5「渡不過的巨流河」，頁35-48的完整敘述。

小見大」，將個人的小自傳置於大歷史的脈絡裡，並將父母的故事一
同鑲嵌於此，乃特別能見出此書的力道──個人史、家族史、國族史
的書寫與傳承。

　　《巨流河》做為一部記錄亂離經驗的女性自傳散文，其動人之處
可能不在記錄戰爭，反而是女性面臨生死存亡的真實體驗與生命印
記，及由此粹煉而出的貞定智慧。「戰爭改變了女性的生命史，帶給
她們新的契機，同時，寬闊她們的生活空間，增廣她們的見聞。」[10]
是以，此書最令人動容的應是少女齊邦媛與筆友──飛行員張大飛的
故事。他們擁有長達七年的通訊之情，即使互有好感，卻幾乎未曾言
及情愛。她們以一種純然的互敬互愛，寫下七年的年輕心聲，即使烽
火連天亦未中輟，直至張大飛壯烈殉國為止。而那一大包同時也記錄
了齊邦媛戰時的少女心情的信，後來隨著張大飛寫給齊邦媛兄長的訣
別信一同寄回齊家，信裡有張大飛最後的心聲：「……也請你原諒我
對邦媛的感情，既拿不起也未早日放下。……請你們原諒我用這種方
式使她悲傷。……請你委婉勸邦媛忘了我吧，我生前死後只盼望她一
生幸福。」[11]後來她將自己這一百多封信，與張大飛寫來的更大數量
的信放在一起；當時沒力量再看，心想有一天堅強起來總會再看，卻
因故永遠遺失了。其後，齊邦媛在深沉的悲哀中，受洗為基督徒，紀
念一心想在戰後當隨軍牧師的張大飛以及和他一樣壯烈為國犧牲的
人。[12]是以，《巨流河》這部自傳散文的價值正在於能夠「面對苦難」，
並以女性的韌性將這種苦難打造成一朵高貴潔淨的花朵，智慧由此萌

---

10 游鑑明：〈改寫人生之外：從三位女性口述戰爭經驗說起〉，《她們的聲音──從近
　　代中國女性的歷史記憶談起》（臺北：五南圖書公司，2009年5月），頁147。

11 齊邦媛：《巨流河》第四章「三江匯流處──大學生涯」13「張大飛殉國」，頁211-
　　212。

12 齊邦媛：《巨流河》第四章「三江匯流處──大學生涯」13「張大飛殉國」，頁210-
　　217；14「戰爭結束」，頁217-220。

生。齊邦媛也藉由「溫和潔淨」的張大飛形象，說明他們不是可輕易歸類的小兒女情感，「那是一種至誠的信託，最潔淨的情操。」[13]是以，內斂與節制更彰顯《巨流河》這部女性自傳散文的深刻與動人。

此外，齊邦媛身為新舊交替的一代女性知識分子，不僅接受大學教育，也擔任大學教職。同時也是育有雙子的母親。在個人事業與家庭兼顧之下，她猶有餘力為台灣文學奮鬥，《巨流河》第八章「開拓與改革的七〇年代」與第十章「台灣、文學、我們」，齊邦媛對於自己一生為台灣文學而活的經歷著墨不少，尤以一九七〇年代以來堅持翻譯台灣文學以進入西方世界的貢獻，令人無法忽視，也奠定了她的文學史地位。[14]因此，這部自傳同時也可說是一部「臺灣文學西遊記」的真切記錄。

是以，《巨流河》這部女性自傳散文，不只是齊邦媛個人的生命流離，更彰顯現代中國知識份子無時或已的憂患意識，以及女性投身學術的勇氣與她對文學的堅持。《巨流河》之所以「巨大」，其來有自。

2 她傳：女性英雄人物的傳記

她傳部分，僅見孟瑤撰寫的女詩人／英雄秋瑾傳記《鑑湖女俠秋瑾（傳記小說）》（1957）。這部應中央婦女工作會之邀所撰寫的傳記，乃為紀念秋瑾成仁五十周年而作。錢劍秋序文表明此傳「所冀婦女同胞，踵先烈之遺志，奮漆室之忠忱，景仰前賢，有所取則。關於先烈救國偉業，允宜廣事宣傳，用宏示範。」[15]可見此書旨在啟發現代婦

---

13 王德威：〈如此悲傷，如此愉悅，如此獨特〉，齊邦媛編著：《洄瀾——相逢巨流河》，頁63。

14 齊邦媛因此項卓越貢獻，於一〇四年十一月十二日獲頒中華民國總統府的最高榮譽「一等景星勳章」，中華民國總統府http://www.president.gov.tw/Default.aspx?tabid=131&rmid=514&itemid=36107　（2015年11月14日確認）。

15 錢劍秋：〈鑑湖女俠秋瑾序〉，孟瑤：《鑑湖女俠秋瑾》（臺北：中央婦女工作會，1957年10月），頁2。

女有為者亦若是的情懷，其宣傳與示範政治正確的目標極為明確。

　　僅管如此，孟瑤受託撰寫這部秋瑾的「傳記小說」，仍寫出其一貫明白曉暢的風格，頗能彰顯秋瑾的人格特質；並穿插秋瑾的詩文，以呈現秋瑾的內心世界。楔子以秋瑾就義後五年、革命成功當年，閨中好友徐自華與（為秋瑾斂屍的）吳芝瑛齊至西湖憑弔開場，並呈現徐自華〈鑑湖女俠墓表〉。第一章（節），新婚不久的秋瑾，「她嚮往那窗外的風雨，追慕那天地寬廣，錦閨綉閣，決不是她安身立命的地方。」[16]她的世界不在家內。最後一章（節）呈現秋瑾被嚴刑逼供與從容就義的形象，孟瑤特寫秋瑾以沉默面對逼供時的大義凜然：

> 能屈服她的是柔情，不是暴力。當迫害向她強烈襲來的時候，
> 她渾身每一根汗毛便都會勇敢地站起來反抗。她傲然地面對一
> 切拂逆，她從不肯向任何一個強悍的力量低頭，她的一生就是
> 在無數的束縛與壓迫中奮鬥出來的。這已經是最後的頃刻了，
> 她知道。她既已決定以沉默對待迫害，她是再也不會開口的了。
> 所以，當她從天平架上解下來，再度被扔到公堂上的時候，雖
> 然被摧殘得像一隻垂斃的貓，卻依然高貴得有如神像。[17]

孟瑤以七頁左右的篇幅刻畫秋瑾「沉默」面對蠻橫逼供的不屈形象，寫出一代女俠最後的堅毅與高貴。

　　綜言之，女性傳記部分，既寫女性自己的傳記，也寫她者的傳記。女性書寫自己／她者的女性生命史，也是對於女性／自我的認同。

16　孟瑤：《鑑湖女俠秋瑾》，頁1。
17　孟瑤：《鑑湖女俠秋瑾》，頁208-209。

（二）散文：寫給女性的絮語散文

「女性散文」指的是以女性（處境）為主題的散文，以孟瑤〈弱者，你的名字是女人？〉（1950）與《給女孩子的信》（1953）為主。[18] 孟瑤的「女性散文」系列皆有面向女性「絮語」的親切味道，其中所觸及的女性議題——個人理想與家庭幸福的取捨，幾乎是孟瑤及大部分知識女性一生主要的關懷所在。

孟瑤於一九四九年遷臺，次年正式展開寫作生涯。首篇散文〈弱者，妳的名字是女人？〉[19]造成不小迴響。這是孟瑤首度發出女性身兼妻子、母親與教師等多重角色的聲音，是以，〈弱者，你的名字是女人？〉簡潔有力地呈露了女性欲兼顧家庭與事業的無奈心聲：

> 每當自己不能振拔的時候，我總想起了這句話——弱者，你的名字是女人！
> 這句話像根針，總是把我的心刺得血淋淋地。是的，「母親」使女人屈了膝，「妻子」又使女人低了頭。[20]

一開篇即指出女性在個人理想與家庭幸福發生衝突時的無奈。由於女性天生肩負著神聖的妻職與母職，往往在個人與家庭的折衝中選擇倒向家庭，成為「弱者」。然而，標題「弱者」後面的「？」其實也顯示孟瑤並非只看到妻職與母職對女人生涯的傷害，她也肯定婚姻與家

---

18 以下關於孟瑤的女性散文的討論，詳參已發表之拙著：〈小說家之外的孟瑤——從「女性散文」與「孟瑤三史」論其文學史定位〉，《興大人文學報》第50期（2013年3月），頁197-240。修改後，以〈小說家之外的文學史定位—孟瑤的「女性散文」與「孟瑤三史」〉，收錄於本書第四章。

19 《中央日報》「婦女與家庭」版（武月卿主編）第59期，1950年5月7日。

20 孟瑤：〈弱者，妳的名字是女人？〉，《中央日報》第七版：「婦女與家庭」第59期，1950年5月7日。

庭的美好:「家給了我一切,但,使我不願意的是:它同時也摘走了我的希望和夢。」[21]尤其是「有了孩子的女人,就像是一個最豪放的賭徒。」[22]是以,當她在婚姻中感受到自己內心蠢動的希望和夢時,「這種波瀾,又總是與家庭幸福成反比的;那就是說,當你知道自己有點作為的時候,也總是家庭瀰漫著層雲密霧的時候。」[23]充滿無奈。文末,孟瑤自言「再定眼一看,孩子嬌癡如花,丈夫柔情似水,我無言地,讓夢想倒了下來,那時我想到的,就是這句話:弱者,你的名字是女人!」[24]文章至此,題目中的「弱者?」已明確地改為「弱者!」了。年方三十的孟瑤寫出自己真實的處境與心聲,也呈現大多數身兼家庭與事業的女人的共同處境。當時,她對此衝突的對應之道是以犧牲一邊以挽救另一邊為主,考量的仍是家庭,頗符合她當時的生命處境與關懷。這篇文章在當年引發極大騷動,激發讀者對婦女處境與性別議題的熱烈討論。

其後,任教於臺中師範學校(今臺中教育大學)的孟瑤開始在《中央日報》撰寫專欄「給女孩子的信」,一九五三年九月結集出版散文集《給女孩子的信》,風行一時。全書由二十封信組成,論題遍及女性與讀書、健康、器度、交遊、婚姻、家庭與事業、女德、人生信念、性格修養等多項議題。如〈魚與熊掌——談家庭與事業〉提及兼顧家庭與事業是所有女人最困惑的問題,有人採取極端的態度,全

---

21 孟瑤:〈弱者,妳的名字是女人?〉,《中央日報》第七版:「婦女與家庭」第59期,1950年5月7日。

22 孟瑤:〈弱者,妳的名字是女人?〉,《中央日報》第七版:「婦女與家庭」第59期,1950年5月7日。

23 孟瑤:〈弱者,妳的名字是女人?〉,《中央日報》第七版:「婦女與家庭」第59期,1950年5月7日。

24 孟瑤:〈弱者,妳的名字是女人?〉,《中央日報》第七版:「婦女與家庭」第59期,1950年5月7日。

然偏廢任一邊，一生都活在矛盾與痛苦中；另一種人則是屈服派，直接投入家庭，成為賢妻良母，做家庭的奴隸。孟瑤認為後一種人的問題，無法細談；但前一種人的痛苦卻值得同情，並且應當想辦法解決。[25]孟瑤此文似與前述〈弱者，妳的名字是女人？〉有所呼應。孟瑤自承：

> 過去，我在觀察上所犯的錯誤，就是固執地把家庭與事業看成一個絕對衝突不能並存的東西，因此在處理上便只想挽救一面，犧牲一面。但事實上，我們若能制其機先，是可能同時把握兩面的。[26]

孟瑤認為女人兼顧家庭與事業的問題的關鍵在擇偶，若丈夫不但是精神上的愛侶，還是事業上的良伴，女人便能毫無困難地兼顧家庭與事業，也就能夠消除矛盾與衝突。可知孟瑤對女人能身兼家庭主婦與職業婦女兩種角色引以為「榮」的隱微心思，便能進一步體察孟瑤認為女人不但不是「弱者」，可能還是真正的「強者」。

孟瑤對女子教養所秉持的觀點是全方位的，除身心健全、家庭與事業和諧外，女性自身應有的自信與器度更為要緊，以第四封信〈以天地為家——談器度〉為例：

> 古語云：「器小易盈。」……只是時至今日，時代變了，女人不但要有廚房，還要有辦公室；不但要有親屬，還要有朋友；不但要有家庭，還要有國家社會。因為她們的天地遼闊了，所

---

25 孟瑤：〈魚與熊掌——談家庭與事業〉，《給女孩子的信》（臺南：信宏出版社，1990年5月），頁69-70。

26 孟瑤：《給女孩子的信》，頁71。

以與人群的關係也複雜了！……我們要能對宇宙兼收並蓄，就
必須先有一個能容納這一切的「大器」。所以，要作一個時代
的女兒，修身的第一課，莫過於展開自己的胸襟。擴大自己的
容量，多出門，多交朋友，多遊覽名山大川。[27]

可知孟瑤極看重女子的「器度」，而器量正是衡量一位女孩子的重要
標的。此書不僅是當年的暢銷書，也是「長銷書」。其後也進入官方
教科書。被選入的兩篇即第一信〈智慧的累積──談讀書〉[28]與第十
七信〈更上一層樓──談自知與自信〉[29]。這兩篇也談「女性的自信
與器度」，特別能夠彰顯孟瑤《給女孩子的信》對女子教養的正面態
度。是以，孟瑤藉由向同性別的女學生絮語，也將自身的體會藉由文
字傳達給更多預設讀者──同性別的女孩子們。因此孟瑤在自我與她
者的相互表述中，建構了所有女性的「想像的共同體」，其啟蒙女孩
子的意義甚為明確。然而，這也正是孟瑤的自我認同的投射。

　　簡言之，孟瑤由〈弱者，你的名字是女人？〉初試啼聲、《給女
孩子的信》引起文壇注目（及教科書收錄），其一系列女性散文所拋出
的女性存在議題，可說是一九五〇年代不容忽視的女性散文。

（三）小說：女性（自傳體）小說的真實與虛構

　　女性小說以琦君《橘子紅了》（1991）和孟瑤《女人‧女人》
（1984）為主。前者書中兩位女主角（大媽和秀芬）活在傳統舊社會
裡，女人被視為傳宗接代的工具，夫家是她們的生活重心與意義所

---

27 孟瑤：〈以天地為家──談器度〉，《給女孩子的信》，頁29-30。
28 收入「國立編譯編」之《國中國文》第五冊第十一課；後也收入「部編本」《國中國
　　文》第六冊第二課（2001年），目前訪查的版本是臺北育成書局2005年1月出版者。
29 收入「部編本」《國中國文》（選修）第三冊；後也被收入「九年一貫」《國中國文》
　　第六冊（三下）第八課。目前訪查的版本是臺北康軒文教公司2005年2月出版者。

在；後者的女主角（蘭芝）年輕時雖曾參與過女權相關活動，最終仍回歸家庭，過著平常女性的生活。

　　琦君《橘子紅了》刻畫的是舊時社會的「棄婦」圖像，既有真實的回憶，也有虛構的安排，虛虛實實地揉合出一個淒愴的故事。獨守鄉下橘園的大媽，因未能替大伯生育子女而形同棄婦，年紀老大的她無力阻止大伯在城裡與交際花同居，乃自主為大伯納妾秀芬，以便傳宗接代。然而大伯僅回鄉行禮如儀，於是橘園裡又多了一位年輕的棄婦。長居鄉下橘園的秀芬與年紀相仿的六叔遂產生曖昧情愫，然囿於家庭倫理而無可奈何。最後，故事結束於秀芬流產辭世。秀芬的故事，突顯舊時代女性的命運往往操縱在他者手中的無奈，而置身於家庭倫理與個人情愛間的痛苦，更彰顯秀芬無法自主決定人生的女性處境，琦君自道故事取材真實，但仍以其一貫的溫柔敦厚，安排秀芬流產死亡，而非如實地展現她在現實中悲苦不斷的人生。白先勇的評語是「溫馨中透著幽幽的愴痛。」[30]誠然。

　　其實琦君曾於一九六七年一月翻譯韓國女作家孫素姬〈柿子紅了〉，其韓語原名為〈柿子紅了的下午〉[31]；中文版之翻譯緣起於一九六五年，琦君代表臺灣省婦女寫作協會應邀訪問韓國，有緣結識孫女士；由於琦君不諳韓文，此文由英文版轉譯中文後，刊載於林海音《純文學》創刊號上。[32]《橘子紅了》的題名似乎由此啟發，兩篇小說取名皆有「樹猶如此，人何以堪」的味道，以植物的生滅象徵人事

---

30 白先勇：〈棄婦吟──讀琦君〈橘子紅了〉有感〉，琦君：《橘子紅了》，頁1。

31 〔韓〕孫素姬：〈柿子紅了〉，收錄於《韓國女流文學全集2》（首爾：語文閣，1988年）。案：感謝北京大學中文系韓籍薛熹禎教授協助搜尋此文本。

32 其後亦收錄於琦君：《讀書與生活》（臺北：三民書局，1978年1月）。亦可詳參韋韻潔：〈無可奈何花落去──試比較〈橘子紅了〉與〈柿子紅了〉〉，李瑞騰編：《新生代論琦君──琦君文學專題研究論文集》（桃園中壢：中央大學中文系琦君研究中心，2006年7月），頁146。

的代謝。[33]兩篇小說內容不同,但主題皆刻畫「棄婦」故事。然而韓版〈柿子紅了〉的棄婦,是「自願」被棄的;琦君《橘子紅了》的棄婦則是「被迫」成為棄婦。〈柿子紅了〉的棄婦寶蓓也是無法生育的女子,也主動為丈夫安排新妻子做為生育工具;不同的是,寶蓓丈夫並未棄她不顧,幼兒也順利誕下。但寶蓓仍被刺傷了,自願進入尼庵修行一百日,丈夫每週前來探望,也一再邀她回家共聚。期滿這天,丈夫和新妻子、新生兒同來尼庵,一家和樂的畫面再度刺傷了寶蓓,儘管丈夫仍舊對她好,但寶蓓當下決定不回家了,自此長居尼庵。小說平淡自然地呈現一「自願被棄」的棄婦故事,卻同樣於「溫馨中透著幽幽的愴痛」,寫盡天下棄婦的深沉創傷。

其次,孟瑤的長篇小說《女人‧女人》(1984)[34]則是一部具有紀念意義的小說。小說刻畫近代以來(辛亥、五四、七七與當代)中國婦女的遭遇與哀樂,被譽為「近代中國婦女史詩」,亦可謂孟瑤的「自傳體小說」。

孟瑤在小說前言〈寫在「女人,女人」之前〉提及歷來男女不平等的古老問題,但小說以女性為主角,卻並無與男子對立之意;她反以寬闊的態度,刻畫女性在大時代中的堅忍表現,並且激勵男女兩性攜手奮鬥的正面意義。首先,辛亥(武漢)期間,許多男性參與革命而犧牲,女性(母親與妻子)撫孤育兒,其艱辛令人不忍。其次,五四(北平)時期,女性開始衝出樊籠,飛向自由天地,卻不忘依然困居的同類。於是忙著援引、呼籲,許多五四女英雄從而淒然獨處,至今晚景落寞。接著,七七(重慶)抗戰期間,有為青年紛紛上戰場,

---

33 琦君〈關於〈橘子紅了〉〉文末即提及回顧舊時家園,橘樹早已一棵棵枯萎,頗有
「樹猶如此,人何以堪」之感。琦君:〈關於〈橘子紅了〉〉,《橘子紅了》,頁108。

34 《女人‧女人》一九八三年完稿,連載於《中華日報》副刊。一九八四年由中華日
報社出版。

許多女孩子乃不得不負起碎心的離別之苦，分擔許多憂患。最後，當代（臺灣）的女性受到前三代女性的哺育，羽翼更有力而豐滿，可做更遠的飛翔。因此，現在正和男性一樣肩負強國富國的責任。但孟瑤認為當代的女性若想要兼顧自我與家庭，往往需要更多的能量：

> 家庭幸福與事業成就，對女人說，向來是魚與熊掌，只品一味；如欲兼得，所付出的代價是驚人的，不但要有健康的體魄，還得有堅忍的意志。必須如此，才不會力竭倒下，半途而廢。[35]

可見，家庭幸福與個人的事業成就之得兼，向來是孟瑤極為關注的問題，自前述散文〈女人，你的名字是弱者？〉、《給女孩子的信》至小說《女人‧女人》皆如此。然而，儘管女性如此重要，孟瑤仍舊認為男人與女人無法各自生存，必需比翼而飛，才能成就完整而美麗的人生。

小說裡，早年為爭女權而奮鬥的蘭芝，晚年在臺灣則是為一家老小服務的「母親」與「妻子」。[36]小說中描述她與先生聽戲，蘭芝自道：「你看，我從唸書起就忙著爭女權，爭取女人的平等與自由；女權爭到後，女性的優美形象也失去了！」先生趁機誇讚她：「在教育園地裡默默耕耘，又是家，又是丈夫兒孫，三頭六臂似的辛辛苦苦一輩子。」[37]對她充滿感恩。蘭芝兼具家庭與事業的生命經驗，正是普同的女性處境，女性既是「弱者」也是「強者」。而女主角得到丈夫全心的認同，也是孟瑤向來對男女兩性共同奮鬥所持的正面觀點。

---

35 孟瑤：〈寫在「女人‧女人」之前〉，《女人‧女人》（臺南：中華日報社出版部，1984年9月），頁3。
36 孟瑤：〈當代——臺灣〉，《女人‧女人》第四部，頁735。
37 以上二段引文出自孟瑤：〈當代——臺灣〉，《女人‧女人》第四部，頁867-868。

（四）評論：中外女性文學的觀察

女性文學的評論，大致可分為兩項，一是評述，二是編選。前者指的是對中外女性文學的研究，僅見收錄於琦君《紅紗燈》（1969）裡的四篇小論文，包括〈女性與詞〉、〈中國歷代婦女與文學〉[38]、〈介紹韓國作家孫素姬女士——兼談韓國文壇〉[39]與〈《印度古今女傑傳》讀後〉[40]。後者則是對女性文學文本的編選，僅見齊邦媛策畫（實際由應鳳凰編選）的《潘人木作品精選集》（2014）。

1 琦君的女性文學評述

琦君的四篇小論文，前兩篇為中國文學史上的女性文學，〈女性與詞〉主論李清照與吳藻兩位女詞人詞作，〈中國歷代婦女與文學〉是微型的中國女性文學史，細數歷代著名的女作家作品。後兩篇則為外國女性文學的介紹，〈介紹韓國作家孫素姬女士——兼談韓國文壇〉介紹韓國女作家孫素姬及其〈柿子紅了〉（中文版由琦君翻譯，前已論及）；〈《印度古今女傑傳》讀後〉則是對印度傑出女性的介紹，包括作家、畫家、政治家與婦運人士等傑出女性。

以〈中國歷代婦女與文學〉為例，琦君歷數《詩經》以來至晚清秋瑾為止的女性文學脈絡，依序為《詩經》的女詩人詩作、「古詩十九首」中的女子情感。漢代卓文君〈白頭吟〉與班昭《女誡》；司馬

---

38 〈中國歷代婦女與文學〉後來改名為〈歷代女性與文學〉，收錄於《讀書與生活》（臺北：三民書局，1978年1月），內容幾乎完全雷同，僅少數段落不同。

39 〈介紹韓國作家孫素姬女士——兼談韓國文壇〉後來改名為〈介紹韓國女作家孫素姬女士——附錄：柿子紅了〉，收錄於《讀書與生活》（臺北：三民書局，1978年1月），內容與前者幾乎完全雷同，僅少數文字不同，並收錄了琦君翻譯的孫素姬小說〈柿子紅了〉的文本。

40 〈《印度古今女傑傳》讀後〉後來改名為〈《印度古今女傑傳》〉，收錄於《琦君讀書》（臺北：九歌出版社，1987年10月），幾乎完全雷同。

相如代陳皇后作〈長門賦〉[41]、竇滔妻蘇氏的迴文詩、蔡文姬〈胡笳十八拍〉都是藉文學以抒發心聲的女性文學。晉朝謝道蘊是知名的詠絮才女。唐代宮詞，一為男性代言者，一為宮女所寫的解愁之作；官妓與女冠的代表人物薛濤與魚玄機也是女詩人。宋代婦女多會作詞，也有官妓（如東坡賞識的琴操、欽宗常造訪的李師師）；李清照與朱淑真[42]為宋代知名女詞人。明末女詩人以柳如是為代表。清初女詩人甚多，尤以袁枚提拔的隨園女弟子影響極大，章學誠〈婦學〉因之痛批袁枚無恥妄人；女弟子中以席佩蘭[43]最知名。吳藻也是清代知名女詞人；晚清女詩人則以秋瑾為代表。此文與章學誠〈婦學〉對歷代女性文學脈絡的介紹略近似，但〈婦學〉批評袁枚廣收女弟子敗壞風氣，措詞犀利有餘，敦厚似嫌不足；琦君則維持一貫溫柔敦厚，娓娓道來。是以，琦君亦較認同女性文學應具備溫柔敦厚的特質，如結尾所言：

> 中國文學是傾向於蘊藉婉約的，所謂不失其溫柔端厚之旨。而蘊藉婉約、溫柔端厚的作品，由女性自己來著筆，自更顯得出色當行。女性寫作，完全是基於為藝術而藝術的動機，不求名利顯達，只憑一片真摯的感情，寫出她們的歡笑與眼淚。所以她們的作品是天地間的至文，是值得我們低迴反復去欣賞的。[44]

此文指出中國文學的特質傾向於蘊藉婉約、溫柔端厚，由女性著筆更顯出色當行；而女性寫作多非出自實用目的，因此感情特別真摯。可知琦君之人格與文學風格之一致，皆指向永恆的溫柔。

---

41 此為男性代言的女性文學。

42 琦君原文作「朱淑貞」，恐誤記，應為「朱淑真」。

43 琦君原文作「席若蘭」，恐誤記，應為「席佩蘭」。

44 琦君：〈中國歷代婦女與文學〉，《紅紗燈》（臺北：1969年11月；2010年1月重印二版七刷），頁222-223。

2 齊邦媛（策畫）編選的女性文學選集

關於女性文學的編選部分，僅見齊邦媛策畫，實際由應鳳凰編選的《潘人木作品精選集》（2014）。齊邦媛《巨流河》中曾有半頁篇幅特別提及應更重視潘人木的文學成就。[45]

與孟瑤同年的潘人木（1919-2005）早年畢業於重慶中央大學外文系，一九四九渡海來臺，一九五〇年代即已成名，以《蓮漪表妹》與《馬蘭自傳》知名於世，其後編寫兒童文學三十年。然而她的文學名聲卻逐漸黯淡，前期許多短篇小說絕版，晚期散文從未結集。齊邦媛序文〈串起遺珠〉說明編選動機在於「彌補好的文學作品遺珠之憾」[46]，是以此書收錄九個短篇小說、十篇散文，將潘人木的作品「做一個清晰美好的結合與安頓」[47]，也算完成了齊邦媛多年的心願。九個短篇小說有六篇以新疆為背景，正是新婚不久的潘人木旅居新疆的反映。十篇散文中的三篇與林海音有關，惺惺相惜的兩位文友具有類似背景，來臺之初即結為莫逆。散文壓卷之作〈一關難度〉則是潘人木臨終前十日之作，這篇書寫老年孤獨之作，令齊邦媛大為讚嘆，廣為周知親友。

而潘人木除小說、散文外的文學事業，全都交給兒童文學。一九六五年潘人木應「臺灣省教育廳兒童讀物編輯小組」之聘，加入兒童讀物編寫行列，總計十七年。期間所編成的四百多冊《中華兒童叢書》裡即有部分出自孟瑤與琦君之手。

綜言之，三位「中興文學家」琦君、孟瑤與齊邦媛，她們在「女

---

45 齊邦媛：《巨流河》第十章「台灣、文學、我們」7「文學的『我們』」，頁508。

46 齊邦媛：〈序──串起遺珠〉，齊邦媛策畫，應鳳凰編選：《潘人木作品精選集》（臺北：遠見天下出版公司，2014年5月），頁5。

47 齊邦媛：〈序──串起遺珠〉，齊邦媛策畫，應鳳凰編選：《潘人木作品精選集》，頁5。

性文學」部分的成績，既寫自己，也寫其他女性的生命故事；同時，以散文寄語女性讀者，也以小說記錄大時代裡的女性故事；最後，不只細數歷代女性文學家的文學生命，也編選女作家選集。三位中興文學家以文字留下自己／女性的生命印記，得以超越／昇華自我的文學生命。

三　啟蒙：編寫官方兒童讀物與教科書、「寄（語）小讀者」式的作品

「啟蒙」在本書的概念是「兒童文學」的同義詞，指的是女作家們參與官方兒童讀物與教科書的編寫；以及她們以兒童為預設讀者的散文、被改編為繪本的散文以及翻譯兒童文學。這些啟蒙讀物的預設讀者都是兒童與青少年，暫以「兒童文學」統稱之。

（一）官方兒童讀物與教科書的編寫

參與官方兒童讀物與教科書的編寫，前者以琦君與孟瑤參與《中華兒童叢書》的編寫為主，後者則以齊邦媛參與中學教科書的革新為主。

1 琦君、孟瑤參與「臺灣省教育廳」兒童讀物的編寫

一九六三年臺灣省政府教育廳成立「兒童讀物編輯小組」，籌編《中華兒童叢書》，當時頗富盛名的女作家，如林海音、潘人木、劉枋、鍾梅音、徐鍾珮、琦君、孟瑤等皆投入創作。[48]戰後渡海來臺的

---

48 關於女作家參與兒童讀物的編寫，可參考吳玫瑛：〈從「流浪兒」到「好孩子」：臺灣六〇年代少年小說的童年再現〉，《臺灣圖書館管理季刊》第5卷第2期（2009年4月），頁27-36。參考許珮馨：〈當娜拉走出家庭──五〇年代以降台灣女性散文之流變〉，《大同大學通識教育中心年報》，2007年6月，頁59-77。

女作家們紛紛投入官方版的兒童讀物之編寫，顯見官方國語政策之成功，也可見女作家們對於兒童啟蒙讀物參與之熱誠，這是她們在散文小說創作外不可忽視的成就。

琦君當時編寫了《賣牛記》（1966）與《老鞋匠和狗》（1969）[49]兩書，皆由田原繪圖。琦君所寫的兒童故事，主題依然是她擅長的「愛」。《賣牛記》講述農家兒童聰聰不願母親賣掉老牛阿黃而離家出走找回老牛的故事，人與動物的愛躍於紙上。而《老鞋匠和狗》的老鞋匠對兩隻小狗小黃與小花更是真情流露。琦君書寫的兒童故事，傳遞的正是人間無處不在的愛。《中華兒童叢書》除每部作品皆附插圖外，文後亦皆附上「讀完了這本書，請你想一想：」的欄目，提示數個問題以引導兒童思考，開啟兒童閱覽的興趣與獨立思考的能力。

而孟瑤對《中華兒童叢書》的參與較晚，投入時間較長，總冊數也較琦君的更多，計十三部十五本，包括《忘恩負義的狼》（1968）、《楚漢相爭》（1971）、《治水和治國》（1971）、《吳越爭霸》（1973）、《漢武帝》（1974）、《三國鼎立》（1975）、《從晉朝到唐朝》（1975）、《大宋帝國》（1975）、《大明帝國》（1975）、《大清帝國》（1975）、《中國歷史上的名臣賢相（上）》（1978）、《中國歷史上的名臣賢相（下）》（1978）、《中國歷史上的英雄國士（上）》（1978）、《中國歷史上的英雄國士（下）》（1979）、《中華民國》（1981）等。與孟瑤合作的繪圖者有林雨樓、盧安然、徐秀美、洪義男、曾謀賢、張英超、沈以正、奚淞、呂游銘等知名繪者。孟瑤所書寫的題材多為中國歷史故事，正好發揮她歷史系出身的專長，啟蒙了無數學子對中國歷史的認識。

---

49 兩書目前皆重新出版，共同收錄於《賣牛記》（臺北：三民書局，2004年8月）一書中，重新出版。

附帶一提的是，孟瑤散文也曾出現於官方教科書中，即前述《給女孩子的信》的第一信〈智慧的累積——談讀書〉與第十七信〈更上一層樓——談自知與自信〉兩篇。[50]首先，以〈智慧的累積——談讀書〉被收錄的時間較長，影響較大。孟瑤認為女子培養讀書習慣特別重要，它使女孩們在俗務勞形之際，得以沉潛於閱讀的美好天地。尤其人會變老，但讀書卻使人們老得有智慧，特別渾融通達。其次，第十七信〈更上一層樓——談自知與自信〉，孟瑤提及人生不僅是個大舞臺，也是個大機器，個人的角色是大是小，完全靠自知與自信。孟瑤又強調女孩們自知的重要性。這兩篇散文彰顯的是「女性的自信與器度」，特別能夠彰顯孟瑤對女子教養的知性層面之重視。

2 齊邦媛參與官方教科書編寫、引進臺灣現代作家

一九七二年，齊邦媛兼任國立編譯館教科書組的任務，參與國民中學國文教科書編寫。然而在威權時代編訂國中國文教科書，齊邦媛面對的是一項極艱巨的改革任務。

戒嚴時代的教科書編選充滿黨、政、軍色彩，教化意味極為濃厚；如何重編是極大的挑戰。數十年後，齊邦媛在《巨流河》裡回憶此事：「在一九七二年，那並不只是『學術判斷』的工作，也是『政治判斷』的工作。」[51]茲事體大，齊邦媛透過時任助教的柯慶明找到臺大中文系屈萬里教授主持國文科的編審工作，大舉減少培養學生愛國思想且教化意味濃厚的篇章；也降低舊版白話文較多議論文的比例，增加文學性質的篇章，如楊喚〈夜〉、林良〈父親的信〉、楊牧

---

50 詳參拙著：〈小說家之外的孟瑤——從「女性散文」與「孟瑤三史」論其文學史定位〉，《興大人文學報》第50期（2013年3月），頁197-240。修改後，以〈小說家之外的文學史定位——孟瑤的「女性散文」與「孟瑤三史」〉，收錄於本書第四章。

51 齊邦媛：《巨流河》第八章「開拓與改革的七〇年代」2「文學播種——國文教科書改革」，頁409。

（王靖獻）〈料羅灣的漁舟〉、陳之藩〈謝天〉等臺灣現代作家作品。
更特別的是，也選了翻譯文章，如海音茲・合貝爾著、重明譯〈火箭
發射記〉及坡耳・安德孫著，明君譯〈人類的祖先〉，使國中生也有
人類文化史觀與科技的世界觀。她以文學論文學的寬闊看法，幾與林
海音的識見雷同。

　　然而，其中所遭遇的險阻絕非小事：

> 為達到改編的理想，恢復國文課本應有的尊嚴，讓每一個正在
> 成長學生的心靈得到陶冶與啟發，在那個年代，我的工作是沉
> 重的，不僅要步步穩妥，還需要各階層的支持。[52]

所幸，齊邦媛大多能以其最大的誠意扭轉局面，順利度過。而且課本
書封得到臺靜農的題字並獲贈一句勉勵的話：「敢這麼編國文課本，
有骨氣！」[53]這種支持，齊邦媛感念在心。齊邦媛在《巨流河》裡自
道：「一九七三以後，數代的國民中學學生至少是讀了真正的國文教
科書，而不是政治的宣傳品。」[54]誠然。齊邦媛也自豪地認為推動國
民中學國文教科書改革，是她「在國立編譯館最有意義的工作成果之
一。」[55]齊邦媛將這六冊國中國文教科書與英文版《中國現代文學選
集》一起擺在家中書架最尊貴的地方，可見此事之於她的重要意義。

---

52 齊邦媛：《巨流河》第八章「開拓與改革的七〇年代」2「文學播種——國文教科書
　改革」，頁418。

53 齊邦媛：《巨流河》第八章「開拓與改革的七〇年代」2「文學播種——國文教科書
　改革」，頁423。

54 齊邦媛：《巨流河》第八章「開拓與改革的七〇年代」2「文學播種——國文教科書
　改革」，頁414。

55 齊邦媛：《巨流河》第八章「開拓與改革的七〇年代」2「文學播種——國文教科書
　改革」，頁418。

　　是以，齊邦媛做為一位臺灣文學的推手，不只編輯與翻譯，在主管官方教科書時也不忘推廣臺灣現代文學，降低國文教科書的教化色彩，使之轉型成為臺灣現代文學的播種之所，其功約可與戮力拔擢臺灣作家的林海音等量齊觀，她們「是編者、譯者也是評論者，齊邦媛和林海音都是稱職的文學擺渡人、守護天使兼守門員。」[56]洵非虛言。

（二）「寄（語）小讀者」：為孩子撰寫故事

　　「寄（語）小讀者」指的是女作家為兒童編寫、翻譯的兒童讀物，借用冰心（1900-1999）《寄小讀者》向兒童親切絮語的風格，以說明女作家們為孩子所編寫、翻譯的平易近人的故事。

1 琦君為小讀者說童年

　　截至一九八〇年代，琦君雖然已出版過許多書寫童年的回憶之作，但真正以兒童及少年為預設讀者的並不多，僅前述為臺灣省政府教育廳所撰寫的兒童讀物，以及一九八〇年代推出的《琦君說童年》（1981）[57]與《琦君寄小讀者》（1985）[58]這兩部以兒童及少年為預設讀者的兒童文學。

　　首先，《琦君說童年》收錄二十六篇琦君的童年故事，大多是讀者早已熟悉的家鄉人物與生活小故事，琦君自言「年紀愈增長，對兒時的記憶愈清晰。因此，與朋友們談天，不由得說童年。提起筆來，

---

56 張瑞芬：〈大河盡頭──齊邦媛《巨流河》〉，《明道文藝》第403期（2009年10月），頁48-49。

57 《琦君說童年》由純文學出版社出版（1981年8月），新版由三民書局出版（1996年8月初版；2008年7月二版一刷；2013年10月）。

58 《琦君寄小讀者》由純文學出版（1985年6月），榮獲新聞局優良圖書金鼎獎。新版由健行出版社重排（1996年8月），後再改由九歌出版社改名《鞋子告狀──琦君寄小讀者》（2004年8月初版；2014增訂新版）重新出版。

也不由得寫童年。」[59]因此，充滿童心也經常為年輕孩子講故事的琦君，筆下便誕生了一篇篇童年故事，「讓我們老老少少，一起來說童年，一起來樂童年。」[60]是以，琦君說童年，既是對家鄉及童年的眷戀，也期許自己永保童心。而《琦君寄小讀者》則是琦君赴美生活後所寫的專欄結集，與冰心《寄小讀者》式的親切絮語風格近似。全書所有散文皆以「親愛的小朋友」為首，以「琦君阿姨」結尾，內容多為琦君在美生活的所思所感，文字淺顯而平易，充滿溫馨的家常味。正如序文〈給小讀者寫信，可以忘憂〉所言：「天真的小朋友們，充滿愛心，也充滿好奇心，和他們聊天，真正可以忘憂。」[61]琦君向來溫柔敦厚的特質，亦盡情發揮於此，文如其人。

2 琦君散文被改編為繪本

由於琦君的散文適合兒童與年輕學子閱讀，是以若干知名作品被改編為配圖的繪本，包括《桂花雨》（2002）、《玳瑁髮夾》（2004）等兩部改頭換面成為大字大圖大開本的兒童繪本；《寶松師傅》（2010）則是前兩者的濃縮注音本。[62]

繪本《桂花雨》（2002）改編的散文，來自琦君的兩部散文集，包括《桂花雨》的〈兩條辮子〉、〈一對金手鐲〉、〈母親〉、〈桂花雨〉與《煙愁》的〈喜宴〉、〈阿榮伯伯〉、〈小瓶子〉等文。繪本《玳瑁髮

---

59 琦君：〈序二：小記童年〉，《琦君說童年》（臺北：三民書局，2013年10月二版五刷），頁5。

60 琦君：〈序二：小記童年〉，《琦君說童年》，頁7。

61 琦君：〈給小讀者寫信，可以忘憂〉，《鞋子告狀──琦君寄小讀者》（臺北：九歌出版社，2004年8月初版；2014年12月增訂新版），頁4。

62 繪本《寶松師傅》（2010）是繪本《桂花雨》（2002）與《玳瑁髮夾》（2004）的濃縮本，其中所收錄的散文〈兩條辮子〉、〈小瓶子〉皆曾出現於繪本《桂花雨》（2002）中。〈我的蚌殼棉鞋〉、〈母親的金手錶〉、〈寶松師父〉則曾經出現於繪本《玳瑁髮夾》（2004）中。

夾》（2004）則出自琦君的三部散文集，包括《青燈有味似兒時》的
〈玳瑁髮夾〉、《永是有情人》的〈我的蚌殼棉鞋〉、《母親的金手錶》
之〈母親的金手錶〉、〈寶松師父〉、〈阿標叔〉、〈碎了的水晶盤〉。兩
部繪本所改編的都是琦君的經典散文，讀者應已耳熟能詳。第三部繪
本《寶松師傅》（2010）是前兩部繪本《桂花雨》（2002）與《玳瑁髮
夾》（2004）的濃縮本，但這本以特大字加注音的方式呈現，並加上
「思考橋梁：動動腦‧想一想‧說說看」提示諸多可討論的問題，此
編寫模式與早年《中華兒童叢書》近似，是以啟蒙兒童的目標至為
明確。

3 琦君翻譯外國兒童文學

　　琦君對於兒童文學的貢獻，也表現在她翻譯外國兒童文學上。早
於一九六五年，琦君即翻譯美國童書作家兼插畫家羅傑‧杜沃森
（Roger Duvoisin, 1904-1980）的《傻鵝皮杜妮》（PETUNIA）[63]，故
事敘述皮杜妮撿到一本書，自以為有書就有智慧，驕傲而愚智的皮杜
妮搞砸許多事情後，終於知道自己應該好好地讀書學習。

　　時隔二十餘年後，琦君於一九八〇年代末期再度投入童書翻譯，
包括《涼風山莊》（1988）、《比伯的手風琴》（1989）與《李波的心
聲》（1989）等三部童書。以《比伯的手風琴》為例，旅居美國的琦
君翻譯了十二篇小故事，篇篇皆以能引起兒童興趣為原則，連載於報
章時即獲得小朋友的迴響。因此又翻譯了《李波的心聲》，兩書同年
出版。琦君自道：「在譯的時候，我恍惚覺得這兩本書就像是我自己
寫的，和我是那麼的心靈契合。也好像我就是書中的小孩，向大人傾

---

63 琦君翻譯的《傻鵝皮杜妮》似已絕版，目前所見多為蔣家語的譯本（臺北：上誼文
　　化公司，2002年1月）。

吐心事，心中有苦有樂，亦悲亦喜。」[64]琦君尚且自言：「但願由於小
朋友們對這兩本書的喜愛，給我更多的鼓舞。使我除了繼續翻譯以
外，也能引起靈感，自己來寫兒童小說。」[65]可見翻譯兒童文學之於
琦君的意義，與她親自為兒童撰寫讀物一樣地有意義。

　　時至一九九〇年代，年逾七十的琦君仍舊寫作翻譯不輟，一九九
二年再出版譯著《好一個餿主意：一則猶太人的故事》（*IT COULD
ALWAYS BE WORSE*）[66]，原書由美國童書作家瑪格・塞蒙克（Margot
Zemach, 1931-1989）改寫與繪圖。此繪本由一則猶太民間寓言故事改
編，主角是個苦命人，一家九口住在只有一個房間的小屋裡。他去找
雷比先生尋求對策，雷比要他每次把屋外的家禽、家畜帶進屋子裡一
同生活。在苦命人瀕臨瘋狂臨界點之際，雷比又建議他把這些家禽、
家畜統統趕出屋子。突然間，苦命人原本抱怨的小屋子變得好大好舒
服，原來餿主意可以為他帶來極大的幸福感。此外，琦君也翻譯美國
兒童文學作家約翰・保利斯（John E. Paulits）的「頑童菲利三部
曲」：《愛吃糖的菲利》（吳周昇繪，1992；蔡嘉驊繪，2008）、《小偵
探菲利》（吳周昇繪，1995；蔡嘉驊繪，2008）與《菲利的幸運符咒》
（徐建國繪，1997；蔡嘉驊繪，2009）。全書配上彩色插圖，書後附
學習單，提供親子共讀學習，好看又有趣。但未見譯者琦君的隻字片
語，無法得知其翻譯的動機與想法。

　　綜言之，啟蒙文學部分，三位中興文學家對於國語政策向下紮根
的工作出力甚多，無論官方兒童讀物或教科書的編寫，都能見到她們
運用自己的文學影響力所從事的基礎文學建設工作，值得一記。其

---

64 琦君譯：《比伯的手風琴》（臺北：漢藝色研出版社，1989年7月），頁4。

65 琦君譯：《比伯的手風琴》，頁5。

66 此書曾榮獲美國凱迪克大獎（The Caldecott Medal），此獎項為美國最具權威性的繪
　本獎，得獎作品皆是舉世公認的傑作。

中，琦君專為兒童撰寫適合他們閱讀的散文，並翻譯外國的兒童文學，以及琦君的知名散文作品被改編為兒童繪本，可見琦君與兒童文學之淵源甚深。

四　翻譯：翻譯臺灣現代文學的推手／被翻譯的寫手

　　三位「中興文學家」的「翻譯」表現，可分兩部分觀之，一是翻譯臺灣現代文學，以齊邦媛的翻譯為主，又可細分為翻譯、主編編譯與翻譯論述三部分。此外，琦君對臺灣現代文學的翻譯是自譯散文。[67]二是作品被翻譯，以琦君、孟瑤作品被翻譯為主，而她們被翻譯的作品有很大部分曾刊登於齊邦媛主編的翻譯文集或刊物裡。齊邦媛被翻譯的著作以《巨流河》為主，其評論作品也曾被翻譯成外文。簡言之，先論三位中興文學家的翻譯行為，再論她們作品被翻譯的情形，著重的是她們的翻譯這項「再創作」的成績。

（一）推手：以「翻譯」傳播臺灣現代文學的齊邦媛

　　主論齊邦媛以翻譯推廣臺灣現代文學的貢獻。[68]齊邦媛與翻譯結緣甚早。十歲左右即已閱讀翻譯文學，並閱讀父親齊世英主編的《時與潮》的翻譯；就讀武漢大學外文系，曾受教於朱光潛、吳宓等名家；來臺後曾兼任故宮英文秘書，擔任筆譯與口譯；並曾於大學講授

67　此外琦君的翻譯作品大多為外國文學，包括前一、二節已討論過的韓國女性文學〈柿子紅了〉，以及一系列美國兒童文學，皆非「翻譯台灣現代文學」，本節不擬（再）討論。

68　孟瑤似未見翻譯他人之作；而琦君「可能唯一」翻譯過的臺灣現代文學，是她「如願」地將自己的散文〈聖誕夜〉翻譯為英文版〈My Teacher West〉（我的恩師韋司德）。

翻譯；任職國立編譯館期間亦大力推動中英翻譯。[69]其翻譯臺灣現代
文學的成績可大分為三部分，一是「親自翻譯的文學作品」，二是
「主編翻譯的選集」，三是「與翻譯有關的論述」。齊邦媛可謂臺灣現
代文學外譯的重要人物，這也是她畢生文學成就中非常重要的一環。

　　首先，「親自翻譯的文學作品」部分，由於齊邦媛的翻譯文學所
在多有，一時難以完整清查，暫以其翻譯林海音〈金鯉魚的百襉裙〉
（1972）、與殷張蘭熙合譯林海音《城南舊事》英文版（1992）[70]為主
要討論對象。前者收錄於齊邦媛主編的《中國現代文學選集：1949-
1974的台灣》短篇小說卷（*An Anthology of Contemporary Chinese
Literature: Taiwan:n1949-1974／Vol.2, Short stories*）（1975）裡。後者
的翻譯可說是三人友誼的見證，相當有意義。據齊邦媛〈失散──送
海音〉所述，她與林海音的結緣即始於翻譯林海音〈金鯉魚的百襉
裙〉（1972），齊邦媛也被《城南舊事》打動，不只寫了長序，也為另
一譯者殷張蘭熙譯完後兩篇。[71]此外，〈失散──送海音〉也提及一九
七〇年代後期，齊邦媛與殷張蘭熙、林海音、林文月四人聚會持續十
多年之事，《巨流河》也有相關記憶，每月或隔月聚會的四人，談論
各自的寫作成績，頗有盍各言爾志的舒坦與快樂。[72]齊邦媛提及她與
中文系同事林文月結緣，除了共同參與比較文學學會外，她們常因出

---

69 參考單德興：〈翻譯面面觀──齊邦媛訪談錄〉，《卻顧所來徑：當代名家訪談錄》
　　（臺北：允晨出版社，2014年11月），頁232。

70 林海音著；殷張蘭熙、齊邦媛英譯：《城南舊事》（*Memories of Peking: South Side
　　Stories*），香港：中文大學出版社，1992年。林海音著；殷張蘭熙、齊邦媛英譯：
　　《城南舊事》（中英對照版），香港：中文大學出版社，2002年。

71 齊邦媛：〈失散──送海音〉，《一生中的一天》（臺北：爾雅出版社，2004年5月），
　　頁107。

72 此段記事，可參考齊邦媛：《巨流河》第十章「台灣、文學、我們」7「文學的『我
　　們』」，頁504-506。

門開會而同房。齊邦媛對於林文月連續翻譯四部日本文學《源氏物語》等，甚感欽佩：

> 在我們聚會的四人中，文月很少有激昂慷慨的樣子，常常是那個「你愛談天，我愛笑」的笑者。發表意見也是語調沉穩、不著急的樣子，也許是因為她比我年輕十歲吧！[73]

但歡樂的聚會，總有結束的一天，「不久蘭熙病了，失去記憶。」[74]接著，「文月離開台北後，海音也臥病，客廳燈也熄了。」[75]齊邦媛〈失散——送海音〉說，每回「分手時到了門口還有沒說完的話。十多年怎麼就會過完了呢？」[76]她在林海音病危之際敘寫彼此的失散：

> ……終於，看到了氧氣面罩下的她，生命的靈光已漸漸遠離了我所熟知的強者海音。——所有共同耕種的往事、所有不服輸的企盼、所有因努力而得的快樂，至此只得放下，這是真正的失散了，不只是分離，是切斷。[77]

齊邦媛如此敘寫這段死生離別的痛。是以，齊邦媛翻譯林海音，不只是傳播臺灣的現代文學，也是兩位同代女作家的生死之交的印證。

其次，「主編翻譯的選集」，包括《中國現代文學選集：1949-1974的臺灣》二冊（詩與散文、短篇小說）英文版（*An Anthology of*

---

73 齊邦媛：《巨流河》第十章「台灣、文學、我們」7「文學的『我們』」，頁505。
74 齊邦媛：《巨流河》第十章「台灣、文學、我們」7「文學的『我們』」，頁505。
75 齊邦媛：《巨流河》第十章「台灣、文學、我們」7「文學的『我們』」，頁506。
76 齊邦媛：〈失散——送海音〉，《一生中的一天》，頁108。
77 齊邦媛：〈失散——送海音〉，《一生中的一天》，頁109。

Contemporary Chinese Literature: Taiwan: 1949-1974)（1975）[78]、齊邦媛與殷張蘭熙合編、郭鈺恆譯《源流：臺灣短篇小說選》（*Derewige Fluß*）德文版（1986）[79]、《中英對照讀臺灣小說》（*Taiwan literature in Chinese and English*）（1999）等由齊邦媛主編的臺灣現代文學翻譯選集，向國外讀者傳播臺灣的現代文學成績，功不可沒。

其中，一九七五年的《中國現代文學選集：1949-1974的臺灣》英文版（*An Anthology of Contemporary Chinese Literature: Taiwan 1949-1974*）特別有意義。翻譯臺灣文學以進入西方世界，是她一生念茲在茲的課題。一九六七年，齊邦媛應邀至美國教授臺灣現代文學，卻因海外未見任何一部臺灣現代文學外譯本而深受刺激。一九六八年回國後，齊邦媛決定投入臺灣現代文學的翻譯。一九七五年即出版了這套為進軍世界文壇而編的選集，隆重地向國際社會介紹臺灣的現代文學。此套書由西雅圖華盛頓大學出版社發行，其後也成為美國學界教授臺灣現代文學的教科書。[80]當時的五人編譯小組，除齊邦媛外，尚有余光中、吳奚真、何欣、李達三（John J. Deeney）等重要學

---

78 中文版與英文版同步出版，齊邦媛主編：《中國現代文學選集：第一冊詩與散文》
（臺北：書評書目出版社，1976年4月）與《中國現代文學選集：第二冊短篇小說》
（臺北：書評書目出版社，1976年4月）。新版改為三冊（短篇小說、詩、散文各
一），其中2004年出版的《中國現代文學選集第三冊：散文》即將1975年《中國現
代文學選集：1949-1974的台灣》（*An Anthology of Contemporary Chinese Literature:
Taiwan: 1949-1974*）〔詩與散文〕卷中的散文獨立成冊，並增修篇目。新版書目如
下：齊邦媛主編：《中國現代文學選集：第一冊新詩卷》（臺北：爾雅出版社，1983
年7月），《中國現代文學選集：第二冊散文卷》（臺北：爾雅出版社，1983年7月）、
《中國現代文學選集：第三冊小說卷》（臺北：爾雅出版社，1983年7月）。

79 此書根據《中國現代文學選集：1949-1974的台灣》英文版（*An Anthology of
Contemporary Chinese Literature: Taiwan: 1949-1974*）而譯，由德國柏林大學郭鈺恆
譯為德文。

80 中文版由書評書目出版社（1976-1981，共四版）與爾雅出版社印行（自1983年起，
至2011年四印），英譯版由國立編譯館出版、美國西雅圖華盛頓大學出版社發行。

者。以短篇小說卷為例，外譯的臺灣現代文學作家作品有林海音〈金鯉魚的百襉裙〉與〈燭〉、孟瑤〈歸途〉與〈孤雁〉[81]、潘人木〈哀樂小天地〉、彭歌〈蠟台兒〉、朱西甯〈狼〉與〈破曉時分〉、於梨華〈洒了一地的玻璃球〉、司馬中原〈紅絲鳳〉與〈山〉、段彩華〈花彫宴〉、王尚義〈大悲咒〉、白先勇〈冬夜〉與〈花橋榮記〉、王文興〈命運的迹線〉與〈黑衣〉、黃春明〈兒子的大玩偶〉、歐陽子〈花瓶〉與〈魔女〉、施叔青〈約伯的末裔〉與〈倒放的天梯〉、奚淞〈封神榜裡的哪吒〉、林懷民〈辭鄉〉、李永平〈拉子婦〉，幾乎網羅了當時臺灣所有重要的小說家及作品。其中，選譯林海音、孟瑤與潘人木等同期女作家的創作更有意義，不只呈現了當時女作家的創作盛況，也顯示齊邦媛對同代女作家的惺惺相惜。

　　散文部分所收錄的作家作品有林語堂〈論泥做的男人〉、〈論赤足之美〉；梁實秋〈談時間〉、〈聽戲〉、〈放風箏〉；梁容若〈塞外的春天〉、〈豆腐的滋味〉[82]；琦君〈毛衣〉、〈算盤〉；思果（蔡濯堂）〈別離〉、〈像片簿〉；吳魯芹〈置電話記〉、〈數字人生〉、〈杞人憂天錄〉；王鼎鈞〈一方陽光〉、〈武家坡〉；鍾梅音〈四十歲〉、〈煤渣盆景〉；陳之藩〈春聯〉、〈失根的蘭花〉；余光中〈伐桂的前夕〉、〈地圖〉、〈萬里長城〉；顏元叔〈林黛玉可以休矣〉、〈農曆賀年卡〉；張拓蕪〈門

---

81 林海音〈燭〉與孟瑤〈孤雁〉係爾雅出版社的中文版新增，英譯本原第一、二版印行時皆無此二篇，於印行第三版時始增譯。

82 畫底線的散文在二〇〇四年專為散文推出的增修版《中國現代文學選集：第三冊散文》（*An Anthology of Contemporary Chinese Literature, Vol.3 Essays*）臺北：洪葉文化公司，2004年1月）中已被取代了，新的篇目如下：琦君〈桂花雨〉；王鼎鈞〈夢，那一個是真的？〉；林文月〈白髮與臍帶〉、〈在陽光下讀詩〉；張曉風〈不朽的失眠〉；愛亞〈關於淚瓶、淚〉、〈歌〉、〈那名字叫周夢蝶的詩人〉；蘇偉貞〈以光腳的旨意為名〉；劉克襄〈小鼯鼠的看法〉、〈邊境之旅〉、〈遠離城市—致GG〉、〈喇嘛記〉；張啟疆〈失聲者〉等。

神〉、〈故鄉與他鄉〉；梅濟民〈長白山之夏〉、〈草原商隊〉；趙雲〈最後的梆聲〉、〈永不會有第二次〉；張健〈野鶴的白羽〉、〈台北二十年〉；亮軒〈主與客〉、〈茶道一得〉；李藍〈水裡水外〉、〈鳳平俠谷〉；楊牧〈劫〉、〈水井與馬燈〉；張曉風〈不是遊記〉、〈十月的陽光〉；季季〈暗影生異彩〉、〈抽屜〉；許達然〈廣場〉、〈亭仔腳〉；黑野（柯慶明）〈一心誠敬慶讚中元〉、〈濱海的形象〉。其中，〈一心誠敬慶讚中元〉即為齊邦媛親自翻譯的作品。由於散文往往是最貼近日常生活與生活世界的文類，上述篇章充分反映了一九七五年之前的臺灣散文面貌。

由於這套選集為進軍世界而編，齊邦媛對此叢書的選取標準在於能夠呈現臺灣當時的文學成就，因此：「作品的主題和文字語彙受西方的影響越少越好，以呈現我們自己的思想面貌。過度消極和頹喪的也不適用，因為它們不是臺灣多年奮鬥的主調。」[83]可見齊邦媛選書譯書特重能呈現臺灣的正面價值，尤其絕少選譯表達政治意識或受到政府壓力而寫的宣傳文章。她在《巨流河》裡也曾表述自己英譯臺灣文學的心情：

> 那是個共同尋求定位（identity）的年代，都似在霧中奔跑，找尋屬於自己的園子，最早的年輕作者和讀者並沒有太大的省籍隔閡，大家讀同樣的教科書，一起長大。日治時代的記憶漸漸遠去；大陸的牽掛和失落感也漸漸放下，對「流亡」（exile）一詞也能心平氣和地討論。編纂英譯《中國現代文學選集》時，自以為已經找到了共同的定位。因為發行者是國立

---

83 齊邦媛：〈前言——寫在爾雅版之前〉，《中國現代文學選集：小說卷》（臺北：爾雅出版社，1983年7月初版；2011年4月重排四印），頁3。

編譯館，所以選取作品必須有全民代表性，編選公平，不可偏倚遺漏。[84]

可見齊邦媛藉由外譯臺灣文學以尋求國族身分認同的用心；而務求臺灣文學活出自信，正是她念茲在茲的大事。

　　時至一九九九年，齊邦媛再以中英對照的模式，精選了十篇曾經刊載於《The hinese PEN》的外譯作品，主編《中英對照讀臺灣小說》（*Taiwan literature in Chinese and English*）（1999）。該書收錄的外譯作家作品有王鼎鈞〈一方陽光〉（*A Patch of Sunlight*）、鄭清文〈春雨〉（*Spring Rain*）、張曉風〈一千二百三十點〉（*1230 Spots*）、阿盛〈白玉雕牛〉（*The White Jade Ox*）、舒國治〈人在臺北〉（*Life in Taipei*）、平路〈紅塵五注〉（*Five Paths through the Dusty World*）、張大春〈將軍碑〉（*The Generals Monument*）、李啟源〈解嚴年代的愛情〉（*Love after the Lifting of Martial Law*）、林燿德〈銅夢〉（*A Dream of Copper*）、鍾怡雯〈給時間的戰帖〉（*A Declaration of War against Time*）等。齊邦媛自認：

> 這是一部充滿快樂友情的書，作者、譯者和我們研磨定稿的五個編者，已在書中激盪交流而成了真正的文友。許多看不到月亮的晚上，這幾個雙語文人，坐在都市高樓的書桌前，反覆思量，那古代的僧人，飲過春酒，熬過炎炎夏日，穿過楓林，踏過雪尋過梅回到月下門前，該是推呢？還是敲呢？[85]

---

84 齊邦媛：《巨流河》第十章「台灣、文學、我們」1「尋求台灣文學的定位」，頁479-480。

85 齊邦媛：〈序文〉，《中英對照讀台灣小說》（臺北：天下遠見出版公司，1999年6月），頁XI。

齊邦媛翻譯臺灣現代文學，往往也是文友之間友誼的交流與展示，此
書亦不例外。

　　這部中英對照選集的誕生，應溯自齊邦媛與*The Chinese PEN*的淵
源。一九七二年，林語堂接任中華民國筆會會長，秋季便出版了*The
Chinese PEN*英文季刊。此刊物是唯一致力於臺灣現代文學英譯的刊
物，每期皆刊登英譯的臺灣現代文學作家作品，每年四期，在全球一
百二十多國傳播臺灣的現代文學。該刊長期由殷張蘭熙擔任編輯
（1972-1992），齊邦媛自創刊之始即為顧問，一九九二至二○○○年
正式接任編輯九年。這是份無經費、無薪水、無編制的工作，她們一
直以奉獻的姿態傳承臺灣文學外譯的重責大任。齊邦媛在《中英對照
讀臺灣小說》的〈序文〉如是說道：

> 我自接棒以來，深以這個理想和傳統為榮，二十七年來這座橋
> 上行人不斷，在世界文壇為臺灣文學保有穩定的一席之地，也
> 建立了許多持久的友誼。臺灣雖然有令人尊重的經濟政治成
> 就，在臺灣海峽微妙飄搖的情勢中，這兩千多萬人用怎樣的心
> 靈感應，去經驗人人有份的生、老、病、死和喜、怒、哀、樂
> 呢？只有文學可以解答。[86]

她也自述這段歷史的可能定位：

> 我不知會不會有一天，有人寫國際文化交流史，寫到「我們臺
> 灣」曾這樣堅定地隨著季節的更換，以精緻素樸的面貌，從未
> 中斷地出現，而讚嘆我們這份持之以恆的精神以及超越地理侷

---

86 齊邦媛：〈序文〉，《中英對照讀台灣小說》（臺北：天下遠見出版公司，1999年6
月），頁I-III。

限的文化自信。[87]

凡此，皆可見齊邦媛對於自己身為文學人的堅持，尤其是她對傳播臺灣文學的推手這一身分與使命的熱誠。

一九九七年起，齊邦媛又展開新的臺灣文學外譯工程，這次是與王德威合編的《Modern Chinese Literature From Taiwan》（《臺灣現代華語文學》系列叢書）。計畫源自一九九六年，王德威邀請齊邦媛一同參與哥倫比亞大學出版社「臺灣現代華語文學」英譯計畫。一九九七年起陸續推出王禎和《玫瑰玫瑰我愛你》、鄭清文《三腳馬》、朱天文《荒人手記》、蕭麗紅《千江有水千江月》、張大春《野孩子》、李喬《寒夜》、黃春明《蘋果的滋味》、張系國《城三部曲》、李永平《吉陵春秋》、施叔青《香港三部曲》、平路《行道天涯》、吳濁流《亞細亞的孤兒》等多部小說，此計畫所外譯者多為長篇小說，可說補足了一九七五年的《中國現代文學選集：1949-1974的台灣》（An Anthology of Contemporary Chinese Literature: 1949-1974, Taiwan）和《The Chinese PEN》以詩與散文、短篇小說為主的遺憾。二〇〇〇年，齊邦媛與王德威又推出合編的《Chinese Literature in the Second Half of a Modern Century： A Critical Survey》（《二十世紀後半葉的中文文學》）（2000）。凡此皆可見齊邦媛對臺灣現代文學外譯的熱誠與貢獻，亦可見臺灣現代文學外譯的種子已然播下，不只未曾斷絕，亦將持續下去。

第三是「與翻譯有關的論述」，包括〈台灣文學作品的外譯〉（《精湛》第28期（1996））、〈中書外譯的回顧與檢討〉（《文訊別冊》第151期（1998））、〈由翻譯的動機談起〉（《霧漸漸散的時候——臺灣

---

87 齊邦媛：《巨流河》第十章「台灣、文學、我們」8「接任筆會主編」，頁520。

文學五十年》（1998））、〈文學翻譯──浮雲與山若〉（《霧漸漸散的時
候──臺灣文學五十年》（1998））、〈中英對照讀台灣小說〉（《一生中
的一天》（2004））等，都是齊邦媛對於臺灣文學外譯的相關論述。以
〈由翻譯的動機談起〉為例，齊邦媛說明自一九七二年開始投入翻譯
臺灣文學的動機，可說是「書生報國」之道，要讓臺灣文學站在國際
書架上，證明臺灣可以有自信的生存。齊邦媛說：

> 直到我讀了梁啟超〈論譯書〉一文，才似恍然大悟，書生因報
> 國乃至救國而翻譯絕不是我的「私衷」。早在一百年前梁啟超
> 已經那麼坦率地高喊譯書救國論了。[88]

梁啟超鼓吹翻譯以吸取新知的救國熱情，讓齊邦媛找到了自己熱情地
投入臺灣文學翻譯的歷史依據。因此她說：「我們這長年中譯英的堅
持，用不同的形式，回應了梁啟超的百年呼喚。」[89]齊邦媛對於翻譯
事業的熱衷可見一斑。〈文學翻譯──浮雲與山若〉對於翻譯文學更
有詩意的描寫：

> 傳世不朽的文學作品如同山岩上崎嶇的皺折，記載著時代的歷
> 程。不同語文記載的悲歡離合、思想行為，譯成更多的語言，
> 在山岩上鑿出更深的刻痕，而山岩靜穆聳立。[90]

可見齊邦媛對臺灣文學外譯的熱愛。

---

88 齊邦媛：〈由翻譯的動機談起〉，《霧漸漸散的時候──臺灣文學五十年》（臺北：九
歌出版社，1998年10月），頁131。

89 齊邦媛：〈由翻譯的動機談起〉，《霧漸漸散的時候──臺灣文學五十年》，頁146。

90 齊邦媛：〈文學翻譯──浮雲與山若〉，《霧漸漸散的時候──臺灣文學五十年》，頁
150。

　　總結齊邦媛對於臺灣文學及其翻譯文學的熱愛，與她這一生的飄
流命運有關。她曾自述文學即是她對自己流離生命的救贖：

> 我親嘗過戰爭的殘酷與恐怖，眼見過生生不息的希望、奮鬥、
> 和更多的幻滅。中國的憂患已融入了我的生命。文學對我，從
> 來不是消遣，也不僅是課堂上的教材，它是我一生尋求事實的
> 意義，進而尋求超越的唯一途徑。數十年間我幸得有認識西方
> 文學的喜悅，也曾苦修過眾聲喧嘩的文學理論。卻因英譯而回
> 歸到中國文學，不僅飽嘗遊子還鄉的歡愉，也在心靈上開拓了
> 遼闊的領域。[91]

是以，英譯臺灣現代文學之於齊邦媛的深刻意義在此，那是做為一代
女性知識分子、文學人，對於自己的超越、昇華與救贖的唯一途徑。

（二）寫手：作品被翻譯為外文的琦君、孟瑤及齊邦媛

　　文學作品被翻譯為外文者，以琦君被翻譯的最多，遍及韓、日、
美等國語文；[92]其次孟瑤，以英譯本為主。而齊邦媛自傳散文《巨流
河》已推出日譯本，未來將有英、德、韓等語文版本（翻譯中）；此
外，其部分論文也曾被翻譯為外文。然而，三位中興文學家究竟有多
少篇被翻譯的文學作品，以及她們被外譯的語文種類涵蓋多少國家、
地區？目前尚難以完整呈現，僅能就已知部分盡情爬梳，有所疏漏，
在所難免。

---

91 齊邦媛：〈自序〉，《千年之淚——當代臺灣小說論集》（臺北：爾雅出版社，1990年
　　7月），頁2。
92 但目前尚未能清查出琦君所有作品的外譯本，猶待來者。

1 琦君：以小說〈百合羹〉與《橘子紅了》、散文《琦君散文選（中英對照）》為主

雖然琦君曾有過以英文寫作的夢想，[93]但似乎未曾真正實現，[94]但她的知名作品倒是曾被翻譯不少。其被翻譯成外文的作品，最早的可能是一九六五年被譯為韓文的短篇小說〈百合羹〉，刊載於韓國《女苑》月刊。

其次，琦君作品曾被林太乙編輯的《讀者文摘》選譯過十二篇，但因版權歸刊物所有，作者不便再出專集。後來殷張蘭熙主編的*The Chinese PEN* [95]亦曾刊登十篇琦君的外譯作品，其後這些翻譯作品大多被收錄於專書《琦君散文選（中英對照）》（2000）中。[96]

---

93 琦君夫婿李唐基有言：「琦君一生有兩大志願，一要寫本長篇巨構的小說；二是用英文寫作，或英譯自己的作品。」（李唐基：〈推薦序——又是橙黃橘「紅」（綠）時〉，琦君著，周亦培譯，Elisabeth Hagen審閱：《When Tangerines Turn Red——英譯橘子紅了》（臺北：三民書局，2007年1月），頁2。）實際上琦君（應該）未曾以英文寫作。

94 琦君曾以英譯本轉譯過韓國女作家孫素姬〈柿子紅了〉，也曾翻譯美國兒童文學若干部，亦曾英譯一部自己的作品，即散文〈聖誕夜〉被英譯為〈My Teacher West〉（我的恩師韋司德），這篇寫於1950年的散文，紀念她弘道女中時期的老師韋司德的故事。（琦君：〈聖誕夜〉收錄於《琴心》（臺北：國風雜誌社，1954年1月；臺北：爾雅出版社，1980年12月）及《一襲青衫萬縷情——我的中學生活回憶》（臺北：爾雅出版社，1991年7月）。"*My Teacher West*"（我的恩師韋司德）收錄於琦君著，殷張蘭熙暨齊邦媛主編，鮑端嘉等譯：《琦君散文選（中英對照）》（臺北：九歌出版社，2000年6月））。雖然她也曾有過前述零星的翻譯作品，但翻譯韓國與美國文學並非本節討論翻譯臺灣文學的範圍。是以，琦君之翻譯傳播臺灣文學，僅一篇〈聖誕夜〉而已。雖僅一篇自譯的英文作品，也算是圓了早年夢想讀外文系、學英文的遺憾。

95 中華民國筆會季刊*The Chinese PEN*，〔中華民國筆會〕http://www.taipen.org/the_chinese_pen/author/c.htm（2015.9.22.查詢）。

96 其中僅張錢斌翻譯的〈摘手錶*My Watches*〉（1973）與殷張蘭熙翻譯的〈紅紗燈〉（*Red Gauze Lantern*〉（1975），不知何故，並未收錄於《琦君散文選（中英對照）》中。

　　《琦君散文選（中英對照）》所收錄的篇章幾乎皆為琦君的知名作品，包括Daniel J. Bauer（鮑端磊）翻譯的〈桂花雨〉（*Sweet Osmanthus Flowers Falling Like Rain Drops*）[97]（1995）、劉綺君翻譯的〈毛衣〉（*The Sweater*）[98]（1984）與〈一對金手鐲〉（*A Pair of Gold Bracelets*）[99]（1985）、劉大衛翻譯的〈阿玉〉（*Ah-yu*）[100]（1983）、劉安諾翻譯的〈靈魚與小硯台〉（*The Clever Fish and the Small Inkstone*）[101]（1990）、白珍翻譯的〈髻〉（*The Chignon*）[102]（1980）、吳敏嘉翻譯的〈三更有夢書當枕〉（*Dreaming at Midnight with Books as My Pillow——My Memoirs of Reading*）[103]（1993）等曾刊登於*The Chinese PEN*的七篇散文。此外尚有三篇散文，包括William A. Wycoff翻譯的〈母親的書〉[104]、許莊翻譯的〈媽媽銀行〉（*Mom's*）[105]、王克難翻譯的〈虎爪〉（*Tiger Paw Nail*）[106]等。

　　其次，琦君於一九九一年發表的小說《橘子紅了》，後來由學生周亦培譯為英文，二○○七年《*When Tangerines Turn Red*——英譯橘子紅了》於焉誕生。周亦培在前言〈泥地上的紫娃娃〉自道並非文學本業出身，但由於琦君生前曾親自委託周亦培翻譯其作品，並指定翻譯她自己最喜歡的《橘子紅了》，然譯書未成，琦君已仙逝。[107]

97　收錄於琦君：《桂花雨》（臺北：爾雅出版社，1976年12月）。

98　收錄於琦君：《煙愁》（臺北：爾雅出版社，1981年9月）。

99　收錄於琦君：《桂花雨》（臺北：爾雅出版社，1976年12月）。

100　收錄於琦君：《錢塘江畔》（臺北：爾雅出版社，1980年4月）。

101　收錄於隱地編：《爾雅極短篇》（臺北：爾雅出版社，1991年2月）。

102　收錄於琦君：《紅紗燈》（臺北：三民書局，1969年11月）。

103　收錄於琦君：《三更有夢書當枕》（臺北：爾雅出版社，1975年7月）。

104　收錄於琦君：《留予他年說夢痕》（臺北；洪範書店，1980年10月）。

105　收錄於琦君：《媽媽銀行》（臺北：九歌出版社，1992年9月）。

106　收錄於琦君：《玻璃筆》（臺北：九歌出版社，1986年11月）。

107　以上參考周亦培：〈泥地上的紫娃娃〉，琦君著，周亦培譯，Elisabeth Hagen審閱：《*When Tangerines Turn Red*——英譯橘子紅了》，頁3-5。

可見，琦君確有英文寫作或英譯自己作品的想法。如今藉由一部部英譯本的傳播，讓世界各國更多讀者認識琦君。

2 孟瑤：以〈老婦人〉等短篇小說及《亂離人》、《滿城風絮》為主

孟瑤作品被翻譯的數量不及琦君，她被翻譯的作品多零星散落於各刊物，未如琦君般結集成書，是以欲研究孟瑤被譯之作，其相關文獻之不夠完備最是問題。

據知，孟瑤作品最早被翻譯為外文的，應早於琦君〈百合羹〉（1965）。一九五八年一月，孟瑤小說《亂離人》完稿，連載於《自由中國》月刊。[108]其後，受到曾以英文寫作出名的林語堂的囑目，特商請外交官時昭瀛先生將之譯成英文在美國發表，此為孟瑤小說初次被翻譯引介至國外之始。[109]

其後，自一九六二年開始至一九八三年約二十年間，孟瑤的作品陸續被譯為英文。包括〈老婦人〉（*Has-Been*）（1962）、〈歸途〉（*Homeward Bound*）（1975）、〈細雨中〉（*In a Drizzle*）（1977；1982）[110]、〈殺妻〉（*He Murdered His Wife*）（1978）、〈白日〉（*Another Day*）（1983），大多刊登於知名刊物或被收錄於重要選集中。其中，〈歸途〉（*Homeward Bound*）即收錄於齊邦媛編輯的《*An Anthology of Contemporary Chinese Literature: Taiwan: 1949-1974／Vol.2, Short*

---

108 經查一九五八年的《自由中國》各期，似未見刊載孟瑤的英譯小說，疑誤，猶待來日訪查。

109 然被翻譯的時間不明，發表刊物也不詳，至今亦未能訪得此譯本之下落，殊為遺憾。

110 孟瑤〈細雨中〉（*In a Drizzle*）的英譯版，初刊於一九七七年的*The Chinese PEN*；其後亦被收錄於一九八二年中華民國筆會季刊的精選集*WINTER PLUM寒梅：Contemporary Chinese fiction*中。

stories》裡[111]；〈細雨中〉（*In a Drizzle*）與〈白日〉（*Another Day*）皆收錄於殷張蘭熙編輯的中華民國筆會季刊*The Chinese PEN*裡。由此可見，孟瑤小說在當時受重視的程度。

時至一九九〇年代，晚年的孟瑤仍舊得到英國Edel M. Lancashire的青睞，將她的小說《滿城風絮》譯為英文《*Talk of the Town*》（1997），由 London 的 MINERVA PRESS 出版。[112]

3 齊邦媛：以若干論文與《巨流河》為主

齊邦媛為臺灣文學外譯貢獻甚多，然而她自己也有作品被翻譯為外文。首先是曾經刊載於《*The Chinese PEN*》的數篇評論作品，包括〈鄉愁是積極思想的文學掩飾〉（*Nostalgia as a Literary Disguise of Positive Thinking*）（1978）、〈台灣中國現代詩的成熟〉（*The Mellowing of Modern Chinese Poetry in Taiwan*）（1985）、〈令人意外的花果〉（*An Unexpected Blossoming: Contemporary History as Reflected in Chinese Literature in Taiwan*）（1986）等，[113]三篇評論文字對於推廣臺灣文學至西方世界具有一定的價值。

其次，齊邦媛被翻譯的作品是《巨流河》日文版（2011）。這是國立臺灣文學館「台灣文學翻譯出版補助計畫」的首部成果。一輩子為臺灣文學外譯而努力的齊邦媛，一九九〇年曾參與文建會擬訂的官方版「中書外譯計畫」，應邀擔任諮詢委員。其後不了了之，令齊邦

---

111 英文版*An Anthology of Contemporary Chinese Literature: Taiwan: 1949-1974/Vol.2, Short stories*第一、二版僅外譯孟瑤小說〈歸途〉，第三版開始加入〈孤雁〉。而中文版《中國現代文學選集：短篇小說卷》（臺北：爾雅出版社，1983年7月）則收錄孟瑤兩篇小說〈歸途〉、〈孤雁〉。

112 然此書未見於國內書肆或圖書館藏，殊為遺憾。

113 以上皆收錄於*The Chinese PEN*，中華民國筆會http://www.taipen.org/the_chinese_pen/author/c.htm（2015.9.22.查詢）。

媛深感無奈。[114]孰料多年後的二〇一一年，齊邦媛《巨流河》竟成為「臺灣文學翻譯出版補助計畫」的首部成果。可見凡曾播下種子，必有開花結實的一日。

《巨流河》日文版的譯者為池上貞子與神谷まり子，由東京作品社出版。齊邦媛在日譯本新書發表會上表示《巨流河》：

> 不是我一個人的事，不是我一個人的看法，我寫了很多人在那麼長的時間，在最大的痛苦裡、最大的危險、最大的絕望中，是如何生活。[115]

同時，齊邦媛也認為齊家四代從東北來，漂流全世界，至今都沒有家，但由於眾多讀者與外譯本的誕生，齊邦媛認為：「《巨流河》就是我的家，所有同情我的讀者，就是我的家人。」[116]其次，英譯本也於二〇一八年出版（紐約：哥倫比亞大學出版社），譯者陶忘機（John Balcom）自一九八三年起即幫忙「中華民國筆會」譯詩，與齊邦媛有長期合作的關係。而其他正在外譯的尚有韓文與德文版本。簡言之，諸外文譯本的推出，勢必更能擴大《巨流河》的讀者群以及它的世界影響力。

總結以上，翻譯文學部分，成就最為顯著的自屬既是寫手也是推手的齊邦媛，其次是以被翻譯的寫手為主要身分的琦君。最後則是以寫手之姿被翻譯的孟瑤。簡言之，三位中興文學家在翻譯文學部分各

---

114 此段記事，可參考齊邦媛：《巨流河》第十章「台灣、文學、我們」8「接任筆會主編」，頁520-521。

115 左美雲、陳慕真：〈《巨流河》日譯本新書發表會側記〉，《臺灣文學館通訊》第32期（2011年9月），頁53。

116 左美雲、陳慕真：〈《巨流河》日譯本新書發表會側記〉，《臺灣文學館通訊》第32期（2011年9月），頁53。

有擅場，譯與被譯也有相互交集之處，共同擔任了臺灣文學中外交流的橋梁，值得一記。

五　結語：「中興文學家」們書寫女性、啟蒙與翻譯之意義與價值

　　三位「中興文學家」皆為當代臺灣重要的文學資產，她們一生為文學而活，不只書寫女性／自我，也為啟蒙兒童而寫作，更參與了文學（被）翻譯工程。她們這些文學表現，可說承繼了晚清以來的三個重要課題：女性、啟蒙與翻譯，雖然三位女作家各有偏重，而且她們的文學內涵亦未必與晚清的完全雷同，但此三項文學表現仍舊曲折地與晚清以來的課題遙相呼應。

　　「女性文學」部分，著重她們如何書寫女性／自我。三位「中興文學家」的女性自傳／他傳，既書寫自己，也書寫她者的生命史，這些都是女作家主體意識與身分認同／建構的重要課題。次則敘及她們所創作的女性散文、小說，透過或寫實或虛構的文本，她們表達了對同為女性的期許，並呈現了女性既柔弱又剛強的生命形象。最後則是女性文學研究，無論評論或編選，也都能看到她們在此投注了自我的身分認同，以及她們對於同為女性創作者的惺惺相惜。

　　「兒童文學」部分，三位「中興文學家」在不同面相上投注了相當心力。除了為官方教育機構撰寫兒童文學作品外，也積極編纂減少教化色彩、適合青少年的教科書。在官方之外的兒童文學市場裡，她們或為兒童而寫，或已有作品被改編為兒童文學繪本，或翻譯外國的兒童文學，在在可見女作家在兒童文學方面的表現。

　　「翻譯文學」部分，三位中興文學家對於翻譯臺灣現代文學與被翻譯，皆有相當程度的投入。首先，透過翻譯臺灣文學，把臺灣推銷

到國際社會的書架上，而編輯／翻譯文學作品集或選集，或推出中英對照本，亦皆為重大的翻譯工程。其次，女作家不只翻譯，也被翻譯，透過不同的外國語文譯本，女作家的作品也成為溝通臺灣與外國文學的重要橋樑。簡言之，翻譯與被翻譯之於中外文學的交流，自晚清以來即為重要課題，亟待更加重視。

然而三位女作家亦有相當交集。齊邦媛《巨流河》提及她與琦君的交情：「我從臺中搬到臺北後，最早受邀到同街巷的琦君與李唐基先生家。」[117]而齊邦媛的編輯事業裡，琦君的散文也曾是齊邦媛及 *The Chinese PEN* 翻譯的對象。琦君極鮮明而成功的散文與小說成就，毋需贅言。而琦君之兼任於中興大學中文系，[118]緣於孟瑤主任的邀請，兩人交情可見一斑。同樣地，在齊邦媛的編輯事業裡，孟瑤的小說也是被翻譯的重要文本。而齊邦媛與孟瑤曾經共事於中興大學十餘年。一九八四年齊邦媛曾於〈江河匯集成海的六〇年代小說〉提及她對於孟瑤文學史定位的看法：

> 這些篇小說的題材都來自現實人生，記錄了那個時代的一些生老散聚的人生悲喜劇。孟瑤擅寫對話，在流暢的對話中，可以看出那個時代一些代表人物對世事變遷的態度。她小說中的角色塑造以女子見長，多是一種獨立性格的人，在種種故事的發展中保有靜靜的剛強。[119]

其後她也在二〇〇九年出版的《巨流河》提及當年這段對孟瑤文學價值與定位的討論：

---

117 齊邦媛：《巨流河》第十章「台灣、文學、我們」7「文學的『我們』」，頁506。
118 時間約在一九七五至一九七七年間。
119 齊邦媛：〈匯集成海的六〇年代小說〉，《霧漸漸散的時候》（臺北：九歌出版社，1998年10月），頁53。

也許是她寫得太多了，大多是講了故事，無暇深入，心思意念散漫各書，缺少凝聚的力量，難於產生震憾人心之作。多年來我仍希望，在今日多所台灣文學系所中會有研究生以孟瑤為題，梳理他的作品，找出一九五〇至七〇年間一幅幅台灣社會的人生現象，可能是有價值的。因為她是以知識分子積極肯定的態度寫作，應有時代的代表性。[120]

齊邦媛這段文字針對孟瑤整體的小說成就而發，也確實地指出孟瑤整體文學成就的特質，尤其是孟瑤小說對時代的反映、獨立性格的女主角所保有的靜靜的剛強等，更重要的是孟瑤以知識分子積極肯定的態度寫作。字裡行間可見齊邦媛對於孟瑤的包容與肯定。由此可見，三位中興文學家彼此間的惺惺相惜。

總言之，三位中興文學家，皆為戰後渡海來臺的一代女作家，她們都曾經站在時代的浪頭上，認真地誠心地施展她們的文學才華，將一代知識女性應有的本色當行：積極肯定的態度，發揮在寫作上。無論是她們已為人熟知的散文（琦君）、小說（孟瑤）或評論（齊邦媛），或是尚待人知的女性、啟蒙與翻譯等相關領域的表現，她們都是女性文學人的典範。

最後，以齊邦媛的一段話作結：「文學對於人生是什麼？就是讓你做一個更慈悲、更深思、可以看得懂真相的人。」[121]誠然。

---

120 齊邦媛：《巨流河》第十章「台灣、文學、我們」7「文學的『我們』」，頁508。
121 單德興：〈曲終人不散，江上數峰青：齊邦媛訪談錄〉，《卻顧所來徑：當代名家訪談錄》，頁336。

卷二
女性的自我敘述與認同
──與自己的對話

第四章
小說家之外的文學史定位
——孟瑤的「女性散文」與「孟瑤三史」

一　前言

　　眾所周知，孟瑤（本名揚宗珍，1919-2000）以小說知名於世。小說是她文學表現中的代表文類，小說家也是孟瑤在現當代文學史中的定位，如今文學史對她的接受亦聚焦於此。

　　如同許多五十、六十年代渡海來臺的女作家，身兼女學者的孟瑤也不例外，也具備文壇與杏壇雙棲的身分。其雙重身分認同的現象，促使本文回觀五十至七十年代初期的歷史語境，以觀察孟瑤一輩女作家的主體認同如何呈現。是以，孟瑤於遷臺初期（1950）即嘗試結合女性處境與報刊發表模式為女性／自我發聲；其後又在講學於新加坡南洋大學（今新加坡國立大學）與回臺任教中興大學之際，撰著學術專著以確立學術自我的向度。職是，本章對於孟瑤這兩個階段裡較少為人所關注的文類——「女性散文」及「孟瑤三史」特別感到興味。前者是孟瑤遷臺初期的發聲之作——〈弱者，妳的名字是女人？〉（1950）與《給女孩子的信》（1953）[1]這一系列「女性散文」；後者則是「孟瑤三史」——《中國戲曲史》（1964）、《中國小說史》（1965）與《中國文學史》（1973）等三部史論／教科書。本章意欲藉此以掘發孟瑤之「知識女性」的形象之建構，是否可由此兩大類文本

1　孟瑤：《給女孩子的信》版本眾多，詳後第二節所述。

的表述中，得到更多證明？意即欲證明此兩大類文本較諸其眾多知名的小說創作，是否亦有證成孟瑤之做為「知識女性」形象的可能性。

但識者必然發現，在上述兩大類文本寫作（與出版）的二十餘年間，同時期的孟瑤亦大量產出長篇小說，自一九五三年五月出版第一部長篇小說《美虹》後，同年九月出版了散文集《給女孩子的信》，[2]其後一直到了一九七三年《中國文學史》出版的同年一月，孟瑤也推出了長篇小說《弄潮與逆浪的人》，扣除三部短篇小說集，二十年間總計出版了四十四部長篇小說，[3]意即一年約兩部左右的高產量。易言之，自一九五三年開始推出作品，除散文集《給女孩子的信》外，孟瑤幾乎皆以長篇小說為創作主力；甚至於一九六四至一九七三年接連出版「孟瑤三史」等三部大部頭史論／「教科書」的十年內，亦同時推出了十八部長篇小說。簡言之，孟瑤遷臺後由青年至中年最精華的二十餘年間，即已締造如此驚人的成績，甚至其後一生皆如此；直至暮年的一九九四年，已年逾七十的孟瑤仍推出了她人生的最後一部長篇小說《風雲傳》，其人之堅毅實不可小覷。細述孟瑤的創作歷程，顯示其小說創作上驚人的創作量，也是一般現代文學史（論）大多止及於其「小說」成就，並以此為孟瑤的文學史地位定調的主因。

是以，就目前所見的文學史（論）而言，大多著眼於其小說成就上。[4]以一九九六年古繼堂的《臺灣小說發展史》為例，該書對孟瑤

2 孟瑤的著作目錄，目前以吉廣輿：〈孟瑤研究資料目錄〉（《全國新書資訊月刊》，2001年3月號，頁34-42）最完備。然而，吉廣輿認為《給女孩子的信》初版於一九五四年二月。臺北市政府文化局／閱讀華文臺北／華文文學資訊平臺〔孟瑤──作品目錄〕http://www.tpocl.com/content/writerWorks.aspx?n=C0227（2013年3月1日確認），亦以1954年2月為準。然筆者訪得更早之版本，為臺中中興文學出版社出版一九五三年九月初版，職是以此為準。

3 尚未包含一九五七年的傳記《鑑湖女俠秋瑾》與一九七〇年《杜甫傳》以及《荊軻》等四部兒童文學。

4 大部分文學史／論多將孟瑤定位為「小說家」。文學史部分，如古繼堂：《臺灣小說

的描述如下：「孟瑤，多產作家，在大陸時期就開始創作，目前已有中、長、短篇小說集數十部。……這批女作家中，以寫小說為主的有……孟瑤……等。」[5]、「五十年代臺灣女作家的小說，雖然有影響的作品不少，例如長篇小說中的林海音的《曉雲》、郭良蕙《心鎖》、孟瑤《心園》……等等；」[6]、「一九四九年國民黨遷臺時，大陸上一批女作家隨國民黨去臺。比如……孟瑤……等等。她們到臺灣生活稍加安定之後，便又投入創作，寫出了一些愛情作品。」[7]此外，二○○三年古繼堂主編的《簡明臺灣文學史》將孟瑤列入「第十二章　臺灣女性文學的勃興」的「第二節　臺灣的女性小說」。綜合以上敘述，孟瑤的文學史定位，無疑地是以「（言情）小說家孟瑤」為主流

發展史》（臺北：文史哲出版社，1996年10月）、古繼堂主編；古繼堂、彭燕彬、樊洛平、王敏合著：《簡明台灣文學史》（臺北：人間雜誌出版社，2003年7月）、劉登翰；莊明萱等：《臺灣文學史》（福州：現代教育出版社，2007年9月）、樊洛平：《當代台灣女性小說史論》（臺北：臺灣商務印書館，2006年4月）等文學史著作。較特別的是，劉津津、謬星象編著《說不盡的俠骨柔情——台灣武俠與言情文學》（福州：福建教育出版社，2009年9月）則將孟瑤列為臺灣「言情文學」作家。論著部分，如齊邦媛：〈江河匯集成海的六○年代小說〉，《霧漸漸散的時候——臺灣文學五十年》（臺北：九歌出版社，1999年10月）等、邱貴芬：〈從戰後初期女作家的創作談台灣文學史的敘述〉（《中外文學》第29卷第2期，2000年7月）、范銘如：〈臺灣新故鄉——五十年代女性小說〉，《眾裡尋她——台灣女性小說縱論》（臺北：麥田出版社，2002年3月）、梅家玲：〈五十年代台灣小說中的性別與家國——以《文藝創作》與文獎會得獎小說為例〉，《性別，還是家國？——五○與八、九○年代台灣小說論》（臺北：麥田出版社，2004年9月）等。學位論文部分，如吉廣興：《孟瑤評傳》（香港新亞研究所碩士論文，1997年）；黃瑞真：《五○年代的孟瑤》（政治大學國文教學碩士班95學年度碩士論文）；何宜蓁：《孟瑤移民小說研究》（中正大學台文究所99學年度碩士論文）等都是。

5　古繼堂：〈第五編　第三章　臺灣女性作家群的形成〉，《臺灣小說發展史》（臺北：文史哲出版社，1996年10月），頁174。

6　古繼堂：〈第五編　第三章　臺灣女性作家群的形成〉，《臺灣小說發展史》，頁176。

7　古繼堂：〈第七編　第一章　臺灣愛情婚姻小說潮的背景和傳承〉，《臺灣小說發展史》，頁364。

論調。其餘大量可見的現當代文學史（論）亦大多同唱此調。

　　相較之下，孟瑤的「女性散文」（1950、1953）以及「孟瑤三史」（1964-1973）幾乎隱形於一般文學史（論）中，未見評述。是以，若一般文學史（論）也將孟瑤寫作小說以外的文類一併討論，是否有可能「建構」或「拼湊」出不同的孟瑤形象：不（只）是「（言情）小說家」，還有其他的形象，如女教師／學者？是以，本章擇取孟瑤較少為人所討論的「女性散文」及「孟瑤三史」其來有自。

　　然而，孟瑤之「女性散文」及「孟瑤三史」如何能夠建構她做為一名知識女性的意義與價值，本文試圖以「知識女性」（female intellectual）與「博學婦女」（learned womon）以定義孟瑤的主體身分。首先，「知識女性」（female intellectual）的概念，部分借用艾德華・薩依德（Edward Said）《知識分子論》論及現代「知識分子」（Intellectual）[8]的主要身分即為「學者」與「作家」的概念。而齊邦媛也曾以「知識分子」評說過孟瑤：「她是以知識分子積極肯定的態度寫作」[9]。是以，本文結合上述概念，定義孟瑤為身兼「作家」與「學者」雙重身分的「知識女性」（female intellectual）。其次，「博學婦女」（learned womon）則借用曼素恩（Susan Mann）《蘭閨寶錄：晚明至盛清時的中國婦女》[10]的概念。曼素恩（Susan Mann）指出盛清時代（男性眼中）的博學婦女有兩類，一是以班昭為典範代表的女教師／學者形象。班昭具備多樣書寫才華，除參與《漢書》的書寫，也有專題論文《女誡》，更有詩詞、碑銘、奏摺等其他不同文類的書

8　艾德華・薩依德（Edward Said），單德興譯：《知識分子論》（臺北：麥田出版社，2000年2月）。

9　齊邦媛：《巨流河》第十章「台灣、文學、我們」7「文學的我們」，頁506-507。

10　曼素恩（Susan Mann），楊雅婷譯：《蘭閨寶錄：晚明至盛清時的中國婦女》（臺北：左岸文化公司，2005年11月），頁182-191。

寫；「對於同時代的人來說，她代表了一個受教育的婦女所應成為的一切；她是個非常具有影響力的道德教師。她繼承並展現了自己的家學。」[11]另一類則是以謝道蘊為典範代表的「柳絮才」，她們是聰穎過人的天才，也是令男性感到有威脅性（以羞辱男性為樂）的女子。而這兩類女子形象是競爭而衝突的。《蘭閨寶錄：晚明至盛清時的中國婦女》的中心人物「惲珠」（1771-1833）便是前述女教師／學者的形象，是一位既擅詩作，又能編輯（研究）女性詩歌全集的博學婦女。就此言之，孟瑤多元的文學類型表現，與班昭或惲珠的典型近似，堪稱博學婦女的現代典範。是以，本章借用上述兩個異名同構的概念，以定義孟瑤做為現代「知識女性」／「博學婦女」的典範。然而，為行文方便，以及彰顯孟瑤之於現代文學史（而有別於班昭或惲珠）之意義，本文以「知識女性」統稱此一形象。

　　此外，由於女性往往較不被期待成為活動於公共空間中的「知識女性」，因此「對一向被剝奪公共空間權的女性而言，解決辦法有兩個，一是訴諸私領域的工作，一是訴諸教育。」[12]是以，對於「知識女性」而言，其寫作能力與知識創造力，都是她「通往未來與自由的路」[13]。據此，「知識女性」進入寬廣的學識世界，往往以作家和學者為主要身分認同。再者，知識分子的重任之一是「努力破除限制人類思想和溝通的刻板印象（stereotypes）和化約式的類別（reductive categories）」[14]，而「知識女性」經由「文學創作」與「學術創造」

---

11 曼素恩（Susan Mann），楊雅婷譯：《蘭閨寶錄：晚明至盛清時的中國婦女》，頁188。

12 羅莎琳・邁爾斯（Rosalind Miles），刁筱華譯：〈一些學識〉，《女人的世界史》（臺北：麥田出版社，2006年5月），頁182。

13 羅莎琳・邁爾斯（Rosalind Miles），刁筱華譯：〈一些學識〉，《女人的世界史》，頁182。

14 艾德華・薩依德（Edward Said），單德興譯：《知識分子論》，頁29。

這兩重寫作能力,同樣地也是在破除傳統加諸女性身上的限制與刻板分類(女性歸屬賢妻良母)。是以,本章擬針對「知識女性」在「文學創作」與「學術創造」上的表現,試圖為孟瑤找出一個(或許)有別於一般文學史(論)的「(言情)小說家」之外的「標籤」:偏向女教師/學者的「知識女性」形象。

職是,本章的旨趣便在於考察如孟瑤一輩兼具文壇/作家與杏壇/教師(學者)雙棲身分的五十年代女作家,她們在生命空間劇變後的大時代裡,如何安頓自我。因此,本論文擬回觀五十至七十年代初期的歷史語境,以觀察孟瑤一輩女作家的自我主體之表述/認同如何呈現,以掘發她們在何種身分認同中找到安身立命的所在。是以,除了考察孟瑤大量的知名小說外,其他文類的表現有沒有可能幫助我們「拼貼」出「不一樣的孟瑤」或「更完整的孟瑤」?進而言之,本文擬通過探賾她的「女性散文」與「孟瑤三史」,以理解這些作品所透顯的孟瑤特質,與小說所呈現的,有何(異)同?此其一。

其次,本章對於孟瑤「女性散文」及「孟瑤三史」這兩類作品的定義取用是廣義的「文學」概念(包含「學術作品」在內)。是以,除「女性散文」系列外,「孟瑤三史」也在其列。同時,「孟瑤三史」在本論文的概念裡,既是史論,也是較通俗化的教科書,其寫作初衷與前述「女性散文」系列,同樣以學生與一般讀者為對象。是以,孟瑤這兩類作品,文類雖有別,然其寫作初衷所秉持的知性態度與教育讀者的理念,實有相通之處。進而言之,孟瑤在撰述此兩類作品時的自我認同,既是女作家,但顯然更偏向女教師/學者「教育」讀者的取向上。因此,本章擬透過此二大類「通俗」文本:「女性散文」及「孟瑤三史」,一窺孟瑤藉此所呈露的自我表述/認同,是否較為偏向女教師/學者一面的學術女性形象上?此其二。

再者,承前所述,其預期讀者皆為學生與一般讀者,似以「教

育」更多讀者為職志。更何況《給女孩子的信》曾是當代文壇之暢／長銷書的事實，以及曾兩度出沒於教科書中，皆可想見其「女性啟蒙導師」的形象。而「孟瑤三史」若置於民初以來的文學史寫作脈絡中觀察，無可否認地，確有專屬於她自己的史識與慧見。更有意義的是，「孟瑤三史」以學生與一般讀者為預設對象的通俗化寫作意圖，乃因為她意欲以三史「教育」學生與一般讀者的女教師身分使然？或者只是她一向謙和低調的個性所致？由此又引出一個令人好奇的問題，「孟瑤三史」通俗化的特色，是否正足以解釋「孟瑤三史」於今日學界已然沒落的原因？此其三。

　　由此，本章認為一般現當代文學史（論）對孟瑤的定位多為「（言情）小說家」（少數及於反共文學），大多僅述及孟瑤的言情小說，似暗示孟瑤的文學史地位僅以「言情」女作家為標誌，大多未見提及此兩大類偏向「教育」讀者的女教師／學者之身分認同下所書寫的文本，尤多忽視廣受歡迎的散文《給女孩子的信》。因此，本章試圖探賾孟瑤小說之外的作品，以「補（文學）史之闕」，以便突顯孟瑤多元的文學表現，並藉此「拼貼」更完整的孟瑤形象──文壇／作家與杏壇／教師（學者）雙棲的知識女性。進而言之，時至二十一世紀的今日，孟瑤及其作品之被閱讀及研究明顯已然沒落的現實，是否與其寫作意識與態度較偏向女教師／學者的形象有關？或純然只是她一貫謙和低調、不問榮利的性格使然？以今日的文學審美觀重讀其言情小說及所有作品，確實已經較難引起大部分讀者的閱讀欲望。是以，面對其人其作已然「沒落」的現實，研究此議題，顯然是極大挑戰。此其四。

　　是以，本章首先論及三十歲左右的孟瑤於一九四九年遷臺初期的「女性散文」系列，其聚焦於女性的天職（家庭）與自己專業（事業）間的折衝與協商，以及女性的學養與修養等議題，其間所呈露的

自我表述／認同為何;其次則論及「孟瑤三史」,這三部孟瑤於中年
階段(1962-1966)遠赴新加坡南洋大學(今新加坡國立大學)因應
教學撰寫的專著:史論／教科書,對於建構其女性／學術自我的表述
／認同的意義何在;另一方面,「孟瑤三史」之通俗化與其為今日學
界所遺忘的情形是否有關,亦值得探究。最後綜合上述,發現孟瑤之
為知識女性與學術自我的表述／認同,宜乎較偏向「教育」讀者的女
教師／學者的向度;相較於一般現當代文學史(論)多以「(言情)
小說家」定義孟瑤,顯然更具豐富的意涵。是以,本章擬補足她的女
教師／學者的知性形象;同時也藉此說明孟瑤其人其作之沒落(小
說、「三史」),與此身分認同所展現的文學風格是否相關,這是本論
文擬兼而論之的問題。

二 女性的聲音──以「女性散文」啟蒙女性,也自我 表述／認同

「女性散文」意指孟瑤以女性處境為主題的散文。做為一代亂離
人[15]的孟瑤,於風雨飄搖的一九四九年抵臺,旋即於次年正式展開寫
作生涯。其首篇文章為刊登於《中央日報》的〈弱者,妳的名字是女
人?〉,造成不小的迴響。其後,陸續於《中央日報》發表《給女孩
子的信》計二十篇,日後集結成書,風行一時。是以,其「女性散
文」系列可說是孟瑤早年來臺後首先為讀者所接受的代表作品,[16]其
中所觸及的女性存在議題,幾乎可說是孟瑤一生創作最主要的關懷所

---

15 借用孟瑤長篇小說《亂離人》(明華書局,1959年)的書名。

16 《給女孩子的信》的出版時間一九五三年九月,雖稍晚於一九五三年五月出版的第
一部長篇小說《美虹》,但由於這二十封信已先後登載於《中央日報》上,是
以,或可據此推估孟瑤的女性散文確實較小說更早為讀者所認識。

在。是以，「女性散文」系列的意義，並不下於孟瑤其他諸多小說創作，值得留意。

（一）自我表述／認同的開始——以〈弱者，妳的名字是女人？〉開始發聲

孟瑤（1919-2000）自一九四二年畢業於中央大學歷史系後，即任教重慶私立廣益中學，這時也與大學同學張君締婚。一九四四年舉家遷成都，長子張無難出生；並任教於四川省簡陽女子中學。一九四五年抗戰勝利，辭去簡陽女中教職，抱著大兒子乘木船溯長江三峽返鄉。一九四八年，次子張欣戊在上海出生。一九四九年二月遷臺，初期任教於嘉義民雄中學，旋即應聘於省立臺中師範學校，[17]並開始創作。她在《中央日報》投稿第一篇〈弱者，你的名字是女人？〉，即用父親所取的別號「孟瑤」為筆名，自此立足於文壇。其後又在《中央日報》陸續發表〈給女孩子的信〉共二十篇。[18]由此簡歷可知，孟瑤開始在臺灣文壇發出女性的聲音之際，已然身兼妻子、母親、教師等多重角色，以及新增的作家身分。是以，孟瑤在家庭與職場中所顯

---

17 抵臺後的孟瑤，其實最早執教於嘉義省立民雄中學，旋即應聘省立臺中師範學校（1945-；臺中師專1960-；臺中教育大學2005-）任教（1949-1962），其寫作事業亦由此時展開。

18 其後的人生歷程續補如下：一九五五年轉任臺灣師範大學國文系講師，一九五九年升任副教授。一九六二年一月赴新加坡南洋大學任教。一九六三年，次子欣戊赴美攻讀大學。一九六六年八月回國任教臺灣師範大學國文系。長子張無難赴美攻讀微生物碩士。一九六八年開始任教於中興大學中文系。一九七一年，長子張無難在美國結婚成家。一九七五年初次赴美國加州探望兒孫；同年七月升任中興大學中文系主任。一九七九年八月積勞成疾，自中興大學中文系退休，告別長達三十七年的教學生涯。一九八五年一月，赴美國加州探望兒孫。一九八八年三月，次子欣戊結婚成家。一九九一年三月，隱居佛光山「佛光精舍」。一九九三年三月，應兒孫之請下佛光山，遷回臺中。一九九六年三月，遷居臺北次子家頤養。二〇〇〇年十月六日病逝臺北三軍總醫院。可見孟瑤一生對於家庭與職場的關懷始終如一。

現的生命關懷，已然十分可觀。

孟瑤正式展開寫作生涯的首篇文章〈弱者，妳的名字是女人？〉，刊登於一九五〇年五月七日《中央日報》「婦女與家庭」版（武月卿主編）第五十九期。[19]〈弱者，妳的名字是女人？〉並非長文，簡潔有力地呈露了女性為兼顧家庭與事業的心聲。文章開篇即發出吶喊，以傳達所有知識女性的共同貼身難題：

> 每當自己不能振拔的時候，我總想起了這句話——弱者，你的名字是女人！
> 這句話像根針，總是把我的心刺得血淋淋地。是的，「母親」使女人屈了膝，「妻子」又使女人低了頭。[20]

孟瑤在文章開篇即道出女性在家庭與個人理想發生衝突時，總是選擇倒向家庭的無奈。此由於女性天生肩負著無可移易的天職——妻職與母職之故，因此女性往往在家庭與個人的折衝當中，選擇成為「弱者」。然而，題目「弱者」後面的「？」其實也顯示了儘管孟瑤「控

---

19 這篇正式在臺發表的處女作，孟瑤自己卻未留底稿。孟瑤〈孟瑤自傳〉：「最早我開始向中央日報的〈婦女週刊〉投稿，第一篇名〈弱者，妳的名字是女人？〉，我就開始用父親為我起的號孟瑤為筆名，這些雜稿都沒有保存，所以無法記錄；但是我連續所寫的十幾封〈給女孩子的信〉，都有單行本行世。」《孟瑤讀本》（臺北：幼獅文化公司，1994年7月），頁6-7。案：孟瑤記憶中的發表園地「婦女週刊」，經查證實為「婦女與家庭」。可知，孟瑤對於自己的作品並無保存的習慣，以致於書寫自傳的同時，自己也很難加以引證討論。僅憑記憶確有其不可靠性，也令往後欲研究孟瑤文學發生困擾。如：陳器文〈用情至深奈何人世悲涼——懷孟瑤師〉（《臺灣日報・副刊》，2000年10月27日）、陳瓊婷：〈論孟瑤五十年代（1950-1959）的愛情小說〉（《弘光學報》36期，2000年10月）、應平書：〈附錄：矢志獻身寫作的孟瑤〉（《一心大廈》，頁213）都曾提及孟瑤對自己著作的收集不甚在意。

20 孟瑤：〈弱者，妳的名字是女人？〉，《中央日報》第七版：「婦女與家庭」第59期，1950年5月7日。

訴」妻職與母職對女人生涯自主的傷害，但並非表示她對婚姻全然充
滿抱怨或後悔，至少她說道：「家給了我一切，但，使我不願意的是：
它同時也摘走了我的希望和夢。」[21]婚姻於孟瑤而言，既溫馨甜蜜又
堅實可靠，只是也意味著必得同時犧牲自己的希望和夢，尤其是：
「有了孩子的女人，就像是一個最豪放的賭徒。」[22]是以，她在幸福
的婚姻中，仍然感受到內心蠢動的希望和夢，不時竄出並攪動心湖：
「而這種波瀾，又總是與家庭幸福成反比的；那就是說，當你知道
自己有點作為的時候，也總是家庭瀰漫著層雲密霧的時候。」[23]職
是，當女人的個人理想與家庭利益相衝突時，孟瑤又理性地選擇把自
己再拉回家庭這邊。

　　同時，孟瑤自承曾經「有點近乎病態似地崇拜武則天」[24]，以及
《居禮夫人傳》對她的巨大影響。以武則天為例：

> 她多麼蔑視「母親」與「妻子」這光華燦爛、近乎神聖的誘惑
> 啊。而這可怕的兩個陷人坑，誰要邁過了它，震灼古今的勳
> 業，便也隨著完成了。只是女人，所有的女人都慷慨地，自動
> 地跪了下去。[25]

21　孟瑤：〈弱者，妳的名字是女人？〉，《中央日報》第七版：「婦女與家庭」第59期，
　　1950年5月7日。
22　孟瑤：〈弱者，妳的名字是女人？〉，《中央日報》第七版：「婦女與家庭」第59期，
　　1950年5月7日。
23　孟瑤：〈弱者，妳的名字是女人？〉，《中央日報》第七版：「婦女與家庭」第59期，
　　1950年5月7日。
24　孟瑤：〈弱者，妳的名字是女人？〉，《中央日報》第七版：「婦女與家庭」第59期，
　　1950年5月7日。
25　孟瑤：〈弱者，妳的名字是女人？〉，《中央日報》第七版：「婦女與家庭」第59期，
　　1950年5月7日。

就一九五○年代的時代語境與今日相較，顯然女性所受到的束縛與壓抑更加明顯，這段話即呈露當時諸多知識女性的共同心聲。顯然當時孟瑤十分震懾於武則天因蔑視「母親」與「妻子」的角色而得以完成勳業的事蹟。但她也指出，絕大多數的女性並非武則天，大多數女性直接在「母親」與「妻子」的角色裡自動地跪了下去。而觀賞《居禮夫人傳》影片時，也使孟瑤受到極大的震蕩。這些在個人理想與事業上有獨立表現的女性典範，幾乎使孟瑤曾想要衝出「家」這個牢籠。

但文末，孟瑤自言：「再定眼一看，孩子嬌癡如花，丈夫柔情似水，我無言地，讓夢想倒了下來，那時我想到的，就是這句話：弱者，你的名字是女人！」[26]是以，孟瑤由一開篇為「弱者」加上「？」，至文末，卻明確地改以「！」確認女人是「弱者！」這一現實，只因再有理想、再想成為「強者」，女人一旦面對家庭，便自覺地、自動地成為了「弱者」。是以，年方三十初試啼聲的孟瑤，以少婦之姿所發出的女人心聲，正是她自身的寫照，也是大多數身兼家庭與事業的女人之共同處境；當時，她對此衝突的思考，是以犧牲一邊以挽救另一邊的想法為主，考量的重點仍以家庭為主，亦符合她當時的生命處境與關懷。然而，後來的孟瑤，在女人兼顧家庭與個人理想這個議題上，是否有所改變，會是下一小節討論《給女孩子的信》時將持續追蹤的議題。

其實，《中央日報》「婦女與家庭」版早於一九四九年即問世，其中所刊登的婦女問題或性別議題，與晚近的相去不遠，甚至經常出現嚴肅的討論。依據林海音《剪影話文壇》回溯，此刊文藝性重於實用性，刊登較多的是關於婦女問題與生活散文小品類的文章，且作者多

---

26 孟瑤：〈弱者，妳的名字是女人？〉，《中央日報》第七版：「婦女與家庭」第59期，1950年5月7日。

為一九四九年後渡海來臺的第一代外省女作家，除孟瑤外，張秀亞、徐鍾珮、琦君、鍾梅音、郭良蕙等一九五○年代的重量級女作家皆是。[27]這群女作家，或許因深受五四後新式教育的啟蒙，性別意識較為明顯；難怪來臺之初，即已展現她們對性別議題的高度關注，孟瑤這篇〈弱者，妳的名字是女人？〉顯然即為箇中翹楚。

　　而孟瑤所拋出的問題，更是近現代以來所有知識女性恆常面對的普遍命題。該專欄編者武月卿也在此文前頭寫下一段編者的話：

> 案：本文所提出的問題，實為現社會中，成千成萬稍有抱負和理想的，已婚和未婚的女性苦思焦慮，費盡心機，始終未獲得適當解決的懸案。作者思想明敏，細膩深刻，你們文學造詣甚深，以委婉的文筆娓娓道出，更覺動人。讀者諸君，你們有什麼善策去解決這個問題，希望提出討論。[28]

武月卿指出折衝於理想與現實之間的女性難題，正是一樁「始終未獲得適當解決的懸案」，可謂妙語。她也藉由刊出孟瑤的散文，道出了所有女性的共同心聲。而這篇文章在當年也的確引發極大騷動，激發讀者對婦女處境與性別議題的熱烈討論。除武月卿主持的《中央日報》「婦女與家庭」版，同時《中華婦女》雜誌[29]也有對婦女處境的討論，亦引發不少迴響。可見此一議題誠為當時諸多知識女性所熱衷探討的切身議題。

27　參考范銘如：〈臺灣新故鄉──五○年代女性小說〉，《眾裡尋她──臺灣女性小說縱論》（臺北：麥田出版社。2002年3月），頁19。

28　孟瑤：〈弱者，妳的名字是女人？〉，《中央日報》第七版：「婦女與家庭」第59期，1950年5月7日。

29　《中華婦女》雜誌於一九五○年七月十五日由中華婦女反共抗俄聯合會（婦聯會）創辦。

　　簡言之，孟瑤在報刊的首度發聲，是以同樣身為女性的立場，面向「婦女與家庭」週刊的女性讀者，道出她自己、也是眾多女性的共同難題。因此，孟瑤以〈弱者，妳的名字是女人？〉標誌了她在臺灣文壇最初發聲的定位／形象——女人絕對不是弱者，反而可能是強者；並以其後的身體力行，證明了女人的最大可能／無所不能。這是孟瑤首度的自我表述。

（二）對女性「讀者」的啟蒙——收編於教科書的暢／長銷書《給女孩子的信》

　　自〈弱者，妳的名字是女人？〉成名後，孟瑤一邊創作小說，[30]一邊撰寫專欄，「給女孩子的信」便是其中最知名者。起先連載於《中央日報》，直至一九五一年七月完稿；其後於一九五三年九月始出版單行本《給女孩子的信》。全書由二十封信組成，論題遍及與女性相關的各個層面，如讀書、健康、器度、交遊、婚姻、家庭與事業、女德、人生信念、性格修養等多項議題。全書大致可分為三大類，一是女性的身心健康：〈人生幾何——談惜時〉、〈舉翅千里——談健康〉、〈藝術起源於遊戲——談消閒〉、〈與天地競爭——談朝氣〉等四篇；二是女性的婚姻與人我關係：〈肝膽相照——談交遊〉、〈情之所鍾——談婚姻〉、〈魚與熊掌——談家庭與事業〉、〈豐潤自己的生命——談群居與獨處〉等四篇；三是女性的自信與器度：〈智慧的累積——談讀書〉、〈以天地為家——談器度〉、〈駕扁舟以探大海奧秘——談勤儉〉、〈風度與容止——談女德〉、〈擇善而固執——談人生

---

30 期間，一九五三年五月《美虹》出版，同年七月《心園》出版。《心園》更是孟瑤自己十分喜愛的一部小說，也是孟瑤奠定文壇地位的一部重要作品。由於《心園》的誕生，孟瑤在五十年代臺灣文壇的地位遂由此確立，此後稿約不斷，成為紅極一時的知名女作家。

信念〉、〈愛與美——談性格修養〉、〈機智的抉擇——談鎮定〉、〈行為的規範——談取與予〉、〈有為者當如是——談好勝與嫉妒〉、〈更上一層樓——談自知與自信〉、〈小不忍則亂大謀——談感情與理智〉、〈爭強取勝、精益求精——談勇敢與驕傲〉等十二篇。可見孟瑤對女子教養所秉持的正面態度，務使現代女子成為身心健全、家庭與事業和諧、自信又有器度的女子，其關懷面向既廣且深。

　　此專欄緣起於孟瑤任教臺中師範學校的經驗。當時孟瑤與一群未滿二十歲的年輕女孩談論做人做事的心得，尤其是讀書與婚姻議題。這些話題使她與學生的距離被拉近了：「為她們講一些做人的心得。更重要的是讀書與婚姻；當然，她們最感興趣的還是怎樣正確地叩入那婚姻之門，找個良伴，相依終身。」[31]也因為這樣的經歷，孟瑤乃將這些對女學生的期許發而為文。第一篇〈智慧的累積〉談讀書的重要性，便如此誕生了。孟瑤自承寫作動機：

> 對學生們的訓話，為什麼不能變得有系統一些？對學生們的訓話，更為什麼不能把它有系統地寫下來？……我要將它捕捉到紙上，我也這樣做了，頭一篇，我寫下智慧的累積，談到讀書的重要。……。多謝中央日報副刊給我的鼓勵，她不僅使我有系統地寫完給女孩子的信，且也導引了我走向寫作的路途。[32]

可知，孟瑤寫作這二十封信，一方面為的是對學生的訓誨能夠有系統的保存下來，恰好又有《中央日報》的邀稿，便直接促成了這二十封

31　孟瑤：〈一份琢磨原璞的深刻用心——我怎樣寫「智慧的累積」〉，《中學課本上的作家》（臺北：幼師文化公司，1994年10月初版；1998年11月八版），頁122-123。

32　孟瑤：〈一份琢磨原璞的深刻用心——我怎樣寫「智慧的累積」〉，《中學課本上的作家》，頁124。

信的誕生。

以〈魚與熊掌──談家庭與事業〉為例，文中提及兼顧家庭與事業是所有女人最困惑的問題，有一種人採取極端的態度，全然地偏廢任何一邊，但無論走那一條路都有痛苦，於是一生活在矛盾與痛苦中。另一種人則是屈服派，完全不去思考這個問題，直接投入家庭，成為賢妻良母，做家庭的奴隸。孟瑤認為後一種人的問題，是整個教育的問題，無法細談；但前一種人的痛苦卻是值得同情，並且應當想辦法解決的。[33]孟瑤此文顯然與前述〈弱者，妳的名字是女人？〉有所呼應，似乎也為了解開自己的類似痛苦而寫的。因此孟瑤也自承：

> 過去，我在觀察上所犯的錯誤，就是固執地把家庭與事業看成一個絕對衝突不能並存的東西，因此在處理上便只想挽救一面，犧牲一面。但事實上，我們若能制其機先，是可能同時把握兩面的。[34]

是以，孟瑤一改之前〈弱者，妳的名字是女人？〉所秉持的確認女人是「弱者！」的態度，變成一種折衷的態度。接著，她提出兩點看法，以解決女人欲兼顧家庭與事業的問題，她認為最重要的關鍵在擇偶，若丈夫不但是精神上的愛侶，還是事業上的良伴，女人便能毫無困難地兼顧家庭與事業，也就能夠消除矛盾與衝突。[35]另外，孟瑤也提醒女孩子，未來物質文明的進步，女子消耗於家務的時間也將有所減少：

33　孟瑤：〈魚與熊掌──談家庭與事業〉，《給女孩子的信》（臺南：信宏出版社，1990
　　年5月），頁69-70。

34　孟瑤：〈魚與熊掌──談家庭與事業〉，《給女孩子的信》，頁71。

35　孟瑤：〈魚與熊掌──談家庭與事業〉，《給女孩子的信》，頁71。

物質文明越進步，家庭所能支用主婦的時間也越少（理想的物質設備減低了時間的消耗），換言之，也就是說家庭與事業的衝突越小。所以一個進步的國度裡，女人在這一方面的痛苦是極易克服的。目前中國，這一個問題特別能打擾每一個有名識有學問的女孩子，應該只是過渡時期的暫時現象，不久的將來，它是會被時代進步所遺棄的。將來國家上了軌道，一切社會的機構（托兒所，小學）會更普遍而理想；一切物質文明（電化、煤氣）會更廉價而實用。那麼，一個家庭主婦，想把自己的「全付」精力用之於家庭都不可能。而社會上每一個職業部門，卻都在向你招著歡迎之手了。[36]

孟瑤對於未來物質文明的進步甚有信心，同時也認為社會的育兒與教育機構也會更理想，家庭與事業的衝突便會減少。是以，孟瑤接著說道：

所以，作一個現代的女孩子，把家庭與事業看成永遠衝突，無法並存的東西，是錯誤；因此想把其中的任何一個面犧牲掉，更是錯誤。目前我們最重要的工作，第一是努力於學問與技能訓練，其次是在你叩婚姻之門時，一方面要把握愛情，另一方面還不要忘記同時取得家庭與事業的協和。[37]

可知，此時的孟瑤已由之前〈弱者，妳的名字是女人？〉對女人是弱者的「肯定」有了轉變，對於女人在個人理想或事業與家庭之間的並存，更加有信心了。

---

36 孟瑤：〈魚與熊掌──談家庭與事業〉，《給女孩子的信》，頁71-72。
37 孟瑤：〈魚與熊掌──談家庭與事業〉，《給女孩子的信》，頁72-73。

　　然而，若回顧〈弱者，妳的名字是女人？〉歷數女人身兼家庭與
事業的無奈，細究其文脈，仍可發現孟瑤對於女人能身兼家庭主婦與
職業婦女兩種角色引以為「榮」的隱微心思。就此而言，女人於孟
瑤，可能不是「弱者」，反而是「強者」。整體言之，一九五〇年代的
孟瑤在其「女性散文」系列中所呈現的女性處境，強調並不偏廢母職
的「基／激進」觀點，顯然領先了一九七〇年代諸多西方女性主義者
對「母職」的解構態度。

　　進而言之，孟瑤這種對女性處境的折衷辯證態度，終其一生，
大致多能在她的文本中呈現。如一九八四年出版的小說《女人・女
人》[38]，年逾耳順的孟瑤自承這是一部具有紀念性的小說，她在書中
刻畫了近代中國婦女的不同遭遇和責任，被譽為「近代中國婦女史
詩」，也可說是孟瑤的「自傳體小說」。小說中，早年為爭女權而奮鬥
的蘭芝，年近七十的她在臺灣卻是為一家老小服務的「母親」與「妻
子」：「蘭芝欣喜自己一直很健康，真像一隻老母雞似的，展開兩翼，
保護住這一家，心理快樂得什麼似的。」[39]小說中另有一段描述她與
先生林岐一起聽戲，為劇中溫順賢孝的「趙五娘」而多情善感：

　　　林岐⋯⋯。蘭芝反而勉強笑著安慰他：「我什麼事也沒有；不
　　過心裡頗有感觸；你看，我從唸書起就忙著爭女權，爭取女人
　　的平等與自由；女權爭到後，女性的優美形象也失去了！今
　　天，再找不到像趙五娘這樣的好女人，是不是？」
　　　「話不能這樣說，」林岐道：「往日，也找不到像你，像朱品

38　《女人・女人》一九八三年完稿，連載於《中華日報》副刊。一九八四年由中華日
　　報社出版。
39　孟瑤：〈當代──臺灣〉《女人・女人》第四部（臺南：中華日報社出版部，1984年
　　9月），頁735。

紫這樣的女人，是不是？」

「我有什麼了不起？」

「在教育園地裡默默耕耘，又是家，又是丈夫兒孫，三頭六臂似的辛辛苦苦一輩子。」

「你！」受到誇讚，蘭芝倒臉紅了。

「這是由衷之言，」林岐走近她身邊：「我不但感恩，而且覺得愧對你！」

「怎麼客氣起來了？」蘭芝倒笑了。[40]

小說中的蘭芝早年為女權奮鬥，後來為家庭丈夫兒孫奮鬥，既是「弱者」，也是「強者」。「弱者」與「強者」，於女人並非截然二分的身分，而是可以自在辯證的女性身分。是以，〈弱者，妳的名字是女人？〉與《給女孩子的信》之於孟瑤，其所表述／認同的女性身分，亦可由此得到明證。

此外，整部《給女孩子的信》所呈現的知性氛圍與正面態度極為明確；亦可見孟瑤對於知識女性的知性表現較為關注。以第四封信〈以天地為家——談器度〉為例：

古語云：「器小易盈。」往日女人的生活圈子小，與人群的關係簡單，自然胸襟容量就不會大。這種情形的繼續發展，就造成女人性格上不能容忍的缺點。只是時至今日，時代變了，女人不但要有廚房，還要有辦公室；不但要有親屬，還要有朋友；不但要有家庭，還要有國家社會。因為她們的天地遼闊了，所以與人群的關係也複雜了！假若我們還是拿過去的容量

40　孟瑤：〈當代——臺灣〉《女人‧女人》第四部，頁867-868。

來容納今日的一切，顯然是不夠的。我們要能對宇宙兼收並
蓄，就必須先有一個能容納這一切的「大器」。所以，要作一
個時代的女兒，修身的第一課，莫過於展開自己的胸襟。擴大
自己的容量，多出門，多交朋友，多遊覽名山大川。看看天地
之大，可以容我；看看我胸襟之大，也可以容物。……我要以
天地為家，以萬物為友。[41]

可知孟瑤對女子的「器度」如何看重。她強調一個時代的女兒，其修
身的第一課，應以展開胸襟為要。也應該走出去看看天地之大，以天
地為家，以萬物為友。可見在孟瑤心目中，女性應該要能夠在傳統空
間的拘限之外，開發自己的知性幅度。器量，正是她對女孩子的重要
期許。而第十封信〈風度與容止——談女德〉中，孟瑤認為女人的成
長不只倚賴讀書，還需要注意做人問題：

怎樣才是一個現代女孩子應有的風度與容止？……所以如何培
養每一個女孩子良好的風度與容止，實在是件刻不容緩的事。
但完成它的一方面靠學問的修養，一方面靠道德的規範。而所
謂道德，它必須把握承襲舊傳統與迎合新潮流兩大任務。[42]

由此可知，孟瑤對於女孩子的修身課程，除了注重讀書求知，更強調
良好的道德規範，並能揉合舊傳統與新觀念，以提出適合當今潮流的
作法。因此，她仔細推敲班昭《女誡》的「四德」，並將班昭《女
誡》中不合時宜者進行調整，[43]其中便提及女人的才華不應只在主持

---

41 孟瑤：〈以天地為家——談器度〉，《給女孩子的信》，頁29-30。
42 孟瑤：〈風度與容止——談女德〉，《給女孩子的信》，頁79-80。
43 孟瑤：〈風度與容止——談女德〉，《給女孩子的信》，頁80-81。

家務上，此外女性應努力充實內涵。

　　職是，孟瑤對於現代女孩子的期許大致可見一斑。而孟瑤這些對年輕女孩子的絮語／期許，未嘗不是孟瑤的自我陳述／認同的投射？透過自我對她者的對話，孟瑤藉由「給女孩子的信」專欄（及結集專書）建構了一個所有女性的「想像的共同體」。在此由姐妹們所建構的想像空間裡，孟瑤自認為敢發表這二十封信，「都是因為我站在同性的立場，覺得這態度比較更親切一些。」[44]孟瑤以其一貫的謙抑，自言與這些較她年輕的女孩子們對話，其實只是一種親切的家常，並非什麼說教的文字。無論如何，《給女孩子的信》之風行卻是不爭的事實。此書不僅是當年的暢銷書，也是至今為止的「長銷書」，孟瑤以其一貫淡定而自謙的態度，面對這二十封信所得到的廣大迴響：「這不是純文藝的東西，因此裡面沒有詩情畫意，而只是現實生活中的枝枝葉葉，樸質是它的特點，讕陋是它的過失。」[45]可見孟瑤對自己的作品，一貫地謙恭以對；而暢銷以後的毀譽，更一貫抱以寵辱不驚的態度。[46]

　　《給女孩子的信》之如此風行，除了可證明它的議題與內容深入人心、說理明晰足以服人外，盜版之風行亦有推波助瀾之效。[47]《給女

44　孟瑤：《給女孩子的信・跋》，頁171。

45　孟瑤：《給女孩子的信・跋》，頁171。

46　孟瑤：《給女孩子的信・跋》裡提及自己對於這二十封信的毀譽，「譽揚些什麼，這裡不提，指責我的，不外乎討厭這點板臉說教的酸腐氣。知道了這些反應後，我心裡即有所警惕。當然這些批評都是對的，但事先我並沒有注意及此，事後也就沒法補救了。」頁171。

47　據吉廣輿：〈孟瑤研究資料目錄〉，（《全國新書資訊月刊》，2001年3月號，頁34-42）所示，《給女孩子的信》的版本，含盜版在內計四種版本。依筆者實際訪查所得，至少應有以下七種版本（以初版為準）：(1)臺中：中興文學出版社，1953年9月初版（吉廣輿：1954年2月）；(2)臺北：國華出版社，1955年？月（吉廣輿：無）；(3)高雄：大業書店，1973年3月（吉廣輿：「5月」，筆誤？）；(4)臺南：標準出

孩子的信》至少有七種版本，且多為盜印本；但孟瑤對於自己作品被
盜印不絕的現象，似乎「無動於衷」[48]，這也許和孟瑤對人世行「減
法」對待有關。由於這種「可有可無」的淡定，孟瑤不僅連自己的作
品都不易搜齊，更遑論關注盜版之橫行。總之，自出版以來，歷經
三、四十年歲月，《給女孩子的信》始終不曾絕跡於書市，可見其大
受讀者歡迎之程度。

其後，成為暢銷書的《給女孩子的信》，也堂堂進入官方版教科
書中。被選入教科書的有兩封信，即第一信〈智慧的累積——談讀
書〉[49]與第十七信〈更上一層樓——談自知與自信〉[50]。這兩封信也
隸屬於前述內容分類裡第三大類「女性的自信與器度」，尤其能夠彰
顯孟瑤《給女孩子的信》對女子教養的知性層面與正面態度。

首先，以〈智慧的累積——談讀書〉被收錄的時間較長，影響較
大。孟瑤認為女子培養讀書習慣特別重要：

> 習慣培養興趣，興趣支持習慣，你才能發現，在我們日常柴米

版社，1975年？月（吉廣興：無）；（5）臺南：立文出版社，1977年？月（吉廣
興：1980年1月）；（6）臺中：晨星出版社，1982年9月初版（吉廣興：1986年5月初
版）；（7）臺南：信宏出版社，1990年5月（吉廣興：無）。這是目前搜訪的結果，
但仍無法斷定這七種版本即為《給女孩子的信》的所有版本。

48 陳器文：〈用情至深奈何人世悲涼——懷孟瑤師〉（《臺灣日報・副刊》，2000年10月
27日）曾經提及此點：「孟瑤師買書看書，看完送人；……那怕是自己寫的書也不
疼惜也不留；……然而去者不留，孟瑤師甚至對稱得上是嘔心瀝血的洋洋著作自嘲
說：聊供「覆瓿」而已。事實上，當今四五十歲的人都看過孟瑤小說孟瑤電影，
《給女孩子的信》不僅風行而且被盜印出版不絕。……但對孟瑤師來說，看得很
淡，寵辱不驚。」

49 收入「國立編譯編」之《國中國文》第五冊第十一課；後也收入「部編本」《國中
國文》第六冊第二課（2001年），目前訪查的版本是臺北育成書局2005年1月出版者。

50 收入「部編本」《國中國文》（選修）第三冊；後也被收入「九年一貫」《國中國文》
第六冊（三下）第八課。目前訪查的版本是臺北康軒文教公司2005年2月出版者。

> 油鹽，你爭我鬥的現實世界以外，還有一個多麼廣闊、沉寂、
> 奧秘、或者是穆肅的天地，足夠我們流連忘返。[51]

是以，孟瑤認為讀書主要是提供女孩們在俗務勞形之際，得以沉潛的
美好天地。尤其人會變老，但讀書卻使人們老得有智慧：「也有一個
人，在他鬢髮衰歇的後面，卻隱藏著一種特別渾圓、通達、靈慧的氣
質，無疑地，他們該都是曾經真正享受過讀書之樂的人。」[52]由此可
知，孟瑤認為讀書能夠使人智慧圓熟，尤其是女孩子更應養成讀書的
習慣，否則便容易在生兒育女、相夫教子的生活中，忘記充實自己：

> 你要想延長你生命的價值，便不能不在俗務以外，去攫取一些
> 學問智慧；在現實生活以外，去開展一個精神世界。否則，十
> 年以後，你將變成一個為眾人所厭棄的老蠢物！那麼，請記
> 住，讀書吧！欣賞讀書之樂。[53]

是以，孟瑤認為讀書之於女子更有意義。
　　其次，第十七信〈更上一層樓——談自知與自信〉，孟瑤提及人
生不僅是個大舞臺，也是個大機器，個人的角色是大是小，完全靠自
知與自信。孟瑤尤其強調自知的重要性：

> 天下沒有做一件自己感覺興趣的事更容易獲得的成功，天下也
> 沒有勉強一件自己最厭惡的事更容易招致的失敗，其中取捨之
> 道，在於『自知』。所以自知的意義是明辨出自己的長處與短

51　孟瑤：〈智慧的累積——談讀書〉，《給女孩子的信》，頁8。
52　孟瑤：〈智慧的累積——談讀書〉，《給女孩子的信》，頁9。
53　孟瑤：〈智慧的累積——談讀書〉，《給女孩子的信》，頁9-10。

處,以便加以利用或避免,脆弱的一環,設法加強;堅大的部分,勤加使用。[54]

是以,「有了自知的正確合適的土壤,自信的花朵當然欣欣向榮。」[55]因此,孟瑤認為女孩子們應該學會自知與自信:

> 人生是一座舞臺,你必須學會怎樣把你自己當作一個演員,同時又作這一個演員的觀眾,當你在臺上有把握(自信)發揮自己的精彩演技時,同時不要忘了坐在臺下寫出一份最客觀最嚴正的批評(自知),指出一切瑕疵與優異,然後,以自知作靈魂,以自信作衣冠,使這個出色的演員來演出這幕出色的戲。[56]

是以,孟瑤對女子的自知與自信有更高的期待。

簡言之,藉由向女學生絮語,也將自身的體會藉由文字傳達給更多的預設讀者──同性別的女孩子們,因此孟瑤在自我與她者的相互表述中,建構了想像的共同體,其啟蒙女孩子的意義甚為明確。

值得一提的是,與孟瑤同時代的女作家,亦曾以書簡/日記體式散文,給年輕人以「寄小讀者」[57]式的關懷,如謝冰瑩《綠窗寄語》、張秀亞《凡妮的手冊》與《少女的書》、艾雯《生活小品》、葉曼《葉曼隨筆》等,都是當時知名的同類型散文。究其實,在一九五○至一九六○年代反共文藝政策高舉的同時,符應家國大敘述的反共懷鄉之作,無疑是主流。然而,一群渡海來臺的女作家卻在國家機器所主導的意識型態之縫隙中,遂行其私我的小敘述,親切的絮語式的書簡/

---

54 孟瑤:〈更上一層樓──談自知與自信〉,《給女孩子的信》,頁143。
55 孟瑤:〈更上一層樓──談自知與自信〉,《給女孩子的信》,頁144。
56 孟瑤:〈更上一層樓──談自知與自信〉,《給女孩子的信》,頁145。
57 借用冰心《寄小讀者》書名。

日記體散文乃應運而生。其中所絮語的內容多為女性的處境問題，與孟瑤《給女孩子的信》所提出之議題類似；或許亦與諸位女作家同時大多身兼教職有關，是以對「小讀者」有一種特別的關愛之情。然而，或許由於孟瑤《給女孩子的信》明晰的「說理」特質與「大器」取向，較諸其他同期同型作品較偏向抒情小我的絮語模式，較明顯地符應了一九五〇年代國家文藝政策對健康寫實的要求；而兩度收錄於教科書以及長／暢銷四十餘年的事實，似乎更使得《給女孩子的信》具有較高的能見度。簡言之，孟瑤於《給女孩子的信》所呈現的「女性啟蒙導師」之形象似乎更顯著一些。

此外，除了以《給女孩子的信》成為五十年代的暢銷女作家外，孟瑤還有其他以女性成長／生命史為主題的小說，包括一部分與歷史小說重疊的女性傳記，如女詩人也是女英雄的秋瑾傳記《鑑湖女俠秋瑾》（一九五六年七月完稿，一九五七年十月初版），這部應中央婦女工作會之邀所撰寫的女性傳記，或許也能反映孟瑤的心象世界於萬一，即舞文兼弄劍的知識女性形象。此外，如前所述之小說《女人・女人》（一九八三年完稿，一九八四年出版）不只刻畫近代中國婦女的遭遇，其悲憫情懷更使它堪稱一部近代中國的婦女史詩，當然也可視為孟瑤的「自傳體小說」。時至一九九四年，年已七十餘的孟瑤，更展現極驚人的毅力，出版了人生最後一部長篇小說《風雲傳——兩宋的英雄兒女》，其中描寫女詞人李清照的部分，不免令人聯想孟瑤對女詞人的流離人生，該有相當知己之感。

簡言之，孟瑤由〈弱者，你的名字是女人？〉初試啼聲，直到以《給女孩子的信》引起文壇（及教科書）注目，其一系列女性散文所拋出的女性出處與存在議題，可說是一九五〇年代極具分量的作品。而孟瑤也藉由對女性她者的知性對話，呈露了她對身為知識女性的自我表述／認同，較為偏向女教師／學者的形象。

三 面向學生讀者發聲的史論／教科書
——以「孟瑤三史」安頓學術自我

　　孟瑤除了一九五〇年代初期以「女性散文」自我表述／認同外，也於一九六〇至一九七〇年代以「孟瑤三史」(《中國戲曲史》、《中國小說史》與《中國文學史》)[58]三部史論／教科書，安頓其學術自我。在龐沛的小說創作能量外，尚能交出如此驚人的學術成果，其人之勤勉不能不令人側目。值得注意的是，「孟瑤三史」不僅是學術論著，也是較通俗化的大學教學用書，更與孟瑤出身歷史系而任教中文系、同時熱愛戲曲等多元而豐富的背景有關。是以，「孟瑤三史」雖為孟瑤成年後的教學／學術心得之總結，但此三史與其她自小即熱愛或萌發興趣的戲曲、小說與文學（教職）等重大事件亦有明確關聯。

　　如前一節所述，孟瑤在「女性散文」系列藉由對女性她者的知性對話，呈露了她對身為知識女性的自我表述／認同，較偏向女教師／學者的形象。「孟瑤三史」與「女性散文」系列一樣，多半以學生與一般讀者為預設對象，其通俗化的寫作意圖，看似有意借三史以「教育」學生與一般讀者，是女教師／學者的身分認同使然？或只是她一向謙和低調、不欲張揚為學術論著的個性所致？進而言之，通俗化的特色，是否也正是「孟瑤三史」於今日學界沒落的原因？令人好奇。

---

58 孟瑤：《中國戲曲史》（臺北：文星書店，1965年4月初版），本論文據傳記文學出版社，1969年12月版。孟瑤：《中國小說史》（臺北：文星書店，1966年3月初版），本論文據傳記文學出版社，2002年12月版。孟瑤：《中國文學史》（臺北：大中國圖書公司，1974年8月初版），本章據1997年10月五版。案：前兩部於講學南洋期間即已完成，後一部則遲至回國任教中興大學時期（1968-1979）方才完成。廣義言之，三史皆可謂孟瑤中年階段的南洋講學之作。可進一步參考拙著：〈自我與南洋的相互定義——蘇雪林、凌叔華、謝冰瑩、孟瑤與鍾梅音的南洋行旅〉，《台灣文學研究學報》第30期（2020年4月，頁237-298）。

無論如何，至少在這兩大類文本中，孟瑤所呈現的「知識女性」之自我表述／認同，較偏向女教師／學者一面的形象，殆無疑義。

（一）「孟瑤三史」的正向價值
——突顯戲曲、小說「邊緣」與「通俗」的價值

由於「孟瑤三史」為孟瑤平生最重要的三部史論／教科書，且主題分別以她最重視的三件大事——戲曲、小說與文學（教職）為主。一方面透顯其歷史系出身而任教中文系的跨界背景，另一方面，戲曲與小說這兩項她的平生最愛，剛好也是長久被傳統／一般文學史邊緣化的「通俗」文類。然而，這兩項長久被邊緣化的通俗文類，卻被一向也為文學史所邊緣化的女作家／學者所重視，並且大書特書，如此便十足顯出孟瑤書寫三史的正向意義了。由此言之，孟瑤書寫三史的典範意義值得留意，意即孟瑤藉此欲呈露的自我表述／認同，是以「邊緣」（女作家、學者）論「邊緣」（戲曲、小說）的正向意涵，可見她身為知識女性的獨到眼光。

孟瑤書寫三史與她的「跨界」身分有明顯關係。孟瑤畢業於抗戰時期的中央大學歷史系，並旁聽於國文系名家，如胡小石「楚辭」與「中國文學史」、盧冀野「曲選」和唐圭璋「詞選」等課程。渡海來臺後，先是任教臺中師範學校（1949-1962），前述「女性散文」系列即撰著於此時。之後赴新加坡南洋大學任教（1962-1966），講授「新文藝」、「中國小說史」與「中國戲劇史」三門課程，奠下往後寫作三史的契機。一九六三年孟瑤開始撰寫「孟瑤三史」。一九六四年，《中國戲曲史》首先完稿，為「孟瑤三史」的第一部，也是孟瑤自己期望最高的一部。隔年一九六五年，《中國小說史》完稿。短短兩年左右，孟瑤極有效率的推出兩部學術論著，可見其人一貫的驚人毅力。回國後短暫任教於臺灣師範大學（1966-1968）；其後至中興大學中文

系教授「中國文學史」、「史記」與「新文藝」等課程,直至退休止
(1968-1979)。其間,孟瑤於一九七三年完成《中國文學史》,「孟瑤
三史」至此確立。其出身歷史系而講學於中文系的「跨界」表現,在
孟瑤身上的巧妙融合,即「孟瑤三史」的誕生。

　　孟瑤於一九七八年寫就的〈孟瑤自傳〉曾提及這段撰寫三史的過
往:

> 五十一年以後幾年,我去了南洋,因為課業繁重,又適應新環
> 境,創作較少,但由於教『小說』、『戲劇』,也趁空將所蒐集
> 的資料,編著了《中國小說史》與《中國戲曲史》,其目的也
> 不過為了教學方便,將講義擴編成書而已,說不上有什麼其他
> 貢獻。[59]

展現一貫的謙抑態度。其弟子吉廣輿也曾提及孟瑤這段南洋講學的歷
史:

> 作者因在南洋大學任教的因素,結集出版了《中國戲曲史》、
> 《中國小說史》,這兩套史學著作和十年後在中興大學結集的
> 《中國文學史》都代表了作者的某種自我交代和心願了了——
> 在紙耕紙耘的歷程中,作者依舊戀戀不忘自小浸淫喜愛的戲曲
> 和大學時用心用功的史學,一念在茲,便發而為這一類中國文
> 學歷史的學術著作。[60]

---

59 孟瑤:〈孟瑤自傳〉,《孟瑤讀本》(臺北:幼獅文化公司,1994年7月),頁7。筆者
　案:書寫此自傳時的孟瑤,不知何以未提及一九七三年即已出版的第三史《中國文
　學史》,個中原由猶待考察。
60 吉廣輿:〈味吾味處尋吾樂——淺析孟瑤的心象世界〉,《孟瑤讀本》,頁17。

由此可知，孟瑤之學歷史復又寫文學、戲曲等史學論著，於她正是「某種自我交代和心願了了」的意義。尤其是她認真面對生命之最愛與極有效率的任事態度，使她經常鞭策自己，才有如此成績。

首先，孟瑤最為偏愛的一部是《中國戲曲史》。孟瑤本著一腔熱情，將她對戲曲的熱愛，表現在票戲、登臺串演與編寫劇本以及撰寫學術史（論）上。[61]而戲曲一直是她教學與創作外最熱愛的另一生命：「由於兒時經常隨家人到戲院消磨時光，我是傳統戲劇的熱烈愛好者。」[62]孟瑤也謙稱：「當然是因為戲迷家庭的傳統喜愛，……希望能引起同好者的注意，共同商議一個挽救的良方。」[63]可知，寫《中國戲曲史》正與她自小對戲曲的熱愛有極大關係。而從小愛看戲的她，也曾立下將來研究戲劇的「志願」：「總有一天，我要好好地學唱，然後施朱敷粉，袍笏登場……而且不止此也，我還要做學問，從書本裡鑽研出一套道理來。」[64]是以，對登臺的喜愛與做學問的職業，再加上她對傳統戲曲式微所引發的使命感，遂催促她寫作戲曲史：「皮黃若想不步崑曲的後塵退踞於地氈、書架、藝術之宮；則怎樣永遠活躍於舞臺，正是我想寫一本戲曲史的最大衝動。」[65]由此可見她存心想要保存並發揚京劇，使其得免於崑曲般走入歷史結局的用心，值得重視。

其次，以小說創作知名的孟瑤，也藉由《中國小說史》的寫作，傳達她對中國小說被傳統文學史邊緣化命運的看法：

61　中興大學任教期間，孟瑤在公務繁忙之餘，不僅參與戲曲公演，更與戲友組成「友聯票社」、為郭小莊「雅音小集」改編傳統戲曲。可見其熱愛戲曲是全方面的投入。

62　孟瑤：〈孟瑤自傳〉，《孟瑤讀本》，頁8-9。

63　鍾麗慧：〈愛戲的教授小說家孟瑤〉，《織錦的手——女作家素描》（臺北：九歌出版社，1987年2月），頁68。

64　孟瑤：〈戲與我〉，《文星》第90期，1965年4月。

65　鍾麗慧：〈愛戲的教授小說家孟瑤〉，《織錦的手——女作家素描》，頁68。

小說屬於文學的一部門，它的價值應與詩歌、散文相並列。而
且，假若我們相信文學不外反映人生，則小說比任何一種文體
反映得更直接、更親切，也更熱烈，我們原沒有理由對這種文
體予以歧視。但自班固《漢書‧藝文志》不許小說入流以後，
從此它便被打入冷宮，正統派文人常不屑對它掃去一眼。這種
現象不僅使許多文學作品長期蒙塵，而且也因此延遲了小說應
有的繁榮。[66]

孟瑤以其身兼文壇／作家與杏壇／教師（學者）的雙重身分，對中國
小說備受冷落的命運予以正視，乃成就小說史。同時，孟瑤認為小說
的主流是說書，亦即宋代的「說話」。這些「說話人」所流傳的「話
本」就是白話小說的始祖。但孟瑤也認為「話本」為小說史的發展，
造成兩種特殊現象，一是其流傳的話本夠文學水準的極少；二是說話
人取媚聽眾對藝術的嚴肅性所造成的破壞。[67]是以，孟瑤認為由於這
兩種現象，亦使得當今許多創作者更輕視舊小說：

這兩種現象，使今日的許多小說創作者，常對舊小說產生一種
歧視心理。他們寧可徘徊、留戀於「擬翻譯」的境界，而不肯
對舊小說一顧。另一批缺乏藝術良心的筆耕者，又緊緊追隨於
「說話人」的足跡之後，故弄玄虛，以騙取讀者的趣味。這兩
種態度，似乎都不是頂合理的。它使我們感到，在無理由的歧
視與輕率的摹倣之外，我們有將舊小說予以再認識的必要。[68]

---

66 孟瑤：《中國小說史‧序》（臺北：傳記文學出版社，2002年12月），頁1。
67 孟瑤：《中國小說史‧序》，頁2。
68 孟瑤：《中國小說史‧序》，頁2。

可知，孟瑤亦藉此提出她對於當代「小說創作者」歧視舊小說的現象，以及另一批輕率摹倣舊小說的筆耕者的看法，是以必需重新再正視舊小說，這也是《中國小說史》的寫作背景之一。是以，孟瑤擬將中國小說之「邊緣」與「通俗」的價值予以正視，遂有此書。而此小說史的特色在於孟瑤所論及的通俗文類：「變文」與「講唱文學」，且加以大篇幅論述，如「隋唐五代」章的「丙」節即專論「變文」；而「宋元」章的「乙」節則兼「變文」、「講唱文學」與「說話」等。此外，孟瑤也在「宋元」章的「乙」節與「明」章的「甲」節標舉「文言小說」與「白話小說」的類目，使古典小說的面目更加清楚而完整。可見，孟瑤小說史致力於正視小說這一向被邊緣化的通俗文類的用心。

最後，孟瑤在《中國文學史》的〈前言〉裡指出，「史」的寫作要有史學、史識和史才三者，而「史學有如散落的明珠，史識是那貫串散落明珠的彩線；至於史才，卻是如何使這一串明珠組合成一美麗的花序。」[69]三者缺一不可。其中，「史識」部分，孟瑤認為一般文學史著作不外乎兩類態度：

> 一是保守的，傳統的，以為中國文學的內容，除詩與散文而外，他無足論。這種滯礙的態度，為我們所不敢取。……另一類是躁進的，偏激的，以為一切文學皆來自民間。只有民間文學才有其真生命、真內容。這種大膽的假設，也為我們所不敢取。[70]

是以，孟瑤認為現有的文學史恐大多有上述兩項偏重，一是以詩與散

---

69 孟瑤：《中國文學史·前言》（臺北：大中國圖書公司，1997年10月），頁1。
70 孟瑤：《中國文學史·前言》，頁2。

文為文學史的重心，忽視小說與戲曲的價值；一是以民間文學為一切
文學來源的大膽假設，只有民間文學才有真性情、真內容。但這兩種
取向的文學史，都是孟瑤認為較不可取的。[71]是以，孟瑤自認《中國
文學史》最大的特色即是平等論及「平民的」與「文人的」文類，未
偏廢任何一方。文學應該是內容與形式的相輔相成、平民的與文人的
聲音相依為命：

> 文學，是由內容（內在的生命）與形式（表現的技巧）相輔完
> 成。……文也好，質也好，形式與內容交相輝映，便是這一種
> 文體的巔峰、極致。……，一整部文學史的發展，就是在這種
> 內容與形式的相互消長中誕生其新生命，輾轉遞嬗，綿延不
> 絕。平民的聲音，沒有文人的潤飾不會精美；文人的靈魂，沒
> 有平民的滋補不會康強。他們相依為命，而且也只有在相依相
> 遇的時候才會爆出火花，我們忽視任何一方面，都能造成無可
> 挽救的殘缺。這部文學史，就希望能做到兩者兼顧。[72]

由此可知，孟瑤認為文學史的書寫應力圖兼顧「平民的」（小說、戲
曲）與「文人的」（詩、散文）文類，也就是「民間／通俗文學」與
「菁英文學」兩者之平衡，如此寫就的文學史才是具有史識的文學
史。因此，她試圖在這部文學史中達到這種雅俗共賞的目標。

是以，「孟瑤三史」的寫作方向，既出於她對戲曲、小說的熱愛
以及復興／正視它們的使命感，藉此完成她自己對於學術自我的安

---

71 如鄭振鐸：《插圖本中國文學史》（臺北：莊嚴出版社，1991年1月）便將歷來不為
文人雅士所重視的彈詞、寶卷、小說、戲曲等所謂「俗文學」，以將近三分之一的
巨大篇幅寫進了文學史裡，並為「俗文學」正名，堪稱前無古人之壯舉。然而，此
論著較偏重俗文學，與一般文學史顧全整體的取向不甚相同。
72 孟瑤：《中國文學史・前言》，頁2-3。

頓。但更值得留意的是，孟瑤以《中國戲曲史》與《中國小說史》的寫作，說明了她對戲曲、小說這類被傳統文學史視為「邊緣」的通俗文類的重視；而他在《中國文學史》中平等重視詩、散文、小說、戲曲等四種文類的態度，更清楚地宣告她對中國整個文學史的完整概念——不偏廢任一文類，意即拉高了戲曲、小說的地位。

綜言之，孟瑤三史的寫作，彰顯了她個人跨界的學術生命之面貌。藉由寫史，她得以將生命中最重要的三件大事——戲曲、小說以及文學（教職），化為具有意義的史論／教科書，並以之安頓她自己的學術自我。

（二）樹立平易的風格或「學術性不足」？
——「孟瑤三史」通俗化走向的相關問題

然而，「孟瑤三史」儘管有其安頓自我的意義，但卻朝向平易簡潔的通俗化方向撰就。整體言之，它們與當代諸多文學史相較，其學術性確實不大顯著，反而較接近課程講義的系統化整理，因此確實可收一目瞭然之效。而這種「平易近人」的風格，可能也是她刻意預設面向一般讀者的寫作心態使然。再者，孟瑤一貫的謙和低調，或也是她不願高調張揚三史為學術論著的另一可能因素。無論如何，「孟瑤三史」的評價於六十至七十年代甫刊行之際即曾出現「雜音」，時至今日更幾乎匿跡於書市與大學課堂，卻是不爭的事實。其通俗化的平易風格，難道會是主因？

首先，《中國戲曲史》這部論著是三史中她所最自豪的，即使如此，孟瑤仍自承她寫作此書只有一個謙卑的目的：

> 由於一部理想戲劇史之不易竣工，所以本書的標準訂得很低，
> 它只希望為愛好中國戲劇而且對這一門學問開始發生興趣的人

士，做一點初步的領導入門的工作，所以在內容上只想做到脉絡分明，敘述條暢的地步。……但在取捨上凡較精深較專門的材料，都無法不割棄，原因是本書只想為中國戲劇勾劃出一個最簡單的輪廓，若讀者因看過這一本書而引起了更深入研究的興趣……。[73]

可知，一向謙抑的孟瑤寫作這部戲曲史的預設讀者為一般對此門學問有興趣的人士，並無刻意標榜精深博大之意。反而是以簡單明瞭適合一般讀者為撰著標的，若讀者能夠因此而引發更大興趣且願意深入研究則更佳。是以，本書若以史論／教科書的角度視之，則更能見出其面向一般讀者的平易特色。

是以，《中國戲曲史》的書寫風格確屬平易近人，以「皮黃」這一章為例，計分「演出部分」、「演員部分」與「前途展望」三部分，呈現孟瑤論著一貫綱舉目張的特色。前二部分內容偏向教學講義式的陳述，盡顯其教科書的面貌，較難引文。但，除教科書／講義式的正文外，其前言部分的散文敘述，確有可觀之處。如「皮黃」章的前言（「演出部分」之前）：

從乾隆四十四年魏長生入京，首先帶來崑曲王座不穩的消息以後，接著乾隆五十五年的高宗八旬萬壽，四大徽班隨著花部其他戲班相繼而至，劇壇上一場熱鬧的殺伐便已開始，這一場戰爭，雖然穿插很多，卻終於被四大徽班的嫡子──皮黃取得皇冠。……但是根據自然之理，萬物盛極必衰，民國以後，皮黃的威勢已遠不如前，各地方劇卻又趁機崛起！這第二場征伐戰

---

73 孟瑤：《中國文學史‧前言》，頁6。

　　　是不是會來？皮黃是不是還有可能繼續維持它的威勢？這正是
　　　我們所欲知道的。[74]

這段文字不僅十分明白曉暢，且略有說書人欲引人好奇的態勢。簡言
之，不似（現今）學術論著趨向謹嚴的行文風格，反而較似一般小說
或散文的行文語氣。第三部分「前途展望」亦然：

　　　我們對皮黃勾畫了一個最簡單的輪廓後，從中我們發現一個事
　　　實，皮黃發展到今天，屬於它藝術的光輝，似已發揮盡致，它
　　　已活到了生命的頂點麼？以後的歲月，只有日漸衰退僵化麼？
　　　這是一種悲涼的預感，以一個愛好者的心情說，誰都怕這預感
　　　會成事實，卻誰也直覺到早晚有一天它會成為事實。興亡盛衰
　　　之理原是自然的鐵則，沒有誰能掙脫它。百餘年前，它從崑曲
　　　手中取得權杖，讓一個最精美的藝術做了那一場征伐戰中的悲
　　　劇主角。不想時換勢移，那不可一世的戰勝者，今日也面對著
　　　一個相同的命運。……。[75]

這一段慨嘆皮黃已然步上崑曲沒落之後塵的文字，其明白曉暢的通俗
化／口語化特色，顯然與〈前言〉所述之預期讀者為一般對中國戲劇
有興趣的愛好者有關。是以，孟瑤此書之通俗，確實有可能達到引發
一般讀者的興趣之效。然而，若以後設之見，如此通俗之敘述文字，
似非學術文章，反而更近似一般散文。因此，俞大綱認為孟瑤此作
較同類型的王國維《宋元戲曲史》之文字更加活潑：「她運用極為活
潑的口語來駕馭一堆瑣碎而複雜的史料，讀來似較王先生過分嚴謹的

---

74 孟瑤：《中國戲曲史》「皮黃」（臺北：文星書店，1965年4月初版），頁453-454。
75 孟瑤：《中國戲曲史》「皮黃」，頁593。

考據文字生動些，更適合於一般讀者的接受。」[76]可知，孟瑤《中國戲曲史》在語言表達上的活潑，確實使它更平易近人；同時，她使用的是現代白話中文，這也是她超越王國維之處。而其他二史亦有類似特質。

然而，這種平易的風格，是否也與孟瑤對前行者類似之作所產生的「影響的焦慮」[77]有關，雖未便遽下定論，但仍引人好奇。如俞大綱即曾以她的《中國戲曲史》與王國維《宋元戲曲史》（1913）、青木正兒的《中國近世戲曲史》（1930）相提並論：

> 孟瑤這部著作是承繼王靜安先生的《宋元戲曲史》，和日本學者青木正兒的《中國近世戲曲史》後，一部最令人滿意的中國戲曲史。王先生的宋元戲曲史，是劃時代的著作。……他的影響所及，使近數十年來的中西學者研究範圍，跳不出他的如來掌心，最多不過是憑藉新發現的片斷史料，作補充或局部的修正。孟瑤此作，宋元部分，網羅這些修正和補充的意見，盡了一番搜集和抉擇的工夫，這對王書而言，是有不可磨滅的功績的。[78]

---

76 俞大綱：〈俞大綱先生序〉，孟瑤：《中國戲曲史》，頁2。

77 文學創作者而對於前代作家作品往往有著微妙的「焦慮情結」，此焦慮反映在新人敢於向傳統決裂的氣慨，並有意迴避／消解傳統（先驅作家作品）對其作品的影響。因此，如何才能讓自己的作品顯得並未受到前人的影響，從而使自己也能躋身於強者作家之列，由此乃形成了布魯姆所謂的「影響的焦慮」。布魯姆認為，我們對前驅作品的理解是人云亦云，千百代「誤讀」下來的結果，因此「誤讀」先驅者的作品也就是樹立自己風格的途徑。以上敘述，參考徐博文：〈一本薄薄的書震動了所有人的神經（代譯序）〉，〔美〕哈羅德‧布魯姆；徐文博譯：《影響的焦慮：一種詩歌理論》，（南京：江蘇教育出版社，2006年2月），頁2-3。

78 俞大綱：〈俞大綱先生序〉，孟瑤：《中國戲曲史》，頁2。

俞大綱指出孟瑤此作正是在王國維《宋元戲曲史》和青木正兒《中國近世戲曲史》（近世即明清）的基礎上所進行的集大成之作。雖然《宋元戲曲史》已具經典地位，但孟瑤仍在宋元部分進行修正與補充。是以，就續補而言，孟瑤之作對王國維《宋元戲曲史》已做出相當貢獻。[79]因此，孟瑤之作的貢獻在補足戲曲通史的完整度上。此外，孟瑤於近代（明清）戲曲的嫻熟，也「超越」了青木正兒。俞大綱即指出這是因為他們的國籍與舞臺經驗之差異使然：

> 近代戲曲，是孟瑤此作最精彩的一部份。且看她對青木正兒的《中國近世戲曲史》所下的批評：『以一個外國人研究中國這種高深的舞臺藝術，在品味與鑑賞方面，何嘗不是隔了一層。』可以推知她對近代戲劇研究，頗為「自負」。……孟瑤本人，對近代戲曲音樂，有頗為精湛的了解，舞臺體驗也具備，在品味和鑑賞方面，達到一塵不隔的境界，並非難事。因此，這一部分顯得很精采，也盡了藝術批評的職責。[80]

可知孟瑤於近代戲曲論述方面的精彩，主要來自於她的「自負」——學問根底外，復有舞臺音樂的鑑賞能力與實際的舞臺經驗。是以，孟瑤之作遠較青木正兒的，更多了一分對近代戲曲的深度理解與親身參與舞台演出的票戲經驗，這些都是青木正兒所沒有的優勢。

---

79 其實青木正兒之作也是王國維的「續編」。由於王國維對宋元戲曲較偏愛，對於明清戲曲的評價偏低，認為明清以後的不足為觀。因此，王國維的《宋元戲曲史》只能是斷代戲曲史。而曾經向王國維請教的青木正兒，乃於一九三〇年完成明清戲曲史專著《中國近世戲曲史》，算是《宋元戲曲史》的續編，如此乃形成一套較完整的戲曲通史。詳參滕咸惠：〈王國維中國戲劇史研究的成就與貢獻〉，《王國維戲曲論文集——《宋元戲曲考》及其他》（臺北：里仁書局，1993年9月），頁24-30。

80 俞大綱：〈余大綱先生序〉，孟瑤《中國戲曲史》，頁2。

　　無論如何，孟瑤《中國戲曲史》較諸前行二作，雖是較完整的戲曲「通史」。但若就其整合戲曲史集大成而言，不禁令人好奇：孟瑤是否在前二作的巨大影響下，自知頗難超越，乃轉而建立自己的風格，並以「通俗化」取勝？

　　其次，《中國小說史》儘管具備嚴正的立場要為中國小說發聲，以及正視它的價值。但孟瑤仍以其一貫的謙虛面對這部小說史的寫作：

> 提到對我國舊小說的爬梳整理，自以周樹人氏為第一人，他的
> 《中國小說史略》，是一部不朽的開山之作，但由於成書過
> 早，所以無法容納許多新資料，尤其是最重要的講唱文學部
> 分。這就是為什麼，雖然珠玉在前，作者還敢再整理出一部
> 《中國小說史》的理由。當然，本書的寫作，自還是以《中國
> 小說史略》（以後簡稱周氏《史略》）為依據，再加入所能採擷
> 的新資料，企盼能予我國舊小說以正確的評價。
> 作者只做了一點蒐集、補充的工作，將一盤散落的明珠，以自
> 己思想的線另串成一組花序；用別人的金線，以自己的心裁另
> 織成一襲新衣；假若它還能發出一些光彩，這光彩是由明珠的
> 閃耀與金線的奪目來完成的。作者只分享了在貫串時與組織過
> 程中的快樂。[81]

因此，可見她自認是做蒐集與補充的工作，並且只是分享一點組織新舊資料時的快樂，於此可見她的自抑。

　　而孟瑤自承《中國小說史》的寫作，是以魯迅（周樹人）《中國小說史略》[82]（1923）為依據，再加入一些所能採擷的新資料而成

---

81 孟瑤：《中國小說史・序》，頁3。
82 郭沫若：〈魯迅與王國維〉：「王先生的《宋元戲曲史》和魯迅先生的《中國小說史

的。但孟瑤自陳敢於在魯迅《中國小說史略》後再著一部《中國小說史》，主要由於魯迅《中國小說史略》成書較早，對於新資料，尤其講唱文學部分不夠完備，而孟瑤自認能夠補充此一新資料，理應有較諸前作更能提升舊小說地位的價值。孟瑤正視變文與講唱文學，已如前述，此不贅言。需要指出的是，魯迅《中國小說史略》論及晚清小說僅及於三種類型：「狹邪小說」、「俠義小說及公案」與「譴責小說」，未對晚清風行的「科學（幻）小說」加以著墨。[83]同樣地，孟瑤亦未曾及於「科學（幻）小說」。然而，孟瑤僅討論「譴責類」與「狹邪類」，較諸魯迅尚少「俠義公案類」。孟瑤既自認有所承，卻又「擅改」三類為二類，不知何故。然孟瑤此舉，是否足以彰顯其「學術性不足」，仍未可遽斷。

　　回到前述孟瑤對己作之力求通俗之謙抑，其真正的通俗化表現，不只在於前述所提及的納入「變文」與「講唱文學」，還在於它活潑的行文風格。如鄭明娳〈評孟撰「中國小說史」〉即曾論及孟瑤《中國小說史》的特色：一、匯聚眾長；二、脈絡分明；三、取材豐美；四、評述精當：（1）從廣泛角度來看作品，（2）分析入微，（3）多做比較；五、文字鮮活。[84]鄭明娳所指出的文字鮮活，確是此書的文字

略》，毫無疑問，是中國文藝史研究上的雙璧，不僅是拓荒的工作，前無古人，而且是權威的成就，一直領導百萬的後學。」《宋元戲曲史》附錄（上海：上海古籍出版社，1998年），頁160。

83　一九〇三年，魯迅在日本即翻譯過法國科幻小說家儒勒・凡爾納（Jules Verne）《月界旅行》，其《月界旅行》之〈辨言〉即曾力陳：「我國說部，若言情談故刺時志怪者，架棟汗牛，而獨於科學小說，乃如麟角。智識荒隘，此實一端。故苟欲彌今日譯界之缺點，導中國人羣以進行，必自科學小說始。」（〈月界旅行・辨言〉，《魯迅全集（10）》，北京：人民文學出版社，1981年12月）。然而，二十年後的一九二三年，魯迅《中國小說史略》中卻未有隻字片語提及晚清的「科學（幻）小說」，令人不解。

84　鄭明娳：〈評孟瑤撰「中國小說史」〉，《書評書目》第一卷，1972年11月。

特色。如「宋元」章「甲、舊傳統的承襲──傳奇與雜俎」節之前所
介紹的背景：

> 於是一些新興的行業也應運而生，其中有一項是與小說史有
> 關，值得我們特別提出的，那就是從寺院被驅逐出來，而跑到
> 三瓦兩舍，又說又唱的「變文」，「變文」流入市井，由於配合
> 環境的需要，更加強了那屬於現實人生的悲歡離合的故事性；
> 於是它們變成了許多民間娛樂中最受歡迎的一種，那就是「說
> 話」。[85]

由此行文風格，可略知孟瑤《中國小說史》的風格確實較諸一般文學
史更加活潑，且極具通俗性、可讀性。

　　然而，鄭明娳〈評孟撰「中國小說史」〉又指出孟瑤《中國小說
史》的闕失：一、序或緒論應再充實；二、尚欠踏實：引用資料未見
踏實或完備；三、體例有不一致處；四、引述原文：有些不重要的也
附引原文。但儘管有以上闕失，鄭明娳仍給予肯定的評價：「已具體
而微」，「直到孟氏此書，乃站在前人的成就上，它的起點正是前人的
終點，且有超邁前人的充分信心，因此，它目前最具成效。」[86]其
實，當時論者確曾出現不同的聲音，如此文末所附鄭明娳的〈後記〉
即指出：

> 此稿寫成後，忽聞孟書多採前人著作而未加註明之傳言，據說
> 新加坡李星可君曾在該地報刊撰文，對孟書加以抨擊。惜此地

---

85 孟瑤：《中國小說史》，頁124。案：由於《中國小說史》正文多為提綱挈領的講義
　 式行文，間以原典的抄錄，是以較難引用正文。特此誌之。
86 鄭明娳：〈評孟瑤撰「中國小說史」〉，《書評書目》第一卷，1972年11月。

文獻不足；不能徵考其詳。本擬將此稿凍結，但思及『就書論
書』的立場，此書仍值得評介，本文僅純係『就書論書』，至
於傳聞，尚待異日，再作進一步之求證。[87]

可見孟瑤此小說史在當年確曾出現「多採前人著作而未加註明而被質
疑」的雜音。然而，究諸當年之學術標準，以及資訊流通度之不若今
日發達，鄭明娳乃存而不論，是可以理解的。無論如何，至少可以肯
定的是它在當年（至少是一九六六年推出第一版至一九七二年鄭明娳
撰就此文之際）是一部較完整的具備可讀性的小說史。

　　最後，《中國文學史》的完成，孟瑤自言只是她「十年教讀所
得」[88]而已。她在《中國文學史》的〈前言〉裡提及「史」的寫作中
的「史學」，乃是踵繼前人而來的工夫：「『史學』是有關中國文學資
料的蒐集，則前人已做多種努力，後繼者至多也只能做一點增補工作
而已。」[89]由此，孟瑤自謙只是在前人早已蒐集好的基礎上，再做增
補工作而已。一方面希望專攻文學的人，「能找到一種是你所喜愛
的，由是而作更深入更專門的研究。……或者會暗示一些你的文學創
作將要走的道路」[90]對於一般讀者，孟瑤則希望：「它是一本易讀的
書，是一本有系統有理路的書。……，不僅使讀者對某種文體，甚至
某些作家認識得更具體，同時也得到讀書欣賞之樂。」[91]就此而言，
孟瑤對《中國文學史》的寫作，一樣預設了它面向一般讀者的雅俗共
賞的願景。

　　是以，孟瑤《中國文學史》的行文亦以活潑的口語為主，如第八

87　鄭明娳：〈評孟瑤撰「中國小說史」〉，《書評書目》第一卷，1972年11月。
88　孟瑤：《中國文學史》，頁3。
89　孟瑤：《中國文學史》，頁1-2。
90　孟瑤：《中國文學史》，頁3。
91　孟瑤：《中國文學史》，頁3。

章「清」的前言：

> 有清一代，屢興文字獄，文人的思想被凍結了，只好朝研究考
> 據的路上發展。於是樸學大盛。在文學上也無力朝新的方向試
> 探。這樣很自然的使傳統文學增加了光彩，清代幾乎為舊文學
> 作了一次光榮的落幕。這二百多年的文壇，整個的面貌就是復
> 古。[92]

可見，孟瑤行文風格確能達到她所自稱的易讀、得讀書之樂，也頗有
能使一般讀者樂於多接近文學之效。然而，孟瑤自言「有系統有理
路」，確仍有其體例上的可議之處。其體制上雖已較前二部之偏向講
義式的體裁略有變化，但仍然不脫講義式的架構。而其中若干體例上
之混亂，尤其值得一提。以最末章論「清」代文學為例，其第四部分
「戲劇」之「花部──亂彈」，自該小節之第三頁起，即自言「寫到
這裡，本書就要告一結束，卻還有幾句贅語：」[93]然而此後所出現之
「幾句贅語」卻將近九頁之多，此為其體例上之問題。雖然如此，其
行文與體例上之務求簡潔有條理，以及通俗化、口語化的目標，確實
有助於更多讀者的閱讀。

綜言之，「孟瑤三史」是身兼文壇／作家與杏壇／教師（學者）
雙重認同的知識女性孟瑤，對學術自我的安頓。「孟瑤三史」之正視
傳統文學史中被邊緣化的通俗文類，值得肯定。更有意義的是，以女
性的「邊緣」位置論文學史中的「邊緣」文類之雙重意涵。此外，
「孟瑤三史」以學生與一般讀者為預設對象，其通俗化的寫作意圖，
頗有借三史以「教育」學生與一般讀者之意。簡言之，「孟瑤三史」

---

92 孟瑤：《中國文學史》第八章「清」，頁664。

93 孟瑤：《中國文學史》第八章「清」（四）戲劇乙、花部──亂彈，頁755。

的寫作意識上仍有某種程度地呈現「知識女性」對自我的表述／認同──女教師／學者。再者,「孟瑤三史」以活潑的行文風格,企圖與讀者拉近距離,也賦予文學史(論)以一個明朗的新風貌。然而,由於孟瑤的自謙以及她所欲求的預期讀者乃是學生或一般讀者,這三部接近於課程講義的史論／教科書,確實明顯地偏向通俗化,與今日對學術著作的要求差異甚大,甚至當年即曾出現「學術性不足」的質疑。綜合以上因素,是否也正是「孟瑤三史」於今日已然為學界所遺忘的因素?值得深思。

四　孟瑤的接受史:做為「(女性)啟蒙導師」的孟瑤與其文本風格、接受情形的問題

　　如前所述,孟瑤的「女性散文」與「孟瑤三史」,其預期讀者既多為學生與一般讀者,則可據此推測孟瑤以「寄小讀者」式的通俗寫作方向,為的是「教育」更多讀者。而《給女孩子的信》曾是當代文壇之暢／長銷書以及兩度被收錄於教科書中的事實,更加強了孟瑤其人其作之「(女性)啟蒙導師」的形象;而「孟瑤三史」也確有她自己的史識與慧見,如加強論述傳統文學史所邊緣化的通俗文類。但更重要的意義是,孟瑤所欲求的預期讀者是學生與一般讀者,這便影響了三史之偏向通俗化的風格／走向。這是否也正是「孟瑤三史」於今日已然為學界所遺忘的因素,令人好奇。無論如何,其女性／學術自我的表述／認同上,明顯較偏向女教師／學者的形象,庶幾可稱之為「(女性)啟蒙導師」。

　　職是,本節欲兼而論之的是,一般現代文學史(論)對孟瑤的定位多為「(言情)小說家」(少數論及其反共文學),且大多僅論及孟瑤的(言情)小說創作;或者暗示她的女性自我之認同較偏向「軟

性」的文學女作家一面，多數未見提及此兩大類偏向「教育」讀者取向的文學／文本。尤其更加忽視其散文文本《給女孩子的信》之曾為當代著名之暢／長銷書、且曾兩度收入教科書的事實。

再者，孟瑤其人其作之被閱讀及研究，時至二十一世紀的今日顯然已然沒落的現實不容忽視，箇中緣由自是複雜萬端。但其人其作之被遺忘，是否有可能與其寫作意識／態度較偏向女教師／學者的自我形象之認同有關？易言之，孟瑤所有的文學／文本，包括本章所討論的兩大文類，以及所有小說創作所呈現之知性與平淡風格，似乎皆與其女教師／學者的自我形象之認同取向有關。質言之，以今日的文學審美觀重讀其（言情）小說及所有作品，幾乎多呈現齊邦媛所說的「靜靜的剛強」的特色。易言之，其作品似已難引起今日大部分讀者的閱讀興趣／欲望。因此，在其人其作之被閱讀與研究的沒落已然成為事實的今日，「重讀」孟瑤其人其作及「正視」她的「沒落」現況，顯然是極大的挑戰。

無論如何，根據前述對孟瑤的「女性散文」與「孟瑤三史」的論述，可知孟瑤藉此呈露了偏向女教師／學者向讀者進行「教育」的形象。這點了解對於本節的討論，具有一定意義。

（一）做為「（女性）啟蒙導師」的孟瑤與其文本風格的頡頏

1 現代文學史（論）中的孟瑤：「（言情）小說家」

在一般現代文學史（論）裡，孟瑤幾乎皆以「（言情）小說家」被定義，較少提及她早年的「女性散文」，最多僅提及在臺初試啼聲的〈弱者，你的名字是女人？〉，往往多未及於《給女孩子的信》。而「孟瑤三史」往往只是略提。進而言之，其「（言情）小說家」身分之建立，多來自於愛情／言情小說的書寫，而她曾陸續寫過的幾部符

應政治正確的「反共文學」則較少被提及。是以，一般現代文學史（論）裡，孟瑤多為「（言情）小說家」的身分。

　　就古繼堂《臺灣小說發展史》與《簡明台灣文學史》、劉登翰與莊明萱等著《臺灣文學史》、皮述民等著《二十世紀中國新文學史》、樊洛平《當代台灣女性小說史論》，或劉津津、謬星象編著的《說不盡的俠骨柔情——台灣武俠與言情文學》等文學史（論）而言，孟瑤皆為「（言情）小說家」。然而，上述諸作中，對孟瑤之論述篇幅較大、且較集中以「言情小說家」為之定位的，又以古繼堂、劉津津與謬星象、樊洛平諸家所述較為突出，乃特別擇取討論之。

　　以古繼堂於一九九六年的《臺灣小說發展史》為例，其述及孟瑤的篇幅雖不多，但至少曾提及多次，且分布於五十年代臺灣女性作家群的形成與臺灣愛情小說潮的流變等章節中。[94]可見孟瑤被接受的身分是書寫愛情主題的女性小說家，唯一被提及的小說是《心園》。[95]至二〇〇三年《簡明台灣文學史》則有專段論及孟瑤的文學表現；[96]除孟瑤基本生平外，所提及的著作多以側重婚戀的小說為主，特別討論《心園》與《卻情記》兩部愛情小說。而孟瑤之成為書寫愛情小說的女作家，依該書文脈言之，似與孟瑤初來臺所發表的第一篇散文〈弱

94　古繼堂：《臺灣小說發展史》第五編「五十年代動盪中的臺灣小說」之第三章「臺灣女作家群的形成」之第一節「臺灣女性作家群形成的背景與意義」頁174提及孟瑤三次、頁176提到一次。第七編「臺灣愛情婚姻小說潮的湧起和發展」之第一章「臺灣愛情婚姻小說的背景和傳承」之第三節「臺灣愛情小說潮的流變」頁364提到一次。

95　古繼堂：《臺灣小說發展史》，頁176。

96　古繼堂主編；古繼堂、彭燕彬、樊洛平、王敏合著：《簡明台灣文學史》（臺北：人間雜誌出版社，2003年7月）第十二章「台灣女性文學的勃興」之第一節「臺灣女性文學勃興的概況」頁254提及孟瑤三次，內容與《臺灣小說發展史》所述相去不遠。而第二節「台灣的女性小說」頁256亦提及孟瑤《心園》；此節自頁258至259，以一頁餘的篇幅論及孟瑤的小說成就。

者,你的名字是女人?〉有關,其文所引發的讀者對性別議題的熱烈討論,似乎「暗示」或「預示」了孟瑤日後書寫愛情主題小說的契機。[97]因此,該書以孟瑤的愛情小說為主要視角,認定她的小說成就在此建立:「孟瑤的小說既寫實,又具有浪漫主義氣息,反映社會生活面較廣,介於嚴肅文學和言情小說之間。在一九五〇至一九六〇年代的臺灣文壇,是較有代表性的女作家。」[98]這個視角也是一般文學史(論)所表述的孟瑤的刻板形象。然而,此論述雖曾提及孟瑤三史的兩部,也曾提及〈弱者,你的名字是女人?〉及其所引發的性別議題的討論,卻獨漏她最為暢/長銷的散文《給女孩子的信》。更重要的是,她陸續寫過的幾部「反共文學」,如《亂離人》或《黎明前》等未被提及。簡言之,該書對孟瑤的表述情形不盡全面。

由此反觀孟瑤的言情小說家身分,確乎較突出。如劉津津、謬星象編著的《說不盡的俠骨柔情──台灣武俠與言情文學》是一部少數以專章介紹孟瑤的文學史(雖然它是一部簡易讀本),將近六頁篇幅,是前述一般文學史(論)所未見的規模。書中將孟瑤與瓊瑤並列為臺灣的二大「言情文學」作家,且將孟瑤明列為當代臺灣言情女作家系譜之首,次章才是瓊瑤。究其實,孟瑤的「言情」底蘊與瓊瑤的不完全相同,這是此書論點較引人側目之處(若細究之,宜另文討論)。雖如此,該書是較全面述及孟瑤文學表現與成就的一部專著,除小說外,其「女性散文」與「孟瑤三史」皆已論及,且幾乎是各大文學史唯一提及《給女孩子的信》者。整體言之,該書仍以小說表現肯定孟瑤的文學成就,特別提及《心園》與《屋頂下》兩部小說。綜觀全文,該書編著者對「(言情)小說家」孟瑤採高度肯定的態度,殆無疑義。

97　古繼堂主編;古繼堂、彭燕彬、樊洛平、王敏合著:《簡明台灣文學史》,頁258。

98　古繼堂主編;古繼堂、彭燕彬、樊洛平、王敏合著:《簡明台灣文學史》,頁259。

此外，樊洛平《當代台灣女性小說史論》以「女性小說史」為文學史論述的主軸，孟瑤自然以其五十年代以來創作的眾多言情小說為人所矚目。

綜合上述，一般文學史（論）大致以「小說家」定位孟瑤的文學成就，幾乎可說「（言情）小說家」就是「孟瑤」唯一被廣泛接受／認同的身分以及文學史定位。大部分文學史（論）多未著眼於她的「反共文學」之成就；而其他文類的書寫成果，如散文與論著未被正視，更是可以想見的。少數偶提散文者，亦僅借此說明孟瑤渡海來臺後的處女作為〈弱者，妳的名字是女人？〉；相較之下，《給女孩子的信》更少被提及或討論。因此，孟瑤在一般文學史的定位仍以「（言情）小說家」為要。這與孟瑤之「女性散文」與「孟瑤三史」所豁顯的女性／學術自我的表述／定位在女教師／學者，顯然有相當落差。

2 文學史所遺忘的孟瑤：「女性散文」與「孟瑤三史」較少被正視

如前所述，一般文學史（論）較少提及孟瑤的散文，大多僅借此說明孟瑤渡海來臺後的處女作為何；而《給女孩子的信》更少被提及或討論，目僅見前述劉津津、謬星象編著的《說不盡的俠骨柔情——台灣武俠與言情文學》曾於正文述及；其他的則付之闕如。

然而，官方教科書曾收錄過《給女孩子的信》二篇散文的事實，幾乎未見一般文學史（論）提及或討論。相較於一般文學史（論）幾乎皆以「（言情）小說家」視之，其廣受歡迎的「散文」卻何以大多被漠視？又，這種被忽視的「散文家」身分，與其被一般文學史所認知的「小說家」身分之間，應如何整合亦值得思考。簡言之，孟瑤的散文進入教科書這一龐大的閱讀市場中，其實也是一種文學作品「典律化」的過程。透過廣泛面世的機會，孟瑤的「知識女性」面貌理應可以得到更清晰的勾勒。然而，事實似乎並非如此。

此外,「孟瑤三史」亦少見一般文學史提及。目前僅見《簡明台灣文學史》提及三史中二部,但並未加以說明。以較多篇幅討論三史的亦僅見前述劉津津、謬星象編著的《說不盡的俠骨柔情──台灣武俠與言情文學》。綜觀其他史(論),皆未見深刻而正面地論述「孟瑤三史」,殊為可惜。

簡言之,孟瑤的「女性散文」或「孟瑤三史」多未見一般文學史(論)正面論述,值得留意。

(二)靜靜的剛強:知性／平淡的書寫風格是「沒落」現況的主因?

1 如何解讀? ── 重寫其文學接受史

如何解讀上述孟瑤在文學史中被表述的狀況,綜言之,大約以下數端:一是由於其散文創作量遠較小說來得稀少,且小說之大量產出恐亦使其散文相對地被忽略;二是孟瑤本人對於自己的散文創作成品未做完整保存;最後則可能是忙於教學、創作與票戲而較少與文壇互動之故。綜合三點,孟瑤小說以外的文學表現,如散文與論著,大多被文學史所忽視。

首先,孟瑤的散文創作,雖質佳但量少,以致於能見度為其龐大的小說成就所掩蓋。但此說似乎仍然不能完整說明上述被表述的現象之無法整合的真正原因。只能暫時點出其可能成因,聊供進一步探賾之參考。

其次,孟瑤本人對於自己的散文,並未完整保存。前述提及孟瑤對於《給女孩子的信》的盜版似乎束手無策(或者並不十分在意),甚至她仍有部分未曾正式出版只有存目的散文,或如散落在各散文選集中而未曾整理成專集散文,這些或許正與她淡定的性格有關。

　　筆者在其他散文選本中所發現的若干孟瑤的散文，似乎即未曾收編至孟瑤的散文集中。目前所見，至少曾有三部散文選集曾收錄過孟瑤的散文，包括一九七一年林海音主編的《中國豆腐》收錄了孟瑤〈豆腐閒話〉。而孟瑤的散文〈山與水〉，分別於一九九四年被瘂弦主編的《散文的創造》與二〇〇六年丘秀芷編的《風華50年──半世紀女作家精品》所選錄。無論〈豆腐閒話〉或〈山與水〉都是簡約的散文小品，閒淡中自有韻味，值得品哂再三。這兩篇與前述「女性散文」不同風格之作，可說是孟瑤真性情的展現，然而似乎未嘗見諸她的任何散文集中（事實是，孟瑤未曾出版過任何《給女孩子的信》之外的散文集）。

　　最後，孟瑤或許因定居臺中，較少北上與文友互動之故。據各項史料判斷，孟瑤之生活版圖大致以教學、文學創作、戲劇演出與編劇等三大區塊為主。此外，孟瑤更是習於獨處之人，性情雖非孤僻，但確實較一般文人更息交絕遊一些。或許由於孟瑤與當代文壇的互動較為清淡之故，使得她身後至今，一般文學史（論）的表述似乎逐漸淡忘她當年曾身為暢／長銷女作家的手采，以及她的女教師／學者之豐富面貌。

　　綜合以上，現代一般文學史（論）對孟瑤的表述，仍有若干值得填補的空間。

2 怎樣定位？──在書寫中詩意地安居／靜靜的剛強

　　是以，如何重讀孟瑤，本文以為若將「女性散文」與「孟瑤三史」做為另一個切入點，或可呈現其小說成就外的另一番面貌，建構出完整的孟瑤形象──「知識女性」，尤其是女教師／學者。

　　進而言之，孟瑤本人與其書寫風格一概呈現的「靜定」特質，具

有一定的詩意。簡言之,孟瑤可說是一位「在書寫中詩意地安居」[99]的女人。就孟瑤這樣一位在文壇／作家與杏壇／學者雙棲的知識女性而言,自一九四九年以後的大遷移中漂流來臺,並藉由文學書寫以「詩意」地「安居」在此地──臺灣,並以其自身多元的文學表現,證成了知識女性藉文學以安身立命的重要存在命題。因此,本文以「在書寫中詩意地安居」以定義孟瑤及標誌其以文學／文本安頓生命的意義所在。

　　然而,齊邦媛這位孟瑤昔日中興大學的同僚,一九八四年曾於〈江河匯集成海的六〇年代小說〉[100]提及她對於孟瑤文學史定位的看法。其後,她也在二〇〇九年出版的自傳體散文《巨流河》中,提及當年這段對孟瑤文學價值與定位的討論。此文或可做為我們理解孟瑤其人其作的文學史定位之參考:

> 孟瑤自以《心園》成名以後,二十年間有四十多本小說問世,書店都以顯著地位擺著他的新書,如《浮雲白日》、《這一代》、《磨劍》等,相當受讀者歡迎。一九八四年,我寫了一篇〈江河匯集成海的六〇年代小說〉分析:「這些篇小說的題材都來自現實人生,記錄了那個時代的一些生老散聚的人生悲喜劇。孟瑤擅寫對話,在流暢的對話中,可以看出那個時代一些代表人物對世事變遷的態度。她小說中的角色塑造以女子見長,多是一種獨立性格的人,在種種故事的發展中保有靜靜的剛強。」也許是她寫得太多了,大多是講了故事,無暇深入,

---

99　借用《人,詩意地安居──海德格爾語要》一書的標題。海德格爾(Martin Heidegger);郜元寶譯,張汝倫校:《人,詩意地安居──海德格爾語要》(桂林:廣西師範大學出版社,2002年3月)。

100　齊邦媛:〈匯集成海的六〇年代小說〉,《霧漸漸散的時候》,頁53。

　　心思意念散漫各書，缺少凝聚的力量，難於產生震撼人心之
　　作。多年來我仍希望，在今日多所台灣文學系所中會有研究生
　　以孟瑤為題，梳理他的作品，找出一九五○至七○年間一幅幅
　　台灣社會的人生現象，可能是有價值的。因為她是以知識分子
　　積極肯定的態度寫作，應有時代的代表性。[101]

這段齊邦媛的文字雖為針對其小說成就而發的論述，但確實也指出了
孟瑤整體文學成就的特質，其中有三點值得注意。一是「孟瑤擅寫對
話，在流暢的對話中，可以看出那個時代一些代表人物對世事變遷的
態度」，根據觀察，不只表現在小說對話上，孟瑤的「女性散文」或
「孟瑤三史」也有同樣流暢的語言風格，誠非虛言。二是孟瑤小說中
的女子多保有一種「靜靜的剛強」的特質，此說極貼切的指出孟瑤一
生／身的風格與形象，同時也頗適用於她的「女性散文」或「孟瑤三
史」所呈露的知性風格。三是儘管孟瑤寫得多，講了故事無暇深入，
心思散漫而缺少凝聚的力量，難於產生震撼人心之作，但齊邦媛仍肯
定孟瑤「是以知識分子積極肯定的態度寫作，應有時代的代表性」，
理應好好被研究一番。因此齊邦媛提出的觀點，揭示了孟瑤作品的特
色與價值，也為往後研究者開闢一條可努力的路徑。「靜靜的剛強」
其實也正好適用於孟瑤在文壇／作家與杏壇／學者雙棲的知識女性
形象。

　　簡言之，孟瑤在一九五○至一九六○年代文壇／作家與杏壇／學
者雙棲的女作家系譜中，既是一名「在書寫中詩意地安居」的女性作
家，也是齊邦媛所謂的「靜靜的剛強」的知識女性。無論「在書寫中
詩意地安居」，或「靜靜的剛強」，盡皆透露安之若素的淡定特質。證

---

101 齊邦媛：〈第十章　台灣、文學、我們〉7「文學的我們」，《巨流河》，頁506-507。

諸孟瑤其人其作，無論「女性散文」或「孟瑤三史」亦皆予人上述兩
種特質。如此鮮明的形象與前述一般文學史（論）對孟瑤的論述對照
之下，則會發現這是大多數文學史（論）所未曾深挖的特質。因此，
透過本章對孟瑤的「女性散文」或「孟瑤三史」的論述，或許可以建
構她在小說成就外未曾出現過的形象之向度──偏向女教師／學者的
知識女性形象。

五　結語：孟瑤的女教師／學者身分，建構／強化其知識女性的形象

綜合前述，本文試圖以孟瑤的「女性散文」及「孟瑤三史」新闢
一條路徑，以突顯孟瑤在（言情）小說家之外的多元文學表現，並建
構／強化她身為知識女性的形象，尤其是偏向女教師／學者一面的身
分認同。並試圖以此重構她的文學史定位及相關問題。

是以，孟瑤以「女性散文」表述自我，也藉此與她同性的想像群
體一同分享身為女性的共同存在議題；在此，確立了孟瑤的女性自
我。此外，「孟瑤三史」是她的學術代表作，也反映了她的真實人生
在戲曲、小說與文學創作等三方面的表現。同時，它們也是通俗化的
教科書，孟瑤希望藉此吸引更多一般讀者的興趣，可見其平易近人的
特點。但或許也是通俗化的風格使然，「孟瑤三史」於今已然沒落的
事實，無法忽視。然而，儘管如此，「孟瑤三史」之安頓女性之學術
自我的意義仍有其意義。

再者，孟瑤的「女性散文」及「孟瑤三史」所呈露的女教師／學
者之身分表述／認同，與一般文學史（論）對她的論述與定位是不大
相同的。意即「女性散文」及「孟瑤三史」這兩項孟瑤生命史中非常
重要的文學表現，在一般文學史（論）中較少被正面提及，遑論提及

她的知識女性形象。是以，本文認為孟瑤藉由這些文本，不止在書寫中安身立命，完成了她的知識女性形象：女教師／學者的形象建構。就此言之，本文定義她為「在書寫中詩意地安居」的女人；同時，也援用齊邦媛「靜靜的剛強」以描繪孟瑤知識女性的形象。

　　最後，就現代知識女性於文壇／作家與杏壇／學者雙棲的系譜而言，孟瑤跨界而多元的文學表現，可說是箇中翹楚，其全才／通才的書寫成就以及龐沛的創作能量，至今仍傲視群倫。是以，本文試圖另闢一條路徑，觀察她小說之外的文本，藉此建構她的知識女性之身分，尤其是女教師／學者之形象，確有一定的意義。

　　然而，值得留意的是，本文提供一個新視角以觀看孟瑤小說之外的文學表現，並非意謂著全然地另闢蹊徑，直接以孟瑤的散文與史論「取代」或「偏廢」其小說創作成就。實則本章之論述策略，在於隻眼另看其長久被忽視的散文與史論，以彰顯其人身為知識女性在多元文學表現上的形象與成就，以「增加」閱讀孟瑤其人其作的另一新視角。是以，在全面論述孟瑤的文學成就時，其小說成就仍舊不能被忽視（如前述齊邦媛所期許的）；至少必需合而觀之，方得為孟瑤建立一個更公允而完整的形象及評價。

　　最後，本章認為孟瑤在一九五〇至一九七〇年代文壇／作家與杏壇／學者雙棲的女作家群體中，是一位知識女性形象極為清晰的女作家，可以「在書寫中詩意地安居」概括之。同時，她也建立一幅鮮明的自我形象——「靜靜的剛強」的知識女性圖像。簡言之，藉由孟瑤「女性散文」與「孟瑤三史」，可做為重構其文學史定位的參考途徑，並能建構／強化其知識女性的形象。

第五章
家國歷史、空間詩學與影像敘事的交織
——張愛玲、齊邦媛、龍應台、簡媜、鍾文音與鍾怡雯自傳散文的女性自我

一　前言

　　一般多以自傳即為個人真實的歷史；而自傳散文貌似「真實」，卻未必完全紀實，往往涵納部分虛構特質，形成虛實交錯的「自傳散文」。是以，自傳散文雖近於自傳，但未必等同於真實自傳，它應該是富有文學特質的「傳記文學」。

　　究其實，無論「自傳」或「自傳散文」皆屬史傳文學的一支，歷來多以男性為史傳文學的主要（被）書寫者或被研究者，如司馬遷〈太史公自序〉即為此系譜中知名的自傳散文。然《史記》並無女子傳記，其後史書雖有女子傳記，但皆為男性撰著的他（她）傳。進而言之，無論中外古今，女性並非此一文類的積極參與者，甚至缺席甚久。[1]歷來關於歷史（History）與女性的關聯，其論點多聚焦於女性必需書寫她自己的歷史（Her story／Herstory），以便發出歷史上缺席的女性聲音（voice），如此方得構成完整的歷史面貌，如埃萊娜・西蘇（Hélène Cixous, 1937- ）或西蒙・波娃（Simone de Beauvoir, 1908-

---

1　可參閱游鑑明、胡纓、季家珍主編：《重讀中國女性的生命故事》（臺北：五南圖書公司，2011年7月）之〈導言〉（胡纓、季家珍），頁13-30。

1986）等女性主義學者的相關論述，茲不贅言。陳芳明曾論及八〇年代以後女性書寫自傳散文的意義：

> 在內容上，自傳體與家族史的散文也漸漸成為新的追求方向。由於受到新歷史主義（new historicism）思維的衝擊，女性作家對系譜學式的記憶建構有特殊的偏愛。她們不再相信歷史是屬於單一的、封閉的線性發展（linear process）。過去的歷史撰寫，大多被壟斷在男性手中。在他們的權力支配下，歷史變成一種連續不斷、絲毫不留縫隙的時間觀念。依賴這種時間觀念，男性世代之間的權力傳遞與繼承才能永久化並合法化。但是，新歷史主義已經充分證明，這種線性的歷史觀純然是屬於虛構的，同時也全然禁不起分析。八〇年代以後的女性散文，選擇新歷史主義式的記憶建構，在很大的意義上，乃在於挑戰男性史觀的合法性。[2]

陳芳明指出女作家更自覺的寫作自傳散文與家族史，源於挑戰男性線性史觀下的大敘述傳統，自覺地想要建構屬於女性自己的生命史書寫，自傳散文與家族書寫便逐漸成為當代女作家的書寫方向。然而，若因此以為女性有意跳脫男性史觀而寫作自傳散文，即是與男作家站在全然的對立面，則顯然又重新落入原本女作家想打破的男主／女從的二分概念。是以，女作家的自傳散文既能表現主流史觀下的家國大敘述，也能突顯女性的小敘述，往往能兼顧既大又小的敘述，或者以一種「以小見大」的書寫策略，建構女性獨特的生命文本。是以，本

2　陳芳明：〈在母性與女性之間──五〇年代以降台灣女性散文的流變〉，陳芳明、張瑞芬主編：《五十年來台灣女性散文・選文篇》（臺北：麥田出版社，2006年2月）序，頁26-27。

論文重讀現當代女作家的自傳散文，發現她們皆能藉由「重組」生命記憶，以建構／重構自己的身分認同。

　　進而言之，本論文所稱之女性「自傳散文」亦包含家族書寫。女作家以散文鋪展自己的生命記憶，書寫自己生命史的同時，不免涉及家族史，乃至於溯洄祖上或國族的悠悠歷史與文化傳承。是以，廣義的女性「自傳散文」不只自我陳述，也包含家族或國族書寫，如同〈太史公自序〉以來的自傳文學，正是中國（男性）知識分子書寫自傳散文時無法規避的永恆命題。而現當代女作家的自傳散文也有此類書寫，或許展現她們向（男性）主流史傳散文的書寫傳統認同的一面。但現當代女作家卻能在家國大敘述外自立特色，以女性視角鋪展文化家國的歷史滄桑或戰亂大敘述下的小敘述──兒女情長與日常生活。其次，女作家也遠較注重線性（歷史）時間感的男作家更重視空間，本文借用「空間詩學」[3]以強調女性自傳散文的空間書寫之文學性。最後，女作家似乎更擅長與文字之外的跨界文本結合，如運用影像敘事或書寫物質生活的小物件。而個別作家作品往往交織以上三種特質，展現女性視角下獨特的生命史樣貌。是以，本論文之女作家「自傳散文」可大分為三類，一是兼具自我與家國歷史、自我與空間、自我與影像三者交涉的自傳散文，以齊邦媛《巨流河》（2009）與龍應台《大江大海一九四九》（2009）這兩部紀念國共分治六十周年的長篇「巨」作為主，展現「小」女子也有「大」敘述的可能；二是強調以自我與家國地理空間互涉為主的自傳散文，具有傅柯（Michel Foucault）「知識考掘學」所強調的歷史「檔案化」的特質，[4]即未必完

3　加斯東・巴謝拉（Gaston Bachelard）著；龔卓軍譯：《空間詩學》（臺北：張老師文化公司，2003年7月）。

4　傅柯（Michel Foucault）著；王德威譯：《知識的考掘》（臺北：麥田出版公司，1993年7月）。

全依照線性時間排序的正統史傳敘述方式行文，以鍾怡雯《野半島》
（2007）、《陽光如此明媚》（2008）與簡媜《天涯海角──福爾摩沙
抒情誌》（2002）三部散文集為主要代表，然此二文本亦有影像記
事；三是以自我與家族影像敘事為主的自傳散文，以鍾文音《昨日重
現──物件影像的家族史》（2001）與張愛玲《對照記──看老照相
簿》（1994）這兩部（攝影）散文集為主，後者更幾乎是以影像為主
而只是附加文字說明；這兩部文本中的歷史也有「檔案化」的特
質，其空間則「縮小」於一幀照片或一個小物件。職是，這些女作家
的自傳散文如何「重組」記憶，又如何建構／重構她們自己的身分認
同，進而貞定自己的生命史意義，這是本章探討的重心。

　　必需說明的是，本章所論及的文本未必皆為一般定義下的自傳散
文，如龍應台與齊邦媛同年出版的《大江大海一九四九》，由於後者
僅部分述及自我成長史與家族遷移史，若干論者往往有不同意見。同
樣地，簡媜較鍾怡雯稍早出版的《天涯海角──福爾摩沙抒情誌》雖
也有部分以家國地理空間為書寫主題之作，全書僅部分書寫自我童年
及家族系譜，亦有論者以為此非嚴格定義下的自傳散文。再者，張愛
玲以影像為主的《對照記》似非散文，其以照片為主而文為輔的敘事
策略，亦有論者認為很難稱得上是一部完整的自傳散文，然本文仍以
「類自傳散文」視之，以掘發女性自傳散文的變化與妙趣。

二　自我與家國歷史、空間與影像的相互定義：齊邦媛　　《巨流河》與龍應台《大江大海一九四九》

　　第一類女性自傳散文以齊邦媛《巨流河》（2009）與龍應台《大
江大海一九四九》（2009）為主。齊邦媛（1924-）《巨流河》展現女
性視角下的「巨」型自傳，鋪展自己在大歷史／時間與大地理／空間

中的亂離故事與生命記憶，既寫國族與家族史，也寫戰時兒女情長的小敘述。而書中穿插的珍貴老照片，在在突顯此書敘事的真實性。而龍應台（1952-）《大江大海一九四九》也有一樣龐大的時代與巨大的空間，也以江海命名，書名便兼具時間與空間的永續奔流之意象，更直接加上「一九四九年」這個促使龍家在臺灣誕生第一個孩子——龍應台——的重要轉折時間。它也一樣穿插大量珍貴的老照片，再版甚至加上龍應台訪問一九四九來臺人士的真實影音。是以，此書一樣兼具時間、空間與影像三者互涉的特色。再者，兩書都附錄一般散文少見的「參考書目」，顯示作者寫作態度之嚴謹，也在在強調此兩書的歷史真實度。

　　而兩書之不同處，在於《巨流河》是齊邦媛記錄自己八十五年生命的長篇自傳散文，而《大江大海一九四九》則是追索自己身世的來歷，由母親及其同時代人的故事展開序幕，「我」的故事才因此被帶出，可稱之「龍應台前傳」。

　　是以，江河與大海是生命空間的湧動，也是生命歷程的流動；龍應台父母的時代也正是齊邦媛的黃金時代，是以在此意義上，龍應台的「前傳」《大江大海一九四九》與齊邦媛《巨流河》一同奔騰著無數大時代的高貴靈魂。正如《大江大海一九四九》所言：「所有的顛沛流離，最後都由大江走向大海」[5]、「生離死別，都發生在某一個碼頭——上了船，就是一生。」[6]齊邦媛順「巨流河」而下的生命流動歷程亦如此。

5　龍應台：《大江大海一九四九》扉頁後、目錄前跨頁照片之文字，書封底亦然。

6　龍應台：《大江大海一九四九》書封底。

（一）「自」成一條生命的大河：齊邦媛追索大歷史與巨流河中的女性自我

　　齊邦媛這部與民國史的動亂相映的生命史，既飽含家國歷史與空間的變遷，也有家族亂離史與戰時兒女的小敘述，以及女性自己的成長與奮鬥史。書名《巨流河》說明齊邦媛的生命流域，由東北巨流河奔流到臺灣啞口海這一條生命長河的空間意象，氣勢磅礴。再者，全書穿插不少見證時代的老照片，更有巨流河與啞口海的圖像。[7] 簡言之，齊邦媛的自傳散文兼具家國歷史、空間與影像敘事三者互涉的意義，藉以建構「巨」型的女性生命史。

1 自我與父輩兩代家族史的記憶：大敘述下的生命巨流

　　齊邦媛《巨流河》計十一章，自首章「歌聲中的故鄉」至末章「印證今生──從巨流河到啞口海」為止，前五章的空間由巨流河至長江，溯岷江到大渡河，從遼寧到南京，並遠赴四川重慶與樂山就學，直到抗戰勝利；後六章則是她在臺灣安身立命後的生命歷程，從臺北到臺中，又回到臺北，其間並多次出國赴歐美各國進修或講學，直至退休於臺大外文系。此一巨大的時間流動／空間遷移，顯示了她與同代人的普同生命經驗。

　　是以，《巨流河》「這本書寫的是一個並未遠去的時代，關於兩代人從『巨流河』落到『啞口海』的故事。」[8] 它既是一條屬於齊邦媛

7　如張瑞芬認為：「說是女性生命史，《巨流河》有著過於巨大的舞台佈景，而且很少著墨於丈夫孩子等細節，說是一闋時代的悲歌，又太小看了這本書的文學指涉。」、「作為一部女性的生命史，《巨流河》甚少提及婚姻與生活細節，很可能是主軸已設定為『我與父輩』的大歷史，不宜旁生枝節。」張瑞芬：〈大河盡頭──齊邦媛《巨流河》〉，《明道文藝》第403期（2009年10月），頁47、頁49。

8　齊邦媛：《巨流河·序》（臺北：天下遠見出版公司，2009年7月），頁8。

自我的生命長河，也是自己與父輩兩代人的家族遷移史與生命記憶，一路由東北「巨流河」（遼河）流向臺灣最南端的「啞口海」：

> 我由第一章迤邐而下，一筆一劃寫到最後一章〈印證今生〉，將自己的一生畫成一個完整的圓環，如我教書時常講講的the cycle。是的，the cycle，書寫前我跟著父母的靈魂作了返鄉之旅，從大連海岸望向我繫根的島嶼，回到臺灣，寫下這一生的故事。天地悠悠，不久我也將化成灰燼，留下這本書，為來自「巨流河」的兩代人做個見證。[9]

可知齊邦媛所書寫的不僅是她個人的「自傳」，更是她與她父母那一代的家族故事。父親齊世英是民初的留德青年，一生懷抱維新思想，畢生最大的遺憾正是「巨流河」一役的功敗垂成，「跨不過的巨流河」乃成為一個巨大的象徵──它是父親一生理想所面臨的嚴寒現實，也是整個近代中國苦難的形容。[10]而晚年沉默的父親更似由「巨流河」變成了「啞口海」。[11]無言的父親，正如書中（緊接著上段引文出現）第五四八至五四九跨頁照片中的啞口海般，儘管一生波濤洶湧，時至暮年仍不免無言，啞口海與父親的形象十足相合。

　　本書末尾，亦有一幀齊邦媛與其子坐在啞口海礁石上的照片，齊邦媛吐露她的心聲：「……繞過全島到南端的鵝鑾鼻，燈塔下面數里即是啞口海，海灣湛藍，靜美，據說風浪到此音滅聲消。／一切歸於

9　齊邦媛：《巨流河‧序》，頁15。

10　參看齊邦媛《巨流河》第一章〈歌聲中的故鄉〉5「渡不過的巨流河」，頁35-48的完整敘述。

11　齊邦媛：《巨流河》第十一章「印證今生─從巨流河到啞口海」3「啞口海中的父親」，頁546。

永恆的平靜。」[12]據此可見《巨流河》的書寫策略正是「以小見大」，將個人的小自傳置於大歷史的脈絡，並將父母的故事一同鑲嵌於此，乃特能見出此書的力道——個人史、家族史、國族史的書寫與傳承。

因此，「巨流河」的象徵意義是多重的，它是齊父一生的暗喻——從「巨流河」變成「啞口海」，也見證了齊邦媛前半生的顛沛流離——由東北一路遷徙至臺灣的空間動線，更指向二十世紀這一大時代的動盪如波濤洶湧之勢。

2 「邦之媛也」：弱小的生命起點與「巨流河」般壯闊生命史的頡頏

《巨流河》全書厚達五八八頁，這部長篇自傳散文裡呈現的是一位過渡於新舊時代的知識女性一生的奮鬥史，可想見齊邦媛八十五年如江河巨流般綿長浩蕩的生命史，有說不盡的故事，由她的名字開始說起更有意義。

誕生於一九二四年元宵節的齊邦媛，一出生幾乎命危，幸得醫生救活她弱小的生命，他也在齊母的央求下為小生命命名「邦媛」。齊邦媛認為這位醫生是貴人，不只救活她，更以命名為她獻上生命的最初祝福：

> 我長大後知道此名源出《詩經》〈君子偕老〉：「子之清揚，揚且之顏也。展如之人兮，邦之媛也。」前幾年有位讀者寄給我一頁影印自宋朝范成大《明湖文集》的文章，居然有一段：「齊邦媛，賢德女子……。」我竟然與數百年前的賢德女子同名同

---

12 齊邦媛：《巨流河》第十一章「印證今生—從巨流河到啞口海」9「靈魂的停泊」，頁587-588。

姓，何等榮幸又惶恐！在新世界的家庭與事業間掙扎奮鬥半生的我，時時想起山村故鄉的那位醫生，真希望他知道，我曾努力，不辜負他在那個女子命如草芥的時代所給我的慷慨祝福。[13]

誠如張愛玲所言：「為人取名字是一種輕便的，小規模的創造。」[14]命名正是一種期待與祝福，「邦之媛也」意即一國之才媛。

　　果然成長之後的齊邦媛，不僅進入大學接受高等教育，並擔任大學教職至退休；更能在追求個人成長的同時，為家庭倫理（父親、丈夫或子女）做出一位知識女性所能做出的最大調整（或犧牲），還原為一個女人的真實。即使如此，並無損她日後（至今）為臺灣文學所做的貢獻，其果然賢德若此。其中尤以推動臺灣文學進入西方世界，奠定了她的尊崇地位。在第八章「開拓與改革的七〇年代」與第十章「台灣、文學、我們」中，齊邦媛對於自己一生為臺灣文學而活的經歷著墨不少，其份量幾乎與書中關於「我與父輩」二代人的故事旗鼓相當。因此，這部自傳同時也可說是一部「臺灣文學西遊記」的真切記錄。齊邦媛做為一位臺灣文學的推手，地位大約可與林海音等量齊觀：

　　　　是編者、譯者也是評論者，齊邦媛和林海音都是稱職的文學擺渡人、守護天使兼守門員。……。縱使寫的是家國血淚回憶錄，《巨流河》除了東北的君父城邦，在臺北的文學江湖中，也影影綽綽有葉公超、胡適、臺靜農、莊嚴、屈萬里的偉岸身影，映現在女性崇慕的眼中。[15]

13　齊邦媛：《巨流河》第一章「歌聲中的故鄉」1「生命之初」，頁21。
14　張愛玲：〈必也正名乎〉，《流言》（臺北：皇冠出版社，1991年8月），頁35。
15　張瑞芬：〈大河盡頭——齊邦媛《巨流河》〉，《明道文藝》第403期（2009年10月），頁48-49。

可知《巨流河》之「巨」，更在於它呈露了齊邦媛這位知識女性對於整個臺灣文學推廣的卓越貢獻，這也是「邦之媛也」的涵義所在。

簡言之，齊邦媛被命名的生之祝福，似乎也指引並造就了齊邦媛一生對於家國的貢獻——邦之賢媛。

3 兒女情長的昇華：亂離敘事中的生命印記

然而，《巨流河》之動人，並非由於齊邦媛在烽火連天的大時代所遭遇的戰亂及其磨難，而是她在兒女情長與日常生活等經歷中所粹煉的貞定智慧，才真正令人動容。

一般言之，女性的自傳散文面對亂離經驗，往往能夠跳脫大歷史主流觀點下的戰爭敘述，偏向汲取擔驚受怕的苦難經歷，如兒女情長或日常生活片段做為記憶敘述的主軸。簡言之，女性視角下的亂離經驗，重點往往不在記錄戰亂的內容，反而著重女性面臨生死存亡的體驗及由此產生的生命印記，意即「戰爭改變了女性的生命史，帶給她們新的契機，同時，寬闊她們的生活空間，增廣她們的見聞。」[16]是以，「以她們為視角的歷史，與主流歷史和男性歷史大異其趣，不僅可以相互檢證，甚至還顛覆主流歷史，有助於增加歷史書寫的厚度。」[17]因此，小女子「見證」亂離經驗的自傳散文往往也豐富了大歷史書寫的單一（男性／主流）視角，可見齊邦媛這部不凡的女性自傳散文自有其特出之處。

其中最令人動容的是她生命中一位重要的男性友人張大飛的故事。齊邦媛與少女時期的重要筆友——飛行員張大飛擁有長達七年的

---

16 游鑑明：〈改寫人生之外：從三位女性口述戰爭經驗說起〉，《她們的聲音——從近代中國女性的歷史記憶談起》（臺北：五南圖書公司，2009年5月），頁147。

17 游鑑明：〈改寫人生之外：從三位女性口述戰爭經驗說起〉，《她們的聲音——從近代中國女性的歷史記憶談起》，頁150。

通訊之情。齊邦媛將他視為心目中的英雄：

> 在戰火燎燒、命如蜉蝣的大時代裡，他是所有少女憧憬的那種
> 英雄，是一個遠超過普通男子、保衛家國的英雄形象，是我那
> 樣的小女生不敢用私情去「褻瀆」的巨大形象。[18]

是以，即使互有好感，卻幾乎未曾言及情愛：

> 高二那一年暑假，吃過中飯，我帶他穿過中大校園去看嘉陵江
> 岸我那塊懸空小岩洞。太陽耀眼，江水清澄，我們坐在那裡說
> 我讀的課外書，說他飛行所見。在那世外人生般的江岸，時光
> 靜靜流過，我們未曾一語觸及內心，更未及情愛。——他又回
> 到雲南，一去近一年。[19]

可知齊邦媛與心目中的英雄張大飛以一種純然的互敬互愛，彼此交流
七年；即使烽火連天亦未中輟，直至張大飛壯烈殉職為止。而那一大
包同時也記錄了齊邦媛戰時的少女心情的信，後來隨著張大飛寫給齊
邦媛兄長的訣別信一同寄回齊家，信裡有張大飛最後的心聲：

> ……也請你原諒我對邦媛的感情，既拿不起也未早日放
> 下。……請你們原諒我用這種方式使她悲傷。……這八年來，
> 我寫的信是唯一可以寄的家書，她的信是我最大的安慰。……

---

18 齊邦媛：《巨流河》第三章「『中國不亡，有我！』—南開中學〉12「來自雲端的
　　信」，頁158-159。
19 齊邦媛：《巨流河》第三章「『中國不亡，有我！』—南開中學〉12「來自雲端的
　　信」，頁159。

請你委婉勸邦媛忘了我吧，我生前死後只盼望她一生幸福。[20]

後來她將自己這一百多封信，與張大飛寫來的更大數量的信放在一起；當時沒力量再看，心想有一天堅強起來總會再看，卻因故永遠遺失了。其後，齊邦媛在深沉的悲哀中，受洗為基督徒，紀念一心想在戰後當隨軍牧師的張大飛以及和他一樣壯烈為國犧牲的人。

在張大飛殉職五十五年後的二○○○年，齊邦媛重回南京，在「抗日航空烈士紀念碑」找到張大飛的名字，他短短二十六年的一生濃縮在一行簡單的字裡。齊邦媛重閱一九三七年張大飛臨別相贈的《聖經》，剛好翻閱到舊約〈傳道書〉第三章「凡事都有定期，天下萬物都有定時，生有時，死有時……」，齊邦媛感覺到張大飛似乎在半世紀之後，指引她如何看待自己的一生：

> 一些連記憶都隱埋在現實的日子裡，漸漸地我能理智地歸納出《聖經》傳的道是「智慧」，人要從一切虛空之中覺悟，方是智慧。
> 張大飛的一生，在我心中，如同一朵曇花，在最黑暗的夜裡綻放，迅速闔上，落地。那般燦爛潔淨，那般無以言說的高貴。[21]

這段戰時少女齊邦媛的故事，於她必將是永恆的。齊邦媛以一位為國殉職的大時代英雄，對照自己少女時期一心想要研讀哲學的夢幻憧憬，使這支由巨流河所建構的生命長河，更添某種高貴又動人的氣

---

20 齊邦媛：《巨流河》第四章 「三江匯流處──大學生涯」13「張大飛殉國」，頁211-212。
21 齊邦媛：《巨流河》第十一章「印證今生──從巨流河到啞口海」8「英雄的墓碑」，頁584。

息。是以，「作者其實是透過她的眼睛、心靈，去見證與省思那一個
生存困阨、人性煎熬的時代。聽其娓娓述往，也才知道人或許無法逃
避苦難，卻可以決定怎麼去面對苦難。」[22]是以，《巨流河》這部自傳
散文的價值正在於其能夠「面對苦難」，並以女性的韌性將這種苦難
打造成一朵高貴潔淨的花朵，智慧由此萌生。

　　因此，做為一部書寫亂離女性的生命之書，《巨流河》雖稍顯
「知性」，尤其是齊邦媛對於女性甚為貼身的愛情、婚姻與子女等似
乎較少著墨；即使書寫張大飛也是點到為止。然而，如此謙抑而內斂
的敘述卻不減此書之感人，王德威即曾分析《巨流河》的感人，其敘
述風格也是關鍵：「多少年後，她竟是以最內斂的方式處理那些原該
催淚的材料。這裡所蘊藏的深情和所顯現的節制，不是過來人不能如
此。」[23]而齊邦媛顯然也是想藉由如此「溫和潔淨」的張大飛形象，
以說明她所要堅持的，她們的情感不是那種容易歸類的小兒女情感，
「那是一種至誠的信託，最潔淨的情操。」[24]是以，筆友張大飛的故
事，可說是這部亂離敘事中最動人的篇章。

4　生命長河的重大轉折——遷臺與為臺灣文學奮鬥

　　齊邦媛身為新舊交替的一代女性知識份子，不僅接受大學教育，
其後也來臺擔任大學教職，在學術工作岡位上，為臺灣貢獻。齊邦媛
於一九四六年十月抵臺，初期擔任臺灣大學外文系助教。這是齊邦媛
生命中的一次重大轉折，從此定居寶島，並以英文做為其服務並貢獻

22　高大威：〈昨日夢已遠，往事不如煙——我讀齊邦媛教授的《巨流河》〉，《文訊》第
　　287期（2009年9月），頁126。

23　王德威：〈如此悲傷，如此愉悅，如此獨特〉，齊邦媛編著：《洄瀾——相逢巨流河》
　　（臺北：天下文化公司，2014年1月），頁59。

24　王德威：〈如此悲傷，如此愉悅，如此獨特〉，齊邦媛編著：《洄瀾——相逢巨流
　　河》頁63。

臺灣的專業。初抵臺北擔任助教，寄住在親友家，後參加武漢大學校
友會，認識一生伴侶羅裕昌，一九四八年回上海結婚，再回到臺灣建
立自己的家。一九五〇年，齊邦媛隨夫調職遷往臺中，同時成為育有
三子的母親。一九五三年至臺中一中教英文五年，一九五八年至省立
農學院（中興大學前身）教授大一英文，其學術生涯亦由此展開。一
九五九年起兼職北溝故宮英文祕書六年。[25]一九六八年創辦中興大學
外文系，並擔任創系系主任。在臺中一住十七年。之後又隨夫調職遷
回臺北，轉任臺大外文系教授，直到退休。可見齊邦媛對臺灣的貢
獻，以教授英文為主。而這些早期的臺灣生活，都記錄在《巨流河》
第六章「風雨台灣」裡。[26]

　　不只如此，在臺灣建立家庭、育有三子的齊邦媛，在兼顧個人理
想與家庭生活的忙碌中，猶有餘力為臺灣文學奮鬥。在《巨流河》第
八章「開拓與改革的七〇年代」與第十章「台灣、文學、我們」，齊
邦媛對於自己一生為臺灣文學而活的經歷著墨不少，尤以一九七〇年
代以來堅持翻譯臺灣文學以進入西方世界的貢獻，令人無法忽視，也
奠定了她的文學史地位。第八章「開拓與改革的七〇年代」的第1小
節「進軍世界文壇──英譯《中國現代文學選集》」，齊邦媛細數當年
（1973）任職國立編譯館時，召集五人小組編譯《中國現代文學選
集》的往事，這套書包含詩、散文、小說三類一九四九年後在臺灣發
表的現代文學作品，也是首次有機會如此正式進軍世界文壇的臺灣文
學盛事，入選的作品有別於當時中共對外宣傳的樣板文章。[27]此外，

---

25 齊邦媛兼職北溝故宮祕書，可參考拙著：〈文化記憶的追尋與再現──以「故宮文
　　學家」作品中的「北溝故宮」書寫為主〉，《中正漢學研究》2019年第2期（總第34
　　期），2019年12月，頁149-184。

26 齊邦媛：《巨流河》第六章「風雨台灣」，頁289-396。

27 齊邦媛：《巨流河》第八章「開拓與改革的七〇年代」1「進軍世界文壇──英譯
　　《中國現代文學選集》」，頁401-407。

她也為國文教科書的編纂盡過一份心力，如第2小節「文學播種—國文教科書改革」裡，齊邦媛因故兼任教科書組的任務，在一九七二年前後，編訂中小學教材的工作其時十分艱辛，「政治判斷」必須遠高於「學術判斷」，但齊邦媛主導下的國文教材終究成為「真正的國文教科書，而不是政治的宣傳品」，齊邦媛自認為這項當年只是兼任的工作，卻是她付出最多心力感情的工作，也是她在國立編譯館最有意義的工作之一。[28]而第十章「台灣、文學、我們」共有11小節，分別為「1 尋求台灣文學的定位」、「2 台灣文學登上國際會議舞台」、「3 兩岸文學初次相逢的衝擊」、「4 兩岸三地文學再相逢」、「5柏林的苦兔兒（Kultur）」、「6 譯介台灣文學的橋樑——中華民國筆會」、「7 文學的『我們』」、「8 接任筆會主編」、「9 意外的驚喜——『台灣現代華語文學』英譯計畫」、「10霧漸漸散的時候」、「11 鼓吹設立國家文學館」等內容，可見齊邦媛為臺灣文學做出的巨大貢獻，大部分以文學外譯為主。因此，這部自傳同時也可說是一部齊邦媛的「臺灣文學奮鬥記」或「臺灣文學西遊記」的真切記錄。

　　綜言之，齊邦媛《巨流河》這部標明「我與父輩」兩代人故事的自傳散文，由父親一生報國的故事裡見證時代，也由此更加確認自己的位置，使這道血脈相連的巨流之河得以綿延。而同輩朋友張大飛的殉國更能以小見大，以一個高貴的靈魂感動人心。因此，《巨流河》的感人，誠如書封底所言，不只是「過渡新舊時代衝突的女性奮鬥史」，也是「反映中國近代苦難的家族記憶史」，更是「用生命書寫壯闊幽微的天籟詩篇」。王德威亦曾論及此書之核心議題及價值：

　　　　透過個人的遭遇，她更觸及了現代中國種種不得已的轉折：東

---

28 齊邦媛：《巨流河》第八章「開拓與改革的七〇年代」2「文學播種——國文教科書改革」，頁407-424。

北與台灣──齊先生的兩個故鄉──劇烈的嬗變；知識分子的
顛沛流離和他們無時或已的憂患意識；還有女性獻身學術的挫
折與勇氣。更重要的，作為一位文學傳播者，齊先生不斷叩問：
在如此充滿缺憾的歷史裡，為什麼文學才是必要的堅持？[29]

可知，《巨流河》這部長篇自傳散文，不只是一部女性自傳散文，更
深刻提示了現代中國的知識分子，如何在顛沛流離的大歷史缺憾中，
堅持文學是必要的。這應該就是《巨流河》這部女性自傳散文之所以
「巨大」的原因。

(二) 追索一九四九與自己的來歷：龍應台「前傳」中的自我叩問與追尋

龍應台《大江大海一九四九》是一部舞臺布景遠較《巨流河》更
加盛大的史詩式長篇散文，由亂離中逃難的母親為故事的開始，以便
「找到我」的來歷。進而言之，即以母親應美君與父親離開大陸的故
事為經，旁及他們同時代亂離人的故事，並於其中以「我」的成長經
歷，做為自我與時代的參照。龍應台所考察的那個屬於父母的大時
代，也正是前述齊邦媛的金色年代。是以，龍應台這部「前傳」《大
江大海一九四九》亦彷彿是齊邦媛《巨流河》的註腳。

1 龍應台如何「找到我」？──溯游父母及其同時代人的亂離故事

全書計八部七十三小節，尚有一篇前言〈找到我──行道樹〉，
文後有〈他是我兄弟──尋人啟事〉以及〈後記──我的山洞，我的

---

29 王德威：〈如此悲傷，如此愉悅，如此獨特〉，齊邦媛編著：《洄瀾──相逢巨流
河》頁58。

燭光〉、「感謝」、「附註」與「參考書目」等。全書所涵納的人與事極多，尚穿插大量真實人物的訪談，包括張拓蕪、秦厚修、陳履安、唐飛、周夢蝶、楚崧秋、董陽孜、張玉法、管管、桑品載、林百里、瘂弦、劉紹唐等人，重述他們在一九四九年前後的生命故事，這些故事經由龍應台感性的熱筆，化為一篇篇動人的史詩。是以，在如此龐大的時代面前，龍應台「前傳」所欲呈現的自己，究竟何在？

　　此書正文前有一頁巨大的白底黑字，僅以三個字「找到我」，帶領讀者觀看龍應台如何「找到我」。此書構想緣於十九歲兒子對她所做的錄音採訪——為了瞭解自己父母的故事。於是，龍應台也對照自己的十九歲，當時的自己如何看待父母？似乎不曾像自己的兒子一般升起想要瞭解父母的欲望。她說：

> 等到我驚醒過來，想去追問我的父母究竟是什麼來歷的時候，對不起，父親，已經走了；母親，眼睛看著你，似曾相識的眼神彷彿還帶著你熟悉的溫情，但是，你錯了，她的記憶，像失事飛機的黑盒子沉入深海一樣，縱入茫然——她連最親愛的你，都不認得了。[30]

是以，促使龍應台投入這部探尋自我來歷的書寫，其源頭即為已然來不及的感慨，尤其可見於龍應台描繪晚年失智的母親：「這幾年，美君不認得我了。」[31]可見這種遺憾便是促使她投入這場浩大的「前傳」書寫的動力。

---

30 龍應台：〈找到我——行道樹〉，《大江大海一九四九》（臺北：天下雜誌公司，2009年8月），頁14。

31 龍應台：〈上直街九十六號〉，《大江大海一九四九》「第一部　在這裡，我鬆開了你的手」，頁33。

　　職是，為了回報兒子的認真，也為了彌補自己來不及瞭解父母那一代故事的遺憾，龍應台決心投入這部刻畫一九四九年的生命之書。一九四九之於她，不只是國共分治的時代刻痕，也是父母及其同時代人生命的分水嶺，否則不會有一九五二年在臺灣誕生的龍應台。

2 「龍應台」的名字：亂離中第一個出生在臺灣的孩子

　　龍應台在書封折頁提供的作者簡介，是這樣書寫自己來歷的：

> 「龍應台」不是筆名，是真名；父親姓龍，母親姓應，她是亂離中第一個出生在台灣的孩子。[32]

這段「釋名」特別具有時代意義，龍應台簡單地帶出屬於她的身世背後那個龐大的時代故事；從自己的名字出發，便可以逐一找到太多太多的線索以敷演成篇。如〈我的名字叫台生〉裡便有自己名字與時代的故事：

> 我的名字裡有個「台」字，你知道，「台灣」的「台」。
>
> 我們華人凡是名字帶著地名的，它像個胎記一樣烙在你身上，洩露你的底細。當初給你命名的父母，只是單純地想以你的名字來紀念他們落腳，一不小心生了你的地方，但是你長大以後，人們低頭一看你的名片，就知道：你不是本地人，因為本地人，在這裡生生世世過日子，一切理所當然、不言而喻，沒理由在這地方特別留個記號說，「來此一遊」。紀念你的出生

---

32 龍應台：《大江大海一九四九》封面折頁之作者簡介欄。

地，就代表它是一件超出原來軌道、不同尋常的事情。[33]

由此可知，名字是通往自傳的代號，將出生地鑲入名字，不只是紀念，往往也濃縮了它背後那個時代的故事在內，如臺北市街道的命名便是一張攤開的中國地圖般，標誌著它的來歷。因此，這部龍應台「前傳」，由其名字出發，將會發現隱藏在名字背後的正是「流離」。龍應台自述父母來臺後，全家因父親公職不斷搬遷的心路歷程：

> 那種和別人不一樣的孤單感，我多年以後才明白，它來自流離。如果不是一九四九，我就會在湖南衡山龍家院裡的泥土上，或者淳安新安江畔的老宅裡，長大。我會和我羨慕的台灣孩子一樣，帶著一種天生的篤定，在美術課裡畫池塘裡的大白鵝，而不是大海裡一隻小船，尋找靠岸的碼頭。[34]

相較於其他「臺灣」小孩「從來不搬家」與「清明有墓可掃」的篤定，龍應台這位「永遠的插班生」，往往多出一種不確定的流離感。簡言之，小時候的龍應台雖被刻意命名為「台生」，卻沒有紮根在臺灣的踏實感。因此，成年後回溯自己的所來之處，並確認自己的位置，於她應是一種必然。

3 如何跟你「講故事」？──龍應台的生命故事

是以，這部龍應台「前傳」為的是回應兒子的認真探詢，乃追索自己的身世之由來，更因此向上溯源父母及其同代人的共同命運。因

---

33 龍應台：〈我的名字叫台生〉，《大江大海一九四九》「第三部　在一張地圖上，和你一起長大」，頁127。
34 龍應台：〈木麻黃樹下〉，《大江大海一九四九》「第八部　隱忍不言的傷」，頁345。

此，書中訴說的對象「你」大多是兒子飛力普（也代稱所有讀者）。
她說：

> 我開始思索：歷史走到了二〇〇九年，對一個出生在一九八九
> 年的人，一個雖然和我關係密切，但是對於我的身世非常陌
> 生，對於我身世後面那個愈來愈朦朧不清的記憶隧道幾乎一無
> 所知的人，一個生命經驗才剛剛要開始、那麼青春那麼無邪的
> 人，我要怎麼對他敘述一個時代呢？那個記憶裡，有那麼多的
> 痛苦，那麼多的悖論，痛苦和痛苦糾纏，悖論和悖論牴觸，我
> 又如何找到一條前後連貫的線索，我該從哪裡開始？
> 更讓我為難的是，當我思索如何跟你「講故事」的時候，我發
> 現，我自己，以及我的同代人，對那個「歷史網路」其實知道
> 得那麼支離破碎，而當我想回身對親身走過那個時代的人去叩
> 門發問的時候，門，已經無聲無息永遠地關上了。[35]

然而那段並不很久的以前，卻有那麼多晦暗不清的面貌等待釐清。於
是，她謙虛地對兒子招認：

> 我其實是沒有能力去對你敘述的，只是既然承擔了對你敘述
> 的、我稱之為「愛的責任」，我就邊做功課邊交「報告」。[36]

是以，龍應台將這份來自兒子「小我」的作業，逐漸化為「大我」的
歷史故事書。龍應台這份「報告」，早已超越她原先的「自傳」構想
許多，不只是獻給自己的父母與兒子，它更是一部「向所有被時代踐

---

35 龍應台：〈找到我──行道樹〉，《大江大海一九四九》，頁15-16。
36 龍應台：〈找到我──行道樹〉，《大江大海一九四九》，頁16。

踏、污辱、傷害的人致敬」[37]的禮敬之作。

　　然而，寫完這本書之於龍應台自己的生命史，意義又何在。龍應台自言道：

> 我看到一個認為自己是永遠打不敗的、很勇敢的，帶著天真的正義感、充沛的自信心的一個作家，逐漸的發現——比別人都晚，發現到自己其實很可能是非常脆弱的，生命是非常有限的，前面的路、人生的路可能是非常孤單的。而且你要趕快去學會，如何在人的生存架構裡，去處理孤單，這是一種對人生的處境的新的認識。[38]

是以，龍應台一邊「目送」著父母的時代，一邊「眺望」著兒子的時代，由此上下求索生命之書的意義。《大江大海一九四九》以其沛然莫之能禦的壯美風格，書寫家國與個人命運的牽繫，看似講述父母及其同時代人的故事，其實仍是在處理龍應台自己的身分認同問題，這也正是這部「龍應台前傳」極可貴之處。

　　綜合前兩小節所述，從《巨流河》到《大江大海一九四九》，同樣是一九四九年前後的生命之書，前者以齊邦媛「我」的故事為敘述中心，後者則以龍應台父母及其同代人為書寫中心，「我」比較像第一人稱旁觀者；龍應台父母的時代正是齊邦媛的黃金時代。據此，龍

37　龍應台：《大江大海一九四九》扉頁。

38　蘇育琪：〈埋得很深的創傷是看不見的——龍應台談一九四九〉（《印刻文學生活誌》第5卷12期（總號72，2009年8月），頁64）。此文為訪問稿，訪問者發問的題目是：「你曾提及令尊過世後，你從外在思考——社會、人類社群等，轉為看向內在宇宙。從《孩子慢慢來》、《親愛的安德烈》、《目送》到《一九四九》，這一連串私己的書寫，你看到了什麼樣的自己？這幾本書背後，隱隱地似乎有條串連的線，那是什麼？」，此處引文是龍應台的回應內容。

應台的「前傳」《大江大海一九四九》彷彿與齊邦媛《巨流河》一同
奔騰,共同躍動著無數大時代的高貴靈魂。正如《大江大海一九四
九》所言「所有的顛沛流離,最後都由大江走向大海」[39]、「生離死
別,都發生在某一個碼頭──上了船,就是一生。」[40]齊邦媛順「巨
流河」而下的生命流動歷程亦如此。而江河與大海是生命空間的湧
動,也是生命歷程的流動。

三 自我歷史的空間考掘學:鍾怡雯《野半島》、《陽光如此明媚》與簡媜《海角天涯──福爾摩沙抒情誌》

　　第二類女性自傳散文顯然也兼具時間、空間與影像三者互涉的特
質,但更強調以自我與家國地理空間的相互定義為主,以鍾怡雯《野
半島》(2007)、《陽光如此明媚》(2008)與簡媜《天涯海角──福爾
摩沙抒情誌》(2002;以下簡稱《天涯海角》)為例,由於這兩組自傳
散文是主題近似的單篇散文結集而成,其敘事時間未必完全依線性時
間排序,比較偏向傅柯(Michel Foucault)「知識考掘學」式的「檔案
化」特質,由是更加突顯其「空間詩學」方面的特質,即聚焦於空間
的文學描寫,本文特稱之為「自我歷史的空間考掘學」。

　　由於空間是個體賴以生存之地,身分建構與認同絕對無法跳脫空
間,且必須與多元而複雜的各式空間連結,如因家庭搬遷、學業、婚
姻、事業、旅遊等各式移動,必需在許多不同的地方或國家經歷或長
或短的時間。以致於每個個體所經歷的空間未必是單一線性地來回,
而是循環或跳躍式的。由於每個空間都有各自的文化型態,個體處於
如此多元而複雜的空間裡,往往容易產生不確定的認知。因此,空間

---

39 龍應台:《大江大海一九四九》扉頁後、目錄前跨頁照片之文字,書封底亦然。
40 龍應台:《大江大海一九四九》書封底。

深刻地左右了個體的身分認同：

> 主體受到多重空間的制約，也可能在多重空間文化的夾縫中偷
> 得某些自主性。空間的私人性與公共的雙重性，歷時性的空間
> 歷程加上同時性中多重空間的彼此鑲嵌互文，空間較之時間對
> 人的影響更加錯綜複雜。[41]

是以透過敘事以建構自己在空間裡的位置與意義，便顯得十分重要，
尤其在自傳與家族書寫這種自我呈現的文類中特別明確。[42]
　　整體言之，女作家似乎較為注重空間的書寫。借用陳芳明論述一
九五〇年代女作家散文遠較同時代男作家更具空間意識的特色，加以
說明：

> 與男性的作家對照之下，……。其中最大的差異，在於前者偏
> 向於強調時間意識，而女性的空間意識較為鮮明。這兩種不同
> 的傾向，決定了不同性別的不同書寫策略。也就是說，男作家
> 的家國之思，往往帶有情烈的歷史使命感。在作品裡酷嗜傳達
> 承先啟後、繼往開來的歷史意識。女性散文固然不乏懷鄉的主
> 題，但大體而言，作品較專注於生活的細緻描寫。也就是說，
> 她們對於周遭生活的關切遠遠超過男性。[43]

---

41 范銘如：〈導論：空間的再現政治〉，《空間／文本／政治》（臺北；聯經出版公司，
　　2015年7月），頁17。
42 參考范銘如：〈導論：空間的再現政治〉，《空間／文本／政治》，頁16-18。
43 陳芳明：〈在母性與女性之間——五〇年代以降台灣女性散文的流變〉，陳芳明、張
　　瑞芬主編：《五十年來台灣女性散文·選文篇》（臺北：麥田出版社，2006年2月）
　　序，頁14。

此說闡明了女性較男性更具有空間意識的先天性別差異。女性散文固然也書寫大時代（時間），甚至也書寫懷鄉（時間＋空間），但她們同時／甚至更重視當下／在地生活空間的書寫。如前述齊邦媛與龍應台既寫懷鄉與家國之思，也在此類大敘述大關懷之外，不忘專注於日常與在地生活、小兒女情感，可謂兼具時間（大時代／歷史）與空間（生活空間、移居經歷）的書寫。

是以，鍾怡雯《野半島》與《陽光如此明媚》、簡媜《天涯海角》雖也有時間／歷史的懷鄉，但更明顯的是，以空間意識與移動經驗為書寫自我成長史的主軸，闡明了女性自我的身分建構／認同與空間的關係。

（一）眺望野半島的原鄉記憶：鍾怡雯追憶幽黯國度的成長故事

鍾怡雯的兩部文本便是以空間定義女性自我身分認同的佳構，其中呈現的「家族故事」與「空間詩學」，正是她對於自己身分認同的建構／重構。她將目光由目前所定居的「異鄉」（臺灣），向「原鄉」馬來半島，做了一次遠距空間的回眸。是以，兩書張開了不同於以往的空間幅度。然而，「空間／地理」與「時間／歷史」往往相互涵攝，是以鍾怡雯書寫了不同「空間」裡的「我」，以及「空間」之於我的個人生命史的意義，尤其是她在多重空間文化中成長，在歷時性與並時性的夾縫中所擁有的「自主性」，便是可以自取中文名字，她於成長後曾自動精簡原名中間的「儀」為「怡」字，也彰顯女性主動為自己命名以創造自我小宇宙的權力。其次，原鄉的成長記憶未必都是正面的，陽光下的暗影也是她著意書寫的主題，由此更能突顯她野大生命的強韌度。再者，鍾怡雯本是出身廣東梅縣移民南洋的客家後裔，此族群身分寓示其註定漂流於不同「空間」的「客居」狀態，離

散乃生命史之必然。是以，鍾怡雯的「空間詩學」可由上述三個面相
探勘之。

1 在多重空間的移動中建構／重構身分：在「異鄉」眺望「原鄉」

　　鍾怡雯的《野半島》（2007年7月）與《陽光如此明媚》（2008年1
月）出版時間僅隔半年，兩書合觀能夠較全面地觀照她在馬來半島上
的生命史，因此視之為自傳散文的系列書寫。然而，這兩本散文集似
未以明確的時間因果先後為序，反而以內容分類（輯），如《野半
島》包括「我們的問題」、「那些曾經存在的」、「在那遙遠的地方」等
三輯。此書寫特色，頗為符合陳芳明所論當代女性自傳文學的特色：

> 九〇年代中期以後崛起的女性自傳作品，無論是回憶式的，或
> 是虛構性的小說，帶來最鮮明的轉變，莫過於她們之極力擺脫
> 傳統的因果關係論（cause-effect theory）。換言之，她們不再
> 側重於事件發展的時間先後秩序，也不再側重於記憶的來龍去
> 脈與因果關係。她們寧可選擇跳躍式、碎裂式的記憶；而依據
> 那樣凌亂、瑣碎的記憶，如水漬暈開一般，去渲染她們的情
> 緒、感覺與喟嘆。在她們的書寫裡，時間是一種不確定的存
> 在，而記憶更是一種不穩定的存在。[44]

是以，在鍾怡雯這兩部較側重「空間」的自傳散文裡，其跳躍式的主
題敘寫形式所突顯的確是存在的不穩定，尤其是空間／國族與身分認
同的大問題。

　　身分認同必須與空間聯結，尤其是「原鄉」對於自我身分建構與

---

44 陳芳明：〈女性自傳文學的重建與再現〉，《後殖民臺灣：文學史論及其周邊》（臺
　　北：麥田出版社，2002年4月），頁153-154。

認同的重要性。是以：

> 原鄉敘述在我們的文化中源遠流長，彷彿總連結著懷舊、孺
> 慕、童稚、思根、傷逝等文學感性。問題是，人有多重的身
> 分，族群的、國族的、性別的和階級的，原鄉既是身分意識的
> 緣起，同樣是各種身分衝突的原點。[45]

是以《野半島》可說是成年後定居臺灣的鍾怡雯，面向南洋家鄉／馬來半島，以重新梳理自我身分認同的生命書寫，其英文書名「*Wild Malaysia*」已清楚說明她的關懷所在即大馬原鄉。

　　同時，由於鍾怡雯身為廣東客家移民後裔的身分，在南洋的多重空間文化中成長，馬來人、華人與印度人三種文化的夾縫中，反而擁有某些「自主性」，如自取中文名字的自由。身在大馬的華人仍舊按照族裔傳統取用中文名字以便交流，但馬來西亞以馬來人優先的公民政策中，華人的官方身分文件上其實並未記載中文名字。鍾怡雯便曾因這種自由而主動更名：「當年我的名字叫『儀』雯，象徵大人希望我乖巧聽話。後來我嫌筆畫太多，改成音同的『怡』，同時紀念出生之地怡保。」[46]可見鍾怡雯「有心改造」自己的命運，以筆畫簡單的「怡」字取代原名「儀」字的繁複，同時也讓名字有了紀念出生地「怡保」的意義，可見她對家鄉的眷戀，此即為空間對主體的影響之一。因此，及早便想改變在野半島的生存現實的鍾怡雯，除亟思離開半島外，其叛離還表現在自主改動大人所命之名。其實這種任意改名的自主性，大多得益於鍾怡雯身為大馬華裔的漂流身分；而「怡」字竟巧妙鑲嵌了「台」字，彷彿寓示未來將往臺灣發展的契機。是以，

---

45 范銘如：〈導論：空間的再現政治〉，《空間／文本／政治》，頁21。
46 鍾怡雯：《野半島》書末與父母及妹妹的合照旁之說明，頁228。

鍾怡雯出身於擁有複雜地理空間與多元族群文化的野半島，原本即充滿多聲複義的可能性，因此她得以在不同空間文化的交織中獲取某種自主性，可以任意決定自己的中文名字或安身立命的地方。

　　然而，也正是因為離開了原鄉野半島，《野半島》這部中年回望原鄉的生命之書方有誕生之可能。鍾怡雯藉由追溯家族故事，以探源自己的所來之處，以及何以成長若此的原因。鍾怡雯自言，由於時空所拉開的距離美感，遂使她有機會重新看清楚自己的位置：

> 因為離開，才得以看清自己的位置，在另一個島，凝視我的半島，凝視家人在我生命的位置。疏離對創作者是好的，疏離是創作的必要條件，從前在馬來西亞視為理所當然的，那語言和人種混雜的世界，此刻都打上層疊的暗影，產生象徵的意義。那個世界自有一種未被馴服的野氣。當我在這個島凝望三千里外的半島，從此刻回首過去，那空間和地理在時間的幽黯長廊裡發生了變化。我捕捉，我書寫，很怕它們跑遠消失。我終於明白，為何沈從文要離開湘西鳳凰，才能寫他的從文自傳。[47]

可知《野半島》的原鄉充滿「未被馴服的野氣」，此之謂「wild」也。因此，鍾怡雯必得在遠離後，才能捕捉那個逐漸發生變化的空間及其驚人的魅力。當年面對原鄉「層疊的暗影」，鍾怡雯最具體的行動是「離家」——離開生活十九年的半島，由此得以重生；復得以在另一個十九年後，書寫離開前的自己及當年在半島上的生活。因此，冷靜、疏離的敘事風格，自有其必要。

　　因此原鄉這一地理空間既是真實的，也彷彿是象徵的：

---

47 鍾怡雯：〈代序：北緯五度〉，《野半島》（臺北：聯合文學出版社，2007年7月），頁13-14。

原鄉與其說是傳記性的真實地理，不如說是某種身分的空間原
型，而且所指涉的身分空間會隨著不同的語境延異，時見不同
身分的擠壓傾軋。身分空間形塑之後，有可能引發下一波解疆
域化和再疆域化的爭奪。因此，身分與空間的敘述永遠無法固
定，在持續進行層累砌疊的過程中反覆刮除重寫表述。[48]

是以，在身分與空間的敘述永遠無法固定的情況下，必須反覆重述空
間中的記憶以便重構身分。在〈那些曾經存在的〉裡，出身油棕園的
鍾怡雯便述說家的消失與變遷：

> 我已漸漸不用「回家」這個詞，不知道從什麼時候開始，我意
> 識到回家的不妥，開始自覺的說「回馬來西亞」，對家人說
> 「回去」，不說回家。八年前，父親退休搬離油棕園之後，我
> 的家就從人間消失了。兩年前，父母親再從南部北遷怡保，回
> 到他們和我們姊妹共同的出生之地，那號稱小桂林的美食山
> 城。我知道是徹底告別的時候。收藏著我掙扎成長的小城，瀰
> 漫著焦香、黃塵和黑煙的油棕園。跟家，跟青春揮別，成為東
> 西南北人。[49]

可知油棕園成長的空間記憶，幾乎已隨遷居而消失了。然而油棕園這
一地理空間畢竟仍是生命記憶之所在，油棕園因此不僅是真實地理，
也是鍾怡雯身分的空間原型所在。也只有在野氣充斥的油棕園裡記憶
生命的成長，自我身分方得以被固定下來。然而，現實卻是油棕園已
成為過往的記憶空間，必需經由書寫方得以為自己十九年的成長歲月

---

48 范銘如：〈導論：空間的再現政治〉，《空間／文本／政治》，頁21。
49 鍾怡雯：〈那些曾經存在的〉，《野半島》，頁170-171。

定錨。職是，往往「沒有家」才開始書寫家的記憶。

　　而書寫原鄉的記憶、家族的故事，也正是因為離家太久、太遠，而逐漸「遺失」自己的身分，乃必須藉由書寫野半島的記憶與故事，以便找回自己，「重構」自己的身分。

2 原鄉空間的私密家族故事：追索幽黯國度陽光下的暗影

　　然而，書寫離開久遠的原鄉並不容易，即使已採取較冷靜疏離的手法，鍾怡雯對原鄉的複雜感受仍舊在某些較潑辣的篇章裡，顯露了一些「噓夷」或其他。如〈暗影搖動〉寫道油棕園裡的煉油廠所發出的帶苦酸的焦澀氣味：

> 赤道豔陽下，油棕園像是沸騰的油鍋，塵土飛揚，空氣裡除了泥味，就是油棕被熬煎時的苦澀和酸氣。日正當中時，所有物質都呈現半融解狀態，載油棕果的大卡車也按不出響亮有力的喇叭，一切都鬆散疲軟，人的精神也是。不上課的下午我得給父親送下午茶，四點的太陽曬得皮膚刺痛。我提著熱咖啡和糕點在毒辣的太陽底下走，邊走邊喘，十五分鐘路程走成五十分鐘或更久，汗從頭流到臉再摔到乾燥的黃泥地，依稀聽到汗水和土地發出微弱的吻。[50]

文中具體描寫油棕園生活的野氣及煉油所散發的焦苦氣味，以及自己送下午茶的卑弱身影，顯示這並非正面的美好記憶；但也絕非奈波爾（V. S. Naipaul, 1932-）《幽黯國度》裡對印度原鄉明顯的鄙夷／同情，而是更複雜的情感。鍾怡雯因此說道：「那散發著繁複氣息的油

---

50 鍾怡雯：〈暗影搖動〉，《野半島》，頁108。

棕，背後搖動著的重重疊疊記憶暗影啊。」[51]「暗影」正是《野半島》裡的原鄉風格。

《野半島》裡的家族暗影／陰影觸處可見，篇名即可一窺究竟，如〈埋葬自己〉、〈陽光不到的角落〉、〈腐爛的公蕉〉、〈難過的晚餐〉、〈從夢裡爬出來〉、〈黃昏的幻影〉、〈暗影搖動〉、〈天這麼黑〉等。不只如此，父系家族精神不穩定的狀態更坐實了暗影／陰影的無所不在，如〈我們的問題〉言及家族遺傳之神經質，影響自己不易沉睡的特質。其他篇章裡，如〈聲氣〉、〈埋葬自己〉、〈陽光不到的角落〉等也一再敘及父系家族成員的瘋／癲狀態，陰影揮之不去。如〈陽光不到的角落〉裡說道自從三姑進入精神療養院之後，跟神經病有關的用詞全部變成禁忌。文中還提到：

> 所有的神經病患都被視為不對勁，頭腦不正常算是仁厚的措辭，歸祖父專用。或許我們家有著神經病的傳統，說話時總有些顧忌。第一號病患是阿太，曾祖母。她的困擾純屬自家事，拿鋤頭挖洞埋自己這事，還頗有點喜劇效果。[52]

但第二件事卻令人笑不出來，剛從精神病院出來的表叔，用鋤頭把自己的爸爸鋤死了，很快地，他又被送回去了，鍾怡雯：「陽光不青睞他，也不屬於他。」[53]而三姑從女警變成精神病人，無法理解：「這些被命名為 gila 的人，他們的思維方式，它們所處的世界，那些曲折幽暗和痛苦的心情轉折，照光照不到的角落，真不是我們能夠理解的

---

51 鍾怡雯：〈暗影搖動〉，《野半島》，頁109。
52 鍾怡雯：〈陽光不到的角落〉，《野半島》，頁62。
53 鍾怡雯：〈陽光不到的角落〉，《野半島》，頁63。

啊。」[54]因此祖父為三姑而借酒澆愁，父親便倒楣，連帶鍾怡雯也遭殃；而祖母的認命則是用痛罵命運和鍾家的壞遺傳來表達。因此，鍾怡雯家族成員精神不穩定的隱形威脅，令人沒有安全感的現實，迫使鍾怡雯必需以書寫療癒它、面對它。正如她在書序裡坦言：「生命的陰影無所不在，即使逃到天涯海角。我恐懼，可是我得克服它。野大的生命，老大的特質。」[55]可見野半島的野性，皆通過她的家族成員之陰鬱特質而流進她的血脈裡，形成揮之不去的暗影／陰影。

是以，鍾怡雯以書寫建構她在野半島的「野大」生命史，並致力於克服這些與生俱來的生命暗影／陰影。誠如論者評說：

> 其筆下的野蠻，……是有著神秘冒險、開疆闢土、克服困境等充滿生命力的象徵。鍾怡雯的新著《野半島》，在主題上重複了這個況味，有所不同的是她這次用更有力的散文語言，生動地再次詮釋了『野』字中，勃鬱、血性、奔放、剽悍與自信的內涵，……，鍾怡雯以不協調的散文語言，寫出了那個野世界的衝突和雜質，相當生動。[56]

可知野半島為鍾怡雯的生命文本衝撞出一種野性美感，以及由此粹練而出的剽悍與自信。

而《陽光如此明媚》似乎較「明亮」，其實它書寫的是「陽光之下的陰影」，仍聚焦於陰影敘事。鍾怡雯在〈後記〉提及母親總是面向陽光，而自己卻總是尋找陽光底下的陰影。是以，此書寫出了更多

---

54 鍾怡雯：〈陽光不到的角落〉，《野半島》，頁64-65。
55 鍾怡雯：代序：北緯五度〉，《野半島》，頁14-15。
56 徐國能：〈野語英華──評鍾怡雯《野半島》〉，《聯合文學》第23卷第11期（總275期，2007年9月），頁128。

「陽光底下的陰影」──生命中的死亡與失去的故事:「靈光乍現。
他們底下的陰影,層層疊疊,那麼憂傷,藏在明媚陽光照不到的角
落。」[57]此外,她也敘寫陰影中的陰影──神秘經驗:「那些難以說清
的神秘經驗,則是陰影中的陰影。……完美狀態下其實充滿層層疊疊
的陰影。」[58]因此,《陽光如此明媚》裡透露不少與死亡或神秘有關的
貼身體驗,如「卷一‧過敏的靈魂」的八篇文字或「卷二‧重返聲色
世界」裡的〈今晨有雨〉。而卷二與題為「乾脆住天堂」的卷三,多
與自傳或家族故事有關。是以,《陽光如此明媚》一樣大多敘寫自我
與家族故事的陰影。

值得注意的是,兩書使用鍾怡雯同一幀側面獨照。《野半島》將
之置於書封折頁之作者簡介與書後版權頁前,前後呼應。《陽光如此
明媚》則直接將該幀獨照放大置於書封正面,並做了光影變化的處
理,頗能呼應書名之光影意味。此外,《野半島》的全家福照片亦出
現兩次,漫漶不清的一幀置於正文前,正文後出現的卻十分清晰;彷
彿暗示經由書寫可使過往之廢墟,逐漸浮現出清晰的樣貌。是以,作
者也將在書寫完成後,更加確認自己的位置──從何而來,置身何
處,將往何處去。是以,書寫陰影/光影為主的兩書,皆運用了照片
的光影變化,以呼應光影/陰影的書寫策略。

因此,鍾怡雯與野半島原鄉間的複雜情感,絕非只是「噫夷」,
反而是更深沉的眷戀,誠如光影之正反相生一樣,愛/恨互為表裡。
是以,鍾怡雯翻檢野半島的往事,也在追憶中細數自己的憂傷。因此
這部生命之書其實更是一種深沉的儀式,憑弔過去生活空間裡的一切
事物,也與它們和解。這也是《野半島》及《陽光如此明媚》之所以

---

57 鍾怡雯:〈轉變,或者時間(後記)〉,《陽光如此明媚》,頁174。
58 鍾怡雯:〈轉變,或者時間(後記)〉,《陽光如此明媚》,頁174-175。

能夠呈現自我與家國地理空間的相互定義之所在，也由此以重構自己
的身分認同。

3　「客居」南洋的族群：南洋客家人多元混雜的成長經驗

　　鍾怡雯這兩部自傳散文也書寫她身為南洋客家人的故事。由於成
長於多元種族與語言文化交織的野半島，兩書所呈現的客家意象乃不
免攙雜多種異國情調，形成繁複混雜的後現代客家面貌。

　　其中，她以「語言」與「食物」為符號所呈現的客家印記尤富興
味，如〈他以為他是一首詩〉、〈腐爛的公蕉〉、〈我轉來了〉、〈流失的
詞〉、〈親愛的阿拉〉、〈拿督公之家〉等，在在呈露客家話或食物在過
往之墟裡的獨特位置——混雜著馬來、印度與英式風情的南洋客家風
情。如〈腐爛的公蕉〉：

> 客家話的香蕉發音是弓蕉，非常象形，我總誤讀為「公蕉」，
> 阿公的水果。祖父去那裡都帶一梳蕉，尤其南來北往，要在火
> 車裡消磨漫長的八個小時⋯⋯。
>
> 無論時間多緊張，上火車前，他匆匆奔向火車站的水果攤。等
> 吓，阿公買公蕉。⋯⋯下車時沒吃完的香蕉熱出黑點，熟蕉的
> 味道令我作嘔，不知道為什麼我腦海跑出廣東話或客家話的
> 「爛蕉」，男性生殖器，罵人的粗話，而且延伸出「腐爛的」
> 言外之意。這樣一想，就更反胃了。[59]

文中指出香蕉的客家話「弓蕉」，及其變成「爛蕉」所聯結的腐爛意

---

59 鍾怡雯：〈腐爛的公蕉〉，《野半島》，頁65-66。

象；不只展現南洋客家文化，也呼應本書的陰影書寫。又如〈流失的詞〉：

> 我們家裡一直是雙聲帶，華語和客家話可以流暢切換毫無阻礙。跟父母親很自然的說客語，手足之間講的是大雜燴式的華語。大雜燴有一種話劇的誇張感，像表演者以十倍二十倍的感情強度在傳遞情緒。很多聲調的變化，很多「啦」、「的嗎」，「是嗎」說成「是咩」，方言大量滲入，客語、廣東話、福建話夾雜著馬來話、英語，以及一些印度單字，很像過年時母親煮的雜菜──燒肉、白斬雞、蘑菇煮雞、豬肉吊片丸、排骨、大白菜，都是一吃再吃卻還有餘的年菜，全丟到一個深鍋裡，加入辣椒乾以及芥菜，煮出不分彼此的頂肺好滋味。日常用來吵架、說話或取笑彼此的華語就像雜菜，使用起來靈活自如，罵起人毒辣無比，根本不必勞煩中指。[60]

鍾怡雯指出家中的「語言」和「食物」一樣都是大雜燴，同時混用客語、廣東話、福建話、馬來話、英語及印度單字，活像過年時所吃的大鍋菜，融合無礙。語言的多元混雜，顯示南洋客家華人所面臨的各種雜質與衝突，早已逐漸內化為自身血脈的一部分。

是以，《野半島》的客家印記，經由書寫亦建構出魔幻而奇特的南洋魅影，引人入勝。論者亦評說此現象：

> 馬來半島華夷雜居，語言格外多采多姿，鍾怡雯放棄了她過去散文裡的雅正，引渡了廣東話、客家話、馬來語、印度語、英

---

60 鍾怡雯：〈失去的詞〉，《野半島》，頁89。

語等方言外語在華文中，刻意強調了作者自我的身分，活潑而有力地傳達了那個民族多元與歷史混血的地方特色，相當潑辣地逼使讀者進入一個語言的異境，感受一點酸辣不分甜鹹難辨的南洋。這樣的寫作策略無疑是大膽的，……但這個人化的語言風采，充滿「雜質與衝突」的敘述方式，卻是對文學藝術最真誠的致敬，回到自己的根源、正視自己的來路、尊敬自己的出身，如此才有真的藝術，才有實的文學。[61]

可知鍾怡雯的客家話夾雜著廣東話、馬來語、印度語、英語等各種語言文化，以其身世之多元、文化之混血，其客家血統亦呈顯魔幻的面貌。由於正視「混血」客家的出身，乃特能彰顯既駁雜又單純的自己。

是以，南洋客家人的多元身分裡，既有廣東原鄉移居至南洋數代以來的歷時性文化印記，也混雜著馬來、印度與英式文化的並時性異國風情，在歷時性與並時性兩者的鑲嵌互文之下，鍾怡雯的南洋客家身分，遂顯出後現代式的多元混雜之異國風情。

（二）在福爾摩沙追尋自我身分：簡媜溯源家族遷移史與蘭雨童年紀事

簡媜的散文自《胭脂盆地》及《好一座浮島》開始面向己身所處的空間，不只是宜蘭家鄉，也包含後來移居的都市；到了《海角天涯》所關注的空間則擴大為這個島嶼了。

《海角天涯》收錄的九篇文字可分為三個小主題，前三篇〈浪子——獻給先祖〉、〈浮雲——獻給母靈〉、〈朝露——獻給一八九五年抗日英魂〉，以國族歷史為主要關懷，較偏向以「時間」為主；中三

---

61 徐國能：〈野語英華——評鍾怡雯《野半島》〉，《聯合文學》第23卷第11期（總275期，2007年9月），頁129-130。

篇〈天涯海角──給福爾摩沙〉、〈秋殤──為一九九九年九二一震災而作〉、〈水證據──給河流〉則是關懷臺灣的地誌書寫,較偏向以「空間」為主;後三篇〈初雨──給童年〉、〈煙波藍──給少女與夢〉、〈渡──給愛情及一切人間美好〉則是第一、二編的交會,以自我的追尋與認同、人間情緣的書寫為主。[62]同時,它們都是簡媜對自己與家國最深情的自傳式告白。然而,此書意圖宏大,其體製亦隨之擴大不少,除〈秋殤〉為四頁左右的小品文外,其餘皆為長篇散文,篇幅最長的是〈朝露〉多至八十一頁,其次為四十五頁的〈浪子〉,〈渡〉也有四十三頁之多,其餘亦多為二十至三十頁左右的長篇散文,由此可見簡媜此部散文集所展現的恢宏氣勢。誠如何寄澎所言:「綜觀三輯各篇,寫作時序不一,但宛然亦成體系──由一己而家族而國族的『史詩』文本,莫不鮮明見證簡媜對這土地及其歷史與人民的深厚之愛與珍惜。」[63]是以,簡媜這部自傳散文兼含國族、家族與一己的「史詩」敘事,於簡媜個人或當代散文創作而言都具有重要的意義。

1 歷時性與同時性空間的鑲嵌互文:南靖范陽簡姓遷臺史與島內移居的個人成長史

　　《海角天涯》所述之空間,既有簡媜家族自南靖范陽移居臺灣宜蘭的遷臺史,也有自己少女時期由蘭陽平原移動至胭脂盆地成長的經歷。是以,由大陸至臺灣、由宜蘭至臺北,是歷時性空間的移動。同

---

62 亦可參看廖祿基:〈論簡媜《天涯海角──福爾摩沙抒情誌》的記憶與認同〉,《臺北教育大學語文集刊》第13期(2008年1月),頁208-210,亦指出各編以時間、空間為主的策略。

63 何寄澎:〈「史詩」式的文本──我看「天涯海角:福爾摩沙抒情誌」〉,《聯合文學》第19卷9期(總225期,2003年7月),頁75。

時也有簡媜成年後定居胭脂盆地後來回移動於蘭陽平原的同時性空間之往返。在歷時性與同時性空間的往返／互文中，簡媜必得建構自己的身分認同。是以，她注視福爾摩沙並回眸大陸，由小空間至大地理，展現深刻的人文關懷，其動機是為了審視自己這一卑微的存在：

> 為了尋找一種高度，足以放眼八荒九垓又能審視自己這卑微的存在，遂有此書。[64]

> 副書名「福爾摩沙抒情誌」，意謂這書收藏的只是一個微渺的人賴以寄世的一些情懷與結論。[65]

為尋找自我，她以一種視野的高度，將自己的存在拉高到歷史視窗裡，由蘭雨家鄉至胭脂盆地，乃至島嶼以及它的大陸前身。這些空間與地方的身世，無一不與簡媜的生命歷程緊密縮結。由於書寫臺灣的身世而更自覺我的存在，是以簡媜乃有此書的寫作。因此，她說：

> 我喜歡定在這一時間點，從遼闊的海洋視角來「發現」這座島，喜歡這名字所傳達的那一份永遠的驚奇與讚嘆。

> 是以，我竟希望每個人重新回到浪子狀態，漂流、發現、呼喊，再一起歡喜上岸。[66]

---

64 簡媜：〈二○○二年小札（兼後記）〉，《海角天涯──福爾摩沙抒情誌》（臺北：聯合文學出版社，2002年3月初版；2003年6月初版六刷），頁285。
65 簡媜：〈二○○二年小札（兼後記）〉，《海角天涯──福爾摩沙抒情誌》，頁286。
66 簡媜：〈二○○二年小札（兼後記）〉，《海角天涯──福爾摩沙抒情誌》，頁286。

如此，簡媜乃得以抒情如詩的筆觸，大量而深沉的史料鉤沉她的蘭雨家鄉與家族史，以及確認自身這一微渺存在的位置及意義。

是以，簡媜打開驚奇的身世之謎後，自然要向上溯源這個島嶼與它前身的故事。如她在〈浪子──獻給先祖〉「前言」所述：

> 每一支姓氏遷徙的故事，都是整個族群共同記憶的一部分。當我們追索自身的家族史，同時也鉤沉了其他氏族的歷史。唯有大時代足以歌泣時，我們自身的故事才足以歌泣。我選擇從這扇視窗往外看，對聚集在島上一批批宛如漁汛般的移民浪潮懷著全體吸納的渴望。我想，這島之所以雄偉，在於她以海域般的雅量匯合每一支氏族顛沛流離的故事合撰成一部大傳奇；我從中閱讀別人帶淚的篇章，也看到我先祖所佔、染血的那一行。[67]

由此可見簡媜的自傳散文，其氣魄之大即在此。她要追尋的不只是小我的來歷而已，更是家族史及這個島嶼的移民史，因此集中每篇散文都是長篇巨製，宛如綿延的家族史與島嶼故事，訴說不盡。

是以，歷時性的簡姓遷臺史與在島嶼內同時性空間移動的成長史鑲嵌互文，交織成簡媜的自我追尋與認同的生命史。

2 空間與族群身分的錯位：客家身分的「遺失」與「發現」

其後，簡媜對自我身分的追尋，始於「簡」姓一直令她有有著莫名的情結：

---

67 簡媜：〈浪子──獻給先祖〉，《海角天涯──福爾摩沙抒情誌》，頁6。

> 彷彿一隻蜘蛛回到昔年海邊，尋找當年被風吹落大海的那張網
> 般困難，我探求先祖軌跡，只得到五字訣。嚴格說，連這五字
> 都是空殼子。首先，我不知道簡姓如何傳承（曾有一段時間，
> 我憎惡這個福佬音同性愛，常被庸俗男性藉題取笑的姓），再
> 者，「南靖」、「范陽」位在哪裡？無從求解。[68]

由此可知簡媜對於自己的出身充滿求知的欲望，曾經迷惘過，尤其不滿意自己無法移易的先族所賜之姓。而簡媜曾主動將原名「簡敏媜」精省成「簡媜」作為筆名，可見姓氏及其所代表的地理空間及身分是無法棄絕的存在，個人僅能小規模地更動其後的名字而已。其後簡媜透過「簡」字追索家族史，終於找到它背後並「不簡單」的簡姓氏族遷移史。

簡媜終於在尋根之旅獲得族群身分的正名，由「簡、南靖、范陽」這五字密碼（加上「二十二世」成為九字密碼），一路追尋至福建南方土樓群，終於有了驚人的發現：

> 書中清查南靖縣十七姓氏所居之各種形式土樓及民系關係，最
> 多的是張氏有一百四十座土樓，屬客家；簡氏有六十七座，亦
> 屬客家。

> 原來我的祖先具有客家成分。在使用福佬話之前，應有很長一
> 段時間，他們以流利的客語呼喚彼此名字，以客語祭祖、誦詩
> 及商量遷徙地圖。

---

68 簡媜：〈浪子──獻給先祖〉，《海角天涯──福爾摩沙抒情誌》，頁9。

> 無從推測他們從什麼時候開始講福佬話，在南靖或來臺之後？
> 不知道他們用語言換取身分抑是隱藏身分？我只願意這麼想：
> 土地因擁有多種語言而肥沃，語言因土地不同而抽長新芽。我
> 的祖先最後入墾宜蘭，留下一口據說攪了南島語系的宜蘭腔福
> 佬話給後代，完全遺忘客家淵源。或許，這就是土地的力量
> 吧。[69]

可見她最重大的身世「發現」就是自己原為客家人的事實。簡媜自述客家身世之「謎」與「土地的力量」有關，其主要關鍵便是語言。簡媜提及土地因有多種語言而肥沃，但也因為先祖入墾福佬人為主體的宜蘭，隨著時間的變遷，逐漸變成遺忘客家語及文化的福佬客。若以王德威的「後遺民」概念言之，簡媜這樣的「移／遺民」面對的是身世的「遺失」與身分的「（被）遺棄」，[70]由此產生的焦慮與欲望，當是她最重要的身分認同之所在。是以，簡媜的自傳散文追索的身世，不只是自己短短這一世，而是向上溯源至整個家族來臺開基的脈絡，這其中必有歷史或時間長河的變動，但土地或空間改變族群身世的力量似乎更大。因此，簡媜這個「發現」就像打開家族歷史的「檔案匣」一般的驚奇。

3 在多重空間成長的生命史：蘭陽平原山海之間成長的童年

簡媜在〈初雨——給童年〉（原名〈小同窗〉）呈現了「我自己」的故事。少女時代由由宜蘭冬山河畔的家鄉移居至臺北盆地就學、工作與定居。因此產生了在「宜蘭家鄉」與「臺北異鄉」這兩個不同地

---

69 簡媜：〈浪子——獻給先祖〉，《海角天涯——福爾摩沙抒情誌》，頁33。
70 借用王德威：〈時間與記憶的政治學〉，《後移民寫作》（臺北：麥田出版社，2007年11月），頁6。

理空間的來回移動史。文中有三個「我」，一是成年後世故的我，一是內心仍然純真的我，一是童年的我，三者在文中曾有過交集，形成自我對話的張力。此文始於一通召喚回鄉開小學同學會的電話，成年後世故的我先答應了，心中卻未必認同，遂與純真的我在想法上產生拉鋸。夜裡，童年的我出現在床邊，以其天真拉攏現在成年後內心交戰的兩個我，達成回鄉的決定。然而，世故的我直到上了北迴線火車，心中仍有不情願；是以童年的我再次出現，隨著海水被沖進車廂裡，及時安頓了我的回鄉情懷。簡媜寫道：

> 在崇山峻嶺與壯闊海洋之間開展的這塊母鄉平原，妳相信它是戰神與美神交鋒下的結晶。在任何一條春日的河域潛游，你都可以感受地底有一股渴望大變動的力量，在水草招搖間、河蜆吐納間絲絲冒出，與另一股嚮往大安靜的溫柔力量——或為雨水、浮雲、游煙，相互激進，共同匯聚在妳以及所有的童伴身上，妳相信這就是性格的來源。[71]

在此，簡媜說明地理空間對於個體性格的塑造，尤其是生長在山與海與平原多重地理空間交鋒的蘭陽，簡媜認為自己性格中剛與美的特質，皆可歸因於蘭陽成長的童年。因此，簡媜說：

> 山與海兩股大力量敲鑿童騃的妳，遂相信神秘的天庭裡有兩位神，一化身為陽剛之山，一為豪放女海，你自此無法拈除戀父戀母情結，在內心底域與之對話、傾訴、爭辯。夏秋之際，颱風肆虐，帶來山洪暴發、海水倒灌，以一種大毀滅的決心襲擊

---

71 簡媜：〈初雨——給童年〉（原名〈小同窗〉），《海角天涯——福爾摩沙抒情誌》，頁213-214。

手無寸鐵的小農村；……，妳沒有驚恐，只有鎮定，憤怒即將
爆破前的鎮定；……，妳怒視汪洋，怒視使嫵媚的綠色平原突
然變成汪洋的那兩位神，以祂們教妳的那股生命力痛斥祂們企
圖毀滅一切的力量，妳幾近狂怒，大聲叫囂：「來啊！再來
啊！把我們全淹死！」妳的心裡清楚明白，為了捍衛家園，不
惜在你所執戀的原父原母座前，叛逆之！叛逆之！叛逆之！

妳說，災難時扎的根比任何時候都深。[72]

簡媜描述了在蘭陽平原的成長史中，不時出現的颱風，無法摧毀宜蘭
人堅毅的性格，反而激發出更叛逆地捍衛家園的心志。是以，在此類
地理空間裡長年不斷發生的災難，建構了簡媜性格中陽剛與豪放的一
面，也厚植她未來移居臺北盆地打天下的生存資本。因此，在山海與
平原的多重空間成長的童年，建構了成年後簡媜的自我身分認同的
基礎。

　　簡言之，簡媜追索個人與家族史的脈絡，也書寫臺灣的遷移史與
身世，進而更自覺地確認自己的生存位置與身分認同。

　　綜言前二小節所述，簡媜與鍾怡雯都在中年之際逐漸回頭拾起過
往之廢墟，由現下身處的地理空間，不約而同地眺望原鄉所在的半島
或大陸，以補綴自己的生命空間與身分認同的問題，只是眺望或追尋
方向不同，一為馬來半島，一為中國福建。鍾怡雯兩書的地理空間跨
度較大，由臺灣島回望所來之處的馬來半島，並記錄野半島上的身世
記憶；而簡媜則在臺灣島上的不同空間移動，僅尋根之旅以大陸為地
理空間。然而，她們都在自我與地理空間的互涉裡，確認了自己更精

---

72 簡媜：〈初雨──給童年〉（原名〈小同窗〉），《海角天涯──福爾摩沙抒情誌》，頁
　　215。

確的存在位置。其次，同樣具備客家血緣，差別在於鍾怡雯的客家身分是自小成長於南洋僑居地混雜多元文化的客家風情裡；而簡娥則是生長於福佬人為主的蘭陽平原卻渾然不知隱性客家身分的福佬客，在尋根之旅中偶然「發現」自己「遺失」的客家身分。是以，「客家」身分並非簡娥過往生命的印記，而是「失而復得」，是向上溯洄先祖來臺開基脈絡的意外發現。因此，簡娥所追索的身世，不止是自己的故事，也是家族史及整個島嶼的移民史。相較之下，鍾怡雯自小認同客家身分，她的身分不確定反而來自生長於南洋僑居地油棕園又移居臺灣定居的空間移動裡，因此她的兩本生命之書敘寫的是身為南洋客家人移動於野半島與臺灣島間所產生的身分定位之張力。是以，客家身世之於鍾怡雯與簡娥，一顯一隱，正是兩人在身分與空間的認同之差異所在。簡言之，透過空間與空間的移動及其中所產生的張力，鍾怡雯和簡娥得以追尋自我的位置，確認自己的身分。

四　以影像與物件敘事追尋自我與家族故事：
　　鍾文音《昨日重現》與張愛玲《對照記》

　　當代女作家的自傳散文，尚有書寫自我與家族列傳並以影像敘事為主的類型，它們大多以圖／文對照形式訴說往事。其中，以鍾文音《昨日重現——物件和影像的家族史》（2001；以下簡稱《昨日重現》）與張愛玲《對照記——看老照相簿》（1994；以下簡稱《對照記》）最具代表性。前者副標題已指明它的特色，是以「影像」或「物件」召喚流年的自傳散文；而後者是一部純以照片為主、文字為輔的「類自傳」文本，雖非嚴格定義下的自傳散文，但仍值得討論。[73]

---

73 另有類似之作，如林海音《穿過林間的海音——林海音影像回憶錄》（2004）也是

（一）自我與家族記憶的虛實交疊：鍾文音以影像與物件 召喚流年

　　鍾文音的圖文式自傳散文《昨日重現》，其書寫自我與家族史的企圖與架勢，明顯高於張愛玲《對照記》的隨興與即興。雖然「攝影／照片」是這兩部跨世代文本的共通處，或者說是鍾文音師承自張愛玲的表現手法。[74]但鍾文音曾認真地遠赴紐約學生藝術聯盟習畫，同時也精熟於攝影，繪畫與攝影這兩種視覺藝術，經常與她的文學創作結合。[75]因此，圖／文書寫，於她一直是種必然與自然。

1 尋物依舊，尋影流轉：藉影像與物件追憶／尋繹往事

　　《昨日重現》強調「影像」與「物件」這兩種物質所召喚的記憶，副標題「物件和影像的家族史」已清楚說明她拼貼／重構往事的敘事策略。影像與物件可以是平行的兩個概念，亦可將影像（照片）視為物件。無論如何皆能強調文本的紀實性：「一張照片，一種氣味，一個物件，一串相思，如此竟已十分地濃烈，就像夢遇見了夢。」[76]

以照片為主的影像傳記，在林海音故後（2001）由他人編纂，輔以她的若干散文，構成另類林海音傳，但非本文所稱之自傳式文本。而陳文玲《多桑與紅玫瑰》（2000）則是一部解構／重構母親生前故事的他傳散文，以真實的「照片」搭配「虛構」的電腦繪圖，以突顯母親與眾不同的生命史。

74 張瑞芬也曾提及此點：「《昨日重現》一書以『物件和影像的家族史』為副標題，穿插以真實家族圖照（這或是師承自張愛玲《對照記》），紀實意圖十分明顯，也使它與家族小說區隔開來。」張瑞芬：〈流年暗中偷換──沈君山《浮生三記》、鍾文音《昨日重現》、桑品載《岸與岸》三書評介〉，《明道文藝》第301期（2001年4月），頁59。

75 如《臺灣美術山川行旅圖》，又如一系列文學旅行之作《三城三戀》、《情人的城市──我和莒哈絲、卡蜜兒、西蒙波娃的巴黎對話》、《奢華的時光──我的上海華麗與蒼涼紀行》等皆是。

76 鍾文音：《昨日重現──物件和影像的家族史》（臺北：大田出版社，2001年2月）「扉頁」。

是以，此書書封即以一張黑白婚禮大合照（其上另覆彩色書封，中間挖空的橢圓框，將合照中的小女孩框成一幅「獨照」）說明其紀實性。因此，鍾文音借用羅蘭・巴特（Roland Barthes, 1915-1980）說明其心靈世界：「攝影是純粹的偶遇，……，即刻展陳所有的細節。── 羅蘭・巴特（Roland Barthes）《明室》」[77]，是以照片特別能夠突顯時代的印記，尤其是黑白舊照，其「尋影流轉，張張影像皆流轉出一則則滄桑。」[78]書中照片乃幾乎皆為復古的黑白老照片。此外，其追憶特質十分濃厚，如正文前「序曲・尋物依舊，尋影流轉」所言：「是後來一杯茶的味道，勾起了多少往事的生動形象。── 普魯斯特《追憶似水年華》」[79]，鍾文音以普魯斯特（Marcel Proust, 1871-1922）為師，以「氣味引領呼喚，呼喚勾起遐思。」[80]──敘寫昨日往事。

　　《昨日重現》較偏向以「物件」為書寫主軸的有三卷，分別是「卷一・漫漫洪荒」寫雲林家鄉的空間及人文歷史；「卷九・流光暗影」寫自己與重要物件交疊的生命史；「卷十・肉身流年」寫各種常見的中西成藥與自己的病痛成長史。以上看似平常的物件，卻是鍾文音的自傳與家族史中不可或缺的重要物質。

　　是以，她不只在影像／照片中追憶，也在物件中尋繹往事。所以，透過影像與物件傳遞記憶，鍾文音發掘其間的意義：

　　　　如今，尋影流轉，尋物憶舊，景物全非。……文字和影像，又

---

77 鍾文音：「序曲」〈尋物依舊，尋影流轉〉，《昨日重現──物件和影像的家族史》，頁14。

78 鍾文音：「序曲」〈尋物依舊，尋影流轉〉，《昨日重現──物件和影像的家族史》，頁14。

79 鍾文音：《昨日重現──物件和影像的家族史》，頁7。

80 鍾文音：「序曲」〈尋物依舊，尋影流轉〉，《昨日重現──物件和影像的家族史》，頁8。

　　　　豈是懷舊與解讀時尚今昔所能涵蓋之，感情毋寧才是影像背後
　　　　的底蘊。為此，人們在過往裡穿梭，保有著畫面。畫面牽動記
　　　　憶，記憶又讓感情凝結。世代原就是如此地傳承下去。[81]

可知影像與物件是《昨日重現》的重要記憶線索；而影像背後的感
情，才是真正牽動家族世世代代記憶的主因。因此，影像與物件之於
鍾文音是永恆的：「物件可以是人物的地標，影像可以是生命的凝
結，如此一來，物件和影像就成了我對許多人的催情劑和不滅的記憶
了。」[82]是以，鍾文音經由文字書寫，「物件和影像，穿越時光之河，
終於有了不同的顏色與自由的寬度。」[83]這就是《昨日重現》之所以
「重現昨日」的策略。

2 影像／物件與記憶的虛實交錯：母系與女性記憶的重組

　　《昨日重現》之敘事架構，大致具備《史記》「列傳」的形式，
其刻畫人物的七卷，分別為「卷二・我的天可汗」寫母親、「卷三・
小腳與轎子」寫祖母、「卷四・以父之名」寫父親、「卷五・言師採藥
去」寫祖父、「卷六・開枝散葉」寫母系親人（外公、外婆、舅舅、
舅媽等）、「卷七・大合照與缺席者」寫父系親人（小姑、叔公等）、
「卷八・棒球好手與種樹的男人」寫兩位兄長等重要親人的故事，大
規模展開家族成員的系列故事。

　　其中專以女性為書寫對象者僅佔二、三篇，專寫母親的更似僅有

---

81 鍾文音：「序曲」〈尋物依舊，尋影流轉〉，《昨日重現──物件和影像的家族史》，
　　頁17。

82 鍾文音：〈後記〉，《昨日重現──物件和影像的家族史》，頁290。

83 鍾文音：「序曲」〈尋物依舊，尋影流轉〉，《昨日重現──物件和影像的家族史》，
　　頁17。

「卷二‧我的天可汗」（長達五十七頁）一篇；但其實全書偏重「女性視角」的敘述策略十分明確，由「序曲‧尋物依舊，尋影流轉」便知，其中所述盡是女性的衣飾物件及其照片，包括祖母、外婆、母親、大阿姨與表姨等人。是以，《昨日重現》除明確地以「母親」為主要敘寫對象的「卷二‧我的天可汗」外，其他各卷亦或多或少出現母親的身影。易言之，《昨日重現》乍看是一部父系、母系兩邊家族成員面面俱到的自傳／家族史，實則這部以「我」為敘述者的自傳式散文，乃是以「生我的母親」這一女性與我的互動，做為敘寫家族列傳時或隱或顯的核心人物，以母親貫串此部長篇自傳散文的敘事主軸。

　　如「卷二‧我的天可汗」以母親為主角，但寫了很多母親與自己的互動，在「餅乾盒」這一節裡，鍾文音寫道母親有很多餅乾盒，各置放不同的物件，她最愛的是母親裝著照片的餅乾盒及其中浮現的鍾文音自己的童年記憶：

　　　　照片餅乾盒裡，我常看的是我自己，一個已不存在的自己。

　　　　那是母親為我打扮的形象，又是她喜歡的紅。那形象暴露了母親的喜好與美醜感官，還有金錢觀，以及她的嚴苛。

　　　　童年的形象通常是穿洋裝，紅色，腳下套著白襪子，娃娃鞋。

　　　　家中唯一的女孩，又是老么，無性別困擾。我非常記得「女」人家該有的樣子，女體的容貌，且我有無數次陪母親上街購物的經驗。每回好像總是快樂地去，難受的回。不知是我如今回憶起來改寫了記憶，還是記憶本就有它的不確定性。[84]

---

84 鍾文音：「卷二‧我的天可汗」，《昨日重現——物件和影像的家族史》，頁63。

是以，鍾文音在母親的照片餅乾盒裡，召喚了久違的自己童年的形象，一個被母親依其喜好所裝扮的自己，而不是自己真正認同的自己；此外，也勾起了童年自己與母親不愉快的逛街經驗，每次仍然都穿上新衣服照相，物件被保留下來了，但鍾文音說：「我每當看相片，背後竟是一堆吵雜的畫外音」[85]，可見看似美好童年的穿新衣照片背後的真實，必須透過文字召喚，才能重組真正的童年記憶的面貌。

相較之下，男性親族的面貌似乎較為平淡，是以母系遠較父系親族的面貌清晰許多。而透過「我」的女性視角所書寫的家族故事，也是鍾文音私密自傳的延伸與擴大。回憶往事，其實也就是對於流動的人生旅途的全新檢視：

> 書寫家族，猶如揭開自我的私散文，這於我不是幸福的預兆，也非是美好生活的緬懷，相反的，回憶代表的是昨日已死，在這樣已死的狀態裡，通過一種對生活的寬容，於是我又見到了生命以另一種狀態再次流動，聞到了重生之喜，幫束縛於己身的記憶魔力解套，我而得以走入另一個旅途。[86]

是以，書寫自己與家族其實也正是窺探最私密的自己，並透過「我這一介女子」權充家族故事的解讀者，藉由文字的書寫，讓家族再重生一次，並以此證明「我」的來歷。論者亦有言：

> 鍾文音筆下家族的往事，竟是一個純然由阿太阿嬤母親及母系家族環繞的親族網路，父兄輩在這網路中，竟彷彿淡出的背景一樣看不真切，一概是傳奇筆調的「據說」「依稀夢見」，代表

---

85 鍾文音：「卷二‧我的天可汗」，《昨日重現——物件和影像的家族史》，頁64。
86 鍾文音：〈後記〉，《昨日重現——物件和影像的家族史》，頁290。

了理想與幻滅。而對母親阿太阿嬤等的描寫則是拳拳到肉的紮實，在「我的天可汗」中母女兩代轇葛之指涉尤為明顯。一場多空間複年代的記憶排演，全由作者一介女子來作詮釋，這同時也讓人醒覺，紀實和虛構之間其實是同指一個方向的。[87]

可知鍾文音藉文字重新鋪排的自傳與家族史，較紮實地鋪陳了母系與女性親族的面貌，同時也藉由自己與她們的互動，勾起與自己相關的童年或成長紀事。而影像與物件所召喚的記憶中，往往因為空間與時間的變遷，而使得記憶的紀實與虛構也同時交疊，這也正是自傳散文引人入勝之處。

3 影像／物件外的故事：被隱藏的家族記憶

鍾文音在《昨日重現》裡出入影像與文字，透過「照片」這個交集物，書寫照片／影像內外的意象，以重組她的家族記憶，尤其是影像外未說出的、被隱藏的故事。易言之，鍾文音往往依據影像又逸出影像所框限的範圍以重現往日；在書寫文字的同時，最初觀看影像的感情也藉此「重生」。書寫遂使得影像中的生命變得更加多元而豐富。

如「卷五‧言師採藥去」寫祖父一生行醫（中醫師）的故事，也兼為人收驚、算命、堪輿等。文中穿插了祖父的「遺書」照片，[88]一本名為《神効醫宗同象》的草藥書，是鍾文音小時候認知外在世界的一本好書。[89]另有一張祖父手繪的「收驚圖」照片。[90]但鍾文音說出了草藥書與收驚圖沒說出的故事：

---

87 張瑞芬：〈流年暗中偷換──沈君山《浮生三記》、鍾文音《昨日重現》、桑品載《岸與岸》三書評介〉，《明道文藝》第301期（2001年4月），頁59。
88 鍾文音：「卷五‧言師採藥去」，《昨日重現──物件和影像的家族史》，頁151。
89 鍾文音：「卷五‧言師採藥去」，《昨日重現──物件和影像的家族史》，頁151。
90 鍾文音：「卷五‧言師採藥去」，《昨日重現──物件和影像的家族史》，頁160。

> 他一生所研製的草藥書除了彼時尋常之症外,他最投注於如何
> 「解鬱」;他走正道也走偏鋒,民間畫符算命勘輿他亦在行,
> 他最常幫人做的是「收驚」。不過,他終其一生都飽含鬱鬱,
> 他無法替自己收驚。[91]

是以,經由影像與物件所勾引的往事,有些是被被隱藏或未被說出
的,惟有透過「重述」,方得以讓記憶完整地重組。

而名字也是,它隱藏了未被說出的隱喻。鍾文音說她的名字是研
製草藥書的祖父所起的,即「鍾情於文學樂章」之意,似乎早已預示
往後的書寫工作。從小便受到老師的稱譽:

> 許多人還說取了這個名字像是天生注定就是個拿筆的人,姓了
> 「鍾」,又多了鍾情之意。我於是通過我在這一世的名字來和
> 早已逝去的先人再度有了對話和交集。[92]

因此,鍾文音又說:「祖父應該早預言了他將把他那書寫如樂章的手
交到了我的手中,名字下的大隱喻,我無所遁逃。」[93]由此可知,鍾
文音書寫研製草藥書的祖父的故事,應與他做為自己的命名者有關。

是以,做為中醫師的祖父一生最常用的物件便是筆墨硯,他為鍾
文音預設/創造了未來的書寫命運,生命一開始即被賦予注定與文字
為伍的寓示。

簡言之,鍾文音以其擅長的影像與物件敘事,成就一部獨特的自
傳散文。在影像與物件的記憶中所重構的自傳及家族故事,具有虛實

---

91 鍾文音:「卷五・言師採藥去」,《昨日重現──物件和影像的家族史》,頁146。
92 鍾文音:「卷五・言師採藥去」,《昨日重現──物件和影像的家族史》,頁146。
93 鍾文音:「卷五・言師採藥去」,《昨日重現──物件和影像的家族史》,頁161。

交錯的特質。其次，較以女性親友故事為主的敘事重心，也是她的記憶之焦點。再者，影像與物件的記憶中，也有被隱藏或未被說出的故事。是以，藉由重組自我與家族故事的記憶，也重新認識自己，重構了自己的身分認同。

（二）迎向靈光消逝的年代[94]：張愛玲以老照片拼貼的自傳／家族故事

　　張愛玲晚年推出以影像敘事為主的類自傳文本《對照記》，提早面向即將大量出現的張愛玲傳記。其實張愛玲早已寫過若干短篇的自傳散文，如《流言》的〈童言無忌〉、〈必也正名乎〉、〈燼餘錄〉、〈私語〉以及《張看》的〈天才夢〉等，皆是建構其生命史的重要文本。而張愛玲身故後才「出土」的三部自傳體小說，[95]似乎也很能補足張愛玲以影像為主的《對照記》令人意猶未盡之處。然而，《對照記》仍有其特殊性值得列入類自傳散文中一探堂奧。

1 以照片「寫自傳」的疏離美學──張愛玲「以庸俗反當代」的策略

　　張愛玲顯然不滿意於以文字表白人生，她生前即在「張愛玲傳」即將大量充斥書市前，[96]很有「先見之明」地親自推出晚年最末一部

94　標題借自華特‧班雅明（Walter Benjamin）著；許綺玲譯：《迎向靈光消逝的年代》（臺北：臺灣攝影工作室，1998年）。

95　三部自傳體小說依序為敘述四至十八歲的《雷峰塔》（2010年9月）、敘述十八至二十二歲的《易經》（2010年9月）及書寫二十二歲以後成年階段的《小團圓》（2009年2月），三者可視為「張愛玲前傳三部曲」，可補足《對照記》簡潔的影像自傳之內涵。

96　《對照記》（1993年6月著作完成；1994年6月出版）之後，張愛玲逝世前二年，即一九九三年即開始有張愛玲傳的面世，依年代排序如下，于青：《張愛玲傳：從李鴻章曾外孫女到現代曹雪芹》（臺北：世界書局，1993年9月；廣州：花城出版社，

著作《對照記──看老照相簿》，以回應讀者對她人生的好奇。

一九九三年，張愛玲將自存的照片建構為一部迷你的類自傳散文集《對照記》，此舉之於暮年幽居的張愛玲而言，頗有「寫自傳」之意。而這部以照片為主的類自傳文本，也正是張愛玲以自己的方式回應當代自傳散文主流的叛逆之作；一九九四年出版，翌年（1995）她便幽然辭世。

張愛玲與圖像的因緣從小建立，其著作插圖有許多是她的傑作，如短篇小說集《傳奇》與散文集《流言》的封面與內頁（小說的人物插圖）多出自張愛玲手繪，很能說明她對圖像的熱愛──她喜歡圖像，也喜歡自己畫插圖、設計書封。不只如此，在攝影／照片這一近代產物成為人們記憶過往的重要媒介形式後，張愛玲也在自己的小說與散文集放上自己的照片。張愛玲自言道：

> 印書而在裡面放一張照片，我未嘗不知道是不大上品，除非作者是托爾斯泰那樣的留著大白鬍鬚。但是我的小說集裡有照片，散文集裡也還是要有照片，理由是可想而知的。紙面上和我很熟悉的一些讀者大約願意看看我是什麼樣子，即使單行本裡的文章都在雜誌裡讀到了，也許還是要買一本回去，那麼我的書可以多銷兩本。我賺一點錢，可以徹底的休息幾個月，寫

2008年1月）、宋明煒：《浮世的悲哀──張愛玲傳》（臺北：明田出版社，1996年12月）、余斌：《張愛玲傳》（臺中：晨星出版社，1997年3月；桂林：廣西師範大學出版社，2001年1月；南京：南京大學出版社，2007年6月）、任茹文；王艷：《沉香屑裡的舊事──張愛玲傳》（千聿企業社，2002年10月；臺北：風雲時代出版社，2004年3月）、周芬伶：《孔雀藍調──張愛玲評傳》（臺北：麥田出版社，2005年9月）、張均：《海上紅樓：張愛玲圖傳》（廣州：廣東教育出版社，2009年4月；西嶺雪：《西望張愛玲：張愛玲傳》（東方出版社，2009年5月）、王羽：《張愛玲傳》（上海：上海文化出版社，2009年10月）等多部張愛玲傳記。

得少一點，好一點；這樣當心我自己，我想是對的。[97]

可見張愛玲喜愛在自己的書裡放照片，除了自戀之外，大約還有提升銷路的原因，可見張愛玲運用照片往往出自庸俗的理由。她也評述自己放在散文集《流言》的照片：

> 《流言》裡那張大一點的照片，是今年夏天拍的，……因為不會做媚眼，眼睛裡倒有點自負，負氣的樣子。[98]

> 我立在陽台上，在藍藍的月光裡看那張照片，照片裡的笑，似乎有藐視的意味──因為太感到興趣的緣故，彷彿只有興趣沒有感情了，然而那注視裡還是有對這世界的難言的戀慕。[99]

由張愛玲對自己照片的評論而言，「自負」、「負氣」與「藐視」，皆可見張愛玲性格獨特的一面，雖然「還是有對這世界的難言的戀慕」，可見她仍是在意讀者的。無論如何，當時正名滿上海灘的張愛玲已藉由自己挑選的照片，清楚地呈現了「她希望別人看到的她的樣子」。

　　其獨特的叛逆也呈現在〈必也正名乎〉對於命名的看法裡，這是她的自傳書寫很有意思的一篇。張愛玲的名字原為「張煐」，英文名字為「Eileen Chang」，「張愛玲」則是十歲時母親送她進正式學校時胡亂翻譯的中文名字。[100]此一「臨時起意」的名字自此跟隨她一生，一直沿用。張愛玲說：「我自己有一個惡俗不堪的名字，明知其俗而不

97　張愛玲：〈「卷首玉照」及其他〉，《餘韻》（臺北：皇冠出版社，1995年9月），頁43。

98　張愛玲：〈「卷首玉照」及其他〉，《餘韻》，頁46。

99　張愛玲：〈「卷首玉照」及其他〉，《餘韻》，頁46-47。

100 張愛玲：〈必也正名乎〉，《流言》（臺北：皇冠出版社，1996年4月），頁40。

打算換一個，可是我對於人名實在是非常感到興趣的。」[101]在張愛玲看來，「為人取名字是一種輕便的，小規模的創造。」所以她又說道：

> 中國的一切都是太好聽，太順口了。固然，不中聽，不中看，不一定就中用；可是世界上有用的人往往是俗人。我願意保留我的俗不可耐的名字，向我自己做為一種警告，設法除去一般知書識字的人咬文嚼字的積習，從柴米油鹽、肥皂、水與太陽之中去找尋實際的人生。[102]

由此言之，張愛玲的思維中具有「叛逆」世俗的特質，將自認惡俗的名字，翻轉為促使自己寫出更實際人生的一項動力，刻意以自己俗氣的名字展現超越俗氣的態度，反而創造「以庸俗反當代」的不凡成績，可說是張愛玲對自己（名字）的另類肯定。

2 以照片說華麗的家族故事：以女性親友為影像敘事的重心

張愛玲以照片做為自傳散文的要角，呈現在《對照記》裡的照片總計五十四幀，都是她自己挑選出來「希望別人看到的她的樣子」。年逾七十的張愛玲編輯這些舊照時，寫下這樣的心情：

> 「三搬當一燒」，我搬家的次數太多，平時也就「丟三臘四」的，一累了精神煥散，越是怕丟的東西越是要丟。倖存的老照片就都收入全集內，藉此保存。[103]

---

101 張愛玲：〈必也正名乎〉，《流言》，頁35。
102 張愛玲：〈必也正名乎〉，《流言》，頁40。
103 張愛玲：《對照記——看老照相簿》（臺北：皇冠出版社，1994年6月），頁3。

以上的照片收集在這裡唯一的取捨標準是怕不怕丟失，當然雜
亂無章。附記也零亂散漫，但是也許在亂紋中可以依稀看得出
一個自畫像來。……其餘不足觀也已，但是我希望還有點值得
一看的東西寫出來，能與讀者保持聯繫。[104]

無疑地，「張愛玲喜歡照片」[105]，並且自戀。雖然張愛玲說這些照片
都是「三搬當一燒」留下的結果，以「保存」的心情收錄這些倖存的
照片，一方面藉此梳理出「一個自畫像來」，一方面也有「與讀者保
持聯繫」之意，可見張愛玲並非完全避世的。而張愛玲確實有以照片
代寫自傳的想法，也親自撿擇了「她想要呈現給讀者看」的照片，於
是留下這樣一部獨特的類自傳散文予讀者。

　　張愛玲以五十四幀倖存的（老）照片，帶領讀者快速的掃描她的
「一生」，主軸是回溯祖父母的身世乃至年近五十的自己，其中包含
父母與外婆在內的歷時性系譜的呈現；此外就是姑姑、弟弟與好友炎
櫻等旁系血親及友人的並時性敘事。

　　照片會說話，說出了張愛玲前半生的故事。其中，張愛玲的獨照
有二十三幀，包含唯一一幀約三四歲時的童年獨照（《對照記》「圖
二」）；其餘張愛玲出現的照片，則多有弟弟、姑姑、炎櫻或大侄女妞
兒等人的身影。其次，親人的照片以母親的最多，獨照七幀，二張合
照（一是「圖十一」與婢女，一是「圖三」與張愛玲父親、小姑與兩
位大姪姪的合影），可見母親在張愛玲自傳裡的份量，遠遠超過其父
親。[106]

---

104 張愛玲：《對照記——看老照相簿》，頁88。

105 南方朔：〈蔥綠與桃紅的配對——閱讀張愛玲《對照記》〉（《聯合文學》第11卷第2
　　期（總122期，1994年12月），頁117。

106 在張愛玲身故後出版的自傳小說《雷峰塔》與《易經》（張愛玲自傳小說上、下
　　集）中譯本裡，可看見張愛玲一生最大的傷害或許並非來自於讀者所熟知的兩位

　　最特別的是，祖父母的照片僅出現三幀，但隨之而敍寫的文字卻是最佔篇幅的，張愛玲於文末自語道：

> 悠長得像永生的童年，相當愉快地度日如年，我想許多人都有同感。
>
> 然後崎嶇的成長期，也漫漫長途，看不見盡頭。滿目荒涼，只有我祖父母的姻緣色彩分明，給了我很大的滿足，所以在這裡佔掉不合比例的篇幅。
>
> 然後時間加速，越來越快，越來越快，繁弦急管轉入急管哀弦，急景凋年倒已經遙遙在望。一連串的蒙太奇，下接淡出。[107]

由此可知，晚年的張愛玲並不迴避她華麗的身世，並直言祖父母的姻緣「給了我很大的滿足」，相較之下其他的似乎不足觀也。也難怪張愛玲要「驕傲」地自豪：

> 我沒趕上看見他們，所以跟他們的關係僅只是屬於彼此，一種沉默的無條件的支持，看似無用，無效，卻是我最需要的。他們只是靜靜的躺在我的血液裡，等我死的時候再死一次。[108]

男性──父親與胡蘭成，很可能是《對照記》中令張愛玲直到晚年仍戀戀於其美貌的母親。由兩部小說內容看來，母親似乎並未真正的愛過張愛玲，以致造成她此生莫大的心靈創傷，其後半生幽居美國四十年的怪僻行徑，或許其來有自。見張愛玲《雷峰塔》與《易經》（趙丕慧譯，臺北：皇冠出版社，2010年9月）。

107 張愛玲：《對照記──看老照相簿》，頁88。

108 張愛玲：《對照記──看老照相簿》，頁52。

是以張愛玲直言：「我愛他們。」[109]這大約也是張愛玲此生對其華美的貴族血液一次最為貼心的禮敬罷。

因此，《對照記》裡那些「會說話」的照片，其實也透顯張愛玲的文學與照片之間的互文性。南方朔即曾就此論述：

> 張愛玲私房照片的公開，卻也同樣顯露出了一種文學與照片的內在連繫性。照片裡有兩個世界，一個是在裊裊篆煙裡漸漸泛黃浸漶如字跡模糊了的碑碣世界，讓人思想起《大紅燈籠高高掛》的那種古井無波的大宅第，張愛玲的小說及行文間喜歡用的關鍵字之一是「蒼涼」，《對照記》的照片裡看到了這種「蒼涼」。而另外一個則彷彿是剪裁不合身以至於顯得有點時空脫落的騷動世界，時代的場景猶未搭建完成，而主角則已躍躍待動，許多張愛玲自己的照片凝聚著這樣的騷動不安甚或因此產生的冷漠平板。而就在這兩個世界的縫隙裡擁擠著張愛玲的文字，那是她「清醒的青黑的心子」，也有她「難言的戀慕」。張愛玲的照片和小說一樣，述說的是同樣的一則故事，也正因為它們都是在縫隙裡熬擠而出，也才成就了她的文學世界。[110]

是以，《對照記》裡的照片，除了彰顯張愛玲的自戀之外，也（未）說了許多故事。照片與小說裡的兩個世界都是一蒼涼一冷漠，[111]張愛

109　張愛玲：《對照記——看老照相簿》，頁52。

110　南方朔：〈蔥綠與桃紅的配對——閱讀張愛玲《對照記》〉（《聯合文學》第11卷第2期（總122期，1994年12月），頁118。

111　如張愛玲故後「出土」的三部自傳體小說，依序為敘述四至十八歲的《雷峰塔》（2010年9月）、敘述十八至二十二歲的《易經》（2010年9月）及書寫二十二歲以後成年階段的《小團圓》（2009年2月），三者可視為「張愛玲前傳三部曲」，可與《對照記》參看。

玲的類自傳散文正產生於這樣的世界的縫隙裡。由張愛玲「看圖說故事」的敘事策略裡，讀者看到的是由她的主觀選擇過的記憶，即使如此也是她最真實的自畫像。[112]

　　簡言之，張愛玲以照片所撰寫的類自傳散文，最值得注意的是，以「女性」親友為其敘事重心。其編排母親的照片與敘寫其故事是最為明顯的；即使是敘寫祖父母的華麗姻緣，也是以祖母為敘事重心。再者，則多集中於姑姑與好友炎櫻的照片與故事。是以，張愛玲此一圖文式的類自傳散文，其敘寫的生命脈絡之重心以女性親人為主。

3 選擇過的記憶與被隱藏的生命故事：
父系／男性身影的「缺席」與自傳的「空白頁」

　　照片既然會說話，當然也呈現了編選者張愛玲的敘述觀點。《對照記》裡甚至未曾出現過任何一張父親的獨照（僅「圖三」合影中出現過張愛玲的父親）或張愛玲與父母、弟弟一家四口的合照。張愛玲只淡淡提及：「我母親故後遺物中有我父親的一張照片，被我丟失了。」[113]不大平衡甚或缺席的照片，彰顯的是張愛玲奇異的身世。

　　張愛玲也刻意（不）敘述「缺席者」，其中並無兩任丈夫（胡蘭成、賴雅）的身影，亦無後半生好友宋淇與鄺文美夫婦的任一照片。前兩者未出現之因，或許只是有意略過；而後者未出現之因，不知何故，張愛玲僅在「圖四十九」提及：

---

112 關於張愛玲的《對照記》的考察，另可參考李歐梵：〈看張愛玲的《對照記》〉（《蒼涼與世故──張愛玲的啟示》，香港：牛津大學出版社，2006年）、南方朔：〈蔥綠與桃紅的配對──閱讀張愛玲《對照記》〉，《聯合文學》第11卷第2期（總122期，1994年12月），頁117-119、彭雅玲：〈文字、影像與張愛玲──張愛玲《對照記──看老照相簿》中的自我呈現〉（林幸謙編：《張愛玲：文學‧電影‧舞台》，香港：牛津大學出版社，2007年）等文的論述。

113 張愛玲：《對照記──看老照相簿》，頁8。

一九五四年我住在香港英皇道，宋淇的太太文美陪我到街角的
一家照相館拍照。一九八四年我在洛杉磯搬家理行李，看到這
張照片上蘭心照相館的署名與日期，剛巧整三十年前，不禁自
題「悵望卅秋一灑淚，蕭條異代不同時。」[114]

此外，《對照記》並無這對好友夫妻的身影。總之，這是一部不算完
整的「自傳」文本，是選擇過的記憶。

再者，除了《對照記》（1992年）所收錄的五十四幀照片外，皇
冠出版社的《華麗與蒼涼——張愛玲紀念文集》（1995年）裡另有一
幀「遺珠」之照。該紀念文集正文前收錄十九幀照片，其中十五幀為
張愛玲晚年四處流浪的美國居所，三幀為張愛玲辭世後的海葬照片，
最後一張則為張愛玲攝於一九九四年的獨照。最末這幀獨照中的張愛
玲，應是她晚年最後一張罷，畫面中的她已是七十四歲高齡的老婦，
手執一卷書有「主席金日成昨猝逝」的報紙，做為「道具」，特立獨
行的張愛玲，果然也有一種獨特的告別形式。這是未及收入《對照
記》裡的「唯一」一張她的晚年照片。

回觀《對照記》所收錄的照片，最末一幀為一九六八年所攝，時
年四十八歲的中年張愛玲，竟已顯老態。而上述未及收入《對照記》
裡攝於一九九四年的「唯一」一張晚年照片，則是近七十四歲的老年
張愛玲，在這兩幀照片當中所「遺失」的二十六、七年時光裡，張愛
玲到底是如何「成長」？又是如何變老的？一直令人好奇。[115]

---

114 張愛玲：《對照記——看老照相簿》，頁79。
115 此外，在陳子善編輯的《沉香》（2005年）裡，正文前有十五頁照片，標題是「在
張愛玲的遺物中尋覓身影」，全為張愛玲的「遺物」，包括衣物與貼身用品，以及其
著作之各種中英文版本的書封等物件。這十五頁圖像中，其中九頁摘錄了張愛玲
的九段文字，做為張愛玲遺物的說明文字，庶幾有幾分《對照記》的味道。包括
《流言》的〈童年無忌〉、〈更衣記〉（2段）、〈談女人〉、〈公寓生活記趣〉、〈談音

　　簡言之,張愛玲以照片為主的「類自傳」散文,其叛逆的「以照片寫自傳」策略,促成這部另類的類自傳文本。其照片所傳遞的蒼涼與不安,與其小說互文。其次,影像敘事以「女性」親友為重心,母性/女系身影的表現較為清晰而醒目,尤其敘寫母親的照片及故事最用心。是以,張愛玲大致以「女性視角」突顯女性親友/母系家族的故事最用心。相對地,張愛玲「刻意」讓兩任丈夫(胡蘭成、賴雅)的男性身影「缺席」。職是,照片「會說話」,說的正是張愛玲蒼涼的人生故事。然而這又是一部不算完整的「自傳」,牽就於照片保存的狀況,因此讀者看到的是她主觀選擇過的記憶,當然也包括許多照片「未」說的故事。[116]

　　綜言前二小節所述,鍾文音與張愛玲雖世代不同,但她們以影像(與物件)為主的(類)自傳散文,仍舊有底蘊相通之處,即藉由影像與物件以召喚流年,並企圖由此建構「我」的自傳與親族列傳。鍾文音鍾情於影像(與物件),其空間承載的不只是自己的形貌,更多的是家族列傳。而張愛玲雖寫自己也寫家族成員,但那些照片與文字仍以透顯自己最獨特的生命型態為主,家族只是附屬。其次,相較鍾文音鍾情於祖父所命之名──預示未來以書寫維生的命運,視之為祝福。張愛玲毋寧是特別的,保有庸俗的名字,以提醒自己從生活中去找尋實際的人生;將俗名化為書寫通俗小說的動力,並以「庸俗」成

樂〉;《續集》的〈談吃與畫餅充飢〉;《餘韻》的〈我看蘇青〉;《張看》的〈論寫作〉等八篇散文的九段文字。但這些都是後人以她已有的文字代她摘錄編輯的,非如《對照記》般是她自己「看圖說故事」的,但仍不失參考價值,附誌之。

116 關於《對照記》的研究,可參考李歐梵:〈看張愛玲的《對照記》〉(《蒼涼與世故──張愛玲的啟示》,香港:牛津大學出版社,2006年)、南方朔:〈蔥綠與桃紅的配對──閱讀張愛玲《對照記》〉,《聯合文學》第11卷第2期(總122期,1994年12月),頁117-119、彭雅玲:〈文字、影像與張愛玲──張愛玲《對照記──看老照相簿》中的自我呈現〉(林幸謙編:《張愛玲:文學・電影・舞台》,香港:牛津大學出版社,2007年)等文。

就了自己的文學。再者，兩部文本都突顯了以母系／女性親族故事為主的敘事策略，書寫父系／男性親族的故事較為簡單或直接忽略，由此可見她們藉由重述記憶所重構的女性自我身分之認同。

五　結語：自我陳述與認同──自傳散文的女性自我

　　綜合前述，本文觀察現當代女作家的自傳散文類型，發現可由三個面相加以考察，第一類是自我與家國歷史、空間與影像的相互定義者，將自己的故事納入大時代的洪流巨濤中，以追尋並建構自我的身分認同；第二類是偏重自我與地理空間的交涉，即自我歷史的空間考掘學，指明自我在家國地理空間的移動詩學中如何尋求自我認同的方位，進而建構／重構自己的身分認同；第三類是偏重自我與影像（與物件）的召喚，以追索自我與家族史的似水年華，進而重構自己的身分認同。簡言之，以上三種女作家的自傳散文類型，大致偏重「時間」、「空間」與「影像」三個敘寫主軸，然三者仍互有交疊，由此乃構築多元而豐富的面貌。

　　據此，則現當代女作家的自傳散文，已然形成具有典範意義的三種類型，且各具風貌，獨樹一幟。首先，女作家的敘事模式較諸一般男作家的同型作品，顯然更加豐富多元。如齊邦媛《巨流河》與龍應台《大江大海一九四九》所奔騰的龐沛能量，早已顯現女作家有書寫大敘事的能力，為自己在時間／大時代歷史與空間／巨流江海所交織的座標上定位，也能對自我與家族或同時代人故事進行深度的刻畫，絕非只能小規模地創作，據此可知女作家的自傳散文，具有關懷大我與時代的韌性，也由此大敘事以觀照並建構女性小我的身分認同。其次，如鍾怡雯《野半島》與《陽光如此明媚》所書寫的自我與地理空間的交涉，藉由現居「異鄉」臺灣對僑居「故鄉」南洋的回望，以追

索童年與成長記憶，由此以「重構」自己的身分定位。簡媜的自傳散文《天涯海角》也有偏重自我與地理空間交涉的面向，一樣將自我的歷史以考掘學的檔案化概念進行考古，發現自己真正的客家身世，並在臺島的地理空間移動中，建構／重構自己的身分認同。再者，如鍾文音《昨日重現》與張愛玲《對照記》以影像（與物件）追憶個人與家族的似水流年，不只是對過往時光與美好物質的眷戀，更深層的涵義在於追悼逝去的種種記憶，並由此重現昨日，重構自己的身分認同。簡言之，現當代女作家的自傳散文，多聲複義且十足豐贍。

此外，現當代女作家的「自傳散文」雖無法完全等同於嚴謹的史學定義下的「自傳」，但它具備了「傳記文學」基於自傳之紀實性而進行的虛構創作之特質：

> 傳記既不是純粹的歷史，也不完全是文學性虛構，它應該是一種綜合，一種基於史而臻於文的敘述。在史與文之間，它不是一種或此即彼、彼此壁壘的關係，而是一種由此及彼、彼此互構的關係。[117]

是以，現當代女作家的自傳散文具有出入虛實之間的特質，而這也正是它最鮮明的特徵。

究其實，由於它所描寫的對象是「自己」這個活生生的人，在「傳主」即「作者」的情況下，她們自己可說是「大寫」的人，而非隱在歷史洪流中或串連起歷史事件的「小寫」的人。因此，女性自傳散文最貼近自我，但往往也必需拉開一段距離，才能正確無誤地書寫自己的故事，或重新喚起舊時的感受。因此，適度的「虛構性」往往

---

117 趙白生：《傳記文學理論》（北京：北京大學出版社，2003年8月）「第二章　傳記文學的虛構現象」，頁44。

保證了書寫主體對特別事件的書寫能夠恰如其分，但也使得自傳散文
無法被視為嚴謹的史學性的自傳文獻。然而這種敘事過程中不可或缺
的「虛構性」，卻使得自傳散文得以「自我呈現」：

> 自傳如今被理解為一個過程，自傳作者透過「它」，替自我建
> 構一個（或數個）「身分」（identity）。所以自傳主體並非經驗
> 所生產；換言之，必需利用前述自我呈現的過程，試圖捕捉主
> 體的複雜度，將主體性讀入世界中。寫作自傳之舉，因此是創
> 造或詮釋性的，而非述「實」。[118]

是以，現當代女作家的自傳散文多能「自我呈現」並確立自己的主體
定位；女性書寫自傳散文，可說是一項形（重）塑自我生命史的敘事
工程。在敘事過程中所產生的主體，是寫作者創造或詮釋出來的，並
非全然與真實主體為一。因此，看似紀實但具有適度虛構性的自傳
散文，其實也是女作家藉以「重生」，並建構自己身分認同的敘事文
本：

> 時移事往，故人已杳，往事灰飛煙滅，親人與歷史值得寫下的
> 原因絕不僅是紀其實而已，對作者而言，其實是一種了悟前愆
> 的心理治療。佛洛伊德在《夢的解析》中說：「疼痛都是在記
> 憶完整表達之後才肯消褪。」鍾文音說：「回憶代表的是昨日
> 已死」，在已死的狀態裡，反而能見到生命以另一種狀態再次
> 流動，聞到重生之喜。

---

118 朱崇儀：〈女性自傳：透過性別來重讀／重塑文類？〉，《中外文學》第26卷4期，
　　1997年9月。

是結束，亦是另一個開始，生命之河在記憶中輪轉無已。[119]

是以，女作家在回溯記憶的同時，不僅紀實（也包含一定虛構性）地書寫已死的過往，更由此得以重生，以文字完成自我的敘述與認同，這也就是現當代女作家自傳散文之得以形塑與建構自己身分的意義所在。

綜言之，本文爬梳現當代女作家的自傳散文的三種類型，突顯了現當代女作家豐富而多采的生命世界，以及其自傳散文對建構／重構女性自我身分認同的意義，或可為現當代女性文學研究提供不同的視角。而讀者則藉此深入泅泳至女作家她們的心靈大海深處，並得以探勘其潛意識的「密密語」於萬一，而這也正是自傳散文的獨特所在。無論如何，這項關於生命之書的研究猶待來者持續探賾。

---

119 張瑞芬：〈流年暗中偷換──沈君山《浮生三記》、鍾文音《昨日重現》、桑品載《岸與岸》三書評介〉，《明道文藝》第301期（2001年4月），頁60。

第六章
身體記憶的召喚與女性主體的建構
——張讓旅行／飲食散文中的感官書寫

一　前言

　　張讓自一九九一年推出第一部散文集《當風吹過想像的平原》開始，即已展現特有的時空主題及知性美感。張堂錡曾如此評論：「她是近年來對時空主題書寫最有規模、企圖心且成就突出的散文作家應無疑義。」[1]而二〇〇〇年獲《中國時報》開卷好書獎的《剎那之眼》便以其一貫的時空主題為軸心，周遊現實與理想；其散文兼具理性與感性的特質更加確立。張瑞芬評《剎那之眼》即直言「她的文字特性冷硬、乾燥，善於剖析，意涵豐富，接近詩與哲學的意境，是顯微鏡也是望遠鏡。」[2]而「學者李奭學讚揚她的文字『臨筆不苟，冷極而酷的幽邃』，『替現代散文開蹊徑』。」[3]簡言之，張讓散文的重心往往定錨於時間河與空間流的心靈感受，情感冷靜理性，文字精鍊如詩，可謂難得的純散文。

　　大體言之，張讓的散文一貫呈現時空主題，較未著力於刻意集結某一特定主題，如二〇〇二年張讓曾自言：「文學性的散文集，我願仍

1　張堂錡講評，陳聖宗：〈「急凍的瞬間」——論張讓「顯微鏡」兼「望遠鏡」的時空書寫〉，第六屆青年文學會議，文訊雜誌主辦：《文訊》第206期，2002年12月。

2　張瑞芬：〈追憶往事如煙——周芬伶《戀物人語》、張讓《剎那之眼》、隱地《漲潮日》三書評介〉(《明道文藝》298期，2001年1月)。

3　姚嘉為：〈散文：擇定的命題——專訪張讓〉，《文訊》第319期，2012年5月。

維持散漫隨心的傳統。」[4]時至二〇一〇年前後，張讓陸續推出具有「較明顯主題」的散文集，即本文擬討論的《旅人的眼睛》與《裝一瓶鼠尾草香》。兩書主題分別為旅行與飲食，兩者皆以感官[5]之感受為書寫重心，前者以身體在空間裡的視覺與移動經驗為主，後者則以身體取用食物所運用的味覺與嗅覺經驗為主。[6]簡言之，這兩部以感官書寫（Senslory Writing）為重心的散文集，相較前期多以「抽象」的、「形而上」的時空感懷為主題的散文，似乎變得較為集中於「形而下」[7]的眼、耳、鼻、舌、身等感受外界事物刺激的感官經驗，因此更能貼近日常生活。然而，無論旅行或飲食，張讓雖然著重描寫「我」的感官體驗，但仍以其一貫擅長的「形而上」的知性筆法，深化眼、耳、鼻、舌、身等感官之所見所聞，因此其感官書寫並不如想像中的「肉感」，反而是一層層地閃現知性的紋理以及感性的內蘊。是以，被書寫的女性身體因之具有知感交融的特色，在在可見張讓自言之「在兩端之間奔跑」的特色。而這種兼具知性與感性的女性特質，也正是張讓及其散文的特質所在。職是，本文擬聚焦張讓散文中的感官書寫，以探賾這些感官經驗如何召喚女性身體的記憶並建構女性主體。

然而，相較於張讓散文之難得純淨，其散文之相關研究卻仍有值得深入探索的空間。大多集中於「書評」[8]、「專訪」[9]、「學位論文」[10]

4　張讓：〈代序——斑斑駁駁的累積〉，《急凍的瞬間》（臺北：大田出版社，2002年5月），頁7。

5　張讓使用「官感」（〈在官感中〉，《裝一瓶鼠尾草香》序），而非「感官」。本文採用一般通行的「感官書寫」。

6　部分篇章（VI「氣味」的四篇散文）純為嗅覺經驗之書寫，與飲食無關。其他大多數篇章仍以飲食為書寫主軸。

7　此處所言「形而上」與「形而下」，只是方便說明張讓前後期創作中感官經驗的偏重，非刻意強調其前後期寫作風格之涇渭分明或任何褒貶之意。

8　如張春榮：〈時間與母親的象徵——談張讓《斷水的人》〉（《文訊》第124期，1996年2月）、黃寶蓮：〈存在和遊戲的方式——張讓著《時光幾何》〉（《聯合報・讀書

三類；「專書及專書論文」、「學術／期刊論文」與「研討會論文」則極少。[11]是以，本文擬聚焦張讓近期兩部散文集《旅人的眼睛》與《裝一瓶鼠尾草香》進行探討。就張讓整體散文書寫的歷程言之，兩書所敘寫的感官之旅，置諸她以時空為主題的散文書寫史加以觀察，正是一次新變與深化的表現。首先論及張讓的旅行文學之感官經驗，尤其是視覺（眼見／攝影）與身體移動經驗（走路）之內涵，在感官摹寫中亦展現張讓一貫時空書寫所呈現的知性特質，同時張讓又能展現女性擅長書寫細節的特色，因此其旅行散文之知性又透顯澄澈的感性質地。其次，張讓之飲食書寫，不只描摹味覺之美，更有一般飲食散文較少見的嗅覺書寫；特別是結合味覺與嗅覺的書寫，特見張讓既

人〉，1998年3月16日）、張瑞芬：〈追憶往事如煙──周芬伶《戀物人語》、張讓《剎那之眼》、隱地《漲潮日》三書評介〉（《明道文藝》第298期，2001年1月）、何寄澎：〈是空間，也是時間──張讓《空間流》〉（《聯合報‧讀書人》，2001年8月6日）、黃宜君：〈書評──《急凍的瞬間》〉（《幼獅文藝》第583期，2002年7月）、周芬伶：〈雜的藝術──《飛馬的翅膀》〉（《聯合報‧讀書人》，2003年6月15日）、盧郁佳：〈我讀故我在──《和閱讀跳探戈》〉（《聯合報‧讀書人》，2004年2月8日）等。

9　孫梓評：〈散步到他方──訪問張讓〉（《文訊》192期，2001年10月）、黃基銓：〈只要那一把火還在，我就會繼續寫下去──張讓的獨立年代〉（《幼獅文藝》645期，2007年9月）、姚嘉為：〈散文：擇定的命題──專訪張讓〉（《文訊》319期，2012年5月）。

10　楊子霈：《張讓散文研究》（臺灣師範大學國文學系93學年度碩士論文）、何佳玲：《張讓的散文創作觀及其實踐》（臺北教育大學語文與創作教學碩士班101學年度碩士論文）、許博雯：《張讓散文中的空間敘事》（高雄師範大學國文教學碩士班101學年度碩士論文）。此外，以旅行為主題以討論張讓散文的是曾曉玲：《當代臺灣女性散文的旅外書寫（1990-2011）》（清華大學台灣文學研究所100學年度碩士論文）。

11　「專書及專書論文」部分有張瑞芬：〈穿越時間的空間──論張讓散文〉，《五十年來台灣女性散文‧評論篇》（臺北：麥田出版公司，2006年2月）。「學術／期刊論文」有何佳玲：〈張讓散文「作者論」的具體實踐〉，《國文天地》第28卷第9期（總333期），2013年2月。「研討會論文」有陳聖宗：〈「急凍的瞬間」──論張讓「顯微鏡」兼「望遠鏡」的時空書寫〉，第六屆青年文學會議，文訊雜誌主辦。相關文字也刊登於《文訊》206期，2002年12月。

知性又感性的雙重特色，在此女性主體對感官的敏銳感知顯露無遺。最後，綜論其旅行／飲食文學之感官書寫，將其原有時空書寫的知性特質又往上翻出一層新意，即大展女性主體對細節的掌握與細膩書寫感官的能力，進而彰顯這兩類散文的感性對於張讓這一女性主體的建構之意義及價值。是以，兼具知性與感性的感官書寫，正是專屬於張讓旅行／飲食散文的特色，獨樹一幟，且值得探賾。

二　旅人目擊的景／色與行走的身體：以感官召喚旅行記憶

　　二〇一〇年，張讓推出《旅人的眼睛》，全書五卷，包括卷 I「海和山」，收錄緬因州與科羅拉多州的旅遊記事；卷 II「新墨西哥州」，收錄旅遊西墨西哥州的記事；[12]卷 III「走訪小鎮」，記錄小鎮旅遊與郊區生活記事；卷 IV「徒步」，記錄徒步旅行之種種種；卷 V「探索」，多以廢墟、機場等與旅行有關的異質空間以及旅人獨特的旅行意義為主。[13]全書不落俗套，張讓一以貫之的知性冷靜風格，仍是她書寫旅行之感官經驗的底蘊所在。尤其是著重私密的感官經驗之描述，特別能夠突顯女性擅長之瑣碎或細節（detail）書寫的特色，細膩而非瑣碎。

　　然而，張讓寫旅行之所以獨特，與她對自己的掌握有關：

12　其中，〈新墨西哥的風沙〉、〈在印第安人的土地上〉，二〇〇四年前即已收錄於《當世界越老越年輕》中。張讓發現若干過去已印行的文字與《旅人的眼睛》主題吻合，便有次輯入。

13　其中〈人在廢墟〉二〇〇四年即已收錄於《當世界越老越年輕》；與書名同名的〈旅人的眼睛〉亦早於二〇〇二年即已收錄於《急凍的瞬間》裡。

> 我喜歡旅行。或者說，需要旅行。經常便會有坐立不安的情
> 緒，覺得應該走了。不管是到哪裡去，總之拔腳離開這裡。而
> 我很清楚問題是只在「這裡」和「那裡」，是欲掙脫時空的企
> 圖，是打破現實的渴望。而所謂現實，是物質和心靈無法超越
> 的局限，彷彿天羅地網。這裡我談的不是時光旅行或永恆，而
> 是一點叛逆的自由：做自己真正想做的事。[14]

由此可知，旅行之於張讓是一種需要，在於渴望跳脫時空、打破現實
的框架，使日常恆定的時間、空間得以移動，自我在此移動中得以獲
取一種叛逆的自由，而重點是「做自己真正想做的事」，在此便突顯
了她做為女性主體的自覺。

是以，這部《旅人的眼睛》亦十足展現與眾不同的「叛逆」以及
「自由」。其叛逆與自由，在於跳脫一般旅行書寫的習套，地點未必
是全然新奇的，往往是重遊的；景點未必全是知名地標，往往是自己
覺得舒服的小地方。張讓自言：

> 旅遊文字，就像任何文字，我以為首要在文采和風格；再則是
> 切入的角度，也就是獨到的觀點。……。至於寫的是什麼地
> 方，我倒不很在意。[15]

是以，獨特的寫作觀點勝於新奇的地點。而更重要的是，張讓往往書
寫景觀之於我的感官之美好感受，而非僅聚焦於外在客觀的景物描
摩。是以，感官書寫之感染力，正是張讓此書最精彩之處：

---

14 張讓：〈旅人的眼睛〉，《旅人的眼睛》，頁173-174。

15 張讓：〈自序——旅行的難題〉，《旅人的眼睛》，頁11。

> 旅遊因此覺得像讀書，不同在一動一靜。旅行時，邁開腿腳，
> 身體在動；眼見耳聞鼻嗅手觸，感官在動；興緻高低好壞，情
> 緒在動；對所見種種好奇追究，心智在動。這裡記的便是我旅
> 途中的身心狀態。[16]

> 我寫旅行的第一要件是是：自己不覺得煩。一方面以聲光色味
> 來感染讀者，讓人如身歷其境；再則是把你化身成我，見我所
> 見，思我所思。[17]

可知，張讓書寫的是旅行中的我／身體之動態。其著重感官之聲光色
味的書寫，往往使得其旅行散文在純粹而冷靜的質感中，仍能呈露相
對反差的親和與感染力，使讀者如臨其境。

是以，張讓知性的旅行散文，正因感官書寫的精彩，反而調和出
相當的感染力，以下由兩方面論之：一、視覺／攝影所見；二、移動
／走路的身體。

（一）旅人之目視／攝影所見

一般旅行文學的景物描寫，自然多以視覺經驗為主，張讓也不例
外。張讓筆下的視覺之美，可由兩個面向加以觀察，一是「目擊」，
一是「（攝影）鏡頭」。眼睛主宰了我們的五官感覺：

> 世界必需透過我們的眼睛，才能傳達給我們最多、也最多采多
> 姿的資訊，甚至由我們眼睛所發展出來的抽象思考，也會努力
> 地闡釋它們所見的事物。人體百分之七十的感官接受器集中在

---

16 張讓：〈自序──旅行的難題〉，《旅人的眼睛》，頁10。
17 張讓：〈自序──旅行的難題〉，《旅人的眼睛》，頁12。

眼部，我們主要也是透過眼睛觀看世界，才能加以評鑑和了
解。[18]

是以，視覺作用是觀看世界的主要途徑。此外，「眼睛的作用與相機
很像，或者可說，我們之所以發明相機，就是為了讓它像我們的眼睛
一樣工作。」[19]因此，「眼睛」與「（相機）鏡頭」，一為身體，一為身
體之延伸，都是接收世界的器官／具，兩者所見宜乎相輔相成。以下
分述之：

1 目擊之景／色

（1）視覺與色彩

首先，景物之色彩，是張讓散文中視覺敘事的重要內涵，如〈緬
因的岩石海岸〉：

> 黃昏時，海天深成了靛藍，幾乎泛紫，高山上那種深沉的天
> 藍。金光斜照，平靜的港口，停泊的船，海鷗飛翔，水天彷彿
> 靜止在一個完美的片刻裡。日夜交替時，明暗遞移，光色分秒
> 變換，這是光線最美的時候，哪裡都一樣。[20]

此段文字對於黃昏時分的海邊景／色，無論海、天、船、鷗，俱有鮮
明的描寫，可見張讓是一位擅於觀看的敏銳觀察者。〈緬因記事〉也

---

18 黛安・艾克曼（Diane Ackerman）著，莊安祺譯：《感官之旅——感知的詩學》（臺
　北：時報出版公司，2007年5月），頁243。

19 黛安・艾克曼（Diane Ackerman）著，莊安祺譯：《感官之旅——感知的詩學》，頁
　244。

20 張讓：〈緬因的岩石海岸〉，《旅人的眼睛》，頁17-18。

有類似躍於紙上的精彩描寫：

> 看看天，蔚藍，陽光清朗。看看海，蔚藍，來了一艘龍蝦船，嘈雜的馬達聲打破寂靜。看看岩石，有的黑，有的淺紅，有的方，有的圓。看看潟湖，裡面有海草、彩色鵝卵石和小魚、海螺。[21]

一樣充滿色彩，海天是藍色的，岩石有黑有淺紅，潟湖有綠色海草與彩色鵝卵石等。但文字更加簡單明白，沒有過多繁複的修辭，但有一種純淨之美，如在目前。

其次，即使書寫對象為沙漠，張讓的文字一樣充滿色彩，如〈新墨西哥的風沙〉：

> 出了蔓延的郊區，很快高速公路兩旁的大廣告牌少了，漸漸完全消失，代以一片寬廣的沙漠，風景還原到：天、地、低矮灌木、黃草、近丘、遠山。極亮，陽光漂白了顏色。給深色太陽眼鏡一潤澤，天比較藍，雲比較白，葉比較綠，風景比較美。摘了太陽眼鏡，陽光轟然衝來，景色白掉了。我特意不時摘下太陽眼鏡，千里迢迢，好歹得知道真面目什麼樣。[22]

沙漠景觀不易描摹出色彩，在張讓的慧眼巧手之下，仍舊迸出新鮮的色彩。同篇散文裡，另有一段對「白沙漠」之「白」所進行的摹寫，更別出心裁：

> 下車走入沙漠，有的波狀紋的沙地踩上去竟如實地。空氣清

---

21 張讓：〈緬因記事〉，《旅人的眼睛》，頁32。
22 張讓：〈新墨西哥的風沙〉，《旅人的眼睛》，頁68-69。

涼，左右無聲。前後左右是柔美的白色圓弧，背後一片清澈藍天，晨光裡美得奇異。白沙並不白，沒有雪那麼白，而是微黃。我告訴友箏用眼看而不要用腦看，因意識受「白沙漠」之名所惑，以為所見就是白。他用心看後，宣布白沙果然不白。這裡的沙丘不像撒哈拉沙漠的那麼巨大壯觀，但那遠近一色，仍純粹動人。……掬沙在手，很涼，很乾淨，如水由指間瀉下。遠近無人，月牙淡淡印在藍天上。[23]

其中，張讓提及「用眼看而不要用腦看，因意識受『白沙漠』之名所惑，以為所見就是白」，極有意義，其原因在於視覺感官的操作往往在腦部，而非眼睛：

看的動作並不是在眼睛，而是在腦部發生。由某方面來說，看的行為完全不需要用眼睛，我們常記得幾天甚至幾年前的景物，在我們的心眼中顯現，如果我們有意，也可以見到想像的事物。[24]

在張讓這段知性的文字裡，透顯的是她一貫的知性風格。原來視覺印象往往受制於過往記憶的暫留，當下眼前所見，未必「真實」，反而可能是尚未消除的記憶使然。因此，真正用「眼睛」看「白沙漠」便發覺真的不白，而是微黃。可見，視覺記憶與真實所見之間，往往有落差。

　　而〈在印第安人的土地上〉對石丘的描寫，亦具視覺之美：

23　張讓：〈新墨西哥的風沙〉，《旅人的眼睛》，頁72。
24　黛安・艾克曼（Diane Ackerman）著，莊安祺譯：《感官之旅——感知的詩學》，頁246。

我們沿石間水流沖洗出來的平地行走，然後爬上迎面的石丘。
一堆完全鏽了的空罐頭鏽得那樣一致，又堆得那樣隨意那樣恰
到好處，好像應該是在美術館看見的即興裝置藝術，叫《時
間》。有的岩石如枯骨，有的形如朵朵香菇，有的滿是大小孔
洞像海邊礁石。風漸漸弱了，天色也漸漸灰了，遠方有大塊烏
黑雨雲，偶爾陽光由雲後照亮，給那一帶的天和雲鑲了一片金
黃。[25]

石丘在張讓的描摹中，如一堆自有「時間」之美的鏽蝕的空罐頭，亦
如即興裝置。然而，毀敗的鏽色之外，偶爾由雲後照亮的陽光所呈顯
的一片金黃，仍舊亮眼。是以，一鏽一金，色彩反差的生動畫面，躍
於紙上。

再者，張讓往往在地方公園裡發現旅行的奧義，以及豐富的視覺
與色彩經驗，如〈也是我家後院──談紐澤西地方公園〉：

只要踏入公園，我馬上就像個孩子高興起來。而透過童眼，一
切無不新奇有趣。譬如，樹洞裡的各色落葉，枝上的豔紅莓
子，半埋在爛泥裡的碎石，黑沼地上的薄冰，雪上枯枝……[26]

地方公園的美，透過童眼觀看，無一不新奇有趣，不遜於名勝古蹟。
因此，無論樹洞裡的各色落葉、枝上的豔紅莓子，爛泥裡的碎石，黑
沼地上的薄冰，雪上枯枝等，都是平常景／色，但卻擁有色彩之美。
同篇散文亦述及草坡田地之美：

---

25 張讓：〈在印第安人的土地上〉，《旅人的眼睛》，頁87-88。
26 張讓：〈也是我家後院──談紐澤西地方公園〉，《旅人的眼睛》，頁151。

> 草坡田地望去一片白，天地廣大而乾淨。而不管什麼時候，我
> 總喜歡走過小板橋到田地裡，遙想起溫庭筠的詩句「人跡板橋
> 霜」。過了橋豁然四野開放，頂上好大一片藍天，綠色玉米和
> 野草間一條紅泥徑，邊上點綴了野紅蘿蔔細碎的白花傘，遠遠
> 有棵孤樹，更遠是一片從梵谷畫裡走出來的枝條扭曲的矮小果
> 林。那景色我已見過千萬次，總還是讓我眼睛一亮，寬心微笑
> 起來。心曠神怡，原來是這樣。[27]

在這片廣大而乾淨的地上，頂上有藍天，綠色玉米和野草間有紅泥
徑，邊上點綴的是野紅蘿蔔細碎的白花傘，遠樹像梵谷畫裡的矮小果
林，充滿色彩的畫面，是張讓見過千萬次的景／色，卻總還是使她心
曠神怡。果然，「色彩並不是發生在世界上，而是在你我心裡。」[28]如
果沒有眼睛的觀看，這些草坡田地，恐怕無法呈現如此美好的色彩，
「喜愛、辨識，和應用色彩，使生活更有意義的方式，是人類所獨有
的。」[29]是以，張讓刻畫視覺感官所見之各種色彩，使她的旅行記憶
得以鮮活不少。

（2）視覺與嗅覺的交融

　　其次，張讓也別出心裁地交融視覺與嗅覺敘事，在〈在印第安人
的土地上〉，張讓對沙漠景／色的描摹，不僅有視覺上的色彩饗宴，
更突顯嗅覺上的美好氣味，絲毫不顯單調：

---

27 張讓：〈也是我家後院——談紐澤西地方公園〉，頁152。
28 黛安・艾克曼（Diane Ackerman）著，莊安祺譯：《感官之旅——感知的詩學》，頁266。
29 黛安・艾克曼（Diane Ackerman）著，莊安祺譯：《感官之旅——感知的詩學》，頁266。

大河有時只是峽谷間的一條細流，遊絲般穿過旱裂開來的土地，南下注入墨西哥灣。有河的跡象，看見河岸、沙土和黃草間的一帶綠樹，也有橋，一道又一道，而未必有河水。岩石和沙土，黃草和灰綠的鼠尾草，沙石乾旱的氣味，土味中帶微香，印第安人的氣味，納瓦荷族人生活的氣味。荒野、大漠，聖石、聖山、聖水，和鼠尾草觸鼻的辛香。是的，這是印第安人的世界，納瓦荷族人的國土。如果你在這裡生長，也會膜拜山石草木，覺得處處有神靈。[30]

此段文字中，在視覺所見之外，經由嗅覺所感受的氣味，才是張讓記憶印第安人土地的重要媒介，尤其是「黃草和灰綠的鼠尾草，沙石乾旱的氣味，土味中帶微香，印第安人的氣味，納瓦荷族人生活的氣味。」這樣簡單的文字裡，自有一種乾淨的美感。是以：

世上沒有比氣味更容易記憶的事物。……氣味就像威力強大的地雷般，隱藏在歲月和經驗之下，在我們的記憶中安靜地爆炸。只要觸及氣味的引線，回憶就立即爆發，而複雜的幻影也由深處浮顯。[31]

因此，「鼠尾草觸鼻的辛香」正是她記憶新墨西哥州景／色的主要引線；[32]而視覺與嗅覺經驗的總合體會，更豐富了旅行書寫的內涵。

---

30 張讓：〈在印第安人的土地上〉，《旅人的眼睛》，頁80-81。

31 黛安・艾克曼（Diane Ackerman）著，莊安祺譯：《感官之旅──感知的詩學》，頁18。

32 《裝一瓶鼠尾草香》甚至成為她的飲食散文書名，可見張讓對於氣味的敏感與興趣。

（3）視覺與味覺的誇飾

再者，張讓也曾以視覺與味覺體驗描摹她對西墨西哥州的嚮往，如〈吞嚥大地和天空〉即是，此標題雖非真實意義上的吞嚥動作，但大口吃下大地與天空的豪邁，仍舊令人印象深刻，「氣吞山河」大約便是如此：

> 如何以每一毛孔吸收這陽光風雲，如何張口吞嚥這天空大地，
> 這樣當我困在郊區屋裡或是寂寥沉悶時，能張口釋放新墨西哥
> 的雄偉與浩蕩，將一切大小比例重新安放在應有的位置上，因
> 而可以說「胸有丘壑」？[33]

張讓以「張口吞嚥」，「露骨」地展現她對於新墨西哥州的極端喜愛，此由《旅人的眼睛》卷Ⅱ「新墨西哥」收錄四篇再重遊新墨西哥州的旅行散文，可見一斑。或許因為極熱愛，張讓於旅途中「吞嚥」該地的大地與天空便成為一種心理上的必需，此「胸中丘壑」更成為她日後生活中得以「張口釋放」的雄偉與浩蕩。因此，當她旅行回來，往往「覺得胸中朗朗，大氣吞吐有無限氣象」[34]。張讓巧妙地將原本以視覺為主要感官的欣賞活動，轉為味覺上的大口吞嚥，不只生動，更顯出非凡的氣勢。以這種充滿形象的味覺感官，做為描摹風景的感官經驗，確實特別。

2 另眼相看：攝影所見之「真」

攝影是近代以來旅途不可或缺的活動，相機鏡頭以另一雙眼睛的

---

33 張讓：〈吞嚥大地和天空〉，《旅人的眼睛》，頁58。
34 張讓：〈吞嚥大地和天空〉，《旅人的眼睛》，頁59。

姿態,成為我們的「另類感官」,豐富了目擊之視覺經驗。它攝錄了
稍縱即逝的景／色,補足人們旅遊記憶之不足。然而,相機的攝錄,
其實無法完整挽留流動的時間與空間,只能保留瞬間的視覺經驗:

> 照相機將瞬間的景象獨立出來,並因此摧毀了永恆影像的概
> 念。或者,換個說法,照相機證明了時間流逝的觀念和視覺經
> 驗是不可分離的(繪畫例外)。你所看到的世界,和你在時間
> 與空間中的位置有關。[35]

因此,透過相機所看到的景／色,或許只是複製的真實,因為人在時
間河與空間流的位置,往往影響了相機所收錄的真實。張讓在〈緬因
的岩石海岸〉即如此說道:

> 通過旅人的眼睛,只見時間的一個窗口,一個短暫景象。我們
> 像照相機,攝取一些不連續的片段,孤立在時空中。[36]

旅人的眼睛,只能看到時間流中的一個短暫景象,相機只能徒勞地捕
捉流逝的時間與空間,留下若干停格的不連續的片段記憶。是以,我
們想看的,與實際看到的,未必完全等同。旅行前想看的,往往是他
人攝影的加工美景;真正到了現場,不免感覺失真。結果看到的往往
無非典型觀光所見之皮相。

　　是以,張讓說旅行回來,感覺相片十分普通:「並沒真正表現出

---

35 約翰・伯格(John Berger):《觀看的方式》(臺北:麥田出版公司,2005年10月),
　　頁23。
36 張讓:〈緬因的岩石海岸〉,《旅人的眼睛》,頁26。

那個地方來，沒能把握到我所感覺的那個氣象。」[37]她所指出的正是攝影之「真」的辯證性，如〈吞嚥大地和天空〉：

> 我指的是置身那三度空間裡的臨即反應，是腳踏實地走過山徑和街道，是風雨欲來抬頭見烏雲滾滾陽光篩過層雲風掃亂頭髮腳步加快不知那雷雨會不會往自己頭頂罩過來的戲劇趣味，是看見一道牆一道座教堂一進門口一重山脈一塊巨岩一簇光一個人而心動想要攝下而終於徘徊停步摘下相機對準按下快門的過程。這些，相片反應出來了嗎？[38]

我們依賴相機所攝錄之真實影像，回味旅行的一切。然而，弔詭的是，它往往無法存留立體的三度空間的一切臨場經驗，無法再現平面的鏡頭之外的種種狼狽不堪與新鮮趣味。是以，相片保留之「真」確實不夠真實。因此，張讓說她有時幾乎想要丟掉相機，僅憑視覺感官記錄一切旅途種種，但往往意識到記憶之不可靠而重拾相機，仍然努力採集流逝的時間：

> 不管是以文字還是以圖像，我從來都汲汲營營於採集時間。每當我下筆或攝影時，想像常飛躍向前，由未來回視這正熱乎乎捧在手中的一刻，彷彿現在已經過去了，我已經在懷念。[39]

是以，當相機攝錄當下景／色之際，當下之景／色即已成為過去式，立即成為被懷念的圖像，成為回味旅行的重要依據。無奈之餘，張讓

---

37 張讓：〈吞嚥大地和天空〉，《旅人的眼睛》，頁60。

38 張讓：〈吞嚥大地和天空〉，《旅人的眼睛》，頁60。

39 張讓：〈吞嚥大地和天空〉，《旅人的眼睛》，頁65。

仍舊以相機記錄旅行之一切，像典型的觀光客。但每回旅行回來，面對相片，總有一種深切的感嘆：

> 總深深覺得除了重來，沒法再回到那經驗裡。然而時間的殘酷是無法重來，即便「回到」同一地方旅行，經驗已然不同。時間無法複製，經驗無法複製。所以說逝者如斯，一水不能二渡。「回」其實只是擬想，所以回鄉的人難免失落、惘然。然而我們正好生活在一個複製的時代：複製影像，複製經驗，複製思想，複製真實。虛擬現實已經逐步代替了有機現實，真假虛實間的界限已經漸漸消失。[40]

是以，透過相片回味旅行，往往以為過去的經驗可以重來。其實，相片所複製的真實，只是更加殘酷地提醒我們過去無法重來，徒增失落感。尤其在這複製的年代裡，真實與擬像之間的界限已逐漸消失。羅蘭‧巴特《明室》談到攝影再現事物的意義：

> 攝影所再現的，無限中僅曾此一回。他機械化而無意識地重現那再也不能重生的存在；他拍攝的事件從不會脫胎換骨變作他物，從我需要的文本總體，攝影一再引向我看見的各個實體；它絕對獨特，偶然（Contingence）至上，沈濁無光，不吭不響，像愚蠢不移的畜生；這樣的（這一張相片，而不是攝影），簡言之，是晤／誤真（Tuché），機緣，相逢，真實在其不懈的表現中。佛家稱現實為空（Sunya），不過本無（tathata）一字更妙，意指如是之實、那樣之實、那個之實，……。相片不能

---

40 張讓：〈吞噬大地和天空〉，《旅人的眼睛》，頁66。

> 有哲學上的變化（說明），像透明輕盈的包裝，滿滿填塞著獨
> 一巧遇的事物。[41]

是以，攝影所再現的絕對是獨特的、偶然至上的事物，其真實是一種
「空」或「本無」。因此，攝影反而使我們更加深入地反思何謂真正
的真實？那麼，該如何理解所見之真，張讓認為似乎只有真正長住一
地，才有可能；這或許也是張讓一再重遊某些舊地之因。

　　綜合前述兩小節張讓對視覺與另類視覺的書寫，可知張讓經由視
覺所深沉凝視的旅行空間／地景，已在她流動的視域中一一翻轉成為
她搜尋自我歸屬的地方了。是以：

> 視覺不單是簡單的感知行為，而應該成為一種深沉的凝視
> （gaze），透過這種特殊的視覺經驗，把單純的感知轉變成一
> 種洞悉力（insight），更能深刻地詮釋空間的意涵。[42]

因此，張讓在前述特殊的視覺經驗裡，已由單純的感知空間／地景之
美，進而上升為一種深刻詮釋空間／地景的洞悉力，這就是張讓之書
寫視覺與超越視覺之美的意涵所在。

（二）走路的身體

　　張讓的旅行散文中，走路這種感官活動所引發的人與自然空間的
感知活動，特別值得注意。張讓自言：「有一種最簡單自然的樂趣：

---

41 羅蘭・巴特著，許綺玲譯：《明室：攝影札記》（臺北：台灣攝影工作室，1997年12
　月），頁14-15。
42 陳其澎：《身體與空間：一個以身體經驗為取向的空間對話》（臺北：暢通文化，
　2011年10月），頁24。

走路。」[43]對於徒步旅行或走路、散步此類仰賴雙足的移動經驗,張讓頗有心得。然而,儘管是如此平常的走路活動,張讓仍然能夠以女性對身體感官之掌握與細節書寫的能力,寫出其不平凡處。

對張讓而言,「當我們在野外行走,多少回溯人類祖先在非洲大草原上徒步來去的經驗。徒步因此是一種舒緩,也是還原。」[44]張讓認為徒步旅行是一種反璞歸真的舒緩經驗,是身體在大地上最自然的移動方式,尤其是自然美景令人像孩子般雀躍奔跑時:

> 也許這是為什麼徒步,尤其是在山水間徒步,總有反璞歸真之感。為了這份還原,徒步帶了反文明反科技的意味。劉克襄說得好:「徒步也可以是一種反抗。」起碼,是十分低調的抗拒、平和的自衛。[45]

張讓藉由「徒步也可以是一種反抗」,直言走路不只是對自然的禮讚,更是一種低調的反文明反科技活動。

在〈一步又一步──淺談阿帕拉契步徑〉裡,張讓也說道當走路的身體在土地上移動時,正是最自然美好的一種存在形式:

> 似乎,不管是出於什麼理由,總是有人在某個地方,腳步起落,以頑石的毅力,昆蟲的速度,行過大地。好像走路是存在最自然美好的形式。好像在以腳步撰寫生命之書。[46]

---

43 張讓:〈從史前走來〉,《旅人的眼睛》,頁138。
44 張讓:〈從史前走來〉,《旅人的眼睛》,頁143。
45 張讓:〈從史前走來〉,《旅人的眼睛》,頁144。
46 張讓:〈一步又一步──淺談阿帕拉契步徑〉,《旅人的眼睛》,頁135。

是以，人類想要體會存在最自然美好的形式，走路遠行正是最佳選項。〈從史前走來〉也有類似陳述：

> 走路時，時間慢下來了。你不再感覺時間利箭滿天飛，必須加速奔逃以免受傷。當你從容行走，不追趕，也不飛逃，眼光流覽，心神隨腳步節奏悠然展開，這是一種再自然不過的生存方式，悠然自得，介乎有我與無我之間，勝過靜坐和禱告。[47]

可知，走路這一最自然不過的生存方式，直接促使自己與自己相處，其奧妙之處勝過靜坐與禱告。證諸《浪遊之歌──走路的歷史》的論述，也能得到印證：

> 就理想而言，走路是一種將心理、生理與世界鎔鑄於一爐的狀態，彷彿三者終於有了對話的機會，亦彷彿三個音符突然結合成一個和絃。走路使我們能存在於我們的身體與世界中，而不致被身體與世界弄得疲於奔命。走路使我們可以自己思考，而不至於全然迷失於思緒中。[48]

由此可知，走路使我們的心理、生理與世界合而為一，彼此也有了對話的機會。因此，徒步走路不只使時間慢了下來，也讓自己與自己得以好好相處。

　　而徒步的好處，正在於節奏可以自行調整，與自然一同擺動在一種奇異的自由裡：

---

47 張讓：〈從史前走來〉，《旅人的眼睛》，頁138。
48 雷貝嘉・索爾尼（Rebecca Solnit）著，刁筱華譯：〈追蹤一處山岬：序言〉，《浪遊之歌──走路的歷史》（臺北：麥田出版公司，2001年9月），頁16。

> 徒步的好處，在於節奏。每人步伐不同，各有緩急。你順著自
> 己的韻律在心物交界的稜線上滑行，奇異的自由。這時你對外
> 的武裝撤除，只是自己。行人路上相見，似乎比在任何時候相
> 見都更顯得平等，顯得真。[49]

因此，我們各自以自己的步伐行走，與自己相處，感受一種奇異的自
由。正是這種自由，使得人我在路上相見，更顯得平等且真實。《浪
遊之歌——走路的歷史》對於行走的步調有更深入的論述：

> 行走的步調，激發思想的韻律，行經的景觀也會反映或激發思
> 緒的內容。這種內外掩映創造出一種奇特的調和，現示人的心
> 靈也是某種景觀，而走路正是觀賞該景觀的一種方式。[50]

行走的步調，激發更深刻的思考，人我、物我的內外關係，皆能得到
一種奇特的調和，此時走路正是觀賞心靈景觀的最好方式。因此，張
讓在〈從史前走來〉也分享了徒步走路與發現自己之間的奧秘：

> 我們在徒步時，重新體認自然，發現自己。走路成了一種憧
> 憬，甚至成了一種需要：減速的必要，漫遊的必要，徒步的必
> 要，腿疼腳酸走不動的必要。這時走路不再為了交通，本身就
> 是目的。走路成了蓄意的追求，成了身體力行的沉思。朝聖必
> 須徒步完成，有其理由。[51]

---

49 張讓：〈從史前走來〉，《旅人的眼睛》，頁142-143。

50 雷貝嘉・索爾尼（Rebecca Solnit）著，刁筱華譯：〈追蹤一處山岬：序言〉，《浪遊
之歌——走路的歷史》，頁16。

51 張讓：〈從史前走來〉，《旅人的眼睛》，頁143。

是以，我們在走路時體認自然，發現自己，走路本身即是目的，成了身體力行的沉思。

　　走路旅行既然著重於自己與自然、自己與自己的相處，是以地點遠近、知名與否，似已非最重要的因素，重點在於它是戶外／自然：

> 我指的是戶外走路，抬頭看得見天空，風雨吹打得到身上，眼光放出去不會給四牆擋著，腳步起落一步一個行進，有節奏有規律，穩定而隨心的走下去。因此要走路的地方，可以是大城小鎮，可以是山林原野，也可以是荒城廢墟。我心目中的走路，通常是樹多人少的地方，近如地方公園，遠如高山和沙漠。[52]

可見，張讓心目中的走路是在樹多人少之處，體驗最自然純真的走路。而地方公園之美往往美得令人驚奇：

> 而奇茲奎克公園裡，一棵孤樹斜立土坡上，根部外露張開如爪，一副就要開步行走的架式。穿過沼地的木道高低不平有如折疊過的紙帶，兩旁野草倒下成一個個奇異的渦漩，像有人髮心的那個旋。某天，一隻鷹突然由徑旁振翼飛起，兩爪攫著一隻松鼠，刷過我們面前。起先有點遲緩，漸漸才加速。驚覺細看時，牠已在林間輕盈消失。我們凝視鷹的背影良久，笑嘆不已。我非常快樂，不知為什麼。這番奇遇，正如無數類似遭遇，點亮了這趟步行，點亮了這一天。[53]

這段出自〈也是我家後院──談紐澤西地方公園〉描寫在地方公園徒

52　張讓：〈也是我家後院──談紐澤西地方公園〉，《旅人的眼睛》，頁147-148。

53　張讓：〈也是我家後院──談紐澤西地方公園〉，《旅人的眼睛》，頁151。

步旅行的奇遇，有一種簡單之美。是以，走路就是一段觀光旅遊，走路漫遊是最能激發心靈活動的成長形式，因此居家四周的散步或環遊世界具有一樣的功效：

> 走路也可以想像成一種視覺的活動，每走一趟都是一段觀光旅遊，可以盡情觀賞和思考周邊景物，將新的資訊內化為已知的訊息。也許這便是走路對思想家獨具功效的道理所在吧！這種由行旅間所蓄積的驚喜、解放與澄清，得自於居家四周的散步，也得自於環遊世界，無論路程的遠近都有同樣的功能。或許走路應名之為行動，而非行旅，因為一個人可以在繞著圈子打轉，或粘在椅子上環遊世界。不過有種漫遊僅能藉身體的行動才能獲得滿足，而非車船或飛機的行動。而能激發心靈活動者，似乎即限於這種漫遊，以及由漫遊中所觀賞的景物。這才是使得行（走）難以界定與內涵豐富的根本所在：它不但是手段，也是目的；既是一段旅程，也是目的地。[54]

是以，走路旅行是一種感官的重要活動，既是身體的也是心靈的。走路旅行本身是手段，也是目的。

　　綜合以上，張讓旅行文學中的感官書寫著重於兩個面向，一是視覺／攝影所見，前者以敏銳的觀察力摹寫景／色，尤其值得稱道的是結合視覺與嗅覺、味覺經驗的旅行記憶；後者則是對於攝影所見之「真」的辯證性反思，視覺與另類視覺（攝影鏡頭）一起進行感官活動，豐富了旅行之所見所聞。另一主題是走路的身體，以徒步旅行這

---

54 雷貝嘉・索爾尼（Rebecca Solnit）著，刁筱華譯：〈追蹤一處山岬：序言〉，《浪遊之歌——走路的歷史》，頁16-17。案：原文即為「這才是使得 行 難以界定與內涵豐富的根本所在」，案：「行」字後似遺漏「走」字，「行走」較合理。

一最自然的旅行方式，證成人與自然、人與自我的相應關係，並由此感官移動之經驗，發現自己。簡言之，張讓旅行文學中的感官書寫，依然承襲其一貫的冷靜筆調，呈現知性的思辯風格，然又能適當地藉由細節書寫以豁顯感性面，以突顯其人之旅行為的是叛逆與自由、做自己真正想做的事；而在乎感受甚於地點重複的旅行，或隨意走路式的旅行，都突顯了張讓這一女性主體的自覺，即出走的自由與叛逆。是以，其旅行散文不在散發對於特異經驗的炫耀式氣味，而是呈現知性與感性交融的身體記憶以及女性主體的建構。

三　美食家的舌味之美與鼻嗅之秘：以感官召喚飲食記憶

張讓這部以飲食為主要內容的《裝一瓶鼠尾草香》，[55] 未以「味覺」命名，卻以「嗅覺」為書名，已十足展現張讓飲食書寫的特出之處，即著重書寫一般同類型飲食之作較少描寫的感官經驗——嗅覺。書中關於飲食味覺與嗅覺之美的敘述包括卷II「巧克力」四篇與卷III「蘑菇」五篇相關散文、卷VI「吃飯」二篇與米飯有關的文字，展現美好的感官經驗。這些篇章集中書寫巧克力、蘑菇與米飯三項食物的味覺與嗅覺之美，而這三種食物之於張讓的意義在於兼具東西方飲食文化特色。對女性健康有正面作用的黑巧克力，雖非正餐或主食，卻有滋潤身心的作用；蘑菇在中西飲食文化中皆屬蔬食，有助於女性健康抗老之食療聖品，書中這兩類食物皆以「西方」食物的形象登場。

---

55 張讓自言在寫《剎那之眼》、《急凍的瞬間》與《當世界愈老愈年輕》時，雖專注於較抽象的時間空間的敘述與沉思，但當時已然想到感官層面的眼耳鼻舌等較形而下的書寫，尤其是嗅覺（張讓，〈自序——在官感中〉，《裝一瓶鼠尾草香》，頁5）。然而，《裝一瓶鼠尾草香》雖未必即是當初所構想的那本書，但它所書寫的感官之旅——鼻嗅與舌味的美好經驗，較多集中於舌味之美，少數為嗅覺之美。

而米飯是中國飲食文化的主食，也是目前定居西方的張讓的鄉愁來源，卻是中西混血兒子眼中陌生的食物。是以這三者皆與張讓的女性主體有較切身的關聯。

關於這三項飲食的書寫，張讓別出心裁地既書寫舌味，也描摹難得的鼻嗅之味，同時透過舌味與鼻嗅結合的獨到書寫，昇華了飲食所帶來的身體感官經驗，也提煉了飲食書寫所可能達到的思維高度與文字美感，這與其女性特有之慧心及掌握細節書寫有關。簡言之，張讓的飲食書寫之特色，在於她獨到地捕捉味覺與嗅覺之感官經驗而召喚／建構了美好的飲食／身體記憶，並突顯了女性主體之於此類美好感受的捕捉能力。

（一）食物的滋味：舌味之妙

舌味的關鍵意義在於「食物必須味道好，必須能報酬我們，否則我們就無法為細胞的火爐增添燃料。」[56]是以，滋味之好壞，影響我們的身體運作。而品味──品嘗美味，便成為飲食文化中極重要的一項：

> 在歷史上和許多文化中，品味都有雙重的意義，英文taste源自中古英文tasten，意即藉由觸摸、測試或採樣來檢驗；在回溯至拉丁文taxare，即敏銳的觸摸；因此品味乃是一種嘗試或測試。有品味的人乃是以濃烈個人方式評估人生的人，他會發現其中有些部分崇高，有些部分匱乏；而品味差的事物多半猥褻或低俗。我們常聽從專業的酒、食物、藝術等評鑑師的意見，

---

56 黛安・艾克曼（Diane Ackerman）著，莊安祺譯：《感官之旅──感知的詩學》，頁142。

因為我們認為他們的品味更精純、更高尚。[57]

由此可知，品味必需藉助觸覺，以敏銳的觸摸進行測試，才能知味。因此，有品味的人多半懂得如何品味美食。

而張讓的品味集中於巧克力、松露與米飯三項。首先是巧克力這項可以製造幸福感的食物，〈不要給我巧克力〉裡自言她喜愛巧克力複雜的味道：

> 我喜歡帶苦味的蔬菜，像苦瓜、芥菜、芥蘭、西洋菜，也許因此喜歡巧克力，愛那苦中帶甜、滑潤帶澀，錯綜複雜的味道。[58]

巧克力在張讓筆下是苦中帶甜、滑潤帶澀的複雜味道。而〈巧克力手記〉裡也認為巧克力的滋味不是單一的，而是矛盾與多重的：

> 覺得巧克力滋味獨特，融匯記憶和想像，又是天真和世故的混合。像性格複雜的人，裡面有許多矛盾對立的成分，譬如鮮花和黑暗、甜蜜和苦澀、溫暖和惆悵。而且有許多層次，譬如精練，像詩；甜中帶酸、澀和苦，像愛情、人生；隱晦而又神秘，像宗教和玄學。有趣的是，給人立即的感受卻是天真歡樂，再藏了一點肅然。[59]

由此可知，巧克力的滋味，如同性格複雜之人，有許多矛盾對立的成

57　黛安・艾克曼（Diane Ackerman）著，莊安祺譯：《感官之旅──感知的詩學》，頁142。

58　張讓：〈不要給我巧克力〉，《裝一瓶鼠尾草香》，頁34。

59　張讓：〈巧克力手記〉，《裝一瓶鼠尾草香》，頁68。

分，也有許多不同層次。有意思的是，它予人的感受又是天真歡樂中蘊藏了一點肅然。所以，張讓認為「上好巧克力不是甜膩的糖果，而是可細品的謎。」[60]誠然。

是以，書寫巧克力的味覺享受，可說是張讓的拿手絕活。真正品味巧克力的滋味，將會發現巧克力的滋味十足神秘，並帶著挑逗：

> 在滋味的宇宙裡，有的如煙火，一舉爆發，五顏六色，像熟得恰到好處的水果，如有種佛羅里達橘子叫「糖寶貝」（sugar baby）。有的如煙霧，慢慢聚集擴散，持久不斷，巧克力便是，那濃豔的味道帶著深沉神秘，散發挑逗。[61]

巧克力在張讓筆下呈現千姿萬態，不只苦中帶甜、滑潤帶澀的複雜，而且滋味更有如煙霧般聚集擴散，甚至深沉神秘，極富挑逗，具象呈現了巧克力的催情效果。相對地，張讓對品質低劣的巧克力亦有形象逼真的描述：「巧克力蛋糕壯如坦克，又甜得可怕，厚黑無恥像多年阿諛諂媚提煉而成。」[62]可見張讓對巧克力的品味。

而〈不要給我巧克力〉裡，則以更具形象化的文字，描述這種絕美的品味：

> 上好的純正巧克力入口稍嚼就開始化，不過化得從容，比奶油遇熱融化的速度慢一點，這時從寬闊的底蘊裡先送出一絲清爽的水果酸，獨立分明像一線高音，等化得差不多了，像一片細絲料布在舌上，這時濃郁的檀香、煙燻味如雲霧瀰漫口中，你

---

60 張讓：〈巧克力手記〉，《裝一瓶鼠尾草香》，頁68。
61 張讓：〈不要給我巧克力〉，《裝一瓶鼠尾草香》，頁35。
62 張讓：〈不要給我巧克力〉，《裝一瓶鼠尾草香》，頁37。

進到了那滋味的迷宮裡。[63]

張讓將品嘗巧克力的舌味，形容為「獨立分明像一線高音」、「像一片細絲料布在舌上」、「濃郁的檀香、煙燻味如雲霧瀰漫口中」，分別以聽覺、觸覺、嗅覺等感官，各方描述巧克力的滋味，可說極盡文字之妙。是以，對張讓而言，品味巧克力確實並非單純的味覺經驗，它往往是眼耳鼻舌身心等感官都得派上用場：

> 好巧克力像好茶、好酒、好咖啡，適於淺嚐。用品的，眼耳鼻舌身心都得用上。先看色澤正不正，是不是潔亮光滑，掰斷時音脆不脆。等入口後全部化開了，只覺滿嘴濃香。一兩小塊就好，到第三塊恐怕口舌飽和，變成慣性咀嚼了。拿上好的巧克力像蝗蟲啃莊稼那樣喀嗤大嚼，我只能說：哎，糟蹋！[64]

由此可知，品味巧克力的感官是全面的，至少是視、聽、觸、味覺等感官都得動用，一旦如此運用多重感官，便能真知巧克力的滋味。

然而，張讓不只品味巧克力，也自製岩漿巧克力，可說是真正知味的品味者：

> 濃稠滾燙如岩漿，細滑如絲，站在廚房窗前，面對滿後院的陽光，拿嬰兒匙般的小匙舀著吃，斯文徐緩，全神貫注的，一小口一小口，聽舌尖綻出沉厚嘹亮的鐘聲──啊，豪華！[65]

63　張讓：〈不要給我巧克力〉，《裝一瓶鼠尾草香》，頁39-40。
64　張讓：〈不要給我巧克力〉，《裝一瓶鼠尾草香》，頁40。
65　張讓：〈巧克力手記〉，《裝一瓶鼠尾草香》，頁78。

在張讓筆下，細滑如絲的岩漿巧克力，為舌尖帶來沉厚嘹亮的豪華之感。巧克力確實經常與「奢侈或酬報聯想在一起」[66]然而，巧克力不只有味覺上的豪華感，更予人一種心靈上的豪華感，〈巧克力手記〉便以「雲破天青、裡外一亮」描述這種感受：

> 高純度巧克力裡嵌了幾粒海鹽，濃郁中突然遇見那鮮明乾淨的鹹味，好像雲破天青，裡外一亮。[67]

不只如此，〈巧克力手記〉裡說到巧克力學家對巧克力滋味的形容，張讓認為他們甚至應該還吃出了大自然、詩與哲學的滋味：

> 那情景格外動人，尤其是當他們在巧克力裡吃出了森林和蘑菇味時。我想他們兩人除了吃出無數種滋味外，大概還吃出了天空和海洋、森林和土壤，甚至詩和哲學來。[68]

可見巧克力的滋味不只宥限於單一味道，其美好滋味甚至上升至「天空和海洋、森林和土壤，甚至詩和哲學」的層次，如此形容大大豐富了巧克力的滋味與美學層次。

其次，令張讓大談滋味的是蘑菇，她對於此物的味覺書寫也有極精彩的表現。在〈獵森林母雞的日子〉品嚐俗稱刺蝟的菇：

> 肉質軟而微韌，剛入口時只覺淡淡的，漸漸嚼出清香來。不是

---

66 黛安・艾克曼（Diane Ackerman）著，莊安祺譯：《感官之旅──感知的詩學》，頁169。

67 張讓：〈巧克力手記〉，《裝一瓶鼠尾草香》，頁81。

68 張讓：〈巧克力手記〉，《裝一瓶鼠尾草香》，頁69。

層層重重繁複龐大如交響樂那樣濃郁的滋味，也不是強烈爆發
讓人一時失落在味覺風暴深處的滋味，而是像餘香將散未散但
始終懸在半空的那種滋味。像某種溫柔遙遠的記憶，經過最輕
微的觸動悠然來到。只有植物才有，動物沒有的滋味。你吃了
一口，察覺到某種幽微的滋味，不敢確定，再吃一口印證。等
到吃了許多口後，你知道了，但還是不太有把握，因為那滋味
並不因累積而加深，卻一逕徘徊在若有若無間，不肯停駐，不
能收買。不像厚重的肉味丁就釘在那裡，不斷累積，很快就死
在嘴裡了——至少對我是這樣，因此再好吃的肉我只要幾口就
足，再多便膩了。[69]

此文可見張讓調動文字的功力，彰顯了蘑菇餘香將散未散但始終懸在
半空的那種滋味。張讓認為它像某種溫柔遙遠的記憶，經過最輕微的
觸動悠然來到。但那滋味並不因累積而加深，只是一逕徘徊在若有若
無間，非常獨特。

　　而她對於松露這種具有特殊滋味的蘑菇，更有深入的體察。在
〈麝香蘑菇——松露〉裡，張讓品嘗了松露蛋黃羹這道美食：

食物的滋味有時像大風暴，正面撲來。有時像打游擊，暗中偷
襲。有時兵分好幾路，前面一路猛撲，兩旁協力夾擊，最後還
有一路墊底。有時像山中煙雲，只見濃霧忽起，轉眼籠罩一
切，霧氣似乎可以觸摸，卻畢竟沒法捕捉，那松露蛋黃便是最
後一種。[70]

---

69 張讓：〈獵森林母雞的日子〉，《裝一瓶鼠尾草香》，頁100-101。
70 張讓：〈麝香蘑菇——松露〉，《裝一瓶鼠尾草香》，頁123。

在張讓的摹寫中，食物的滋味有時像大風暴般的正面撲來，呈現各種
風格，而松露蛋黃羹的滋味更如濃霧升起般難以捉摸。然而，真正品
味松露蛋黃羹，張讓的感受又是十分愉悅的：

> 蛋殼頂敲開一個小洞，一瞥裡面是一點彷彿古甕底殘餘的黃稠
> 液體。拿那玩具小匙舀出送進嘴裡，忽然口中溢滿了滋味。先
> 是蛋黃帶硫磺味的獨特味道，之後又漫出來一陣似煙似酒似檀
> 香似巧克力的滋味，濃厚而又持久，像一陣暖風不斷在嘴裡重
> 覆加強。那蛋黃羹不過幾口的量，而那濃郁滋味悠長不絕，這
> 時我仍能清晰召喚，儼然就在舌尖。那時才真正體驗到當烹調
> 藝術極盡高明時已和果腹無關，而完全在於品嚐。一小口，便
> 足以把人送到語言之外的化境。有人以極樂，有人以仙境來形
> 容。我並不覺得到了那樣境界，只覺得口裡彷彿一陣美妙的意
> 外，一場悅人的迷惘，好像在山林間走失。[71]

對張讓而言，松露蛋黃羹的滋味，先是蛋黃帶硫磺味的獨特味道，之
後漫出一陣似煙似酒似檀香似巧克力的繁複滋味，像一陣暖風不斷在
嘴裡重複加強，這種品味經驗無疑是美妙而悅人的。由此更使張讓體
會到，味覺之美到了極致，已非填飽肚子的問題，而是上升到藝術層
次的品味問題了。

最後，張讓所品味的美食，卻是十分平常的主食——米飯。米飯
究竟有無滋味，似乎較少為一般飲食文學所描述。對移居美國的張讓
而言，米飯是鄉愁與母親的味道，在〈天下最好吃的稀飯〉裡，張讓
回憶起母親當年所做的魚稀飯：

---

71 張讓：〈麝香蘑菇——松露〉，《裝一瓶鼠尾草香》，頁123-124。

> 還有魚稀飯，老實說不清楚母親怎麼做的，只記得那稀飯不再
> 是一般早餐的水泡飯，而真是從生米煮成濃稠巧好的稀飯，裡
> 面嵌了一小塊一小塊的鮮嫩魚肉，星星點點的淡綠芹菜末漂浮
> 其上，極清雅。不止是味覺的美，也是視覺的。稀飯如浮雲托
> 月，芹菜點出一點清靈，色香味俱全。彷彿不只是裹腹之食，
> 裡面其實蘊涵了素樸的烹調美學，以極小完成極大的境界。當
> 然這是現在的體會，那時只覺好吃，好吃極了。[72]

母親的魚稀飯，既有味覺的也有視覺的美，其清雅素樸的滋味，使得
這道魚稀飯不只是食物，它還呈現了素樸的烹調美學，而這也是張讓
最美好的飯食記憶。

　　然而，自小以米飯為主食，張讓自承從小吃米飯長大的經驗裡，
其實並未認真覺察米飯的美好滋味，在〈米飯大事〉裡，張讓提及第
一次驚覺白飯好吃，卻是在美國的日菜館裡：

> 那白飯粒粒晶瑩如玉雕，卻又相互沾黏，彷彿在獨立和依偎間
> 找到了最佳均衡，既不致與世混同，而又不失矜持。上面再灑
> 了幾粒黑芝麻，那黑白對比，格外素美。[73]

在這頓美妙的米飯經驗裡，呈現了米飯之美如玉雕的形象，以及它與
黑芝麻的黑白對比之素美，可見色味雙美之必要。對身在美國的東方
族群，米飯自然也勾起了出身的鄉愁。在〈米飯大事〉裡，另有對米
飯之美味的精彩描摹：

---

72 張讓：〈天下最好吃的稀飯〉，《裝一瓶鼠尾草香》，頁206。
73 張讓：〈米飯大事〉，《裝一瓶鼠尾草香》，頁212。

> 粳米粒粒晶瑩飽滿，潤澤而又乾爽，蒸煮時滿室微香，到了嘴
> 裡一咬米粒散開，每一顆粒微微抗拒齒牙咬合的壓力，然後從
> 容就義，釋出自身精華，淡淡的甜，些微果仁的香。[74]

米飯的微香，與淡淡的甜、些微果仁的香，都是別開生面的文字。透
過美好的文字描寫，讀者亦彷彿也一同浸淫在滿室米飯的微香裡，感
同身受。

簡言之，張讓在味覺敘述中，既呈現華而不俗的文字美感，也有
感性的飲食體會，但知性底蘊仍舊不時貫穿字裡行間，形成知性與感
性交融的風格，這也是專屬於張讓自己的獨特敘事。

(二) 食物的氣味：鼻嗅之秘

一般書寫飲食多集中於口舌之味的感受，較少著墨食物的嗅覺／
氣味。張讓在〈不必是酒神的信徒〉裡便提及：

> 連談吃的文章，碰到氣味一樣大而化之帶過。（大多寫吃的文
> 字，都沒有形容氣味或味道的功力。）大概除了香水專家，只
> 有葡萄酒徒敬重鼻子，因此要找有關氣味的描寫，最好去讀
> 「酒經」──我指的是葡萄酒評鑑或買酒指南之類的書。[75]

是以，酒類氣味確實較容易見諸文字，張讓也不例外，〈不必是酒神
的信徒〉確實也曾提及酒的香氣：

> 喝葡萄酒和喝茶一樣，第一在香，其次是味。認真喝葡萄酒的

---

74 張讓：〈米飯大事〉，《裝一瓶鼠尾草香》，頁219。
75 張讓：〈不必是酒神的信徒〉，《裝一瓶鼠尾草香》，頁156。

> 人拿起葡萄酒杯，先輕搖酒杯讓酒環杯打幾個旋，酒氣升騰杯
> 中，然後鼻子湊進，深深一吸，品那芳香。於是有這樣的評
> 鑑：「滿鼻的薰衣草、融化的甘草糖和肉桂醬香味。」或：「具
> 摩卡、香草和咖啡香。」[76]

確實，酒香正是酒類飲品最引人陶醉的關鍵，品酒往往是品其香氣，
其次才是味道。而大部分飲食散文較能描摹氣味的，大概也就是酒這
一飲品了。相較之下，張讓這部飲食散文的特色便在於它結合了味覺
與嗅覺敘述，突出於一般飲食散文之偏重味覺／滋味之處。

　　首先，她提醒食物的嗅味與舌味是相互聯結的，〈裝一瓶鼠尾草
香〉裡如是說道：

> 氣味的語言比所有語言都古老，它走在形聲色之前，走在心念
> 意想之前，直達我們最動物性的深處，最原始、最私密的自
> 己。普魯斯特因一塊曼得林甜餅而往事潮湧，賈西亞·馬奎斯
> 回到老家由一口湯而大舉重現過去。兩事雖不是直接因氣味而
> 起，然嗅味相連，失去嗅覺的人同時也失去味覺。[77]

是以，氣味所聯結的記憶，往往容易烙印在心靈深處，與最私密的自
己共處，如普魯斯特《追憶似水年華》經由食物所引發的往事重現即
是。由此，更能說明我們記憶中食物的味道，往往來自於氣味：

> 食物的味道多半來自其氣味，有些化學家甚至聲稱酒也不過是
> 一種無味道的液體，只是香氣濃郁罷了。他們說，如果你喝酒

---

76 張讓：〈不必是酒神的信徒〉，《裝一瓶鼠尾草香》，頁157。

77 張讓：〈裝一瓶鼠尾草香〉，《裝一瓶鼠尾草香》，頁128。

時頭腦冷靜，就會嘗出酒不過是水。任何東西若想嘗出味道，首先得在液體中溶解（例如硬的糖果要先在唾液中溶解）；而任何東西若要嗅出氣味，必得經空氣傳播。我們只能嘗出四種味道：甜、酸、鹹和苦，也就是說我們感覺到的其他「味道」其實都是「氣味」，而我們自以為聞到的許多食物，其實只能品嘗。糖不易揮發，因此我們聞不到，雖然可以嘗到它濃濃的味道。如果我們有滿嘴好吃的食物，想要慢慢品味欣賞，就會深深吐氣，使口中的空氣散布至嗅覺細胞，讓我們更容易聞到它的氣味。[78]

由此可知，嗅覺與味覺確實相連，食物的味道大多來自於其氣味，如酒便以氣味取勝。而甜、酸、鹹和苦等四種以外的「味道」，其實都是「氣味」；我們自以為聞到的許多食物，其實只能品嘗。因此，品味食物便會深深吐氣，使口中的空氣散布到嗅覺上，因而更容易聞到它的氣味。是以，味覺之美確實必需仰賴氣味之聯結，方得以形成強大的記憶：

世上沒有比氣味更容易記憶的事物。……氣味就像威力強大的地雷般，隱藏在歲月和經驗之下，在我們的記憶中安靜地爆炸。只要觸及氣味的引線，回憶就立即爆發，而複雜的幻影也由深處浮顯。[79]

---

78 黛安・艾克曼（Diane Ackerman）著，莊安祺譯：《感官之旅──感知的詩學》，頁27。
79 黛安・艾克曼（Diane Ackerman）著，莊安祺譯：《感官之旅──感知的詩學》，頁18。

相較於其他感官，嗅覺所記憶的深刻度，遠較其他感官更加敏感，是以氣味正是最能牽引食物記憶的引線。事實上，氣味之於飲食的美好記憶，確實極為關鍵。

張讓以食物氣味做為回憶的引線，在〈蘑菇派和毒姑湯——文學裡的菇2〉裡即有精彩的描述。張讓一家在義大利旅行，由佛羅倫斯開車到米蘭中途，繞道西北濱海山村五漁村，路途中無意嗅聞普奇尼菇的香味，成為此行最美的記憶：

> 兩旁是幽深的樹林，車窗大敞，送進清新的空氣。忽然，一陣濃香灌進來，像乾普奇尼的香氣。我們大為驚訝：怎麼可能？普奇尼要到九月才出。然而真香，那混合青草和煙燻的氣味浸透了空氣，簡直像滿山遍野都是那菇，然放眼不見一朵，我們大口吸取，像找到松露便緊咬不放的豬。想停下來獵菇卻無處可停車，只好不停開下去，一路大張口鼻吞嚥香氣——這，加上我們在威尼斯喝到的一瓶Chianti，B認為是那趟旅行最美麗的回憶。我也覺得。[80]

普奇尼菇混合著青草和煙燻的氣味，經由車窗隨風灌入。雖然只聞其氣味而不見其形影，張讓鍾愛的普奇尼菇，仍在無意中成為引爆此趟旅行最美好記憶的引線，全拜氣味所賜。

而〈氣味穿遊〉裡，張讓更寫出母親拿手菜的香氣，至今難忘：

> 現代美國人不愛用豬油，我記得以前母親炒麵茶，最後一道拌進豬油，香極了。芋泥裡也要拌豬油，加上新鮮橘皮刨的屑，

80　張讓：〈蘑菇派和毒姑湯——文學裡的菇2〉，《裝一瓶鼠尾草香》，頁113-114。

> 那香氣宛如深紫絲絨裡嵌進了橘金蕾絲，濃郁中微微開了道天
> 窗，我和妹妹至今難忘。[81]

由此可知，氣味往往「是一條路徑，靈巧地帶領我們穿越時空。」[82]
使我們難以忘懷某些來自母親或故鄉的重要記憶。此段文字不只有難
忘的美好氣味，文字之精煉亦值得稱道：「那香氣宛如深紫絲絨裡嵌
進了橘金蕾絲，濃郁中微微開了道天窗」。而〈氣味穿遊〉裡也另外
述及氣味所引發的記憶——文化鄉愁：

> 拿剛採的迷迭香和百里香烤里脊肉，那草野氣將胖大憨痴的油
> 脂香裡開出了一線靈光。香椿拌豆腐，是淡泊悠閒帶文化鄉愁
> 的氣味。[83]

這段文字裡，烤里脊肉與香椿拌豆腐的美妙氣味，透過獨特的文字形
容，特別顯出嗅覺之美。

簡言之，嗅覺／氣味是最直覺的感官，也最能勾起人們極端的懷
舊情緒：

> 嗅覺不像其他知覺，它不需要翻譯，它的效果直接，不因語言、
> 思想或翻譯而稀釋。某種氣味可能使人極端懷舊，因為在我們
> 還未剪輯之前，它已勾起強烈的形象和情感。你所看所聽也許
> 很快會消失在晚期回憶的混合物之中，但正如莫里斯（Edwin

---

81 張讓：〈氣味穿遊〉，《裝一瓶鼠尾草香》，頁140。
82 黛安・艾克曼（Diane Ackerman）著，莊安祺譯：《感官之旅——感知的詩學》，頁
  20-21。
83 張讓：〈氣味穿遊〉，《裝一瓶鼠尾草香》，頁142。

　　T. Moris）在《香水》（Fragrance）中所指出的：「氣味幾乎沒有短期記憶。」全都是長期的。……吉卜齡（Kipling）說得好：「氣味比起景物和聲音來，更能使你的心絃斷裂。」[84]

是以，一旦經由嗅覺／氣味的記憶，便是長期的永恆的印刻，比起視覺或聽覺所記憶的，更加令人神往良久。

　　其次，張讓除了描摹舌味與嗅味的緊密關聯，對一般食物獨特的氣味，也有獨到的視角與精妙的文字。在〈氣味穿遊〉裡，張讓說道她自認嗅覺未必多靈，但能清楚分別茶、咖啡與橄欖油的氣味：

　　我嗅覺未必多靈，倒是愛憎強烈。我喜愛茶、咖啡和橄欖油的香氣，茶香具山林雲霧的靈性，咖啡香是城市世俗的氣味，處女橄欖油的香味清新厚實像鄉野。[85]

這段引文裡，張讓再度發揮她的描寫功力，將難以摹寫的嗅味化為美麗的文字，無論茶香、咖啡香或橄欖油，其氣味一一被具體摹寫。而〈不要給我巧克力〉裡，張讓書寫巧克力的氣味，用詞獨特：

　　巧克力剛好相反，奇香，像咖啡，像橄欖油爆蒜頭。[86]

據此可知，巧克力的氣味，正似張讓鍾愛的咖啡奇香，也像橄欖油爆蒜頭之香氣。〈巧克力手記〉裡，將巧克力的氣味與咖啡相較，進行

84 黛安・艾克曼（Diane Ackerman）著，莊安祺譯：《感官之旅——感知的詩學》，頁24-25。
85 張讓：〈氣味穿遊〉，《裝一瓶鼠尾草香》，頁140。
86 張讓：〈不要給我巧克力〉，《裝一瓶鼠尾草香》，頁35。

了另一次精彩的描摹：

> 不經心聞，巧克力和咖啡的味道近似，仔細一比卻發現相當
> 不同。

> 咖啡味比較尖峭，像新刨的木；巧克力比較厚重，帶肉桂的辛
> 甜。[87]

此處的咖啡味像新刨的木，巧克力似帶肉桂的辛甜，氣味又非常不
同。無論如何，張讓所使用的文字皆具新鮮奇妙之美，更寫出了一般
人較難描摹的巧克力氣味。

然而，書寫松露的篇章，更能見出張讓捕捉氣味的文字功力，
〈麝香蘑菇──松露〉裡對松露氣味的書寫即是：

> 眼前這些黑松露放在白米上，核桃大小，粗看不過是一粒粒黑
> 色小石。拿起來放在手裡，粗硬黝黑，坑坑疤疤像來自天外高
> 溫燒煉過的隕石。送到鼻尖，那石立刻「醒」了過來──其實
> 醒來的是你臉龐正中的那座氣味臺，鼻子。只覺一陣濃濁氣味
> 衝來，分明不是礦物，而是分子結構複雜龐大會生會死的活物
> 了。讓人立刻想到章回小說裡寫的「享天地之靈氣，吸收日月
> 之精華」，那種神異／妖異之物。[88]

松露美在其名，但外表實則粗硬黝黑，亦非好聞之物，一旦鼻嗅松
露，便立刻感到一股濃濁氣味迎面撲來，這種濃烈的氣味非同小可：

---

87 張讓：〈巧克力手記〉，《裝一瓶鼠尾草香》，頁73。
88 張讓：〈麝香蘑菇──松露〉，《裝一瓶鼠尾草香》，頁118-119。

　　松露名字極美，其實恰恰相反，既醜又臭。那氣味介乎臭豆腐和燻魚之間，像男人太久沒洗澡身上的氣味，像房裡放了髒衣服鞋襪火腿又密封許久的氣味。一位義大利廚師形容新鮮白松露：「好像公豬發情時小腸的氣味。」還有人形容像末日狂歡性交和死亡的味道。簡單說，中人欲嘔。有趣的是，如同愛恨一體，香臭往往同源。昂貴香水原料如麝香、龍涎香都是極臭之物，香水師最知了。松露一旦刨成薄片放在菜裡，立即化魔成仙，惡臭轉成醉人異香，因此造就了一批如同蒼蠅趨附腐肉的逐臭／香族。[89]

　　由張讓的描摹，可知松露之異味中人欲嘔，難聞的氣味似乎也躍然紙上。然而，弔詭的是，香臭同源，一旦化為菜餚，立即轉性成為發出異香的美食。如此特殊的氣味，張讓輕易地捕捉完整。

　　簡言之，關於嗅覺／氣味的描寫，張讓在《裝一瓶鼠尾草香》裡達到了某種文字描摹的高度，既是文字的精煉，也是思維的細緻。

　　綜合以上，張讓在舌味與嗅味中，掘發了食物的美好滋味與氣味，並以澄澈的目光、精緻的文字，捕捉舌味或嗅味，寫蘑菇、松露或米飯，都能既知性又感性地展現豐厚的知識，並掘發食物色香味的感性內蘊，發人所未發；而書寫這三類食物的滋味，也突顯了張讓之女性主體的獨特內涵。是以，其知性思維與感性內裡交融的「感官書寫」風格，在書寫食物上也很能展現女性個人自覺的獨特面貌。

---

89 張讓：〈麝香蘑菇——松露〉，《裝一瓶鼠尾草香》，頁120。

四 以「感官」書寫旅行／飲食：建構女性主體之必要

　　張讓的旅行／飲食散文之「感官書寫」，不只豐富了她自己向來冷冽的知性風格，也為此類主題散文的書寫提供了值得開發的書寫範式：知性與感性交融的「感官書寫」。一般書寫旅行／飲食主題的作家作品，多半能夠融合多樣化的感官經驗，達到知感交融的境地。然而，能夠正面摹寫精緻美好的「感官經驗」之內蘊，並提升感官書寫的質感與深度，使其旅行／飲食文學並非僅止於視覺或味覺表層經驗的分享，這就是張讓的特色所在。易言之，張讓感官書寫之知性與思辯特質至為明確，加上其敏銳的觀察力及兼具親和與感染力的行文特質，在在提升了感官書寫的深度與廣度，這是她的旅行／飲食散文值得稱道之處。

　　張讓原來對純散文的看法，較接近西方文學「理性收斂」[90]的特色。張瑞芬評論其較具時事與知識性專欄之作《飛馬的翅膀》及《和閱讀跳探戈》時，也曾述及她的散文風格多具備中性聲腔：

> 眾稱「洗練」（甚指森冷見骨），指的是文字枝蔓甚少，直指核心。而她的中性聲腔，在近作專欄文字中大量涉入時事、政治、文化與知識，也使她的風格遠非一般閨閣之作可比。[91]

可見張讓的散文確實一直以冷冽知性見長，尤其「空間三書」以及這兩部知識性較強的專欄之作。但這種洗練的中性聲腔，一直到二〇〇四年《世界愈老愈年輕》則明顯轉向柔和：

---

90 張讓：〈緬因的岩石海岸〉，《旅人的眼睛》，頁24。
91 張瑞芬：〈穿越時間的空間──論張讓散文〉，《五十年來台灣女性散文‧評論篇》，頁337。

　　她認真反思寫作真諦──文學的本質仍是感動心靈，知性與感
　　情畢竟是殊途同歸。正如散文與小說並非真實虛構之別，實為
　　表達方式間接直接相異。[92]

由此可知，張讓自此開始有意反思文學的本質仍是感動心靈，因此在
多年創作後，她開始思索感性與知性未必完全對立：

　　在近年來的豐沛產量和多元嘗試後，竟然『從另一條路回到感
　　動的園地』，感受到知性和感性不必然對立，閱讀的至高境界是
　　『像觸電一樣從脊背直升下來』。這不能不說是一種轉向。[93]

是以，張讓感受到知性與感性不必然對立，原來較中性的散文質地逐
漸轉向比較柔和的方向，走出現今較為圓融的知感交融的風貌。
　　因此，二〇一〇與二〇一二年分別推出的《旅人的眼睛》與《裝
一瓶鼠尾草香》，儘管仍以其知性風格見長，但畢竟書寫的是旅行／
飲食之感官經驗，張讓增添了遠較以往更加感性直覺的敘述。如前
述，張讓更加純熟地展現她對於旅行之景／色與食物之滋味／氣味的
觀察，突出了眼、耳、鼻、舌、身、意等感官之於身體記憶的感知經
驗，這與她過往理性收斂風格相較，確實更多了一些人間煙火氣，也
更添一分親和與感染力。尤其是其中許多看似瑣碎／細節的書寫，更
能見出其逐漸對女性書寫特質的肯定，即關注旅行／飲食之日常或平
常、瑣碎或細節之捕捉，化平凡為不平凡，同時又能往上翻新一層，

---

92 張瑞芬：〈穿越時間的空間──論張讓散文〉，《五十年來台灣女性散文‧評論篇》，
　　頁337。
93 張瑞芬：〈穿越時間的空間──論張讓散文〉，《五十年來台灣女性散文‧評論篇》，
　　頁334。

這樣的感官書寫便有了知性的厚度，而非僅止於感官之享受或感性之美好而已。

簡言之，張讓這兩部旅行／飲食散文之「感官書寫」風格，知性與感性並濟，之於她自己的散文創作史而言，確乎是一種新變，即由冷冽的中性風格，逐漸轉向女性自我的認同，肯定女性對於叛逆與自由之需要、對於瑣碎與細節書寫之認同，並能推陳出新，往上翻出一層新意，進而賦予此類散文全新的書寫面貌。而相較於一般同類型作品而言，或許也是值得開發的書寫範式。

是以，綜合前述，張讓這兩部旅行／飲食散文之「感官書寫」風格，其特點有二，一是對主體叛逆及自由的欲望之覺察，彰顯了女性對於旅行與「做自己」的深刻關注，二是對於瑣碎／細節書寫的認同，彰顯了女性自我對於旅行／飲食日常的關注，而這兩者皆指向對於女性自我的認同。

（一）對主體叛逆及自由的欲望之覺察：女性對於旅行與「做自己」的深刻關注與認同

張讓以感官書寫深化了旅行散文之身體記憶及女性主體的建構，主要聚焦於對於主體的叛逆及自由之必要以及對於這種欲望的覺察，是以她特別關注視覺所見及超越視覺所見的感受，更喜歡「溫故」（重遊某地），以及走路旅行的自由與隨興，這些都突顯了女性對於「做自己」的深刻關注與認同。是以，之於一般同類型散文而言，確有獨到之處。

1 自由之必要：旅行是精神上的更新

張讓的旅行散文之獨特，在於她要求「視覺和超越視覺的美感」，由前述即可探知。而這種要求，與她心目中的旅行文學概念有

關：「我心目中的文章不是按圖索驥的那種無聊遊記，而是大開大闔擊鼓而歌式的印象即興，我想的是哪吒風火輪電掣來去的風光。」[94]而這與她稟性所愛有關：「我總追求大氣的東西：風景要開闊，書法要剛勁，文氣要雄渾，個性要爽朗，連長相也要方正英氣，受不了小臉小嘴細眉毛尖下巴。」[95]因此，寫風景自然也要開闊的大氣，這是張讓對旅行書寫的要求，也是一種人生／生活態度。因此，「最深切的旅遊經驗無法用口頭傳述，面對天地個人可能心神震動，回頭要轉述卻只能瞠目結舌，噫噫呀呀做野獸聲。」[96]這種無法言傳的震憾，正是面對浩大天地頓感渺小的個人最瞠目結舌的體驗。

首先，張讓認為：「真正的旅行，應該是為了旅行而上路，旅行本身就是目的。」[97]她也說：「我心目中的旅行不包括艱苦困掙，重要在某種時空的轉換，心理上的更新。像一種人為的，精神上的季節。」[98]所以，她的旅行不是制式的觀光行程，也不是困頓艱苦，重點在於心理上的精神上的更新。因此，旅行之於她的意義極為深切：

> 旅行回來，我總問自己這問題：看到了什麼？為了看到特地做給旅人看的庸俗而失望，而生氣，然後嘗試在浮面印象中，萃取背後一些樸質無華的東西，譬如那些和觀光客無關的住宅區，或雄偉大道以外，不引人注意的斑駁邊牆與破落小街。旅人的眼睛要求新奇，要求戲劇，要求娛樂，那些日常生活裡所沒有的種種。而我要求來自真實的感動。我要歷史，要生命承受時間的重量和力量，要視覺和超越視覺的美感，然後我在所

---

94 張讓：〈吞嚥大地和天空〉，《旅人的眼睛》，頁59。
95 張讓：〈緬因記事〉，《旅人的眼睛》，頁33。
96 張讓：〈吞嚥大地和天空〉，《旅人的眼睛》，頁64。
97 張讓：〈一人旅行時〉，《旅人的眼睛》，頁178。
98 張讓：〈旅人的眼睛〉，《旅人的眼睛》，頁175。

> 有的拔起和跌落、蒼涼和輝煌中啞口無言──不再是旅人，而
> 是進入了時間，成為那個地方的一部分。[99]

張讓自言所謂旅人的眼睛，要求日常生活裡所沒有的種種，要求來自
真實的感動，要承受時間／歷史的重量，更要視覺與超越視覺的美
感，在所有值得讚嘆的景／色面前啞口無言；至此，旅人乃不再只是
旅人，反而成為那個時間與空間裡的一部分。

　　以當代同樣知感交融的旅行文學作品而言，劉克襄多年來深入臺
灣各大小鄉鎮、山林野地，以「在地人」的角度在旅途中「生活」，
累積不少深厚的旅行經驗，也書寫了不少深度的旅行佳作，如《11元
的鐵道旅行》、《十五顆小行星：探險、漂泊與自然的相遇》、《裡台
灣》等，往往可由其作品中看到他對於臺灣土地人情最真實的感動。
舒國治《臺灣重遊》與《宜蘭一瞥》亦予人此種美感。雖然劉克襄、
舒國治以臺灣為主，與張讓的美國旅行分屬不同空間，但張讓所要求
的「視覺和超越視覺的美感」以及不以旅人自居而要成為那個地方的
時間與空間裡的一部分，在劉克襄、舒國治的文本裡亦可見。然而，
張讓知性的出身（法律）與側重哲思的散文風格、旅居異國的生活經
驗，再加上她具有女性自覺地「做自己」所強調的叛逆與自由，這使
她的旅行文學更傾向展現大開大闔的印象即興式與哪吒風火輪電掣來
去的風光，這或許正是張讓之不同於其他許多同類型作品之處。

2 叛逆之必要：重遊舊地與走路旅行

　　其次，張讓所稱真正成為那個地方及其歷史的一部分，指的是深
度的定點旅行，而且往往一再「重遊舊地」，張讓即如此：

---

99 張讓：〈旅人的眼睛〉，《旅人的眼睛》，頁177。

> 有的人一旦遊過便覺得從此不必再去了。我們恰恰相反，偏好
> 重遊舊地，像緬因、科羅拉多，尤其是新墨西哥，去了一次又
> 一次。所以，這本書寫的不是尋新，而是溫故。[100]

因此，《旅人的眼睛》裡許多篇章大多圍繞於上述幾個一再重遊的地
點，尤其一去再去的新墨西哥州，更是張讓的最愛，是她最想長期定
居之地。但真正想瞭解新墨西哥州的理由為何？張讓自言：

> 我們旅行到過不少喜歡的地方，但沒一處像新墨西哥有那樣魔
> 力，讓我們時刻神往。為什麼？我可以列出一串理由，譬如景
> 觀奇異、空曠少人、光線清亮等，但真正理由無非是：只因
> 為，心的理由，智無法穿透。[101]

這樣獨特的旅行態度，當然也是出自女性主體對叛逆與自由之必要，
更能彰顯女性的自我認同。

　　再者，就「重遊舊地」而言，近年來愈受矚目的舒國治即有「重
遊」之作，如《門外漢的京都》即是舒國治不斷重遊京都的心得結
集。舒國治自言京都具備許多令他不得不多次重遊的原因，如京都特
有的唐宋氛韻、竹籬茅舍、大橋流水或小橋流水、帶氧度等。而其
《臺灣重遊》中重訪許多舊時即已知名的臺灣風光，亦可見其重遊舊
地的懷舊旅行模式。然而，類似舒國治與張讓的舊地重遊，似乎仍較
少於其他同類型作品中得見。此外，張讓集中數篇關於走路旅行的散
文，正是她的獨到之處，已如前述。而舒國治《流浪集——也及走
路、喝茶與睡覺》的〈流浪的藝術〉也是專論「走路」的旅行文學，

100　張讓：〈自序——旅行的難題〉，《旅人的眼睛》，頁13。

101　張讓：〈也許有一個地方——談旅行和鄉愁〉，《旅人的眼睛》，頁190。

與張讓走路的精神有相通之處。然而，張讓的書寫篇幅顯然較為可
觀。此類專寫走路旅行的散文，其他同類型作品亦較為少見。而張讓
的特色更在於她所具備的女性主體對叛逆與自由之需要，因此張讓的
舊地重遊與走路旅行，更具有獨特意義。

再者，張讓集中數篇關於走路旅行的散文，正是她的獨到之處，
已如前述所論。而舒國治《流浪集——也及走路、喝茶與睡覺》中的
〈流浪的藝術〉也是專論專論「走路」的旅行文學，與張讓走路的精
神有相通之處。然而，張讓的書寫篇幅顯然較為可觀。此類專寫走路
旅行的散文，其他同類型作品亦較為少見。[102]

最後，當代旅行書寫頗有成績的女作家鍾文音，其旅行文學中自
我對話的感性層面較為濃厚，較諸張讓較側重知性／理性的自我審視
風格，明顯不同。鍾文音旅行文學中最可觀的是「文學（藝術）的旅
行」系列，如《遠逝的芬芳——我的玻里尼西亞群島高更旅程紀
行》、《奢華的時光——我的上海華麗與蒼涼紀行》、《情人的城市——
我和莒哈絲、卡蜜兒、西蒙波娃的巴黎對話》、《孤獨的房間——我和
詩人艾蜜莉、藝術家安娜的美東紀行》、《三城三戀》、《大文豪與冰淇
淋》、《憂傷向誰傾訴》、《最後的情人——莒哈絲海岸》等，其內容多
為鍾文音走訪已故文人藝術家生前所履之空間或文學地景。但鍾文音
的獨遊體驗及其感性的自我對話，無疑更是其旅行文學的主聲調所
在。這類與已故文人的靈魂惺惺相惜的旅行文學，無疑開創了專屬於

---

102 近年來有幾本與「走路」有關的散文集，如黃武雄、小野、阿寶、吳明益、李丁
讚等著：《走路：給我一條千里步道》（臺北：左岸文化公司，2007年11月）；周聖
心、徐銘謙、陳朝政等著：《千里步道，環島慢行：一生一定要走一段的土地之
旅》（臺北：新自然主義，2011年7月）；周聖心、林芸姿、陳朝政等合著：《千里步
道2：到農漁村住一晚》（臺北：新自然主義，2012年8月）等。以上諸作皆為合
集，非個人專集，暫不論。

鍾文音的獨特旅行書寫。而張讓的旅行文學雖也同樣具備深刻的自我
對話，但較為偏重知性／理性層面，這是張讓與鍾文音之異，也是張
讓不同於其他許多同類型作品之處。

　　簡言之，張讓心目中的旅行是一種精神上的更新，即叛逆與自由
之必要，要求的是視覺與超越視覺的美感。因此，她看重的是大開大
闔的印象即興，追求的是大氣的事物。因此她以「溫故」式的舊地重
遊，真正成為那個地方的時間／歷史與空間的一部分。同時，她也以
走路旅行探觸生命最真實的存在方式。這些都是她的旅行文學突出於
一般同類型作品之處，也是她對於女性自我的認同。

（二）對瑣碎／細節書寫的認同： 女性自我對於飲食日常的關注

　　張讓書寫飲食之感官經驗，突出了氣味這種一般飲食散文不特別
重視的官能描摹，尤其是難以捕捉的嗅覺，更是她的文字捕獵的重要
目標。然而更困難的是，以文字描寫巧克力與松露這兩種奢華食物的
氣味，以及再平常不過的白米飯。這三者的氣味全部被張讓的妙筆捕
捉在文字中，顯示她的女性自我對於這三種食物日常的關注與觀察之
深刻，乃能不厭瑣碎地描摹其氣味的細節，並引人入勝。

1 難以捕捉的氣味：味覺與嗅覺之共舞

　　張讓書寫飲食之感官經驗，突出了嗅覺／氣味這種一般飲食散文
不特別重視的官能描摹。如前所述，張讓認為一般談吃的散文，碰到
氣味大多直接帶過；或者書寫氣味，卻無形容氣味或味道的功力。氣
味確實難以摹寫，即使描摹往往缺乏形容的功力，此因嗅覺往往令人
難以捉摸：「嗅覺是沉默的知覺，無言的官能，我們缺乏字彙形容，

只能張口結舌,在難以言喻的歡樂與狂喜汪洋中,摸索著言辭。」[103]
是以,這個我們只要一呼吸即時時在嗅聞的感官,十足難以捕捉,大
多美妙的嗅覺,我們只能感受,無法言傳。其實,即使是味覺,張讓
也自承她難以用文字駕御:

> 抽象的文字碰到多采多姿的官感,一向的蒼白無能更強化千萬
> 倍。我發現自己首先近乎徒勞地以文字捕捉甚至再現那些味覺
> 全貌,然後企圖描述自己在與這食物接觸交流過程中的身心狀
> 態,最後是去思考它們背後在歷史、文化和個人情感上的意
> 義。[104]

張讓自言徒勞地捕捉味覺,只因文字是抽象的,而感官是多采多姿
的。然而,證諸前述張讓書寫官能感受的文字,尤其是融合味覺與嗅
覺的描摹,正是張讓飲食書寫的特色。

　　若論描摹食物味覺之文字功力,同類型作品中當屬蔡珠兒的飲食
散文為最。她由草木書寫《花叢腹語》以降,一路書寫至食物的身
世,一系列作品如《南方絳雪》、《紅燜廚娘》、《饕餮書》乃至《種地
書》等一再展示食物書寫的美好極致,既有知性的食物身世之溯源,
更不乏生花妙筆所烹製的美味文字。然而,較諸張讓的飲食散文,蔡
珠兒之作似乎仍未見得那麼強調嗅覺與味覺的結合,比較偏向百科全
書式的食物故事溯源以及美妙的品嘗經驗。簡言之,融合嗅覺與味覺
的書寫,正是張讓《裝一瓶鼠尾草香》之突出於一般同類型散文之處。

---

103 黛安・艾克曼(Diane Ackerman)著,莊安祺譯:《感官之旅──感知的詩學》,頁
　　19。
104 張讓:〈自序──在官感中〉,《裝一瓶鼠尾草香》,頁7。

2 平常食物之不平常：在異國品嘗米飯的鄉愁

其次，張讓的飲食書寫不同於一般同類型散文之處，還在於她著意書寫「米飯」的「感官經驗」上。如前述第三節所示，張讓所指的「吃飯」大事，並非一般所稱之「吃一頓飯」，而是真正專指吃「米飯」這件極平凡而普通的家常事。以「米飯」這一極家常主食做為書寫的主題／前景，是一般飲食散文較少「大張旗鼓」的部分，以其太平常反而不易成為書寫的主題，常是背景。是以，張讓別具隻眼的摹寫米飯及吃米飯的感官經驗，便是她的獨到之處了。其摹寫之巧妙，已如第三節所示。

以同類型作品與張讓對照言之，頗具個人風格的舒國治，其《台北小吃札記》、《窮中談吃》與《台灣小吃行腳》等飲食之作，漫談吃飯大（小）事，但較少正面論及「米飯」及其感官經驗之美。同樣地，焦桐的系列臺灣飲食之作亦多論吃飯大（小）事，如《暴食江湖》、《臺灣味道》、《臺灣肚皮》、《臺灣舌頭》（臺灣味道三部曲）、《味道福爾摩沙》等，展開臺灣諸多飲食的諸般滋味，《暴食江湖》甚至有〈論吃飯〉一文，但所論多為吃米飯的諸般個人外食經驗、典故溯源或與米飯相關的文本，亦較少正面論及「吃米飯」的「感官經驗」。是以，相較之下，張讓突出「感官經驗」這一角度，以書寫味道再平常不過的「米飯」滋味，確實很能彰顯張讓之獨特與女性對細節的掌握能力。

再者，張讓也不能免俗的書寫食物與鄉愁的聯結，這其實是一般飲食散文常見的主題，張讓也自言：

> 我想談吃不免這樣，在口舌享樂後面，帶了鄉愁和慨嘆。飲食負載時間，正如建築負載空間，最終都是習俗和記憶，真正負

載的是感情和文化、歷史。想不完,寫不完。[105]

是以,米飯尤其觸及了飲食與文化認同／出身的問題。對旅居美國的
張讓而言,飲食背後所承載的鄉愁,自然直指「吃飯」大事。米飯大
事之所以值得感慨,主要在於張讓的上下兩個重要的直系血親之間,
形成強烈的反差。一方面是混血兒子不理解米飯,另一方面則是母親
曾做過的好吃飯食,令她難忘。吃飯原只是平常事,因為與兒子解說
並辯護米飯的好處,張讓對米飯的感覺才由無心進入自覺。再者,母
親所做的魚稀飯和芋頭飯,其美好滋味更增添張讓對米飯的正向記
憶。簡言之,米飯的意義正是張讓對母親乃至於臺灣的鄉愁所在,其
中所負載的記憶與情感,綿長不盡。這種食物與鄉愁的關聯,確實是
一般飲食散文常見的主題,但張讓仍寫出了具有個人風格的米飯大
事,展現自己的飲食書寫特色。

是以,《裝一瓶鼠尾草香》在感官經驗的書寫中,不只兼顧味覺
與嗅覺之美,突出一般飲食散文多以味覺為書寫主軸的面向;更能在
摹寫略顯奢華的巧克力與蘑菇(松露)的感官享受之餘,也書寫家常
米飯之感官經驗。其人兼及味覺與嗅覺的感官摹寫,以及鋪展既低調
奢華又家常至極的感官經驗,呈現知感交融的身體記憶,其飲食寫書
之作雖不多,但著實值得期待。

五 結語

綜合前述,本文聚焦於張讓兩部旅行／飲食散文《旅人的眼睛》
與《裝一瓶鼠尾草香》,以掘發其感官書寫對於身體記憶的召喚與女

---

105 張讓:〈自序──在官感中〉,《裝一瓶鼠尾草香》,頁8。

性主體的建構。

　　首先，就張讓整體散文書寫的歷程言之，兩書所敘寫的感官經驗以及人間煙火味，相較於她前期以時空為主題的知性散文而言，正是一次「新變」的表現。然而，兩部散文集在新變中仍有不變，即知性特質仍為張讓不變的筆觸，但多了感性的質素，形成知感交融的特色。是以，兩書既有新變也有不變。

　　其次，張讓也「深化」了一般旅行／飲食散文的書寫模式，以旅行／飲食中的感官經驗做為書寫的主軸，以召喚身體的記憶與建構女性主體，極有特色。就視覺所見與另類感官──攝影所見而言，張讓在旅行主題書寫裡特別著重這兩者的表現，且兩者恰形成一辯證性的對應關係，張讓於此展現感官書寫的功力。同時，更結合視覺、嗅覺與味覺，以摹寫旅行途中的種種感官體驗。此外，徒步走路的旅行方式，使身體以最自然的移動方式，呈顯了人與自然、人與自我的深層相處。這些旅行文學中的感官之旅，正是一般旅行散文較少描摹的主題。就味覺與嗅覺交織的描摹而言，張讓在飲食主題書寫上主要書寫三項滋味／氣味全然不同的食物：巧克力、蘑菇（松露）與米飯。不只將巧克力與蘑菇（松露）的滋味／氣味摹寫得淋漓盡致，即使平常食物如米飯，亦能寫出美妙的感官經驗。其實，味覺之美是食物之感官書寫裡最容易展現的面向；然而味覺常須仰賴嗅覺以捕捉食物的味道，兩者其實不可分割。張讓將她擅於捕獵味覺的功力，同樣展演在難以捕捉的嗅覺／氣味上，以其一貫敏銳而精緻的文字，摹寫各種食物氣味。

　　最後，綜合上述，張讓的旅行／飲食散文之感官書寫，不只召喚自我的身體記憶，也建構了女性主體，表現了不同於其他同類型之作的特色，可視為某種新的範式──以感官書寫做為旅行／飲食散文的書寫重心，卻不流於純官能享樂的分享，反而將感官書寫提升至知性

與感性交融的質地與高度上。以原有的知性風格打底，以華而不俗的精美文字為妝點，大大鋪展出一幅幅低調而有質感的感官書寫篇章。同時，也突顯了女性主體在旅行與飲食上的叛逆與自由，「做自己」想做的事情，去想去的地方，以自己的方式重遊舊地或走路；吃想吃的食物，可以品嘗奢華，也能享受平常食物。是以，張讓的旅行及飲食書寫既在框架內，又不受框架所限，正突顯女性特有的主體自覺與認同之精髓。整體言之，這兩書應有機會成為打開現有同類型作品之格局的典範之作，如此也決定了兩書在現有文學史可能佔有的價值與意義。

結論

女子今有行

——以書寫走出自己的樣子

　　本書以「女子今有行」為書名，借用唐韋應物〈送楊氏女〉賀女子遠行出嫁之句，將原來專指古代女子「出嫁」宿命的「唯一出路」，反轉應用於現代女性，指出現代女性文人關注的出走與出路問題，遠遠超出「出嫁」範圍，而是走出更多元的出路。是以，「女子今有行」既指明本書的研究旨趣，也指出書中所討論的十位女性文人之行走，以及如今仍持續行走中的概念，切合本書各章探討的問題。

　　是以，本書之研究成果可就兩方面考察，一是具開創性的研究視角及學術貢獻；二是彰顯學術與生活／旅行之結合。茲綜述如下。

（一）具開創性的研究視角與學術貢獻

　　本書六章以現代女作家及其散文為主要討論文本，旁及其他相關文本。涉及的作家除羅家倫之外，都是女性，包含其夫人張維楨、張愛玲、琦君、孟瑤、齊邦媛、龍應台、簡媜、鍾文音、鍾怡雯與張讓等十位，或單獨論述或合而論之。她們活躍的年代及作品出版的年代所跨越的時間幅度，幾乎貫串整個二十世紀，活動的空間則聚焦於戰後台灣，因此本書取材範圍較為寬廣，而這樣有別於一般以民初中國或戰後台灣為分野的取材範圍，正是本書的開創性。

　　職是，本書也著重於文本的新意，有別於一般研究而關注較冷門的文本，進而發掘有別於現有相關文獻的研究成果。而這種另闢蹊徑的作法，特別適合於研究女性文學課題。以第一章而言，本書特別選

取一般研究羅家倫與五四運動較少關注的面相,以其婦女解放觀念為論述主軸,進而推及羅夫人張維楨的「現代化」實踐,正好是羅家倫的婦女解放觀點的實例。是以,本章重讀並加強肯定羅家倫翻譯《娜拉》的文學史貢獻,並分析羅家倫所提供的現代女性出路的內涵。此一研究取徑,突破以往對羅家倫的研究成果,也為羅家倫在五四新文化運動的價值增添新的成果;而釐清張維楨的「現代化」啟蒙過程及其在教育、文化上的貢獻,更是具有開創性的研究成果。此為本書的學術貢獻之一。

就第二章言之,不討論張愛玲的小說或散文,而選取她的翻譯文學成就,並指出她在上海、香港與旅居美國後的各種與翻譯文學或雙語作家夢有關的情形,試圖以此面相的成就觀看張愛玲如何藉由「翻譯文學」以傳播自我、認同自我,以及她和英語讀者的互動及碰撞。是以,文中對於張愛玲翻譯他人小說、自我轉譯與再創作的來龍去脈,進行了詳細的考證與徵引。然而張愛玲的「張腔」終究難以被「翻譯」到另一種語言或文化中重新滋長,似乎只有純然中文的世界才能彰顯她的文學成就。是以,本章的開創性及貢獻在此。

第三章以琦君、孟瑤與齊邦媛均曾任教於中興大學,而以「中興文學家」為概念稱之,並以她們的「女性文學」、「兒童文學」與「翻譯文學」這三類文本為主,將三位並列討論,以建構三位女性「中興文學家」對早期臺灣文學史的參與,突顯三位戰後來臺的第一代女作家,以多元的文學表現,豐富了臺灣這塊土地的意義。此為本章的開創性與貢獻。

第四章則專論孟瑤,以其女性散文與「三史」為主軸,論證她的女性散文成就與教授的專業形象。有別於多數一般臺灣文學史將孟瑤視為言情小說家的文學史定位,成功地論證了孟瑤在女性書寫的獨到看法,尤其是她來臺發表的第一篇散文〈弱者,你的名字是女人?〉

與其後結集的暢（長）銷書《給女孩子的信》，皆可證明孟瑤在女性意識與啟蒙的深刻認知，此其一。而「三史」則為其遠赴南洋大學教學後的重要文本，也促使她返臺後順利轉職為大學中文系教授。是以，本章的開創性及貢獻在此。

第五章合論張愛玲、齊邦媛、龍應台、簡媜、鍾文音與鍾怡雯等六位女作家的自傳散文。本章指出三個方面的重點，分別為：「自我與家國歷史、空間與影像的相互定義」、「自我歷史的空間考掘學」與「以影像與物件敘事追尋自我與家族故事」，以討論女作家自傳散文的不同關注點及類型特色，可做為提示研究女性自傳散文的參考。是以，本章的開創性及貢獻在此。

第六章探討張讓的旅行與飲食散文，並提出其中的「感官」描寫為分析的切入角度。同時，引用「走路」哲學的相關論著，以彰顯張讓旅行文本的特殊。同時也闡明她既能書寫「華貴」的食材（松露、高級巧克力），也能關注平常食物（米飯），無論食材為何，精美的文字都一樣精準而吸引人。是以，本章取材具有一定的開創性。

綜言之，本書以文本細讀的方式，選取較少被研究的女作家文本或視角，進而彰顯「女子今有行」的現代意義，即女性的出路不限於婚姻與家庭，它可以無限寬廣；而且女性的出走姿態，不只是自在地披荊斬棘，更能從容建立自己的園地，並且遠邁大步，至今仍在行走中。是以，本書或可深化現代女性文學研究的開創性及貢獻在此。

（二）彰顯學術與生活／旅行之結合

本書在書末附上的相關圖片，部分來自於學術旅行所得，也有一部分出自平日生活行旅。將相關學術圖片置於書末，以證成筆者平日踐行的「學術與日常生活結合」的原理，能夠寓學術於生活或旅行中，對於繁忙的學術工作者而言，是十分有益身心的事。同時，又可

使閱讀者對書中內容有更為真實的想像，圖文並茂至少可為學術專書增添一些可讀性。

第一章主要呈現羅家倫與五四運動相關的圖片，大部分來自於二〇一九年五月底北京行旅所攝，主要場景是新文化運動紀念館（原北大紅樓）、中國現代文學館、魯迅故居博物館等地的參訪所得。其中最有意義的是，新文化運動紀念館（原北大紅樓）內忠實地「復原」當年羅家倫參與《新潮》雜誌社的編輯空間，很有臨場感，彷彿一九一九年五四運動再現。

第二章主要呈現張愛玲的上海故居、美國麻州故居以及雷德克里夫學院。走訪其上海故居常德公寓是二〇〇一年夏天的一次上海之旅，因仍為民居，僅拍攝外觀。而其美國麻州故居在劍橋市哈佛大學雷德克里夫學院附近的布拉圖街，當年張愛玲向該學院申請英譯《海上花列傳》計畫，租居在此，二〇一八年七月走訪該地，如今仍為民居，亦僅能拍攝外觀，以為憑弔；雷德克里夫學院即在不遠處。尚有二〇一〇年九月赴香港浸會大學參與張愛玲九十周年誕辰研討會的照片。

第三章呈現的是琦君、孟瑤與齊邦媛的圖片。琦君的圖片，除了中央大學校園內掛上琦君介紹的座椅之外，便是琦君翻譯的〈柿子紅了〉（韓國女作家孫素姬著）之韓文原文書影，由北京大學中文系（韓籍）薛熹禎教授所提供，十足珍貴。孟瑤的圖片來自台中文學館的介紹以及明道中學現代文學館的手稿。齊邦媛的圖片一樣來自於台中文學館的介紹。

第四章呈現的是孟瑤的〈弱者，你的名字是女人？〉與《給女孩子的信》以及「孟瑤三史」的書影。此外，尚有二〇一〇年本系舉辦孟瑤研討會的照片。

第五章討論的女作家較多，比較珍貴的是年少時和簡媜的合影，當時參加耕莘文教院舉辦的文學營，能夠站在簡媜身邊，感覺很是興

奮。歲月迢遞，文藝少女後來並沒有寫作去，而變成現在埋首學術論文的樣子，簡媜的作品則成為教學與學術研究的對象。此外，便是幾次鍾文音來校演講的紀錄。

第六章呈現的是東海大學舉辦研討會時，張讓本人出席主講的畫面以及同場次發表的學者們，也是一次難得的紀錄。

綜言之，本書以圖文並茂的方式加強閱讀的樂趣，期盼學術專書也能兼具可讀性，或可謂一點貢獻。

最後，綜合前述二點，可見本書在現代女性文學研究上的新意，主要在於大幅度跨越百年的時間範圍，將民初中國與戰後台灣女性文學冶於一爐，融合為一個巨流河式的文學史脈絡，將十位女作家置於此，以關照她們如何與文化他者碰撞與激盪，又如何與自己對話，既書寫自己也認同自己。透過前述六章的探討，呈現出一幅豐美的女性文學版圖：女士們一一走過荒野，斬棘披荊，園裡植滿繁花碩果，晶光閃耀。

女子今有行，且行且走，仍然繼續行走中。

後記

　　終於完成這本《女子今有行——現代女性文學新論》，距離上一部女性文學專著《從秋瑾到蔡珠兒——近現代知識女性的文學表現》已然十一年了。

　　在這十一年歲月裡，二〇一〇年暑假完成了副教授升等，以為終於可以鬆一口氣了，卻迎來更多任務與挑戰。除了更加投入個人的教學之外，尚有接踵而來的學術內外務，似乎未曾中斷過。然而，在忙碌不堪的教研生活中，此書的構想早已浮出雛形。是以，無論生活、旅行與飲食，往往多方留意教學與學術相關的資源或材料。寒暑假期總是充實的，除參與國內外研討會、執行研究計畫必要的田野踏查與蒐集資料外，走遍臺灣各地與歐美中日多國以擴大視野外，也不忘為這本專書增添有用的圖文資料，是以本書的若干研究資料與附錄的圖片，許多便來自於這十一年間的生活及旅行所得。

　　而這樣的生活及旅行，似與書中被研究的女作家的行止遙相呼應；易言之，研究近現代女作家的文學生命歷程，彷彿也是在面對寫作論文的自己。這或許也正是學術研究令人欣喜的部分，它往往會與妳自己的生命經歷有某種奇妙的聯繫，藉由考掘研究對象，以照見自己。是以，此書也可說是我自己的成長之書。

羅秀美於中興湖畔

二〇二一年一月十一日

徵引文獻

一　文本

（一）羅家倫

〔挪威〕易卜生著；胡適、羅家倫譯：〈娜拉〉（A Doll's House），《新青年》第4卷第6號，1918年6月15日；收錄於《羅家倫先生文存》（第四冊：譯著），臺北：國史館、中國國民黨中央委員會黨史委員會，1976年12月。

羅家倫：〈是愛情還是苦痛？〉，《新潮》第1卷第3號，1919年3月1日；收錄於《羅家倫先生文存》（第八冊：日記與回憶、藝文），臺北：國史館、中國國民黨中央委員會黨史委員會，1976年12月。

羅家倫：〈大學應當為女子開放〉，《晨報》，1919年5月11日；收錄於《羅家倫先生文存補編》，臺北：近代中國出版社，1999年12月。

羅家倫：〈婦女解放〉，《新潮》第2卷第1號，1919年10月1日；收錄於《羅家倫先生文存》（第一冊：政法與黨務、教育與文化），臺北：國史館、中國國民黨中央委員會黨史委員會，1976年12月。

羅家倫：〈新女性的誕生〉，《新民族》第1卷第11期，1938年5月9日：收錄於《羅家倫先生文存》（第十一冊：評論），臺北：國史館、中國國民黨中央委員會黨史委員會，1976年12月。

羅家倫：〈「吉普女郎」〉，《女青年月刊》第2卷第1期，1945年7月31日；收錄於《羅家倫先生文存》（第十一冊：評論），臺北：國史館、中國國民黨中央委員會黨史委員會，1976年12月。

羅家倫：〈四齣名劇三個時代──英國舞台上的婦女問題〉，南京《中央日報》第五版，1946年6月6日；收錄於《羅家倫先生文存》（第十一冊：評論），臺北：國史館、中國國民黨中央委員會黨史委員會，1976年12月。

羅家倫：〈不同時代的婦女共鳴〉，南京《中央日報》婦女週刊第4期，1946年6月27日；收錄於《羅家倫先生文存》（第十一冊：評論），臺北：國史館、中國國民黨中央委員會黨史委員會，1976年12月。

（二）張維楨

張維楨著；羅久芳譯：〈現代中國學生的一些家庭問題〉，收錄於羅久芳：《羅家倫與張維楨──我的父親母親》，天津：百花文藝出版社，2006年1月。（原著為英文）

張維楨：〈愛護民族生命的萌芽〉，收錄於羅久芳：《羅家倫與張維楨──我的父親母親》，天津：百花文藝出版社，2006年1月。

張維楨：〈中國婦女在戰時和戰後的地位〉，收錄於羅久芳：《羅家倫與張維楨──我的父親母親》，天津：百花文藝出版社，2006年1月。

國立故宮博物院編輯委員會編輯：《羅家倫夫人張維楨女史捐贈書畫目錄》，臺北：國立故宮博物院，1996年12月。

（三）張愛玲

1 《海上花列傳》

韓邦慶：《海上花列傳》，臺北：桂冠圖書公司，1985年7月。

張愛玲：《海上花開——國語海上花列傳I》，臺北：皇冠出版社，1983
年11月。

張愛玲：《海上花落——國語海上花列傳II》，臺北：皇冠出版社，1983
年11月。

Bangqing, Han／Chang, Eileen (TRN)／Hung, Eva: *The Sing-Song Girls
of Shanghai,* New York: Columbia University Press, 2005.9.

2 《荻村傳》

陳紀瀅：《荻村傳》，臺北：皇冠出版社，1988年。

Chen Chi-Ying（陳紀瀅）；translated & adapted from the Chinese by
Eileen Chang（張愛玲）：*Fool In The Reeds*（荻村傳），Hong
Kong: Rainbow Press（虹霓），1959.9.

Chen Chi-Ying（陳紀瀅）；translated & adapted from the Chinese by
Eileen Chang（張愛玲）：*Fool In The Reeds*（荻村傳），臺
北：美亞出版公司，1976年4月。

3 《秧歌》

Eileen Chang: *The Rice-Sprout Song*, New York: Charles Scribner's Sons,
1955.

Eileen Chang: *The Rice-Sprout Song*, Hong Kong: Dragonfly Books,
1963.6.

Eileen Chang: *The Rice-Sprout Song: A Novel of Modern China*, Berkeley and Los Angeles (London): University of California Press, 1998.5.

張愛玲：《秧歌》，臺北：皇冠出版社，1968年7月。

4 《赤地之戀》

張愛玲：《赤地之戀》，臺北：皇冠出版社，1991年6月。

Eileen Chang: *Naked Earth*, Hong Kong: The Union Press（友聯），1956.

Eileen Chang: *The Naked Earth*, New York: Berkley Publishing Corporation, 1962.

5 〈金鎖記〉

張愛玲：〈金鎖記〉，《傾城之戀——張愛玲短篇小說集之一》，臺北：皇冠出版社，1968年7月。

Eileen Chang: *"The Golden Cangue"*, Edited by C. T. Hsia, with the assistance of Joseph S. M. Lau.: *Twentieth-century Chinese stories.*, New York: Columbia University Press, 1971.（夏志清主編，劉紹銘編輯：《二十世紀中國小說選》，臺北：雙葉書店，1976年）。

Eileen Chang: *The Golden Cangue*, by Joseph S. M. Lau, Chih-tsing Hsia, Leoou-fan Lee, *Modern Chinese stories and novellas, 1919-1949*, New York: Columbia University Press, 1981.（劉紹銘、夏志清、李歐梵編：《現代中國小說選——1919-1949》）。

6 《怨女》

Eileen Chang: *The Rough of the North*, London: Cassell & Company, 1967.

Eileen Chang: *The Rouge of the North,* Berkeley and Los Angeles (London): University of California Press, 1998.5.

張愛玲:《怨女》,臺北:皇冠出版社,1991年7月。

(四)琦君

1 女性文學

(1)女性傳記

琦君:〈小傳〉,《琦君自選集》,臺北:黎明文化公司,1978年4月初版;2012年8月 POD。

(2)女性小說

琦君:〈橘子紅了〉,《橘子紅了》,臺北:洪範書局,1991年9月。

(3)女性文學評論

琦君:〈女性與詞〉、〈中國歷代婦女與文學〉、〈介紹韓國作家孫素姬女士──兼談韓國文壇〉、〈《印度古今女傑傳》讀後〉,《紅紗燈》,臺北:三民書局,1969年11月初版(2010年1月重印二版七刷)。

2 兒童文學

(1)編寫

琦君/文,田原/圖:《賣牛記》,臺北:臺灣書店,1966年9月(新版〈賣牛記〉,《賣牛記》,臺北:三民書局,2004年8月)。

琦君/文,田原/圖:《老鞋匠和狗》,臺北:臺灣書店,1969年11月

（新版〈老鞋匠和狗〉,《賣牛記》,臺北:三民書局,2004
年8月)。

琦君:《琦君說童年》,臺北:純文學出版社,1981年8月(新版:三
民書局,1996年8月初版;2008年7月二版一刷;2013年10月
二版五刷)。

琦君圖／文:《琦君寄小讀者》,臺北:純文學出版社,1985年6月
(後改名《鞋子告狀──琦君寄小讀者》,臺北:九歌出版
社,2004年初版,2014年12月增訂新版)。

(2) 被改編繪本

琦君著,黃淑英繪:《桂花雨》,臺北:格林文化公司,2002年7月。
琦君著,黃淑英繪:《玳瑁髮夾》,臺北:格林文化公司,2004年8月。
琦君著,黃淑英繪:《寶松師傅》,臺北:格林文化公司,2010年8月。

3 (被)翻譯文學

(1) 翻譯

A.女性文學

〔韓〕孫素姬著,琦君譯:〈柿子紅了〉,《讀書與生活》,臺北:三民
書局,1978年1月。
*〔韓〕孫素姬:〈柿子紅了的下午〉,收錄於《韓國女流文學全集2》,
首爾:語文閣,1988年。(韓文原著)

B.兒童文學

〔美〕羅傑‧杜沃森(Roger Duvoisin)著,琦君譯:《傻鵝皮杜
妮》,臺北:國語日報出版社,1965年。

（未標注原作者），琦君譯：《涼風山莊》，臺北：純文學出版社，
　　　1988年4月。

（未標注原作者），琦君譯：《比伯的手風琴》，臺北：漢藝色研出版
　　　社，1989年7月。

（未標注原作者），琦君譯：《李波的心聲》，臺北：漢藝色研出版
　　　社，1989年9月。

〔美〕瑪格・塞蒙克（Margot Zemach）著，琦君譯：《好一個餿主
　　　義》，臺北：遠流出版社，1992年3月。

〔美〕約翰・保利斯（John E. Paulits）原著，琦君譯，吳周昇繪：
　　　《愛吃糖的菲利》，臺北：九歌出版社，1992年2月（新版：
　　　蔡嘉驊繪，2008年4月）。

〔美〕約翰・保利斯（John E. Paulits）原著，琦君譯，吳周昇繪：
　　　《小偵探菲利》，臺北：九歌出版社，1995年2月（新版：蔡
　　　嘉驊繪，2008年11月）。

〔美〕約翰・保利斯（John E. Paulits）原著，琦君譯，徐建國繪：
　　　《菲利的幸運符咒》，臺北：九歌出版社，1997年4月（新
　　　版：蔡嘉驊繪，2009年3月）。

（2）被翻譯

琦君著，殷張蘭熙暨齊邦媛主編，鮑端嘉等譯：《琦君散文選》（中英
　　　對照），臺北：九歌出版社，2000年6月。

琦君著，周亦培譯，Elisabeth Hagen 審閱：《*When Tangerines Turn
　　　Red*——英譯橘子紅了》，臺北：三民書局，2007年1月。

（五）孟瑤

1 女性文學

（1）女性傳記

A. 自傳（自我陳述）

孟瑤：〈一份琢磨原璞的深刻用心──我怎樣寫「智慧的累積」〉，張
　　　堂錡主編：《中學課本上的作家》，臺北：幼獅文化公司，
　　　1994年10月初版；1998年11月8版。

孟瑤：〈自傳〉，《孟瑤自選集》，臺北：黎明文化公司，1979年4月初
　　　版；2011年8月POD。

孟瑤：〈我竟如此步伐凌亂〉，高上秦編：《我的第一步》第2輯，臺
　　　北：時報文化公司，1979年4月。

孟瑤：〈孟瑤自傳〉，《孟瑤讀本》，臺北：幼獅文化公司，1994年7月。

孟瑤：〈戲與我〉，《文星》第90期，1965年4月。

B. 她傳

孟瑤：《鑑湖女俠秋瑾》，臺北：中央婦女工作會，1957年10月。

（2）女性散文

孟瑤：〈弱者，你的名字是女人？〉，《中央日報》，第7版「婦女與家
　　　庭」，1950年5月7日。

孟瑤：《給女孩子的信》，臺中：中興文學出版社，1953年9月（台
　　　南：信宏出版社，1990年5月）。

（3）女性小說

孟瑤：《女人‧女人》，臺南：中華日報社出版部，1984年9月。

2 兒童文學

孟瑤／文，林雨樓圖／圖：《忘恩負義的狼》，臺北：臺灣書店，1968
　　年6月。

孟瑤／文，盧安然／圖：《荊軻》，臺北：臺灣書店，1968年9月。

孟瑤／文，徐秀美／圖：《楚漢相爭》，臺北：臺灣書店，1971年2月。

揚宗珍／文，洪義男／圖：《治水和治國》，臺北：臺灣書店，1971年
　　12月。

孟瑤／文，曾謀賢／圖：《吳越爭霸》，臺北：臺灣書店，1973年12月。

孟瑤／文，張英超／圖：《漢武帝》，臺北：臺灣書店，1974年12月。

孟瑤／文，洪義男／圖：《三國鼎立》，臺北：臺灣書店，1975年4月。

孟瑤／文，沈以正／圖：《從晉朝到唐朝》，臺北：臺灣書店，1975年
　　4月。

孟瑤／文，張英超／圖：《大宋帝國》，臺北：臺灣書店，1975年10月。

孟瑤／文，沈以正／圖：《大明帝國》，臺北：臺灣書店，1975年4月。

孟瑤／文，洪義男／圖：《大清帝國》，臺北：臺灣書店，1975年10月。

揚宗珍／文，奚淞／圖：《中國歷史上的名臣賢相（上）》，臺北：臺
　　灣書店，1978年5月。

揚宗珍／文，奚淞／圖：《中國歷史上的名臣賢相（下）》，臺北：臺
　　灣書店，1978年6月。

揚宗珍／文，呂游銘、奚淞等／圖：《中國歷史上的英雄國士
　　（上）》，臺北：臺灣書店，1978年12月。

揚宗珍／文，呂游銘、奚淞等／圖：《中國歷史上的英雄國士（下）》
　　臺北：臺灣書店，1979年5月。

孟瑤／文：《中華民國》，臺北：臺灣書店，1981年4月。[1]

1　以上圖書皆由臺灣省政府教育廳兒童讀物編輯小組主編。

3 被翻譯的文學作品

孟瑤著，時昭瀛譯：《亂離人》，連載於美國某期刊，1958年後（？）

Meng Yao, Translated and Edited by Lucian Wu: *"Has Been"*（老婦人），*NEW CNINESE STORIES, Taipei*: The Heritage Press, 1962, p.238-262.

Meng Yao, Translated by Hou Chien: *"Homeward Bound"*（歸途），Edited and Compiled by Chi Pang-yuan et. al., *An Anthology of Contemporary Chinese Literature (Taiwan: 1949-1974 /Vol.2, Short stories)*, Taipei: National Institute for Compilation and Translation, 1975, p.27-38.

Meng Yao, Translated by Chen, Una Y. T. 陳譚韻：*"In a Drizzle"*（細雨中），*THE CHINESE PEN,* Taipei:Taipei Chinese Center, International P.E.N., Winter, 1977, p.16-37.（*後收錄於精選集：Meng Yao: *"In a Drizzle"*（細雨中），edited by NANCY ING, *WINTER PLUM* 寒梅：*Contemporary Chinese fiction*, Taipei: Chinese Materials Center, 1982, p.230- 247.）

Meng Yao:, *"He Murdered His Wife"*（殺妻），Edited by Contemporary Chinese Women Writers: *The Muse of China volII (A Collection of Prose and Short Stories),* Taipei: Chinese Women Writer's Association, 1978, p.101-125.

Meng Yao, Translated by Chen, I-djen 陳懿貞：*"Another Day"*（白日），edited by NANCY CHANGING, *THE CHINESE PEN,* Taipei: Taipei Chinese Center,International P.E.N., Winter, 1983, p.1-17.

Meng Yao, translated by Edel M. Lancashire: *Talk of the Town*（滿城風絮），Minerva Press, London, November, 1997.

4 「孟瑤三史」

孟瑤：《中國戲曲史》，臺北：傳記文學出版社，1969年12月。

孟瑤：《中國小說史》，臺北：傳記文學出版社，2002年12月。

孟瑤：《中國文學史》，臺北：大中國圖書公司，1997年10月。

5 其他選集中的孟瑤散文

孟瑤：〈山與水〉，丘秀芷編：《風華50年——半世紀女作家精品》，臺
　　　北：九歌出版社，2006年11月。

孟瑤：〈山與水〉，瘂弦編：《散文的創造（上）》，臺北：聯經出版公
　　　司，1994年7月。

孟瑤：〈豆腐閒話〉，林海音編著：《中國豆腐》，臺北：大地出版社，
　　　2009年9月。

（六）齊邦媛

1 女性文學

（1）女性傳記

齊邦媛：《一生中的一天》，臺北：爾雅出版社，2004年5月。

齊邦媛：《巨流河》，臺北：天下遠見出版公司，2009年7月。

（2）女性文學編選

潘人木著，齊邦媛策畫，應鳳凰編選：《潘人木作品精選集》，臺北：
　　　遠見天下出版公司，2014年5月。

2 翻譯文學

（1）翻譯

林海音著；殷張蘭熙、齊邦媛英譯：《城南舊事》（*Memories of Peking: South Side Stories*），香港：中文大學出版社，1992年。

林海音著；殷張蘭熙、齊邦媛英譯：《城南舊事》（中英對照版），香港：中文大學出版社，2002年。

（2）翻譯主編

Chi Pang-yuan et. al. (Edited and Compiled): *An Anthology of Contemporary Chinese Literature (Taiwan: 1949-1974, Volume 1: Poems and Essays),* National Institute for Compilation and Translation; Seattle: University of Washiongton Press, 1975.

Chi Pang-yuan et. al. (Edited and Compiled): *An Anthology of Contemporary Chinese literature (Taiwan: 1949-1974/Vol.2, Short stories),* National Institute for Compilation and Translation；Seattle：University of Washiongton Press,1975。[2]

2　前述兩書，同時推出中文版：
　*中文版1（與英文版同步出版）：
　　齊邦媛主編：《中國現代文學選集：第一冊詩與散文》，臺北：書評書目出版社，1976年4月。
　　齊邦媛主編：《中國現代文學選集：第二冊短篇小說》，臺北：書評書目出版社，1976年4月。
　*中文版2（新版）：
　　齊邦媛主編：《中國現代文學選集：第一冊新詩卷》，臺北：爾雅出版社，1983年7月。
　　齊邦媛主編：《中國現代文學選集：第二冊散文卷》，臺北：爾雅出版社，1983年7月。
　　齊邦媛主編：《中國現代文學選集：第三冊小說卷》，臺北：爾雅出版社，1983年7月。

齊邦媛、殷張蘭熙、郭恆鈺／合編：《源流：台灣短篇小說選》
（*Derewige Fluß*）德文版，德國慕尼黑，1986年。

齊邦媛 Chi, Pang-Yuan／王德威 Wang, David Der-Wei (Edited)): *Modern
Chinese Literature From Taiwan*（《台灣現代華語文學》系列
叢書），COLUMBIA UNIVERSITY PRESS，1997年起。

齊邦媛主編：《中英對照讀台灣小說》（*Taiwan literature in Chinese and
English*），臺北：天下文化公司，1999年6月。

齊邦媛 Chi, Pang-Yuan／王德威 Wang, David Der-Wei (Edited): *Chinese
Literature in the Second Half of a Modern Century: A Critical
Survey*（《二十世紀後半葉的中文文學》），Blooomington:
Indiana Univ Pr，2000年9月。

（3）翻譯論述

齊邦媛：〈台灣文學作品的外譯〉，《精湛》第28期，1996年5月，頁
38-40。

齊邦媛（賴佳琦紀錄整理）：〈中書外譯的回顧與檢討〉，《文訊別冊》
第151期，1998年5月，頁22-24。

齊邦媛：〈由翻譯的動機談起〉，《霧漸漸散的時候——臺灣文學五十
年》，臺北：九歌出版社，1998年9月。

齊邦媛：〈文學翻譯——浮雲與山若〉，《霧漸漸散的時候——臺灣文
學五十年》，臺北：九歌出版社，1998年9月。

齊邦媛：〈中英對照讀台灣小說〉，《一生中的一天》，臺北：爾雅出版
社，2004年5月。

（4）被翻譯的文學作品

齊邦媛著；[日]池上貞子、神谷まり子譯：《巨流河》（上、下），東
京：作品社，2011年6月。

Pang-yuan, Chi 齊邦媛著；╱Balcom, John (TRN)╱Wang, David Der-Wei (INT): *The Great Flowing River: A Memoir of China, from Manchuria to Taiwan*（《巨流河：從滿洲到臺灣的中國回憶錄》），New York: Columbia University Press, 2018.7.

（5）其他

齊邦媛：《千年之淚──當代臺灣小說論集》，臺北：爾雅出版社，1990年7月。

齊邦媛：《霧漸漸散的時候──臺灣文學五十年》，臺北：九歌出版社，1998年9月。

（七）齊邦媛、龍應台

齊邦媛：《巨流河》，臺北：天下遠見出版公司，2009年7月。

齊邦媛編著：《洄瀾──相逢巨流河》，臺北：天下文化公司，2014年1月。

龍應台：《大江大海一九四九》，臺北：天下雜誌公司，2009年8月。

（八）鍾怡雯、簡媜

鍾怡雯：《野半島》，臺北：聯合文學出版社，2007年7月。

鍾怡雯：《陽光如此明媚》，臺北：九歌出版社，2008年1月。

簡媜：《海角天涯──福爾摩沙抒情誌》，臺北：聯合文學出版社，2002年3月。

（九）鍾文音、張愛玲

鍾文音：《昨日重現──物件和影像的家族史》，臺北：大田出版社，2001年2月。

張愛玲：《對照記──看老照相簿》，臺北：皇冠出版社，1994年6月。

張愛玲：〈必也正名乎〉，《流言》，臺北：皇冠出版社，1991年8月。

（十）張讓

張讓：《旅人的眼睛》，臺北：聯合文學出版社，2010年2月。

張讓：《裝一瓶鼠尾草香》，臺北：聯合文學出版社，2012年5月。

（十一）其他

魯迅：《魯迅全集（10）》，北京：人民文學出版社，1981年12月。

舒國治：《門外漢的京都》，臺北：遠流出版社，2006年2月。

舒國治：《流浪集──也及走路、喝茶與睡覺》，臺北：大塊文化公司，2006年10月。

舒國治：《臺灣重遊》，臺北：大塊文化公司，2008年5月。

劉克襄：《11元的鐵道旅行》，臺北：遠流出版社，2009年4月。

劉克襄：《十五顆小行星：探險、漂泊與自然的相遇》，臺北：遠流出版社，2010年6月。

劉克襄：《裡台灣》，臺北：玉山社，2013年6月。

鍾文音：《遠逝的芬芳──我的玻里尼西亞群島高更旅程紀行》，臺北：玉山社，2001年10月。

鍾文音：《奢華的時光──我的上海華麗與蒼涼紀行》，臺北：出版社，2002年6月。

鍾文音：《情人的城市──我和莒哈絲、卡蜜兒、西蒙波娃的巴黎對話》，臺北：玉山社，2003年8月。

鍾文音：《孤獨的房間──我和詩人艾蜜莉、藝術家安娜的美東紀行》，臺北：玉山社，2006年1月。

鍾文音：《三城三戀》，臺北：大田出版社，2007年6月。

鍾文音：《大文豪與冰淇淋》，臺北：大田出版社，2008年8月。

鍾文音：《憂傷向誰傾訴》，臺北：大田出版社，2014年5月。

鍾文音：《最後的情人——莒哈絲海岸》，臺北：大田出版社，2015年
　　　2月。

舒國治：《臺北小吃札記》，臺北：皇冠出版社，2007年5月。

舒國治：《窮中談吃》，臺北：聯合文學出版社，2008年8月。

舒國治：《台灣小吃行腳》，臺北：皇冠出版社，2014年8月。

焦桐：《暴食江湖》，臺北：二魚文化公司，2009年7月。

焦桐：《臺灣味道》，臺北：二魚文化公司，2009年12月。

焦桐：《臺灣肚皮》，臺北：二魚文化公司，2012年3月。

焦桐：《臺灣舌頭》，臺北：二魚文化公司，2013年5月。

蔡珠兒：《南方絳雪》，臺北：聯合文學出版社，2002年9月。

蔡珠兒：《紅燜廚娘》，臺北：聯合文學出版社，2005年9月。

蔡珠兒：《饕餮書》，臺北：聯合文學出版社，2006年3月。

蔡珠兒：《種地書》，臺北：有鹿文化公司，2012年3月。

二　專書及專書論文

（一）女性文學史論

〔美〕托莉・莫（Toril Moi）著；國立編譯館主譯／王奕婷譯：《性
　　　／文本政治：女性主義文學 理論》【第二版】（臺北：巨流
　　　圖書公司，2005年9月），頁191。

〔美〕胡纓、〔加〕季家珍：〈導言〉，游鑑明、胡纓、季家珍主編：
　　　《重讀中國女性的生命故事》，臺北：五南圖書公司，2011
　　　年7月。

〔美〕孫康宜：《文學的聲音》，臺北：三民書局，2000年10月。

〔美〕孫康宜：《古典與現代的女性闡釋》，臺北：聯合文學出版社，
　　　1998年4月。

〔美〕高彥頤（Dorothy Ko）：〈緒論：從「五四」婦女史觀再出發〉，
　　　《閨塾師：明末清初江南的才女文化》，南京：江蘇人民出版
　　　社，2005年1月。

〔美〕曼素恩（Susan Mann），楊雅婷譯：《蘭閨寶錄：晚明至盛清時
　　　的中國婦女》，臺北：左岸文化公司，2005年11月。

〔英〕羅莎琳・邁爾斯（Rosalind Miles），刁筱華譯：《女人的世界
　　　史》，臺北：麥田出版社，2006年5月。

王鈺婷：《女聲合唱——戰後台灣女性作家群的崛起》，臺南：臺灣文
　　　學館，2012年12月。

周芬伶：《芳香的祕教：性別、愛欲、自傳書寫論述》，臺北：麥田出
　　　版社，2006年11月。

范銘如：〈臺灣新故鄉——五〇年代女性小說〉，《眾裡尋她—台灣女
　　　性小說縱論》，臺北：麥田出版社，2002年3月。

張瑞芬：〈「女性散文」研究對臺灣文學史的突破〉，《臺灣當代女性散
　　　文史論》，臺北：麥田出版社，2007年4月。

陳姃湲：《從東亞看近代中國婦女教育：知識分子對賢妻良母的改
　　　造》，臺北：稻鄉出版社，2005年11月。

陳芳明：〈女性自傳文學的重建與再現〉，《後殖民臺灣：文學史論及
　　　其周邊》，臺北：麥田出版社，2002年4月。

陳芳明：〈在母性與女性之間——五〇年代以降台灣女性散文的流
　　　變〉，陳芳明、張瑞芬主編：《五十年來臺灣女性散文・選文
　　　篇》序，臺北：麥田出版社，2006年2月。

游鑑明：〈改寫人生之外：從三位女性口述戰爭經驗說起〉，《她們的
　　　聲音——從近代中國女性的歷史記憶談起》，臺北：五南圖
　　　書公司，2009年5月。

游鑑明：《近代中國女子的運動圖像：1937年前的歷史照片和漫畫》，臺北：博雅書屋，2008年8月。

黃雅歆：《自我、家族（國）與散文書寫策略──臺灣當代女性散文論著》，臺北：文津出版社，2013年3月。

樊洛平：《當代台灣女性小說史論》，臺北：臺灣商務印書館，2006年4月。

（二）現代文學史論

〔美〕周策縱；周子平等譯：《五四運動：現代中國的思想革命》，南京：江蘇人民出版社，1999年6月。

王德威：〈沒有晚清，何來五四？〉，《被壓抑的現代性：晚清小說新論》，臺北：麥田出版社，2003年8月。

王德威：〈時間與記憶的政治學〉，《後遺民寫作》，臺北：麥田出版社，2007年11月。

宋建華：《「娜拉」現象的中國言說》，北京：人民文學出版社，2016年10月。

李歐梵：《現代性的追求》，臺北：麥田出版社，1996年9月。

胡適：《中國新文學運動小史》，臺北：中央研究院胡適紀念館，1958年6月。

夏志清原著，劉紹銘編譯：《中國現代小說史》，臺北：傳記文學出版社，1991年11月。

張春田：《思想史視野中的「娜拉」──五四前後的女性解放話語》，臺北：秀威資訊公司，2013年4月。

張愛玲：〈憶胡適之〉，《張看》，臺北：皇冠文學出版公司，1976年5月；1991年7月典藏版初版。

錢理群、溫儒敏、吳福輝：《中國現代文學三十年》，北京：北京大學出版社，1998年7月。

羅曉靜：《「個人」視野中的晚清至五四小說──論現代個人觀念與中國
　　　文學的現代轉型》，北京：中國社會科學出版社，2012年8月。

（三）台灣及中國文學史

古繼堂：《臺灣小說發展史》，臺北：文史哲出版社，1996年10月。

古繼堂：《簡明台灣文學史》，臺北：人間雜誌出版社，2009年5月。

皮述民、邱燮友、馬森、楊昌年等著：《二十世紀中國新文學史》，高
　　　雄：駱駝出版社，2008年3月。

青木正兒著，王吉廬譯：《中國近世戲曲史》，臺北：臺灣商務印書
　　　館，1988年3月。

郭沫若：〈魯迅與王國維〉，《宋元戲曲史》附錄，上海：上海古籍出
　　　版社，1998年。

劉大杰：《（校訂本）中國文學發展史》，臺北：華正書局，1991年7月。

劉津津、謬星象編著：《說不盡的俠骨柔情──臺灣武俠與言情文
　　　學》，福州：福建教育出版社，2009年9月。

劉登翰、莊明萱等：《臺灣文學史》，福州：現代教育出版社，2007年
　　　9月。

滕咸惠：〈王國維中國戲劇史研究的成就與貢獻〉，《王國維戲曲論文
　　　集──《宋元戲曲考》及其他》，臺北：里仁書局，1993年
　　　9月。

鄭振鐸：《插圖本中國文學史》，臺北：莊嚴出版社，1991年1月。

魯迅：《魯迅小說史論文集──《中國小說史略》及其他》，臺北：里
　　　仁書局，1992年9月。

（四）羅家倫與張維楨研究

劉維開編著：《羅家倫先生年譜》，臺北：中國國民黨中央委員會黨
　　　史委員會，1996年12月。

陳明珠：《五四健將：羅家倫傳》，臺北：思行文化公司，2016年11月。

羅久芳：《羅家倫與張維楨——我的父親母親》，天津：百花文藝出版社，2006年1月。

羅久芳：《我的父親羅家倫》，天津：百花文藝出版社，2013年9月。[3]

（五）張愛玲研究

1 綜論

〔美〕金凱筠（Karen Kingsbury）著；蔡淑惠、張逸帆譯：〈張愛玲的「參差的對照」與歐亞文化的呈現〉，《閱讀張愛玲——張愛玲國際研討會論文集》，臺北：麥田出版社，1999年10月。

David Der-wei Wang（王德威）："Introduction", Eileen Chang, *The Fall of the Pagoda*（《雷峰塔》），香港：香港大學出版社，2010年。

宋淇（林以亮）：〈私語張愛玲〉，《華麗與蒼涼——張愛玲紀念文集》，臺北：皇冠出版社，1996年7月。

於梨華：〈來也匆匆……——憶張愛玲〉，《華麗與蒼涼——張愛玲紀念文集》，臺北：皇冠出版社，1996年7月。

夏志清：〈超人才華，絕世淒涼——悼張愛玲〉，《華麗與蒼涼——張愛玲紀念文集》，臺北：皇冠出版社，1996年7月。

高全之：〈那人正在燈火闌珊處——張愛玲如何三思「五四」〉，《張愛玲學》，臺北：麥田出版社，2008年10月二版[4]。

高全之：〈林以亮〈私語張愛玲〉補遺〉，《張愛玲學》，臺北：麥田出版社，2008年10月二版。

---

3 《羅家倫與張維楨——我的父親母親》絕版後，刪除若干篇章、重新編排後再出版，即羅久芳：《我的父親羅家倫》（天津：百花文藝出版社，2013年9月）。

4 此書為高全之《張愛玲學：批評・考證・鉤沉》（臺北：一方出版社，2003年3月）的增訂版；本書使用麥田版。

高全之：〈張愛玲與香港美新處——訪問麥卡錫先生〉，《張愛玲學》，
　　　臺北：麥田出版社，2008年10月二版。

高全之：〈雪中送炭——再為〈私語張愛玲〉補遺〉，《張愛玲學》，臺
　　　北：麥田出版社，2008年10月二版。

陳子善：〈翻譯英文作品的最初嘗試——新發現的張愛玲譯作《謔而
　　　虐》淺說〉，《說不盡的張愛玲》，臺北：遠景出版公司，
　　　2001年7月。

陳吉榮：《基於自譯語料的翻譯理論研究：以張愛玲自譯為個案》，北
　　　京：中國社會科學出版社，2009年6月。

陳傳興：〈子夜私語〉，《閱讀張愛玲——張愛玲國際研討會論文集》，
　　　臺北：麥田出版社，1999年10月。

單德興：〈勾沉與出新——《張愛玲譯作選》導讀〉，《張愛玲・譯作
　　　選》，臺北：皇冠出版社，2010年2月。

單德興：〈含英吐華：譯者張愛玲——析論張愛玲的美國文學中譯〉，
　　　《翻譯與脈絡》，臺北：書林出版社，2009年9月。

劉紹銘：〈英譯《傾城之戀》〉，《張愛玲的文字世界》，臺北：九歌出
　　　版社，2007年8月。

劉紹銘：〈張愛玲的中英互譯〉，《張愛玲的文字世界》，臺北：九歌出
　　　版社，2007年8月。

劉紹銘：〈輪迴轉生：試論作者自譯之得失〉，《張愛玲的文字世界》，
　　　臺北：九歌出版社，2007年8月。

蔡登山：〈完不了的「林語堂夢」〉，《傳奇未完——張愛玲》，臺北：
　　　天下遠見文化公司，2003年2月。

2 張愛玲與《海上花列傳》

周芬伶：〈第九卷　第三章「譯註《海上花列傳》」〉，《豔異——張愛
　　　玲與中國文學》，臺北：元尊文化公司，1999年2月。

高全之：〈為何不能完成英譯本《海上花》──張愛玲給麥卡錫的一封信〉，《張愛玲學》臺北：麥田出版社，2008年10月二版。

高全之：〈鬧劇與秩序──誰最先發現張愛玲英譯《海上花》遺稿？〉，《張愛玲學》，臺北：麥田出版社，2008年10月二版。

張愛玲：〈《海上花》的幾個問題──英譯本序〉，《續集》，臺北：皇冠出版社，1998年2月。

張愛玲：〈國語本《海上花》譯後記〉，《海上花落──國語海上花列傳II》，臺北：皇冠出版社，1983年11月。

張愛玲：〈憶胡適之〉，《張看》，臺北：皇冠出版社，1995年10月。

張愛玲：〈譯者識〉，《海上花落──國語海上花列傳I》，臺北：皇冠出版社，1983年11月。

陳永健：《初挈海上花》，臺北：大地出版社，1997年3月。

3 張愛玲與《荻村傳》

梅家玲：〈五〇年代國家論述、文藝創作中的家國想像──以陳紀瀅反共小說為例的探討〉，《性別，還是家國？──五〇與八、九〇年代臺灣小說論》，臺北：麥田出版社，2004年9月。

4 張愛玲與《秧歌》、《赤地之戀》

王德威：〈重讀張愛玲的《秧歌》與《赤地之戀》〉，《現代中文文學學報》1:1期，1997年7月，頁27-45。後收錄於楊澤編：《閱讀張愛玲—國際研討會論文集》，臺北：麥田出版社，1999年10月。

高全之：〈開窗放入大江來──辨認《赤地之戀》的善本〉，《張愛玲學》，臺北：麥田出版社，2008年10月二版。

高全之：〈盡在不言中──《秧歌》的神格與生機〉，《張愛玲學》，臺北：麥田出版社，2008年10月二版。

蘇偉貞：《孤島張愛玲——追蹤張愛玲香港時期（1952-1955）小說》，臺北：三民書局，2002年2月。

5　《對照記》研究

李歐梵：〈看張愛玲的《對照記》〉，《蒼涼與世故——張愛玲的啟示》，香港：牛津大學出版社，2006年7月。

彭雅玲：〈文字、影像與張愛玲——張愛玲《對照記——看老照相簿》中的自我呈現〉林幸謙編：《張愛玲：文學‧電影‧舞台》，香港：牛津大學出版社，2007年10月。

（六）琦君研究

封德屏總策畫，周芬伶編選：《臺灣現當代作家研究資料彙編12——琦君》，臺南：臺灣文學館，2011年3月。

辜韻潔：〈無可奈何花落去——試比較〈橘子紅了〉與〈柿子紅了〉〉，李瑞騰編：《新生代論琦君——琦君文學專題研究論文集》，桃園：中央大學中文系琦君研究中心，2006年7月。

（七）孟瑤研究

吉廣興：〈味吾味處尋吾樂——淺析孟瑤的心象世界〉，吉廣興編選：《孟瑤讀本》，臺北：幼獅文化公司，1994年7月。

吉廣興：《孟瑤評傳》，高雄：高雄市立文化中心，1998年。

朱嘉雯：〈亂離娜拉——孟瑤〉，《追尋，漂泊的靈魂——女作家的離散文學》，臺北：秀威資訊公司，2009年2月。

夏祖麗：〈孟瑤的三種樂趣〉，《她們的世界》，臺北：純文學出版社，1984年7月。

羅秀美：〈女學生‧女教師‧女作家——琦君與孟瑤的學院生涯考察

與文學接受情形〉,《從秋瑾到蔡珠兒──近現代知識女性的
文學表現》,臺北:臺灣學生書局,2010年1月。[5]

鍾麗慧:〈愛戲的教授小說家孟瑤〉,《織錦的手──女作家素描》,臺
北:九歌出版社,1987年2月。

(八)齊邦媛研究

王德威:〈如此悲傷,如此愉悅,如此獨特〉,齊邦媛主編:《洄瀾──
相逢巨流河》,臺北:天下文化公司,2014年1月。

單德興:〈翻譯面面觀──齊邦媛訪談錄〉,《卻顧所來徑:當代名家
訪談錄》,臺北:允晨出版社,2014年11月。

單德興:〈曲終人不散,江上數峰青:齊邦媛訪談錄〉,《卻顧所來
徑:當代名家訪談錄》,臺北:允晨出版社,2014年11月。

陳芳明:〈下一輪台灣文學的盛世備忘錄──齊邦媛與王德威的文學
工程〉,《台灣新文學史》,臺北:聯經出版公司,2011年10
月,頁776-781。

(九)張讓研究

張瑞芬:〈穿越時間的空間──論張讓散文〉,《五十年來臺灣女性散
文・評論篇》,臺北:麥田出版公司,2006年2月。

(十)其他

〔法〕加斯東・巴謝拉(Gaston Bachelard)著;龔卓軍譯:《空間詩
學》,臺北:張老師文化公司,2003年7月。

---

5 原題〈學院女作家琦君與孟瑤的教學╱學術生涯考察──兼論其文學接受情形〉,
收錄於《永恆的溫柔──琦君及其同輩女作家學術研討會論文集》,中央大學中文
系琦君研究中心主編,2006年7月。

〔法〕傅柯（Michel Foucault）著；王德威譯：《知識的考掘》，臺
　　　北：麥田出版公司，1993年7月）。

〔法〕華特‧班雅明（Walter Benjamin）著；許綺玲譯：《迎向靈光
　　　消逝的年代》，臺北：灣攝影工作室，1998年。

〔法〕羅蘭‧巴特（Roland Barthes）著，許綺玲譯：《明室：攝影札
　　　記》，臺北：台灣攝影工作室，1997年12月。

〔美〕艾德華‧薩依德（Edward Said），單德興譯：《知識分子論》，
　　　臺北：麥田出版社，2000年2月。

〔美〕哈羅德‧布魯姆（Harold Bloom），徐文博譯：《影響的焦慮：
　　　一種詩歌理論》，南京：江蘇教育出版社，2006年2月。

〔美〕雷貝嘉‧索爾尼（Rebecca Solnit）著，刁筱華譯：《浪遊之
　　　歌──走路的歷史》，臺北：麥田出版公司，2001年9月。

〔美〕黛安‧艾克曼（Diane Ackerman）著，莊安祺譯：《感官之
　　　旅──感知的詩學》，臺北：時報出版公司，2007年5月。

〔英〕約翰‧伯格（John Berger）著：《觀看的方式》，臺北：麥田出
　　　版公司，2005年10月。

〔德〕海德格爾（Martin Heidegger），郜元寶譯，張汝倫校：《人，詩
　　　意地安居──海德格爾語要》，桂林：廣西師範大學出版
　　　社，2002年3月。

胡紹嘉：《敘事、自我與認同──從文本考察到課程探究》，臺北：秀
　　　威資訊公司，2008年10月。

范銘如：《空間／文本／政治》，臺北：聯經出版公司，2015年7月。

陳其澎：《身體與空間：一個以身體經驗為取向的空間對話》，臺北：
　　　暢通文化公司，2011年10月。

趙白生：《傳記文學理論》，北京：北京大學出版社，2003年8月。

三　期刊論文

左美雲、陳慕真：〈《巨流河》日譯本新書發表會側記〉，《臺灣文學館通訊》第32期，2011年9月，頁52-53。

吉廣輿：〈孟瑤研究資料目錄〉，《全國新書資訊月刊》，2001年3月號。

朱崇儀：〈女性自傳：透過性別來重讀／重塑文類？〉，《中外文學》26卷4期，1997年9月。

何寄澎：〈「史詩」式的文本──我看「天涯海角：福爾摩沙抒情誌」〉，《聯合文學》19卷9期（總號225），2003年7月，頁75。

吳玫瑛：〈從「流浪兒」到「好孩子」：臺灣六〇年代少年小說的童年再現〉，《臺灣圖書館管理季刊》第5卷第2期，2009年4月，頁27-36。

南方朔：〈蔥綠與桃紅的配對──閱讀張愛玲《對照記》〉，《聯合文學》第11卷第2期（總122期），1994年12月，頁117。

徐國能：〈野語英華──評鍾怡雯《野半島》〉，《聯合文學》第23卷第11期（總275期），2007年9月，頁128-131。

浦麗琳：〈張愛玲、夏志清、「海上花」〉，《明報月刊》第39卷第8期（總464期），2004年8月，頁77-79。

浦麗琳：〈遲圓的夢──張愛玲英譯《海上花》的出版〉，《明報月刊》第41卷第3期（總483期），2006年3月，頁78-79。

高大威：〈昨日夢已遠，往事不如煙──我讀齊邦媛教授的《巨流河》〉，《文訊》287期，2009年9月，頁124-126。

張瑞芬：〈大河盡頭──齊邦媛《巨流河》〉，《明道文藝》403期，2009年10月，頁46-49。

張瑞芬：〈流年暗中偷換──沈君山《浮生三記》、鍾文音《昨日重現》、桑品載《岸與岸》三書評介〉，《明道文藝》301期，2001年4月，頁53-63。

張錯：〈初識張愛玲「海上花」英譯稿——兼談南加大「張愛玲特
　　藏」始末〉，《明報月刊》第39卷第6期（總462期），2004年6
　　月，頁62-69。

許珮馨：〈當娜拉走出家庭——五〇年代以降台灣女性散文之流變〉，
　　《大同大學通識教育中心年報》，2007年6月，頁59-77。

許慧琦：〈去性化的「娜拉」：五四新女性形象的論述策略〉，《近代中
　　國婦女史研究》第10期，2002年12月。

陳紀瀅：〈「荻村傳」英日文本出版經過〉，《文壇》175期，1975年1
　　月，頁8-17。

陳紀瀅：〈「荻村傳」英日法文譯印紀詳〉，《傳記文學》第45卷第1期
　　（總266期），1984年7月，頁96-102。

陳紀瀅：〈「荻村傳」翻譯始末——兼記張愛玲〉，《聯合文學》3:5=29
　　期，1987年3月，頁92-94。

馮品佳：〈離散的親密關係——蘇偉貞眷村小說中的感官書寫〉，《臺
　　灣文學研究學報》第15期，2012年10月，頁185-204。

廖祿基：〈論簡媜《天涯海角——福爾摩沙抒情誌》的記憶與認同〉，
　　《臺北教育大學語文集刊》第13期，2008年1月，頁208-210。

齊邦媛：〈閨怨之外——以實力論台灣女作家〉，《聯合文學》第一卷
　　第五期，1985年3月。

鄭明娳：〈評孟撰「中國小說史」〉，《書評書目》第一卷，1972年11月。

羅秀美：〈小說家之外的孟瑤——從「女性散文」與「孟瑤三史」論
　　其文學史定位〉，《興大人文學報》第50期，2013年3月，頁
　　197-240。[6]

羅秀美：〈文化記憶的追尋與再現——以「故宮文學家」作品中的

6　修改後，更名為〈小說家之外的文學史定位——孟瑤的「女性散文」與「孟瑤三
　　史」〉，收錄於本書第四章。

「北溝故宮」書寫為主〉,《中正漢學研究》2019年第2期
（總第34期）,2019年12月,頁149-184。

羅秀美:〈翻譯賢妻良母、建構女性文化空間與訴說女性生命故
事──單士釐的「女性文學」〉,《漢學研究》第32卷第2期,
2014年6月,頁197-230。

四　學位論文

林佳樺:《「戰時兒童保育會」之研究（1938-1946）》,中央大學歷史
所94學年度碩士論文,2006年1月。

吉廣輿:《孟瑤評傳》,香港新亞研究所碩士論文,1997年。

何宜蓁:《孟瑤移民小說研究》,中正大學台文宄所99學年度碩士論文。

黃瑞真:《五〇年代的孟瑤》,政治大學國文教學碩士班95學年度碩士
論文。

何佳玲:《張讓的散文創作觀及其實踐》,臺北教育大學語文與創作教
學碩士班101學年度碩士論文。

許博雯:《張讓散文中的空間敘事》,高雄師範大學國文教學碩士班
101學年度碩士論文。

曾曉玲:《當代臺灣女性散文的旅外書寫（1990-2011）》,清華大學台
灣文學研究所100;學年度碩士論文。

楊子霈:《張讓散文研究》,臺灣師範大學國文學系93學年度碩士論文。

五　報紙、專訪及其他

李　黎:〈敗給胡蘭成的那個英文張愛玲〉,《東方早報》,2010年7月2
日。

姚嘉為：〈散文：擇定的命題——專訪張讓〉，《文訊》319期，2012年5月，頁50-57。

孫梓評：〈散步到他方——訪問張讓〉，《文訊》192期，2001年10月，頁85-88。

張堂錡：〈講評——論張讓「顯微鏡」兼「望遠鏡」的時空書寫〉，《文訊》206期，2002年12月，頁35。

郭強生：〈張愛玲真有「創作」英文小說嗎？〉，《中國時報・人間副刊》，2010年9月1-3日。

陳聖宗：〈「急凍的瞬間」——論張讓「顯微鏡」兼「望遠鏡」的時空書寫〉，《文訊》206期，2002年12月，頁34。

陳器文：〈用情至深奈何人世悲涼——懷孟瑤師〉，《臺灣日報・副刊》，2000年10月27日。

黃基銓：〈只要那一把火還在，我就會繼續寫下去——張讓的獨立年代〉，《幼獅文藝》第645期，2007年9月。

蘇育琪：〈埋得很深的創傷是看不見的——龍應台談一九四九〉，《印刻文學生活誌》第5卷12期（總號72），2009年8月，頁64。

六　網路資料

「A Dangerous Experiement: Women at the University of Michigan」（michiganintheworld.history.lsa.umich.edu/dangerousexperiment/exhibits/show/beyondcampus/levi-barbour-and-the-scholarsh（2019年3月15日查詢）

「中華民國台灣女童軍總會」網站　https://gstaiwan.org/about_8.php（2019年4月1日查詢）

「泛太平洋暨東南亞婦女協會——中華民國分會」ttps://www.ppseawa.org.tw/aboutus02.php（2019年3月20日查詢）

「齊邦媛獲頒一等卿雲勳章」（2015年11月12日），「中華民國總統府」
　　網站 http://www.president.gov.tw/Default.aspx?tabid=131&rmid=
　　514&itemid=36107 （2015年11月14日查詢）。
應鳳凰：〈孟瑤：生平年表〉，「五○年代文藝雜誌及作家影像庫」http://
　　tlm50.twl.ncku.edu.tw/wwmy2.html（2010年9月5日查詢）

論文出處

一、〈五四娜拉的「出走」與「出路」——羅家倫的婦女解放話語與張維楨的婦女解放實踐〉

* 曾以原題〈五四‧娜拉‧婦女解放——羅家倫的性別話語〉，發表於「羅家倫與五四運動研討會」，中央大學人文研究中心、政治大學民國歷史文化與文學研究中心主辦，中央大學文學院協辦，2019年4月25日。

* 後經匿名雙審通過，改以〈娜拉的「出走」與「出路」——羅家倫的婦女解放話語〉為題，收錄於《羅家倫與五四運動（論述篇）》（ISBN：9789869821544），桃園：中央大學人文研究中心出版，2019年12月，頁48-106。

二、〈翻譯、改寫與再創作他者／自己小說——張愛玲的「翻譯文學」與雙語作家夢〉

* 曾以原題〈張愛玲的「翻譯」文學——試論她如何以「翻譯」傳播並接受他者／自我的華文小說〉，發表於「張愛玲誕辰九十周年國際學術研討會」，香港浸會大學中國語言文學系主辦，2010年9月29日。

* 後經匿名雙審通過，收錄於林幸謙編：《張愛玲：傳奇‧性別‧系譜（張愛玲誕辰九十周年國際學術研討會論文集）》（ISBN：9789570840162），臺北：聯經出版公司，2012年6月，頁413-458。

三、〈女性、啟蒙與翻譯──「中興文學家」琦君、孟瑤與齊邦媛的「女性文學」、「兒童文學」與「翻譯文學」〉

* 曾發表於「經典文本與國語文教學──第二屆琦君與同輩女作家學術研討會」，中央大學中文系琦君研究中心主辦，2015年11月28日。

* 後經匿名雙審通過，收錄於李瑞騰、莊宜文主編：《經典文本與國語文教學──第二屆琦君與同輩女作家學術研討會論文集》（ISBN：9789860485059），桃園：中央大學琦君研究中心編，2016年4月，頁83-133。

四、〈小說家之外的文學史定位──孟瑤的「女性散文」與「孟瑤三史」〉

* 曾以〈女人在書寫中詩意的安居──試論孟瑤的知性散文兼及現當代文學史對孟瑤的接受〉為題，發表於「紀念揚宗珍（孟瑤）教授全國學術研討會」，中興大學中國文學系主辦，2010年10月29日。

* 後經匿名雙審通過，以〈小說家之外的孟瑤──從「女性散文」與「孟瑤三史」論其文學史定位〉為題，刊登於《興大人文學報》第50期，2013年3月，頁197-240。

* 後收錄於吉廣輿編：《臺灣現當代作家研究資料彙編92：孟瑤》（ISBN：9860537275），臺南：國立臺灣文學館，2017年12月，頁263-311。

五、〈家國歷史、空間詩學與影像敘事的交織──張愛玲、齊邦媛、龍應台、簡媜、鍾文音與鍾怡雯自傳散文的女性自我〉

＊ 曾以原題〈她們如何以散文書寫自己的生命史？──試論當代女性自傳體散文的類型範式〉，發表於「第一屆亞太華文文學國際學術研討會」，臺北大學中國文學系主辦，2010年10月1日。（經大幅修改後，收錄於本書）

六、〈身體記憶的召喚與女性主體的建構──張讓旅行/飲食散文中的感官書寫〉

＊ 曾以原題〈感官書寫對空間／身體記憶的建構──張讓的旅行與飲食散文〉，發表於「世紀末華文文學國際學術研討會」，東海大學中文系主辦，2013年11月24日。（經大幅修改後，收錄於本書）

附錄　各章照片

第一章　五四娜拉的「出走」與「出路」
　　　　──羅家倫的婦女解放話語與張維
　　　　禎的婦女解放實踐

（一）羅家倫在北京大學

拍攝者／提供者	羅秀美
拍攝日期	2019年5月28日
拍攝地點	北京「新文化運動紀念館」（原北京大學紅樓）

1-1　新文化運動紀念館
（原北京大學紅樓）圍牆告示

1-2　新文化運動紀念館
（原北京大學紅樓）大門

1-3　新文化運動紀念館
（原北京大學紅樓）正門

1-4　新文化運動紀念館
（原北京大學紅樓）牌匾

1-5　羅家倫肖像

1-6　五四事件介紹圖示

1-7　五四事件介紹圖示

1-8　五四事件介紹圖示

1-9　《新潮》雜誌社辦公室

1-10　《新潮》雜誌社歷屆職員名單

1-11　《新潮》雜誌社發刊旨趣書

1-12　《新潮》雜誌社辦公室內部（重建）

1-13　《新潮》雜誌社介紹

1-14　《新潮》雜誌社介紹

1-15　《新潮》雜誌社辦公室準備宣揚五四遊行的宣傳布條（重建）

1-16　《新潮》雜誌社辦公室準備宣揚五四遊行的宣傳布條（重建）

（二）北京〔中國現代文學館〕的五四運動介紹

拍攝者／提供者	羅秀美
拍攝日期	2019年5月28日
拍攝地點	北京「中國現代文學館」

2-1　中國現代文學館大門

2-2　中國現代文學館外觀

2-3　「中國現當代文學展」入口

2-4　「中國現當代文學展」
五四新文化運動介紹

2-5 「中國現當代文學展」
北大紅樓模型

2-6 「中國現當代文學展」
紅樓介紹

第二章 翻譯、改寫與再創作他者／自己的小說——張愛玲的「翻譯文學」與雙語作家夢

一 張愛玲的譯作

翻拍者	羅秀美
翻拍日期	2020年10月22日
翻拍來源	如圖示說明

1-1 Bangqing, Han / Chang, Eileen (TRN) / Hung, Eva: *The Sing-Song Girls of Shanghai*（海上花列傳），New York: Columbia University Press, 2005

1-2 *Fool In The Reeds*（荻村傳），Hong Kong:Rainbow Press，1959 年 9 月初版

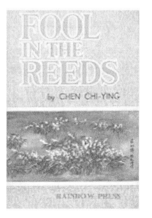

1-3　Eileen Chang: *The Rice-Sprout Song*（秧歌），New York: Charles Scribner's Sons, 1955 初版

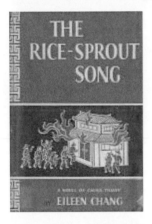

1-4　Eileen Chang: *Naked Earth*（赤地之戀），Hong Kong: The Union Press（友聯），1956

1-5　Eileen Chang: *The Rouge of the North*（北地胭脂），London: Cassell & Company, 1967[1]

1　張愛玲將自己的中篇小說〈金鎖記〉改寫為英文長篇小說*Pink Tears*（粉淚），再改寫為英文版的*The Rouge of the North*（北地胭脂），再自譯為中文版《怨女》，又自譯為英文版。

二　張愛玲故居

（一）上海常德公寓

拍攝者／提供者	羅秀美
拍攝日期	2001年7月22日
拍攝地點	上海「常德公寓」（張愛玲故居）

2-1　上海常德公寓外觀
（張愛玲〈公寓生活記趣〉）

2-2　上海常德公寓外觀

2-3　在上海常德公寓門口留影

（二）美國雷德克里夫學院、劍橋故居

　　1. 張愛玲向哈佛大學雷德克里夫女子學院（Radcliffe College）申請研究計畫註譯《海上花列傳》（1967-1969）[2]

拍攝者／提供者	羅秀美
拍攝日期	2018年7月26日
拍攝地點	美國麻州劍橋市哈佛大學雷德克里夫女子學院（Radcliffe College）

2　一九六七年十月八日剛到美國麻州劍橋不久，張愛玲在哈佛大學為先生賴雅送終。

2-4　Radcliffe College 牌匾

2-5　Radcliffe College 校園建築

2-6　Radcliffe College 校園建築前留影（張鳳攝影）

2-7　Radcliffe College 校園建築

2. 張愛玲劍橋故居（翻譯《海上花列傳》時的住所）

拍攝者／提供者	羅秀美
拍攝日期	2018年7月26日
拍攝地點	美國麻州劍橋市布拉圖街83號（張愛玲故居）

2-8　布拉圖街 83 號遠景

2-9　布拉圖街 83 號公寓大門

2-9　布拉圖街 83 號公寓前庭

2-10　布拉圖街 83 號公寓前庭（向外望）

2-11　布拉圖街 83 門牌號碼

2-12　布拉圖街 83 號前留影
（張鳳拍攝）

三 「張愛玲誕辰九十周年研討會」（香港浸會大學中文系主辦）

拍攝者／提供者	羅秀美
拍攝日期	2010年9月29日
拍攝地點	香港浸會大學

（一）張愛玲誕辰九十周年研討會

3-1 「張愛玲誕辰九十周年研討會」會議海報

3-2 「張愛玲誕辰九十周年研討會」會議名稱橫幅

3-3　「張愛玲誕辰九十周年研討會」會議場留影

3-4　「張愛玲誕辰九十周年研討會」會議進行中

3-5　「張愛玲誕辰九十周年研討會」會議名牌與論文資料

3-6　「張愛玲誕辰九十周年研討會」 會議名牌與論文資料

（二）會議相關活動：「張愛玲手稿與書信展暨張愛玲首屆繪畫獎展覽」

3-7 「張愛玲手稿與書信展暨張愛玲首屆繪畫獎展覽」海報

3-8 「張愛玲手稿與書信展張愛玲首屆繪畫獎展覽」海報前留影

3-9 「張愛玲首屆繪畫獎展覽」會場入口及海報

3-10 「張愛玲首屆繪畫獎展覽」會場海報及展示作品

3-11　「張愛玲首屆繪畫獎展覽」會場展示作品

3-12　「張愛玲首屆繪畫獎展覽」會場展示作品

3-13　「張愛玲首屆繪畫獎展覽」會場展示作品

3-14　「張愛玲首屆繪畫獎展覽」會場展示作品

3-15 「張愛玲首屆繪畫獎
展覽」會場展示作品

3-16 「張愛玲首屆繪畫獎展
覽」會場展示作品

（三）參加「張愛玲誕辰九十周年研討會」後離港，經過 「青衣」站（〈傾城之戀〉之青衣島）

拍攝者／提供者	羅秀美
拍攝日期	2010年9月30日
拍攝地點	香港機場快線

3-17　香港機場快線上的「青衣」告示

3-18　香港機場快線上的「青衣」告示

3-19　由香港機場快線向外遠眺「青衣」市容

3-20　由香港機場快線向外遠眺「青衣」附近海景

第三章　女性、啟蒙與翻譯──「中興文學家」琦君、孟瑤與齊邦媛的「女性文學」、「兒童文學」與「翻譯文學」

一　琦君

（一）琦君翻譯韓國女作家孫素姬〈柿子紅了〉原著

提供者／翻拍者	〔韓〕薛熹禎教授（北京大學中文系／韓文系）
翻拍日期	2020年5月21日
翻拍來源	〔韓〕孫素姬〈柿子紅了的下午〉，《韓國女流文學全集2》（首爾：語文閣，1988年）

1-1　孫素姬原著〈柿子紅了的下午〉收錄於《韓國女流全集 2》的書封

1-2　孫素姬原著〈柿子紅了的下午〉收錄於《韓國女流全集 2》的目錄

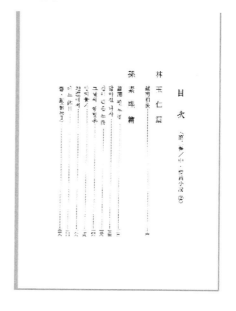

1-3　孫素姬原著〈柿子紅了的下午〉收錄於《韓國女流全集 2》的內文第一頁

1-4　琦君與〈柿子紅了〉的作者孫素姬合影（1978 年）

（二）琦君在中央大學校園的紀念物

拍攝者／提供　者	羅秀美
拍攝日期	2016年5月27日
拍攝地點	中央大學圖書館前廣場（近文學院）

1-5　琦君簡介　　　　　　　　**1-6　琦君簡介**

二 孟瑤

（一）孟瑤書信手跡及照片

拍攝者／提供者	羅秀美
拍攝日期	2014年3月16日
拍攝地點	台中明道中學「現代文學館」

2-1 明道中學「現代文學館」
入口

2-2 孟瑤書信手跡及照片

2-3 孟瑤書信手跡

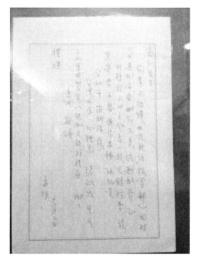

2-4 孟瑤論文手稿

2-5 孟瑤論文手稿

2-6 孟瑤論文手稿

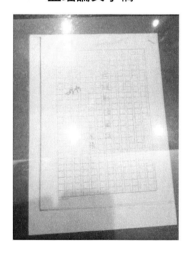

（二）台中文學館「台中文學家」孟瑤介紹

拍攝者／提供者	羅秀美
拍攝日期	2016年8月27日
拍攝地點	台中文學館

2-7 「台中文學家」孟瑤介紹及
其第一本書《美虹》（小說）

三　齊邦媛

（一）台中文學館「台中文學家」齊邦媛介紹

拍攝者／提供者	羅秀美
拍攝日期	2016年8月27日
拍攝地點	台中文學館

3-1　台中文學館「台中文學家」
齊邦媛介紹

3-2　台中文學館製作的齊邦媛
馬克杯

第四章　小說家之外的文學史定位——孟瑤的「女性散文」與「孟瑤三史」

（一）孟瑤「女性散文」

翻拍者	羅秀美
翻拍日期	2010年11月1日
翻拍來源	如圖示說明

1-1　〈弱者，你的名字是女人？〉（《中央日報》「婦女與家庭周刊」，1950 年 5 月 7 日）（翻攝自《中央日報》，國家圖書館）

1-2　《給女孩子的信》（臺中：中興文學出版社，1954 年 2 月）

1-3　《給女孩子的信》（台南：
標準出版社，1975 年）

1-4　《給女孩子的信》（臺南：
立文出版社，1979 年 2 月）

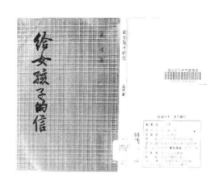

1-5　《給女孩子的信》（臺中：
晨星出版社，1982 年 9 月）

1-6　《給女孩子的信》（臺南：
信宏出版社；大坤書局代理，
1990 年 5 月）

（二）孟瑤「孟瑤三史」及其他著作

拍攝者／提供者	羅秀美
拍攝日期	2015年5月9日
拍攝地點	中央大學圖書館（中央大學百年校慶活動「百年樹人書展」）

2-1　《中國小說史》、《中國戲曲史》

2-2　《中國文學史》

2-3　《孟瑤自選集》、《久病成良醫》

2-4　《風雲傳》、《春雨沐沐》

（三）

拍攝者／提供者	羅秀美
拍攝日期	2015年6月6日
拍攝地點	中央大學大講堂（中央大學百年校慶演講「中大與民國」）

3-1　文學院李瑞騰教授演講「中大與民國」的孟瑤介紹

3-2　文學院李瑞騰教授演講「中大與民國」的孟瑤介紹

（四）「紀念揚宗珍（孟瑤）教授全國學術研討會」（中
　　　興大學中文系主辦，2010 年 11 月 9 日）

拍攝者／提供者	羅秀美
拍攝日期	2010年11月9日
拍攝地點	中興大學綜合大樓13樓國際會議廳

4-1 「紀念揚宗珍（孟瑤）教授
全國學術研討會」海報

4-2 「紀念揚宗珍（孟瑤）教授
全國學術研討會」議程、邀請函

4-3 「紀念揚宗珍（孟瑤）教授
全國學術研討會」會議進行中

第五章　家國歷史、空間詩學與影像敘事的交織──張愛玲、齊邦媛、龍應台、簡媜、鍾文音與鍾怡雯自傳散文的女性自我

一　齊邦媛

（一）臺中文學館「臺中文學家」齊邦媛介紹

拍攝者／提供者	羅秀美
拍攝日期	2016年8月27日
拍攝地點	臺中文學館

1-1　臺中文學館「臺中文學家」
齊邦媛介紹

1-2　臺中文學館製作的齊邦
媛馬克杯

（二）齊邦媛教授獲頒中興大學名譽博士頒獎典禮

翻拍者	羅秀美
翻拍日期	（略）
翻拍來源	中興大學《鹿鳴電子報》：〈永遠的「齊老師」——齊邦媛 教授名譽博士頒獎典禮〉，2009年11月18日

1-3　齊邦媛《巨流河》

**1-4　榮獲中興大學名譽博士學位
（2009 年 10 月 31 日）**

二 簡媜

拍攝者／提供者	羅秀美
拍攝日期	1988年?月?日
拍攝地點	陽明山嶺頭山莊

2-1 耕莘文教院文藝營（陽明山嶺頭山莊，1988 年)簡媜演講的風采

2-2 耕莘文教院文藝營（陽明山嶺頭山莊，1988 年)與簡媜合照

三 鍾文音

（一）「閱讀大冒險」演講（中興大學圖書館主辦）

拍攝者／提供者	羅秀美
拍攝日期	2008年10月15日
拍攝地點	中興大學圖書館一樓大廳

3-1 鍾文音演講現場

3-2 鍾文音演講時的丰采

（二）「2017 百師入學」演講（臺中市政府與中興大學中文系合辦）

拍攝者／提供者	羅秀美
拍攝日期	2017年10月5日
拍攝地點	中興大學國際會議廳（圖書館七樓)

3-3　鍾文音演講丰采與 PPT

3-4　鍾文音演講的丰采

35　鍾文音演講現場

3-6　鍾文音與自己的演講海報合照

四　張愛玲

（一）上海常德公寓（張愛玲故居）

拍攝者／提供者	羅秀美
拍攝日期	2001年7月22日
拍攝地點	上海「常德公寓」（張愛玲故居）、「紅房子西菜館」

4-1　上海常德公寓外觀
（張愛玲〈公寓生活記趣〉）

4-2　上海常德公寓外觀

4-3　在上海常德公寓門口留影

（二）紅房子西菜館

4-4　上海紅房子西菜館（張
愛玲愛吃的館子)外觀

4-5　上海紅房子西菜館
（張愛玲愛吃的館子)外觀

第六章　身體記憶的召喚與女性主體的建構
——張讓旅行／飲食散文中的感官書寫

一　張讓與「世紀末華文文學國際學術研討會」

拍攝者／提供者	東海大學中文系、羅秀美
拍攝日期	2013年11月24日
拍攝地點	東海大學茂榜廳

1-1　「世紀末華文文學國際學術研討會」（2013 年 11 月 23、24 日，東海大學中文系主辦；東海大學茂榜廳）

1-2　研討會第五場主題「張讓」

1-3　論文主講人：張讓女士

1-4　主持人：童元方院長。論文主講人：張讓女士、羅秀美教授、王鈺婷教授，特約討論人：黃文成教授。

文學研究叢書‧現代文學叢刊 0806Z01

女子今有行——現代女性文學新論

作　　者	羅秀美
責任編輯	呂玉姍
校　　對	宋亦勤

發 行 人	林慶彰
總 經 理	梁錦興
總 編 輯	張晏瑞
編 輯 所	萬卷樓圖書股份有限公司
	臺北市羅斯福路二段 41 號 6 樓之 3
	電話 (02)23216565
	傳真 (02)23218698

發　　行	萬卷樓圖書股份有限公司
	臺北市羅斯福路二段 41 號 6 樓之 3
	電話 (02)23216565
	傳真 (02)23218698
	電郵 SERVICE@WANJUAN.COM.TW
香港經銷	香港聯合書刊物流有限公司
	電話 (852)21502100
	傳真 (852)23560735

ISBN 978-986-478-423-3
2021 年 1 月初版
定價：新臺幣 620 元

如何購買本書：

1. 劃撥購書，請透過以下郵政劃撥帳號：
   帳號：15624015
   戶名：萬卷樓圖書股份有限公司
2. 轉帳購書，請透過以下帳戶
   合作金庫銀行 古亭分行
   戶名：萬卷樓圖書股份有限公司
   帳號：0877717092596
3. 網路購書，請透過萬卷樓網站
   網址 WWW.WANJUAN.COM.TW

大量購書，請直接聯繫我們，將有專人為您服務。客服：(02)23216565 分機 610

如有缺頁、破損或裝訂錯誤，請寄回更換

國家圖書館出版品預行編目資料

女子今有行：現代女性文學新論/羅秀美著.--
初版.-- 臺北市：萬卷樓圖書股份有限公司,
2021.01
　面；　公分.-- (現代文學叢刊)(文學研究叢
書. 現代學叢刊；806Z01)

ISBN 978-986-478-423-3(平裝)
1.女性文學 2.文學評論 3.文集

815.107　　　　　　　　　　109018637